증편 한국구비문학대계

5-11

전라북도 임실군

이 저서는 2008년 정부(교육과학기술부)의 재원으로 한국학중앙연구원(한국학진흥사업단)의 지원을 받아 수행된 연구임.(AKS-2008-AIA-3101)

증편 한국구비문학대계

5-11
전라북도 임실군

임철호 · 권은영 · 이화영

한국학중앙연구원

역락

발간사

　민간의 이야기와 백성들의 노래는 민족의 문화적 자산이다. 삶의 현장에서 이러한 이야기와 노래를 창작하고 음미해 온 것은, 어떠한 권력이나 제도도, 넉넉한 금전적 자원도, 확실한 유통 체계도 가지지 못한 평범한 사람들이었다. 이야기와 노래들은 각각의 삶의 현장에서 공동체의 경험에 부합하였으며, 사람들의 정신과 기억 속에 각인되었다. 문자라는 기록 매체를 사용하지 못하였지만, 그 이야기와 노래가 이처럼 면면히 전승될 수 있었던 것은 그것이 바로 우리 민족의 유전형질의 일부분이 되었기 때문이며, 결국 이러한 이야기와 노래가 우리 민족을 하나의 공동체로 묶어 주고 있는 것이다.

　사회와 매체 환경의 급격한 변화 가운데서 이러한 민족 공동체의 DNA는 날로 희석되어 가고 있다. 사랑방의 이야기들은 대중매체의 내러티브로 대체되어 버렸고, 생활의 현장에서 구가되던 민요들은 기계화에 밀려 버리고 말았다. 기억에만 의존하여 구전되던 이야기와 노래는 점차 잊히고 있다. 한국학중앙연구원이 1970년대 말에 개원함과 동시에, 시급하고도 중요한 연구사업으로 한국구비문학대계의 편찬 사업을 채택한 것은 바로 이러한 시대적 상황에 대한 우려와 잊혀 가는 민족적 자산에 대한 안타까움 때문이었다.

　당시 전국의 거의 모든 구비문학 연구자들이 참여하였는데, 어려운 조사 환경에서도 80여 권의 자료집과 3권의 분류집을 출판한 것은 그들의 헌신적 활동에 기인한다. 당초 10년을 계획하고 추진하였으나 여러 사정으로 5년간만 추진되었으며, 결과적으로 한반도 남쪽의 삼분의 일에 해당하는 부분만 조사하게 되었다. 그럼에도 불구하고 한국구비문학대계는 주관기관인 한국학중앙연구원의 대표 사업으로 각광 받았을 뿐 아니라, 해방 이후 한국의 국가적 문화 사업의 하나로 꼽히게 되었다.

21세기에 들어서면서 한국학중앙연구원에서는 미완성인 채로 남아 있는 구비문학대계의 마무리를 더 이상 미룰 수 없다는 생각으로 이를 증보하고 개정할 계획을 세웠다. 20년 전의 첫 조사 때보다 환경이 더 나빠졌고, 이야기와 노래를 기억하고 있는 제보자들이 점점 줄어들고 있었던 것이다. 때마침 한국학 진흥에 대한 한국 정부의 의지와 맞물려 구비문학대계의 개정·증보사업이 출범하게 되었다.

이번 조사사업에서도 전국의 구비문학 연구자들이 거의 다 참여하여 충분하지 않은 재정적 여건에서도 충실히 조사연구에 임해 주었다. 전국 각지의 제보자들은 우리의 취지에 동의하여 최선으로 조사에 응해 주었다. 그 결과로 조사사업의 결과물은 '구비누리'라는 이름의 데이터베이스에 탑재가 되었고, 또 조사 자료의 텍스트와 음성 및 동영상까지 탑재 즉시 온라인으로 접근할 수 있는 시스템을 갖추었다. 특히 조사 단계부터 모든 과정을 디지털화함으로써 외국의 관련 학자와 기관의 선망의 대상이 되고 있다.

이제 조사사업의 결과물을 이처럼 책으로도 출판하게 된다. 당연히 1980년대의 일차 조사사업을 이어받음으로써 한편으로는 선배 연구자들의 업적을 계승하고, 한편으로는 민족문화사적으로 지고 있던 빚을 갚게 된 것이다. 이 사업의 연구책임자로서 현장조사단의 수고와 제보자의 고귀한 뜻에 감사를 표하지 않을 수 없다. 아울러 출판 기획과 편집을 담당한 한국학중앙연구원의 디지털편찬팀과 출판을 기꺼이 맡아준 역락출판사에 감사를 드린다.

2013년 10월 4일
한국구비문학대계 개정·증보사업 연구책임자 김병선

책머리에

　구비문학조사는 늦었다고 생각하는 지금이 가장 빠른 때이다. 왜냐하면 자료의 전승 환경이 나날이 달라지고 있기 때문이다. 전승 환경이 훨씬 좋은 시기에 구비문학 자료를 진작 조사하지 못한 것이 안타깝게 여겨질수록, 지금 바로 현지조사에 착수하는 것이 최상의 대안이자 최선의 실천이다. 실제로 30여 년 전 제1차 한국구비문학대계 사업을 하면서 더 이른 시기에 조사를 했더라면 하는 아쉬움이 컸는데, 이번에 개정·증보를 위한 2차 현장조사를 다시 시작하면서 아직도 늦지 않았다는 사실을 실감했다.

　구비문학 자료는 구비문학 연구와 함께 간다. 자료의 양과 질이 연구의 수준을 결정하고 연구수준에 따라 자료조사의 과학성이 결정되기 때문이다. 실제로 1차 조사사업 결과로 구비문학 연구가 눈에 띠게 성장했고, 그에 따라 조사방법도 크게 발전되었다. 그러나 연구의 수명과 유용성은 서로 반비례 관계를 이룬다. 구비문학 연구의 수명은 짧고 갈수록 빛이 바래지만, 자료의 수명은 매우 길 뿐 아니라 갈수록 그 가치는 더 빛난다. 그러므로 연구 활동 못지않게 자료를 수집하고 보고하는 일이 긴요하다.

　교육부에서 구비문학조사 2차 사업을 새로 시작한 것은 구비문학이 문학작품이자 전승지식으로서 귀중한 문화유산일 뿐 아니라, 미래의 문화산업 자원이라는 사실을 실감한 까닭이다. 따라서 학계뿐만 아니라 문화계의 폭넓은 구비문학 자료 활용을 위하여 조사와 보고 방법도 인터넷 체제와 디지털 방식에 맞게 전환하였다. 조사환경은 많이 나빠졌지만 조사보고는 더 바람직하게 체계화함으로써 누구든지 쉽게 접속하여 이용할 수 있는 데이터베이스를 구축했다. 그러느라 조사결과를 보고서로 간행하는 일은 상대적으로 늦어지게 되었다.

2차 조사는 1차 사업에서 조사되지 않은 시군지역과 교포들이 거주하는 외국지역까지 포함하는 중장기 계획(2008~2018년)으로 진행되고 있다. 한국학중앙연구원 어문생활연구소와 안동대학교 민속학연구소가 공동으로 조사사업을 추진하되, 현장조사 및 보고 작업은 민속학연구소에서 담당하고 데이터베이스 구축 작업은 한국학중앙연구원에서 담당한다. 가장 중요한 일은 현장에서 발품 팔며 땀내 나는 조사활동을 벌인 조사자들의 몫이다. 마을에서 주민들과 날밤을 새우면서 자료를 조사하고 채록하여 보고서를 작성한 조사위원들과 조사원 여러분들의 수고를 기리지 않을 수 없다. 조사의 중요성을 알아차리고 적극 협력해 준 이야기꾼과 소리꾼 여러분께도 고마운 말씀을 올린다.

구비문학 조사를 전국적으로 실시하여 체계적으로 갈무리하고 방대한 분량으로 보고서를 간행한 업적은 아시아에서 유일하며 세계적으로도 그 보기를 찾기 힘든 일이다. 특히 2차 사업결과는 '구비누리'로 채록한 자료와 함께 원음도 청취할 수 있는 데이터베이스를 구축해서 세계에서 처음으로 인터넷과 스마트폰으로 이용할 수 있는 디지털 체계를 마련했다. '구슬이 서 말이라도 꿰어야 보배'인 것처럼, 아무리 귀한 자료를 모아두어도 이용하지 않으면 소용이 없다. 그러므로 이 보고서가 새로운 상상력과 문화적 창조력을 발휘하는 문화자산으로 널리 활용되기를 바란다. 한류의 신바람을 부추기는 노래방이자, 문화창조의 발상을 제공하는 이야기 주머니가 바로 한국구비문학대계이다.

2013년 10월 4일
한국구비문학대계 개정·증보사업 현장조사단장 임재해

한국구비문학대계 개정·증보사업 참여자 (참여자 명단은 가나다 순)

연구책임자

    김병선

공동연구원

강등학	강진옥	김익두	김헌선	나경수	박경수	박경신	송진한	신동흔
이건식	이경엽	이인경	이창식	임재해	임철호	임치균	조현설	천혜숙
허남춘	황인덕	황루시						

전임연구원

    이균옥   최원오

박사급연구원

강정식	권은영	김구한	김기옥	김영희	김월덕	김형근	노영근	류경자
서해숙	유명희	이영식	이윤선	장노현	정규식	조정현	최명환	최자운
한미옥								

연구보조원

강아영	고호은	공유경	기미양	김미정	김보라	김영선	박은영	박혜영
백민정A	백민정B	서정매	송기태	신정아	오소현	윤슬기	이미라	이선호
이창현	이화영	임세경	장호순	정혜란	황영태	황은주	황진현	

주관 연구기관 : 한국학중앙연구원 어문생활사연구소
공동 연구기관 : 안동대학교 민속학연구소

일러두기

■ 『증편 한국구비문학대계』는 한국학중앙연구원과 안동대학교에서 3단계 10개년 계획으로 진행하는 "한국구비문학대계 개정·증보사업"의 조사 보고서이다.

■ 『증편 한국구비문학대계』는 시군별 조사자료를 각각 별권으로 간행하는 것을 원칙으로 한다. 서울 및 경기는 1-, 강원은 2-, 충북은 3-, 충남은 4-, 전북은 5-, 전남은 6-, 경북은 7-, 경남은 8-, 제주는 9-으로 고유번호를 정하고, -선 다음에는 1980년대 출판된 『한국구비문학대계』의 지역 번호를 이어서 일련번호를 붙인다. 이에 따라 『증편 한국구비문학대계』는 서울 및 경기는 1-10, 강원은 2-10, 충북은 3-5, 충남은 4-6, 전북은 5-8, 전남은 6-13, 경북은 7-19, 경남은 8-15, 제주는 9-4권부터 시작한다.

■ 각 권 서두에는 시군 개관을 수록해서, 해당 시·군의 역사적 유래, 사회·문화적 상황, 민속 및 구비 문학상의 특징 등을 제시한다.

■ 조사마을에 대한 설명은 읍면동 별로 모아서 가나다 순으로 수록한다. 행정상의 위치, 조사일시, 조사자 등을 밝힌 후, 마을의 역사적 유래, 사회·문화적 상황, 민속 및 구비문학상의 특징 등을 중심으로 설명하고, 마을 전경 사진을 첨부한다.

■ 제보자에 관한 설명은 읍면동 단위로 모아서 가나다 순으로 수록한다. 각 제보자의 성별, 태어난 해, 주소지, 제보일시, 조사자 등을 밝힌 후, 생애와 직업, 성격, 태도 등을 중심으로 서술하고, 제공 자료 목록과 사진을 함께 제시한다.

■ 조사 자료는 읍면동 단위로 모은 후 설화(FOT), 현대 구전설화(MPN), 민요(FOS), 근현대 구전민요(MFS), 무가(SRS), 기타(ETC) 순으로 수록한다. 각 조사 자료는 제목, 자료코드, 조사장소, 조사일시, 조사자, 제보자, 구연상황, 줄거리(설화일 경우) 등을 먼저 밝히고, 본문을 제시한다. 자료코드는 대지역 번호, 소지역 번호, 자료 종류, 조사 연월일, 조사자 영문 이니셜, 제보자 영문 이니셜, 일련번호 등을 '_'로 구분하여 순서대로 나열한다.

■ 자료 본문은 방언을 그대로 표기하되, 어려운 어휘나 구절은 ( ) 안에 풀이말을 넣고 복잡한 설명이 필요할 경우는 각주로 처리한다. 한자 병기나 조사자와 청중의 말 등도 ( ) 안에 기록한다.

■ 구연이 시작된 다음에 일어난 상황 변화, 제보자의 동작과 태도, 억양 변화, 웃음 등은 [ ] 안에 기록한다.

■ 잘 알아들을 수 없는 내용이 있을 경우, 청취 불능 음절수만큼 '○○○'와 같이 표시한다. 제보자의 이름 일부를 밝힐 수 없는 경우도 '홍길○'과 같이 표시한다.

■ 『증편 한국구비문학대계』에 수록된 모든 자료는 웹(gubi.aks.ac.kr/web)과 모바일(mgubi.aks.ac.kr)에서 텍스트와 동기화된 실제 구연 음성파일을 들을 수 있다.

차례

임실군 개관 ● 23

1. 강진면

▌조사마을

전라북도 임실군 강진면 부흥리 이목(梨木) 마을 ····························· 29

▌제보자

김덕만, 남, 1942년생 ··· 31
이정인, 남, 1928년생 ··· 31
장수연, 여, 1950년생 ··· 33

● 설화

갈담리 잉어 명당 ··· 이정인 34
별바우절의 쌀구멍 ··· 이정인 35
임진왜란 때 섬진강으로 이름이 바뀐 갈천 ····················· 이정인 36
아기장수가 태어났다고 하여 불로 태운 장군묘지 ············ 이정인 37
절에 사람을 태워다 준 호랑이 ······································ 이정인 39
오수의견 ·· 이정인 40
명당을 팔고 다녔던 성문대사 ·· 이정인 41
벼이삭을 뽑아 올린 어리석은 사람 ································· 이정인 42
정씨 임금이 나온다는 계룡산의 팔유대사 절 ·················· 이정인 43

● 현대 구전설화

축지법을 수련했던 사람 ·· 이정인 44

● 민요

이목마을 김덕만 상여소리 / 발인소리 ····························· 김덕만 46
이목마을 김덕만 상여소리 / 운상소리 ····························· 김덕만 48
이목마을 김덕만 상여소리 / 장지에 도착하는 소리 ··········· 김덕만 49

이목마을 장수연 베틀노래 ·· 장수연 49

● 기타
풍수지리와 관련된 부흥리 지명 ····································· 이정인 51
숙호 명당과 관련된 부흥리 지명 ··································· 이정인 52
사초를 하면 안 되는 호두혈 ··· 이정인 53
신기 마을의 구옥과 하마석과 선덕비 ··························· 이정인 54
새 울음소리를 본떠 마을이름을 지은 부흥마을 ············ 이정인 55
지형과 일치하는 지명 ··· 이정인 56

2. 관촌면

▌조사마을
전라북도 임실군 관촌면 병암리 병암(屛岩) 마을 ····························· 61

▌제보자
김일녀, 여, 1942년생 ··· 63

● 설화
바위 속에서 자라던 아기장수 ···································· 김일녀 64

● 현대 구전설화
도깨비한테 홀린 남편 ··· 김일녀 66
여시한테 홀린 사람 ·· 김일녀 69

3. 덕치면

■ 조사마을

전라북도 임실군 덕치면 일중리 일중(日中) 마을 ……………………… 73
전라북도 임실군 덕치면 천담리 구담(九潭) 마을 …………………… 74

■ 제보자

김성철, 남, 1945년생 …………………………………………………… 76
김유순, 여, 1936년생 …………………………………………………… 76

● 설화

성미산 성장군과 강도래미 강장군 ………………………… 김성철 78
학 형국의 한양에 도읍을 정한 이성계 …………………… 김성철 80
강진면의 잉어 명당 ………………………………………… 김성철 81
상가승무노인탄 ……………………………………………… 김성철 83
곽도회 득금 ………………………………………………… 김성철 84
종이장인이 천민으로 남아 있게 된 유래 ………………… 김성철 85

● 현대 구전설화

방귀 뀐 며느리와 일본말 ………………………………… 김성철 87
아내들이 남편들에게 커피를 마시게 한 사연 …………… 김성철 88

● 민요

진주낭군 …………………………………………………… 김유순 90
베틀노래 …………………………………………………… 김유순 91

4. 삼계면

■ 조사마을

전라북도 임실군 삼계면 두월리 두월(斗月) 마을 ……………………… 95

■ 제보자

김동준, 남, 1927년생 …………………………………………………… 97
김종현, 남, 1931년생 …………………………………………………… 98

● **설화**

이성계와 황산대첩 ·· 김동준 100

김응서 장군과 계월향 ······································· 김동준 102

숙종 초비에게 진상된 어은리 콩잎 ······················· 김동준 104

왕씨가 예씨 된 사연 ··· 김동준 106

머슴 출신 영의정 상진 ······································· 김동준 107

만석꾼 경주 최씨 집에 전해오는 원칙 ···················· 김동준 111

강에서 인삼을 낚은 효자 ···································· 김동준 112

쌀바위, 피바위, 중바위 ····································· 김종현 113

진안 마이산의 기인 이갑용 ································· 김종현 116

● **현대 구전설화**

돌아오지 않는 아기장수 ······································· 김종현 119

● **민요**

상사소리 ··· 김종현 121

5. 성수면

▌**조사마을**

전라북도 임실군 성수면 도인리 후촌(后村) 마을 ························· 125

▌**제보자**

양창식, 남, 1946년생 ··· 127

● **설화**

왕건과 이성계가 기도를 한 성수산 ························ 양창식 129

이성계와 관련된 성수면 도인리의 지명 ···················· 양창식 130

풍수에 따른 성수면의 지명 ································· 양창식 132

백호날의 허리를 잘라 쇠락한 후촌 ························ 양창식 133

자라다가 멈춘 고덕산 ······································ 양창식 134

● **현대 구전설화**

지도자를 배출하는 도인리 ································· 양창식 136

원래 세동이었던 금동마을 ································· 양창식 137

6. 신덕면

▌조사마을

전라북도 임실군 신덕면 금정리 금정(金亭) 마을 ························· 141
전라북도 임실군 신덕면 수천리 수천(水川) 마을 ························ 142

▌제보자

박준희, 남, 1927년생 ··· 144
신윤철, 남, 1931년생 ··· 145

● 설화

신덕면의 평산 신씨 터와 숙호 명당 ························· 박준희 147
장군 발자국이 있는 상사암 ································· 박준희 149
전생의 아내를 만난 이서구 ································· 박준희 150
송장날을 덮어서 망해버린 부자 ························· 박준희 151
관촌 배나들이의 군왕지지 ································· 박준희 154
하운암의 연화도수 명당 ································· 박준희 155
갈동의 지명 유래 ································· 박준희 158
수월 마을의 지명 유래 ································· 박준희 159
재몰이라 불렸던 운암 ································· 박준희 160
비밀문서가 전해진다는 쌍계사 석탑 ························· 박준희 161
홍성문의 명당록에 있는 수천마을 명당 ························· 신윤철 161
금섬망룡 형국의 상사봉 ································· 신윤철 163
화산인 상사봉과 거북돌 전설 ································· 신윤철 164

● 현대 구전설화

일제강점기 도곡 마을이 금정 마을로 명칭이 바뀐 내력 ····· 박준희 167

● 기타

수천 마을의 지명들 ································· 신윤철 169

7. 신평면

▌조사마을

전라북도 임실군 신평면 용암리 북창(北倉) 마을 ························ 173

▋제보자

신상철, 남, 1938년생 ··· 175

● 설화

용암리 석등과 절촌 ·································· 신상철 178
이여송과 관련된 신평면의 지명들 ·········· 신상철 180
절의 구유가 빠져 생겼다는 밴구수 ········· 신상철 182
장군의 방귀 뀐 자리와 손가락 자리 ········· 신상철 183
이성계와 웃두리 ···································· 신상철 185
진묵대사와 팔만대장경 ·························· 신상철 187
진묵대사와 물고기 중티기 ····················· 신상철 190
봉황터의 먹이 자리에 있는 죽치 마을 ······· 신상철 192
옛 지명이 삼복골인 마전 ························ 신상철 193
연화함로 명당을 가진 연화실 ·················· 신상철 194
학명당이 있어서 학산이었던 학암리 ········· 신상철 195
까치동저고리의 유래와 승려 신돈 ··········· 신상철 195
풍수지리에 밝았던 신사임당 ··················· 신상철 197
정읍에서 신덕면으로 이주한 평산 신씨 ······ 신상철 199
친정의 명당을 얻은 홍씨 여인 ·················· 신상철 201
북명당을 망가뜨려 앙갚음한 지관 ··········· 신상철 204
삼형제가 삼년 안에 죽어 발복할 명당 ······· 신상철 207
명당 팔아먹는 아들을 둔 지관 ················· 신상철 211
답산가를 지은 명지관 홍성문 ·················· 신상철 213
봉분이 세 개인 신숭겸의 묘 ····················· 신상철 214

● 현대 구전설화

절의 샘이 있었던 시암골 방죽 ·················· 신상철 216
땅보스님과 호랑이 ································· 신상철 217
일제강점기에 잘린 당산나무 ··················· 신상철 218
명당 얻으려다가 사기 당한 사람 ·············· 신상철 219
주정 속에 묘를 쓴 평산 신씨 ···················· 신상철 224

● 기타

북창 마을 터를 있게 한 용산바위 ············· 신상철 230
진안놈 임실사람 남원양반 ······················ 신상철 231

8. 오수면

■ 조사마을
전라북도 임실군 오수면 오수리 서후(西後) 마을 ·························· 235

■ 제보자
최용만, 남, 1936년생 ·· 237

● 설화
학자가 많이 나온다고 하는 덕재산 ································· 최용만 238

● 현대 구전설화
배 형국에 제사 공장을 지었던 일제 ······························· 최용만 239
아홉 고을 자식들이 모인다는 곳에 있는 논산훈련소 ········· 최용만 241

9. 운암면

■ 조사마을
전라북도 임실군 운암면 학암리 학암(鶴巖) 마을 ·························· 247

■ 제보자
손완주, 남, 1936년생 ·· 249

● 설화
큰절의 솥단지가 가라앉아 생겼다는 빈구수 ····················· 손완주 250
이여송이 붓으로 산을 잘랐다고 전해지는 벤목 ················· 손완주 251
금강산에 속한다 하여 속금산인 마이산 ·························· 손완주 252
상가승무노인탄 ·· 손완주 253

● 현대 구전설화
금계포란 형국에 자리잡은 관촌초등학교 ························· 손완주 255

10. 임실읍

■ 조사마을
전라북도 임실군 임실읍 신안리 정촌(亭村) 마을 ·························· 259

전라북도 임실군 임실읍 이도리 운수(雲水) 마을 ·························· 260

▌제보자
곽길순, 여, 1940년생 ······································· 262
양명식, 남, 1937년생 ······································· 263
한준석, 남, 1923년생 ······································· 264

● 설화

이얘기가 뛰얘기를 짊어지고 ····················· 곽길순 266
진안 백운면 도림리에서 태어난 장수 ··········· 곽길순 266
꾀를 내어 과부 각시를 얻는 사람 ··············· 곽길순 268
신혼부부의 약과 술 ······························ 곽길순 270
곶감장수에게 딸을 뺏긴 홀어미 ················· 곽길순 272
이성계와 우투리 ······························· 곽길순 274
구렁덩덩 새순배기 ····························· 곽길순 278
율곡 선생과 화석정 ···························· 한준석 282
이순신에게 승전 비법을 알려준 율곡 선생 ······ 한준석 283
비첩소생의 기인 송구봉 ························ 한준석 287
'생거 남원 사거 임실'의 유래 ·················· 한준석 290
애꾸눈 학자 노사 기정진 ······················ 한준석 292
이여송과 임진왜란 ···························· 한준석 299
김덕령의 애첩 혜월과 소서행장 ················ 한준석 302
산 주령을 끊은 이여송 ························· 한준석 305
왕건과 이성계가 기도를 올렸던 성수산 ········· 한준석 307
아지발도를 물리친 이성계 ····················· 한준석 308
결의형제를 맺은 이성계와 퉁두란 ·············· 한준석 310
들짐승의 먹이까지 염려한 황희 ················ 한준석 312
황희와 계란유골 ······························ 한준석 314
황희의 도시락 ································· 한준석 315
고려장이 없어지게 된 유래 ···················· 한준석 317
사명당이 승려가 된 내력 ······················ 한준석 318
일본에서 영검을 보인 사명당 ·················· 한준석 322
지혜로운 어린 아이 이상진 ···················· 한준석 324
동서들의 청탁을 거절한 만암 이상진 ··········· 한준석 327
미래를 예견한 이서구 ························· 한준석 329

어린 천재 매월당 김시습 ···················· 한준석 332
한석봉과 그의 어머니 ······················ 한준석 336
황진이 일화 ······························· 한준석 338
훼절한 여인들을 구제한 선조 ·············· 한준석 344
이인 겸암 유운룡 ·························· 한준석 346
기인이었던 유성룡 어머니 ·················· 한준석 350
달마의 관상 보기와 불교 포교 ············· 한준석 354
공자 동가구 ······························· 한준석 356
운암강수만경래 표석 ······················ 한준석 357
할아버지 묘를 아홉 번 옮긴 남사고 ········· 한준석 358
대원군 이하응과 지관 정만인 ·············· 한준석 360
기지 있는 본처 ···························· 한준석 363

● 민요
울 어머니 심근 박은 ······················ 곽길순 366
한 골 매야 두 골 매야 ···················· 곽길순 366
진주낭군 ·································· 곽길순 370
장타령 ···································· 양명식 372

● 기타
놀이 꼬대꼬대 꼬대각시 ···················· 곽길순 375
군밤 닷 되 찐밤 닷 되 ···················· 곽길순 378
며느리수저풀 ······························ 곽길순 379
며느리 찰밥 딸 볶은 콩 ···················· 곽길순 380
장구장구 장구씨 ·························· 곽길순 381

11. 지사면

▌조사마을
전라북도 임실군 지사면 계산리 계산(溪山) 마을 ·················· 387

▌제보자
김기순, 여, 1927년생 ······························ 389
박세철, 남, 1938년생 ······························ 389

설화

태백산 주걱 장수 ·· 김기순 391
달봉이 ··· 김기순 392
갓바우 ··· 박세철 398
동방삭 ··· 박세철 399

현대 구전설화

용혈의 허리를 잘라 집안이 망한 진주 강씨 ·············· 박세철 401
호식(虎食) 자리 ··· 박세철 402
여우에게 홀린 사람 ·· 박세철 403

12. 청웅면

▌조사마을

전라북도 임실군 청웅면 구고리 양지(陽地) 마을 ······················· 407

▌제보자

권봉옥, 남, 1934년생 ··· 409
이시권, 남, 1942년생 ··· 409
한병권, 남, 1934년생 ··· 410

설화

절을 몰아내고 두복리 명당을 차지한 권씨들 ·············· 권봉옥 411
정읍의 평사낙안혈 ·· 권봉옥 412
우렁혈에 묘를 써서 부자된 사람 ··························· 이시권 413
지푸라기를 처방해준 의원 ····································· 한병권 415
회문산에서 세월을 잃은 사람 ································· 한병권 416

현대 구전설화

김성수 일가가 부자된 내력 ··································· 권봉옥 419
청양의 구봉광업소 도난 사건 ································· 이시권 421

임실군 개관

　임실은 삼한시대에 마한에 속한 청웅현이었다. 삼국시대에는 백제의 영토로서 임실현이었고 일명 운수현이라 칭하기도 하였다. 통일신라시대에 임실군은 남원부에 속하였으며 고려시대에는 전라도 전주목 임실군이었다. 조선시대에는 임실현이었다가 다시 임실군으로 승격되었다. 1906년 대한제국 때에 남원군에 속하였던 지사면, 남면, 둔남면, 오지면, 석현면, 아산면 등 6개면이 임실군으로 편입되었다. 1914년 일제강점기 행정개편 시에 12면 130리였는데 상동과 하동면이 성수면으로, 남면과 둔남면이 둔남면으로, 신덕면과 원신평 일부가 신덕면으로, 오지와 석현과 아산면이 삼계면으로, 상북과 북하면이 오천면으로 개칭되었고 임실군의 양계면이 순창군으로 편입되었다. 1935년에 오천면을 관촌면으로 개칭하였고 1979년에 임실면이 읍으로 승격하였다. 1983년에는 남원군 덕과면 금암리가 둔남면에 편입되었고, 1987년에는 정읍군 산내면 종성리 종성3리가 임실군 강진면 용수리에 편입되었다. 1990년에 관촌면 금성리가 임실읍으로 편입되고 1992년에는 둔남면을 오수면으로 개칭하였다. 1994년에는 행정구역 개편으로 삼계면 신정, 망전리가 임실읍으로 편입되었다.

　임실군은 1읍 11면으로 131법정리, 256행정리로 구성되어 있다. 2015년 12월말 현재 14,269세대, 인구는 30,271명이다. 인구가 감소하는 추세였으나 2013년 12월 육군 35사단이 전주시에서 임실로 이전함으로써 2,000여 명의 인구 유입효과가 있었다.

임실군은 동경 127°05'~127°27', 북위 35°27'~35°47'에 위치하고 있으며, 동쪽은 진안군·장수군·남원시, 서쪽은 정읍시, 남쪽은 순창군, 북쪽은 완주군과 접하고 있다. 면적은 597km²으로 면적의 18.1%가 경지이며 69.9%는 임야를 이룬다. 노령산맥의 동사면에 위치해 산지가 많은 지역이다. 성수면의 성수산, 덕치면의 회문산, 지사면의 덕재산, 강진면의 백련산, 관촌면 고덕산, 신덕면 경각산, 신덕면의 상사봉 등이 임실의 대표적인 산이다.

진안군 백운면에서 발원한 섬진강이 관촌면 방수리로 흘러 오원천을 이룬다. 오원천은 서남쪽으로 흘러 옥정호에 모였다가 서남부를 지나 순창군으로 흐른다. 임실군의 남동부에는 오수천이 흐르고 있다. 옥정호의 섬진강댐은 임실군 운암면 일대를 흘러가는 섬진강 상류물을 정읍시 칠보로 넘겨준다. 섬진강댐은 계화도와 호남평야에 물을 제공하는 한편 물을 배수하면서 그 낙차를 이용하여 발전하는 다목적댐이다.

산업 분야에서는 농업이 높은 비중을 차지한다. 논농사 중심의 주곡농업이 많고, 밭작물로는 고추·무·배추·담배 등이 나며, 임실에서 생산된 고추는 전국적으로 유명하다. 덕치면과 강진면 등지에서는 양봉이 행해지기도 하며 약초와 밤 등의 임산물을 생산하고 있다.

신평면 대리와 오수면 오수리에 농공단지가 조성되어 있고, 최근에 임실읍 이도리에 농공단지가 들어서 제강과 도시가스 업체가 입주해 있다. 임실은 1968년 우리나라 최초로 치즈공장이 설립된 곳으로, 현재는 임실 치즈를 상호로 하는 피자 프랜차이즈가 전국적으로 널리 퍼져 있다. 치즈산업이 발달해 있어서 치즈를 테마로 하는 테마파크와 체험마을 등이 활발하게 운영되고 있다. 1978년에는 신평면 대리에 우유가공공장이 세워졌다. 이러한 우유가공 산업의 발달로 젖소 사육도 널리 퍼져 있는 편이

다. 전통공업으로는 한지제조업이 발달해 있어서 덕치면 일중리에는 한지부업단지가 조성되어 있다. 경관이 아름다운 옥정호와 섬진강 주변, 사선대, 세심휴양림 등은 관광휴양지로서 이 주변에서 요식업과 숙박업 등 서비스업에 종사하는 이들도 있다.

임실군은 '충효의 고장'이란 표현으로서 지역 정체성을 보여준다. 임실의 인물 중에는 구한말의 의병장 정재 이석용이 있다. 이석용은 임실군 성수면 사람으로 1905년 을사조약이 체결되자 상이암에서 의병 창의를 준비하여 호남의병창의동맹단을 결성하였다. 그는 진안군 마이산에 본부를 설치하고 일본 헌병대와 싸우며 항일구국투쟁을 전개하다 1912년에 일본경찰에 체포되어 1914년 대구형무소에서 순국하였다. 성수면에 있는 소충사는 이석용과 그의 휘하에서 활동하던 28의사를 배향하는 사우이다. 임실군에서는 1999년 소충·사선문화제전으로 통합되기 전까지 임실군민의 날 행사를 '소충제'라고 명명하여 충의 이미지를 제고하였다.

임실군과 순창군, 정읍시의 경계를 이루고 있는 회문산은 동학혁명 당시에는 항일구국운동의 장소였으며 6·25전쟁 이후에는 빨치산의 주요 활동지이자 국군과의 격전지로서 가슴 아픈 근대사의 현장이기도 하다.

강진면의 국립임실호국원은 임실군에 국가보훈의 이미지를 더해준다. 이곳은 2001년 11월 30일 임실호국용사묘지가 준공되어 국가유공자와 참전병사들의 영면의 안식처가 되고 있다. 2001년 임실호국원으로 개원하였다가 2006년 국립묘지로 승격하였고 2007년 국가보훈처로 소속이 이관되었다.

강진면 필봉리의 임실필봉농악이 중요무형문화재로 지정되어 있다. 필봉농악전수관으로부터 확장된 필봉문화촌은 농악 전수교육을 비롯하여 한옥생활과 전통문화를 체험할 수 있는 문화공간으로서 운영되고 있다. 필봉농악은 전국적으로 수많은 회원들을 확보하고 있으며, 필봉문화촌에서 열리는 전수교육에는 매년 전국에서 모여든 1천여 명의 전수생들이 참가하고 있다.

본 조사팀은 2010년 1월부터 8월까지 임실군을 두루 돌아다니며 설화와 민요를 중심으로 임실군의 구비문학을 조사하였다. 한겨울과 한여름의 농한기에는 마을회관을 주로 방문하여 제보자를 물색하고 면담하였다. 농번기에는 제보자를 개별 방문하거나 추가 면담을 진행하였다.

구비문학이 지역의 정체성 형성뿐 아니라 문화콘텐츠로 개발되어 지역경제에 도움이 된다는 인식이 보편화되면서 지역의 리더들은 설화나 민요의 발굴과 계승에 많은 관심을 두고 있는 것 같다.

경치가 아름다워 선녀와 신선들이 내려와 놀았다는 관촌면 사선대의 전설과 주인을 구하고 대신 죽음을 맞이한 오수의견 전설은 소충·사선문화제전과 오수의견축제를 통해 지속적으로 전승되고 있다. 세 차례의 전국민속예술경연대회 출전 이후에 전승이 다소 주춤했던 삼례면의 들노래 또한 '말천방 들노래 한마당 축제'라는 마을 축제로 자리를 잡아가고 있다.

이외에도 성수면의 성수산 관련 이성계 설화, 덕치면의 한지 관련 설화, 신평면의 진구사지 석등 관련 설화 등을 비롯하여 지명과 인물 설화들을 수집할 수 있었다. 민요로는 베틀노래, 논농사요, 상여소리 등을 수집할 수 있었다.

1. 강진면

증편 한국구비문학대계 · 전라북도 임실군

,

▌조사마을

전라북도 임실군 강진면 부흥리 이목(梨木) 마을

조사일시 : 2011.2.10, 2010.2.17
조 사 자 : 권은영, 이화영

　이목 마을은 강진면 소재지로부터 2km 떨어진 곳에 위치해 있다. 1664
년(현종5년)경 김해 김씨가 정착하여 마을을 형성하여, 과거에는 100세대
가 넘는 큰 마을이었다. 조사 당시 62세대, 120여 명의 인구가 살고 있었
으며 초등학생 9명, 중학생 5명 등 주변 마을에 비해 학생 인구도 있는
편이다. 마을에서 7~8명이 강진소재지에 있는 강진교회를 다닌다.

　예부터 배나무실이라 불렀는데, 마을에 큰 배나무가 있어 마을 이름을
배나무실이 되었다고도 하고, 마을 뒷골에 배나무골이 있어 그렇다고도

한다.

이목 마을의 주요산업은 농업으로 벼농사와 콩, 고추 등의 밭농사를 짓는다. 수백 년 동안 마을에서 삼베길쌈을 해왔는데, 이것은 현재까지도 이어지고 있다. 주변 마을에서도 삼베길쌈을 했으나 마을의 물이 좋기 때문에 예부터 이목마을의 삼베 색깔과 질이 제일 좋았다고 한다. 이목 마을에서는 한때 삼베작목반이 있어 30세대가 1년에 약 800필의 삼베를 생산하여 삼베가 마을의 주요수입원이 되었었다. 지금은 삼베작목반이 해체되었으나, 3~4가구에서 꾸준히 삼베길쌈을 해오고 있다.

마을에 상여소리가 잘 전승되고 있었고, 마을 주민들이 마을의 민속과 구비문화에 관심이 높았다.

김덕만, 남, 1942년생

주 소 지 : 전라북도 임실군 강진면 부흥리 이목 마을
제보일시 : 2011.2.10, 2011.2.17
조 사 자 : 권은영

강진면 부흥리 이목 마을에서 나고 자랐
으며, 이 마을에서 쭉 살아왔다. 27세에 청
웅면 출신 아내와 혼인하였고, 농사를 지으
며 살았다. 신명이 있고 흥이 많은 성품이
다. 현재 임실필봉농악보존회 회원으로서 활
동하고 있다

김덕만은 책에 있는 사설을 배운 적은 없
고 그때그때 운구하는 상황에 맞게 상여소
리를 메긴다고 하였다.

제공 자료 목록

07_09_FOS_20110217_KEY_KDM_0001 이목마을 김덕만 상여소리 / 발인소리
07_09_FOS_20110217_KEY_KDM_0002 이목마을 김덕만 상여소리 / 운상소리
07_09_FOS_20110217_KEY_KDM_0003 이목마을 김덕만 상여소리 / 장지에 도착하
는 소리

이정인, 남, 1928년생

주 소 지 : 전라북도 임실군 강진면 부흥리 이목 마을
제보일시 : 2011.2.10, 2011.2.17
조 사 자 : 권은영, 이화영

이정인은 임실군 강진면 부흥리 이목마을
에서 태어나고 자랐다. 20대 초반부터 강진
면사무소에서 호적사무를 보며 근무하였다.
1977년부터 경기도 연천군청과 나주 등에
서 공무원으로 근무하느라 20여 년간 고향
을 떠나서 생활하였다. 이목 마을로 다시 돌
아온 지는 약 11년이 되었다.

임실문화원의 회원으로서 사업에 참여하
여, 2010년까지 각 마을의 지명을 3년간 조사한 바 있다. 강진교회의 안
수집사로서 10여 년간 서기를 보았고, 강진면 노인회장을 10여 년 하였
다. 조사자에게 들려준 이야기들은 어렸을 때부터 마을 어른들로부터 자
주 들어서 알고 있는 것이라 하였다.

제공 자료 목록
07_09_FOT_20110210_KEY_LJI_0001 갈담리 잉어 명당
07_09_FOT_20110210_KEY_LJI_0002 별바우절의 쌀구멍
07_09_FOT_20110210_KEY_LJI_0003 임진왜란 때 섬진강으로 이름이 바뀐 갈천
07_09_FOT_20110210_KEY_LJI_0004 아기장수가 태어났다고 하여 불로 태운 장군묘지
07_09_FOT_20110210_KEY_LJI_0005 절에 사람을 태워다 준 호랑이
07_09_FOT_20110210_KEY_LJI_0006 오수의견
07_09_FOT_20110210_KEY_LJI_0007 명당을 팔고 다녔던 성문대사
07_09_FOT_20110210_KEY_LJI_0008 벼이삭을 뽑아 올린 어리석은 사람
07_09_FOT_20110210_KEY_LJI_0009 정씨 임금이 나온다는 계룡산의 팔유대사 절
07_09_MPN_20110210_KEY_LJI_0001 축지법을 수련했던 사람
07_09_ETC_20110210_KEY_LJI_0001 풍수지리와 관련된 부흥리 지명
07_09_ETC_20110210_KEY_LJI_0002 숙호 명당과 관련된 부흥리 지명
07_09_ETC_20110210_KEY_LJI_0003 사초를 하면 안 되는 호두혈
07_09_ETC_20110210_KEY_LJI_0004 신기 마을의 구옥과 하마석과 선덕비
07_09_ETC_20110210_KEY_LJI_0005 새 울음소리를 본떠 마을이름을 지은 부흥마을
07_09_ETC_20110210_KEY_LJI_0006 지형과 일치하는 지명

장수연, 여, 1950년생

주 소 지 : 전라북도 임실군 강진면 부흥리 이목 마을
제보일시 : 2011.2.10, 2011.2.17
조 사 자 : 권은영, 이화영

　어릴 때 야학을 다녔다. 야학 선생님한테
서 베틀노래를 배워 기억하고 있었다. 베틀
노래 가사를 적어 조사자에게 보여주었다.

제공 자료 목록
07_09_FOS_20110217_KEY_JSY_0001 이목마을 장수연 베틀노래

갈담리 잉어 명당

자료코드 : 07_09_FOT_20110210_KEY_LJI_0001
조사장소 : 전라북도 임실군 강진면 부흥리 519번지 이목 마을회관
조사일시 : 2011.2.10
조 사 자 : 권은영, 이화영
제 보 자 : 이정인, 남, 84세
구연상황 : 이목마을과 제보자에 대한 얘기를 하다가 다음을 구연하였다.
줄 거 리 : 강진면 갈담리에는 잉어 명당이 있다. 어느 사람이 잉어 명당에 묘를 쓰려고
땅을 파고 있는데, 그 자리에서 잉어 한 마리가 튀어나왔다. 잉어가 튀어 나
온 그 묏자리는 외국에 가서 출세할 명당이어서 그 묘를 쓴 사람은 중국에
가서 큰 벼슬을 하였다. 그 사람이 중국에서 오래 살다가 고향으로 돌아오려
했으나, 갈담리라는 고향 이름을 잊어버리고 가달국을 찾는 바람에 고향으로
돌아올 수 없었다. 그 묘의 주인은 박씨로 알려져 있는데, 훗날 그 묘를 먼저
벌초하는 사람은 그 해 농사가 잘 된다는 소문이 생겼다.

또 저 갈담리 잉어명당이 있어요. (조사자 : 무슨 명당이요?) 잉어명당

(조사자 : 아, 갈담리 잉어명당. 그 왜 잉어명당이에요?) 산 물형이 잉어
요 (조사자 : 산 물홍이?) 산 물형이. (조사자 : 물형이 아 잉어모양이에요?)
근데, 잉어명당을 쓸라고 보니, 쓰고 파니까 잉어 한 마리가 뛰어 나가더
래요. 저그서 저 먼 데서 보고 거 잉어가 뛰어 나가네. 어서 묏을 쓰소,
해가지고 뫼를 썼는데, 그 뫼 쓴 뒤에로, 중국 가서 큰 벼실을 했어요.

(조사자 : 아 거기다 뫼 쓴 사람 집안이?) 그런게 잉어가 한 마리 뛰어
나갔응게 외국으로 나간 거 아니요. 그리서 그 사람이 성공해가지고, 가
달국을 찾았어요. (조사자 : 가단국?) 가달국. (조사자 : 그게 뭐예요?) 갈담
리라고 해야는디 가달국이라고 했단 말이. 오래 오래 사니까 잊어버려 가
달국을 찾으니까 대한민국 가달국이 어디가 있어요. 그런 말이 있어요.

(조사자 : 그니까 그 사람이 잉어 명당에다가 묘를 써서 그 집에서 출세해가지고 중국에 간 사람이 있었는데.) 잉어가 한 마리 뛰어나갔다더니 그 말이 그 말이요. (조사자 : 중국에서 살다가 가달국을 찾는데, 갈담리를 찾아야 하는데 이름을 잊어버려가지고 가달국을 찾았고만요?) 그래서 못 왔다는 말이 있어요. (조사자 : 못 돌아 왔다고?) 박씨, 박씨지 명당이? (청중 : 네.)

그런데 박씨 후손이 지금 없, 누가 긴지 모른데 그 묘소를 어느 누가 먼야 가서 묏을 쓰면 그 해 농사가 잘 된다고, 잘 된다고 하니까 어떤 사람이 벌초를 모른다고, 허는디 모른다는 사람이 있어요. (조사자 : 누가 벌초를 하는지 모른대요? 벌초를 하긴 하는고만요?) 하기는 한디 근데 말이 그 묘소를 벌초를 먼야 한 사람이 농사를 잘 된다 그러니까 그 벌초를 한다는디 누가 벌초를 하는지 모른단 사람이 있어요, 박씨, 박씨라고 그래요. (조사자 : 그래갖고, 사람들이 그른 서로 벌초를 할라고 그래요?) 예에. (조사자 : 동네사람이요?) 그럴 티죠 뭐. 먼 디 사람이 할 거예요? (조사자 : 그 묘 벌초를 해주면 농사가 잘 된다는 말이 있어서 서로 벌초 할라고 그러는구만요?) 예, 그런단 말이 있어요. 나는 보도 못했지만 그런 말이 전해와요 (조사자 : 아, 재밌네요.)

별바우절의 쌀구멍

자료코드 : 07_09_FOT_20110210_KEY_LJI_0002
조사장소 : 전라북도 임실군 강진면 부흥리 519번지 이목 마을회관
조사일시 : 2011.2.10
조 사 자 : 권은영, 이화영
제 보 자 : 이정인, 남, 84세
구연상황 : '사초를 하면 안 되는 호두혈' 이야기 후에 이 근처에 절이 없느냐고 조사자가 묻자 제보자가 다음을 구연하였다.

줄 거 리 : 강진면 방현리에 있는 암자인 성굴암은 달리 별바우절이라고 불린다. 이 암자에는 기도를 하면 쌀이 나오는 구멍이 있는데, 이 쌀은 백련리 신기 마을에 있던 서창에서부터 오는 것이다. 어느 날 이 암자에 손님이 많이 찾아와 해놓은 밥이 모자라게 되었다. 암자에서 밥을 해주던 사람이 쌀이 더 나오라고 막대기로 구멍을 쑤시자, 쌀뜨물만 나오고 그 뒤로는 쌀이 나오지 않았다.

(조사자 : 이 근처에 절이나 그런 건 없어요?) 절, 과거에 별바우절이 있어요. (조사자 : 별바우절.) 성암 이? 그 보고 별바우절이라고 안 한가이? (조사자 : 어디요, 상암리?) 거그는 또 이제 유명한 소리가 있어요. 여그 저 손 갈친 디 여가 그 새재 너메가 거가 있어요. (조사자 : 새재 너메가, 새재가 방현리 있는 데?) (청중1 : 방현리 뒤에.) 방현린데, 그 중이 있으면 중 밑에 또 있을 거 아뇨, 그 사람 보고 뭐라고 그려. (조사자 : 상좌 상좌, 애기중?) 여자 여자 여자, 밥 한 사람. (조사자 : 아, 보살님.) 손님이 몇 명 올 것이다 했는디 초과가 되아 부렀어, 밥을 해얀디 근디 쌀 나온, 신기리 가면 서창이 있어요. (조사자 : 신기리에?) 서창 (조사자 : 서창?) 예, 서녘 서 자, 창고라고 해서, (조사자 : 아 서녘 창고.) 또 북창도 있고 그려 임실이. (조사자 : 저기 용담, 아 용담이 아니라 용암리.) 예, 서창이 있는데 손님이 그 쌀구멍이, 도사가 기도를 해 쌀이 나온디 예를 들어서 세 사람 몫이를 밥을 했는데 네 사람 다섯 사람이 오니까 쌀 더 나오라고 그냥, 저 막대기로 구멍을 그냥 찔러버렸다고 그래요. 긒는디 뜬물만 나왔다고 그래요.

임진왜란 때 섬진강으로 이름이 바뀐 갈천

자료코드 : 07_09_FOT_20110210_KEY_LJI_0003
조사장소 : 전라북도 임실군 강진면 부흥리 519번지 이목 마을회관
조사일시 : 2011.2.10
조 사 자 : 권은영, 이화영

제 보 자 : 이정인, 남, 84세

구연상황 : 앞의 '신기 마을의 구옥과 하마석과 선덕비' 이야기 후에 조사자가 이여송과
　　　　　관련된 설화를 예로 들자 제보자가 다음을 구연하였다.

줄 거 리 : 섬진강의 옛 이름은 칡 갈 자에 내 천 자를 쓰는 갈천이다. 임진왜란에 왜병
　　　　　이 쳐들어오자 두꺼비가 시끄럽게 울어 적을 쫓아 보냈다. 이후로 두꺼비가
　　　　　나룻터에서 시끄럽게 울었다 하여, 두꺼비 섬, 나루 진 자를 써서 갈천을 섬
　　　　　진강으로 고쳐 불렀다.

　또 섬진강이라고 있잖아요. 그건 섬진강이 아니라 갈천이요. (조사자 :
갈천?) 칡 갈 자, 내 천 잔디, 왜 섬진강이라고 고쳤느냐면은 임진난리 땐
가 어느 땐가는 확실히 모르지만은 두께비란 놈이 막 울더래요. 두께비가
막 시끄럽게 우니까 그러니 도망가부렀어, 적이. (조사자 : 적이, 두꺼비
소리를 듣고?) 두꺼비가 막 골짜기에서 들리니까, 그래서 두꺼비 섬자, 섬
진강이라고 했어요. (조사자 : 근디 두꺼비가 왜 울었을까요, 갑자기?) 그
사람들 쫓아내려고 그랬지, 우리 저 천지조화 속으로 (조사자 : 천지조화
속으로? 그믄 두꺼비가 울면은 왜놈들이 왜 도망을 가요?) 아, 시끄럽고
더러우니까 가부렀지, 그거이 그거이 책자가 나왔어. (조사자 : 책자에 나
왔어요? 문화원에서 만든 책자에?) 예에. 두꺼비 섬 자, 나루 진 자, 섬진
강. (조사자 : 아 섬진강, 임진왜란때?) 네, 글안허면 거가 갈천이어, 칡 갈
자, 내 천 자. (조사자 : 원래는 갈천?) 네, 갈담리라고.

아기장수가 태어났다고 하여 불로 태운 장군묘지

자료코드 : 07_09_FOT_20110210_KEY_LJI_0004

조사장소 : 전라북도 임실군 강진면 부흥리 519번지 이목 마을회관

조사일시 : 2011.2.10

조 사 자 : 권은영, 이화영

제 보 자 : 이정인, 남, 84세

구연상황 : '새울음소리를 본떠 마을 이름을 지은 부흥마을' 이야기 후에 조사자가 아기

장수 설화를 예로 들자 제보자가 다음을 구연하였다.

줄거리 : 김해 김씨 집안에서 날갯죽지를 가진 아이가 태어났다. 나라에서는 역적이 났다고 하여 그 아이를 죽였고, 그 아이를 낳게 한 명당의 묘를 숯으로 태워서 명당이 효력을 발휘할 수 없게 만들었다.

(조사자 : 어디서 인제 제일 많이 듣는 얘기 중에 하나가, 동에서 옛날에는 왜 애기, 애기가 낳는데 날갯죽지를 달고 애기가 나가지고.) 이 마을이에요. (조사자 : 이 마을이, 어떻게 무슨 얘기가 있어요?) 김해 김씬데, 김상현씨 할아버진가 누군가 몰라요. 근디 여그 서 장군묘지가 있어요, 장군묘지. 여 금바우란 데가. (조사자 : 금바우) 근디 여그서 죽지가 났다고 그려요. (조사자 : 할아버지가, 그래갖고요?) 그런데, 잘못 돼갖고 죽여 버렸단 말이 있어요. (조사자 : 왜 죽였대요?) 그 역적이라고, (조사자 : 역적이라고? 그래갖고 어떻게 했대요?) 거 파묻어 버렸을 테지 뭐, 죽여 버렸으니까. (조사자 : 근데 묘지를 써놨어요?) 그전에 장군묘지라고 해서, 그 묘까지 파버리고 거기다 불을 질러 부렀다니까.

(조사자 : 그 얘기 좀 자세히 좀 해주세요. 왜 그렇게 하셨대요?) 그러니까 그 내용은 잘 모르겠는디, 지금도 가믄 숯이 있어요. (조사자 : 그 장군묘지에?) 네, 그 사람 묘, 어떤 양반이 쓴디, 그서 거기서 그렇고 나와서 역적이라고 해가지고 뫼까지 파서 거그따 숯으로 불을 띠어버리믄 효과가 없다네, 묏 효과가. (조사자 : 그 얘기가 좀 자세히 해주셨으면 좋겠는데. 그니까 그러면은 그 집에서 애기가 났어요.) 예. (조사자 : 애기가 났는데 날갯죽지가 났어요?) 예에. (조사자 : 그래서 그 애기를?) 나라에서 이러게 죽여 버렸죠, 역적 역적 나온다고. (조사자 : 그래서 근데 묘를 썼어요? 묘를 썼어요?) 묘를 파버렸다니까, 그 장군 나온 묏을. (조사자 : 아 그 집안에 묘를?) 에 말하자믄 그 묏으로 인해서 장군이 나왔으니, 그 장군 아니여 죽지 났으니까 그러니까 그 묏으로 하여금 그 묏도 파버리고, 누구 묏인지 모르지만 묏을 파버리고, 숯을 불로 떠버렸다고 그려요. 근디 지금

은 어떤가 모르지만 그전에 숯이 거기서 더러 나왔다 그려요, 불 논 것이, 흔적이. (조사자 : 더 이상 발복하지 말라고?) 예. (조사자 : 그런 장군묘지 자리가 있고만요?) 예, 대장군, 장군.

절에 사람을 태워다 준 호랑이

자료코드 : 07_09_FOT_20110210_KEY_LJI_0005
조사장소 : 전라북도 임실군 강진면 부흥리 519번지 이목 마을회관
조사일시 : 2011.2.10
조 사 자 : 권은영, 이화영
제 보 자 : 이정인, 남, 84세
구연상황 : 앞의 '아기장수가 태어났다고 하여 불로 태운 장군묘지' 이야기 후에 조사자
　　　　　가 호랑이 설화를 예로 들자 제보자가 다음을 구연하였다.
줄 거 리 : 이목마을에 양단분이란 여인이 살았는데 불교를 매우 숭상하였다. 그녀는 밤
　　　　　에 목욕재계를 하고 새재를 지나 별골절에 기도를 하러 다니고는 했다. 이런
　　　　　그녀를 위해서 호랑이가 산에서 기다리고 있다가 그녀를 절까지 태워다 주고
　　　　　는 했다.

　그 양반이, 양단분인가 돼요, 이름이. (조사자 : 이름이 양?) 단분이

　(조사자 : 단분이?) 네, 그럴 거예요. 근데, 불교를 많이 숭상을 혀요. 집에다가 막 불교를 숭상했는디, 여그 새재를 밤에, 그 양반은 밤에 무선지도 모르고 목욕을 싹 하고 가니까 범이 기다렸고 딱 업고 갔단 말을 들었어, 별골절에를. 그런 말이 있었지? (조사자 : 절로 태우고 간 거예요?) 예, 별골절로 (조사자 : 별골절로?) 양단분이란 분이 있는데, 불교를 숭상하니까 호랑이가 와가지고 밤중에? 여그서 싣고 가는 것이 아니라 저그 어디 산에, 여그 어디 뭔 골짝, 거그 산에 가니까 범이 아주 대기하고 있더란디, 대기하고 있다 싣고 왔다고. (조사자 : 별골절까지 태워다 줬고만요?) 예, 그런 얘기도 있어요. (조사자 : 그래요, 양단분이란 분은 그믄 어느 마

을에?) 이 마을에 살았어요. (조사자 : 여기 여기 여기 배나무실이요?) 예.

오수의견

자료코드 : 07_09_FOT_20110210_KEY_LJI_0006
조사장소 : 전라북도 임실군 강진면 부흥리 519번지 이목 마을회관
조사일시 : 2011.2.10
조 사 자 : 권은영, 이화영
제 보 자 : 이정인, 남, 84세
구연상황 : 앞의 '절에 사람을 태워다 준 호랑이' 이야기 후에 조사자가 호랑이에 관한
　　　　　 얘기를 더 하자 제보자가 다음을 구연하였다.
줄 거 리 : 옛날 오수에서 어느 노인이 개를 한 마리 데리고 외출을 하였다가 술을 먹고
　　　　　 는 무덤 옆에서 잠이 들었다. 묘 주변에 불이 나자, 노인의 개가 몸에 물을
　　　　　 묻혀 불을 문대어 끄고 주인을 구했다. 오수라는 지명은 개 오 자에 나무 수
　　　　　 자를 쓴다.

　저거 저, 오수가 있잖아요. (조사자 : 오수, 임실 오수면?) 예, 그거 그런
건 다 알 텐디 뭐. (조사자 : 아니 못 들었어요.) 왜 오수라고냐면 개 오 자
나무 수 자를 써요. 근디 누군지는 모르지만은 어느 늙은이가 술을 먹고
묏가상에서 잤대요. (조사자 : 묏가상에서?) 네, 근디 묏에 불이 났어. 불이
나니까 그 개가 뛰어가, 뛰어가서 자기 몸뚱이다 물을 싹 적시고 와서 불
을 이롷고 문대고 껐대요. (조사자 : 그래갖고요?) 그래서 그 주인은 죽었
는가 살았는가 모르겠지만 그런 이야기가 있어요. (조사자 : 아, 오수 가
서?) 그래서 오수 말, 참 저 개를 기려놓고 뭐 그랬죠. (조사자 : 그래서 오
수라고 부르는고만요, 개 오자 써갖고?) 개 오 자, 나무 수 자, 근디 누군
지는 모르고 어느 땐지도 난 잘 몰라요 (조사자 : 그런 말씀을 들으셨어
요?) 네

명당을 팔고 다녔던 성문대사

자료코드 : 07_09_FOT_20110210_KEY_LJI_0007
조사장소 : 전라북도 임실군 강진면 부흥리 519번지 이목 마을회관
조사일시 : 2011.2.10
조 사 자 : 권은영, 이화영
제 보 자 : 이정인, 남, 84세
구연상황 : '지형과 일치하는 지명' 이야기 후에 제보자가 다음을 구연하였다.
줄 거 리 : 성문대사는 풍수지리에 능한 사람이다. 회문산에서 공부를 했는데, 회문산에
는 좋은 명당이 여러 곳이 있다. 성문대사는 명당을 종이에 써가지고 다니며
팔러 다녔는데, 명당을 산 사람이 주는 돈의 값어치대로 명당을 알려주었다고
한다.

아 누군가 그전에 명당 사시오, 명당 사서 이 동네도 그 명당 사가지고
썼다곤디 그 사람 이름을 잊어 버렸네. (조사자 : 홍씨 아니에요, 홍씨?)
몰라요 잊어버렸어요, 이름을. (조사자 : 그 사람이 어떤 사람인데 명당을
팔러 댕겼대요?) 글을 많이 배왔는데, 누 어떤 사람이 명당 판다고서 돌아
다녔다고 글제? 자네 안가 모르겠네. (청중2 : 여그 사는 사람인디요?) 아
니, 요리 지나가면서 여그 명당 사시오 명당 사시오 해서 샀단 말이 있어.
(청중2 : 어, 성문대사?) 아, 성문대사. (조사자 : 성문대사란 사람이 있어
요?) 예.

성문대사가 어떤 사람이냐면 회문산에서 공부했어. 회문이라고 가보면
은 이러고 돌이 문같이 생겼어요. (조사자 : 아, 그래서 회문이에요?) 예,
그래서 회문산이오. 돌 가보믄 요롱고 문같이 생겼는디 저 상봉에 가면
나무가 없어요. 다믄 풀밭, 풀뿐이에요, 내가 초등학교 때 가봤는데. 거그
서 공부를 허고 미친 사람같이 명당 사시오, 명당 사시오, 그러고 다녔대
요. (청중2 : 예 그런갑드만요. 돈 많이 주면 좋은 데 잡아주고.) 돈 값어치
대로 왜 뫼을 썼단 말이 있지. (조사자 : 성문대사가요?) 예. (청중1 : 요 건
네 여 호두혈도 뭐여, 성문대사가.) 그 양반한테 샀대요. (조사자 : 성문대

사한테, 성문대사가 여기서 회문산에서 공부하면서?) 돌아다님서 인제.
(조사자 : 명당을 팔러 다녔고만요?) 성문대사. (청중1 : 종이때기 창호지에
다 그 그, 거기에서 갖고 대녔다요.) 뭔 명당 사시오, 뭔 명당 사시오, 종
이때기에다 주욱 써갖고 다녔디야. (조사자 : 명당을 써갖고 댕겼대요?) 아
회문산 이거 명당이, 어떤 사람 말 들으면 여러 개 있대요.

그리고 한번은 돌 우게다 뫼 쓴 사람도 있어. (조사자 : 도록이 뭐예요?)
바위 우게, 독덩이. (조사자 : 돌 우게다 묏을 써요? 그럴 수가 있어요?) 아
근게 모른게, 명당이라고 그니까 그것도. (청중2 : 긍게 독을 떨어내고 썼
지, 독을 띠어내고.) 안 띠어내고 막 성토를 헌 사람이 있어. (조사자 : 성
토.)

벼이삭을 뽑아 올린 어리석은 사람

자료코드 : 07_09_FOT_20110210_KEY_LJI_0008
조사장소 : 전라북도 임실군 강진면 부흥리 519번지 이목 마을회관
조사일시 : 2011.2.10
조 사 자 : 권은영, 이화영
제 보 자 : 이정인, 남, 84세
구연상황 : 앞의 '축지법을 수련했던 사람' 이야기 후에 조사자가 민담 몇 개를 예로 들
자 제보자가 다음을 구연하였다.
줄 거 리 : 남의 벼이삭은 패었는데 자기 벼의 이삭은 올라오지 않았다. 그러자 벼의 주
인은 급한 마음에 자기 벼의 이삭을 뽑아 올려서 벼를 못 쓰게 만들어버렸다.

어떤 사람은, 에 어떤 사람이 그랬는지는 모르지만, 남의 나락은 다 베,
베가 싹 팼는디, 싹 자기야는 안 패서 싹 뽑아버렸다는 사람도 있어, 뽑아
서 이렇고 올렸다고. (조사자 : 뽑아서 어디다 올려요?) 아니 나락, 넘의
나락, 넘의 베는 싹 팼는디, 자기 베는 안 패니까 이러고 쪽 뽑아서 올렸
다고. (조사자 : 자기 나락 그 모가지를 이렇게 뽑아서 올렸고만요?) 넘의

나락은 다, 그런 말을 들었는디, 어디서 그런 말 들었는가 몰라. (조사자 : 어디서 들으셨는지 모르고요.) 어느 것인지도 몰라요, 그런 말은 들었는데. (조사자 : 아 그러셨어요)

정씨 임금이 나온다는 계룡산의 팔유대사 절

자료코드 : 07_09_FOT_20110210_KEY_LJI_0009
조사장소 : 전라북도 임실군 강진면 부흥리 519번지 이목 마을회관
조사일시 : 2011.2.10
조 사 자 : 권은영, 이화영
제 보 자 : 이정인, 남, 84세
구연상황 : 앞의 '벼이삭을 뽑아 올린 어리석은 사람' 이야기 후에 조사자가 승려와 관련된 설화를 예로 들자 제보자가 다음을 구연하였다. 녹음한 앞부분이 약간 훼손되었다.
줄 거 리 : 충청도 계룡산에 가면 정씨 임금이 나온다는, 팔유대사라는 절이 있다고 전해진다. 팔유대사(八酉大事)라는 한자를 모두 합하면 정(鄭)이라는 한자가 완성된다.

　(조사자 : 어디에 가면 있어요?) 충청도 어느 절 계룡산 절에 있다굽디다. (조사자 : 충정도 절에 가면, 계룡산 절에 가면은 팔유대사라고 하는 절이 있어요?) 예, 거 정가 아니요. (조사자 : 예, 그 정씨가 어쩐다고요?) 근게 어쩐다고 허는 것이 아니라, 그전 어른들 말이면 정씨가 임금 나온다고 그러거딘요. 그러니까 그런 공을 들여서 그런가 어째서 그런가 그런 팔유대사가 있대요. (조사자 : 팔유대사가? 그게 절이에요?) 예, 몰라 나도 들어서, 가보든 안 했어.

축지법을 수련했던 사람

자료코드 : 07_09_MPN_20110210_KEY_LJI_0001
조사장소 : 전라북도 임실군 강진면 부흥리 519번지 이목 마을회관
조사일시 : 2011.2.10
조 사 자 : 권은영, 이화영
제 보 자 : 이정인, 남, 84세
구연상황 : 앞의 '명당을 팔고 다녔던 성문대사' 이야기 후에 회문산 명당에 대한 얘기를
하고는 다음을 구연하였다.
줄 거 리 : 제보자의 큰아버지는 순창에 살고 있었는데, 저녁을 먹은 후에는 항상 집밖으
로 나갔다. 제보자의 할아버지가 의아해하여 그 뒤를 따라가 보니 큰아버지가
어느 골짜기로 가서 책을 읽고 있었다. 그 책은 축지법을 수련하는 책이었는
데, 축지법은 땅을 병풍처럼 접어 달리는 도술이었다. 할아버지는 큰아버지가
변을 당할까 두려워 그 책들을 모두 불에 태워버렸다.

　내 백부님이 순창 살으셨는데 (조사자 : 누구가요?) 우리 큰아버지, (조
사자 : 큰아버지가 순창 사셨어요?) 이 저, 종 자 석 자, 이종석씨, 그이가
저녁밥을 먹고 보믄, 우리 할아버지가 보믄 없고 없고 하더래요, 저녁밥
먹고는. (조사자 : 누가 없어요?) 당신 아들이, 우리 저 큰아버지가 (조사
자 : 없어져요?) 네, 어디로 가버려. 저녁밥 숟가락 떤 댐에 어디로 간가
하고 보니까 어디 골짝으로 막 가더라네요. (조사자 : 혼자서요?) 예, 거
가서 글을 읽더래야. (조사자 : 글을?) 읽어, 축지 헐라고. 축지란 것이 산
을 땅을 병풍겉이 접을라고. 그런 걸 허믄 이러고 발을 떼면, 뒤에 따라
가는 사람도 그 사람 발을 밟은 데를 가야지 글안허면 찢어져버린다고 헙
디다, 축지. (조사자 : 축지를 공부할라고 거그 가서요?) 그래가지고 잘못
하믄 베린다고 양 그 책 문서를 갖다 싹 태워버렸대요. (조사자 : 잘못하

면, 변해요?) 잘못하믄 변 변을 당한다니까. (조사자 : 변한다고 하니까?) 어, 죽어버리거나, 뭐 잘못 일이 있으면 인제 (조사자 : 문제가 생기니까?) 문제가 생기니까. (조사자 : 아, 갖고 그때 그 아드님이 축지를 공부할라고 그 산에 가서 글을 읽어요?) 예쁜 뫼에 가서 책을 읽더라네. (조사자 : 예쁜 뫼에 가서? 축지는 어떻게 하는 거예요?) 긍게 땅을 이렇고 병풍처럼 접어요. (조사자 : 땅을 접어요? 신기하다.) 그러니까 저, 실 사변에 그 잘 숙 자 써요. 축지, 땅을 요렇고 병풍처럼 접으는데.

이목마을 김덕만 상여소리 / 발인소리

자료코드 : 07_09_FOS_20110217_KEY_KDM_0001
조사장소 : 전라북도 임실군 강진면 부흥리 519번지 이목 마을회관
조사일시 : 2011.2.17
조 사 자 : 권은영
제 보 자 : 김덕만, 남, 70세
구연상황 : 2월 10일 이목마을을 처음 방문하였는데, 노인회장 이정인이 제보자를 소개
하였다. 상여소리 뒷소리를 받아줄 분들이 없어서, 첫 방문 때에는 상여소리
에 대한 대략적인 이야기만 들었다. 2월 17일 다시 방문하였을 때 제보자가
앞소리를 메기고 마을 주민 5명이 뒷소리를 받아주었다. 주민 중 한 명이 곡
소리를 내면서 상주 연기를 적극적으로 하였다.

메 : 관아 아허 허

받 : 관아 아허 허

메 : 가세 가세 어서어서 가세

받 : 관아 아허 허

메 : 허망허고 한심허네

　　 이렇게도 허망허네

받 : 관아 아허 허

메 : 놀다 가세 놀다 가세

못 잊어서 못 가겄네

받 : 관아 아허 허

메 : 저승길이 멀다더니

　　 이렇게도 허망허네

받 : 관아 아허 허

메 : 못 잊겄네 못 잊겄네

　　친구들과 자식 못 잊겄네

받 : 관아 아허 허

메 : 섭섭허기 한이 없네

　　이렇게도 한이 없네

받 : 관아 아허 허

메 : 하직허세 하직허세

　　나는 인제 영영 가네

받 : 관아 아허 허

　　자 인자 인사헙시다, 하직허게

[상주들이 상여에 절을 하면 유대군들이 상여를 아래로 내려 들어 절을 받으며 하직 인사를 한다.]

메, 받 : 관아 아허 허

　　자 잠깐 하직허고 인제 갑니다

메 : 가세 가세 하직하고 나는 가네

받 : 관아 아허 허

메 : 섭섭허고 원통허네

　　이렇게도 섭섭허네

받 : 관아 아허 허 [앞소리꾼이 상여에 노자를 걸라고 한다.]

메 : 못 가겄네 못 가겄네

　　노자 적어 못 가겄네

받 : 관아 아허 허

메 : 황천길이 멀다더니

　　이렇게도 허망허네

받 : 관아 아허 허

이목마을 김덕만 상여소리 / 운상소리

자료코드 : 07_09_FOS_20110217_KEY_KDM_0002
조사장소 : 전라북도 임실군 강진면 부흥리 519번지 이목 마을회관
조사일시 : 2011.2.17
조 사 자 : 권은영
제 보 자 : 김덕만, 남, 70세
구연상황 : 앞의 발인소리에 이어 다음을 구연하였다

> 메 : 어노 어노 어가리농차 어노
>
> 받 : 어노 어노 어가리농차 어노
>
> 메 : 가세 가세 황천길을 어서 가세
>
> 받 : 어노 어노 어가리농차 어노
>
> 메 : 황천길이 멀다더니 문밖에가 황천이네
>
> 받 : 어노 어노 어가리농차 어노
>
> 메 : 어노 어노 어가리농차 어노
>
> 받 : 어노 어노 어가리농차 어노
>
> 메 : 가네 가네 황천길로 영영 가네
>
> 받 : 어노 어노 어가리농차 어노
>
> 메 : 조심허소 조심허소 우리 유대군 조심허소
>
> 받 : 어노 어노 어가리농차 어노
>
> 메 : 어노 어노 어가리농차 어노
>
> 받 : 어노 어노 어가리농차 어노
>
> 메 : 황천길은 첩첩헌디 나 갈 길은 막막허네
>
> 받 : 어노 어노 어가리농차 어노
>
> 메 : 저승길이 멀다드니 이렇게도 허망허네
>
> 받 : 어노 어노 어가리농차 어노
>
> 메 : 욕들 보네 욕들 보네 우리 유대군 애들 쓰네

받 : 어노 어노 어가리농차 어노

메 : 조심허소 조심허소 우리 유대군 조심허소

받 : 어노 어노 어가리농차 어노

이목마을 김덕만 상여소리 / 장지에 도착하는 소리

자료코드 : 07_09_FOS_20110217_KEY_KDM_0003
조사장소 : 전라북도 임실군 강진면 부흥리 519번지 이목 마을회관
조사일시 : 2011.2.17
조 사 자 : 권은영
제 보 자 : 김덕만, 남, 70세
구연상황 : 앞의 운상소리에 이어 다음을 구연하였다

메 : 다 왔네 다 왔어 내 집 찾아 여기 왔네

받 : 어노 어노 어가리농차 어노

메 : 애들 썼네 애들 썼어 우리 유대군 애들 썼네

받 : 어노 어노 어가리농차 어노

메, 받 : 관아 아허 허

　　자 애들 썼어요, 유대군.

이목마을 장수연 베틀노래

자료코드 : 07_09_FOS_20110217_KEY_JSY_0001
조사장소 : 전라북도 임실군 강진면 부흥리 519번지 이목 마을회관
조사일시 : 2011.2.10, 2011.2.17
조 사 자 : 권은영, 이화영
제 보 자 : 장수연, 여, 62세
구연상황 : 2월 10일 이목마을을 처음 방문하였는데, 노인회장 이정인이 제보자를 소개

하였다. 제보자는 어린 시절에 야학 선생님한테서 배운 노래라며 다음을 구연
하였다. 음원은 2월 17일 이목마을을 재방문하였을 때 녹음한 것이다.

오늘도 하 심심하야
베틀이나 놓아볼까
베틀노래 사랑노래
베짜는 아가씨 수심만 지누나
낮에 짜면은 일광단이요
밤에 짜면은 월광단이라
일광단 월광단 다 짜 모아서
우리 낭군 와이샤쓰나 지어볼까

풍수지리와 관련된 부흥리 지명

자료코드 : 07_09_ETC_20110210_KEY_LJI_0001
조사장소 : 전라북도 임실군 강진면 부흥리 519번지 이목 마을회관
조사일시 : 2011.2.10
조 사 자 : 권은영, 이화영
제 보 자 : 이정인, 남, 84세
구연상황 : 강진면 큰 마을들의 마을회관에 전화를 하다가 이목마을 노인회장인 제보자
와 통화하게 되었다. 약속을 하고 마을회관을 찾아가니 미리 준비하였던 듯
다음을 구연하였다.
줄 거 리 : 풍수지리와 관련된 부흥리 지명 중에는 특히 말과 관련된 것들이 있다. 지심
무골에는 말바위가 있는데 거기에서 말을 탄다. 복호들과 가목리 사이에 거마
배미는 갈 거 자에 말 마 자를 써서 말이 지나가는 자리이다. 거마배미를 지
나면 갈재에서 꼴을 먹고 외양재에서 하룻밤을 잔다. 순창군 인계면에는 말명
당이 있는 마흘리가 있다.

여 저, 우리 동네 지심물골이란 데가 있어요. 지심, 갈지 자, 참 지초
지 자 마음 심 자, 지심무골, 말바우, 거그서 말을 탁 타고 간다네요, 말바
우가. (조사자 : 말바우에서 말을 타고 간대요?) 그러믄 여 복호네 끄터리
거그 가목리 입구가, (조사자 : 복흥리?) 가목리, (조사자 : 아, 가목리) 복
호평 끄터리하고 가목리 그 사이가, 거마배미가 있어요. 말이 지나가는,
갈 거 자 말 마 자, 거마배미, 갈재에 가서 갈재가 또 있거든요 (조사자 :
갈재?) 예 갈재, 갈재에서 깔 먹고 외양재에 가서 외양 속에 하루 저녁이
자고, (조사자 : 외양간이고만요, 거기가?) 외양재, 그러면 또 말이가 있어
요, 말기 (조사자 : 말기?) 말이. 말 마, 말이라고. 그래서 거가 말이 생겼
다고 그래요. 동네이름이 말이요, 임계면 말기. (조사자 : 임계면이면 순창
인가요?) 네, 그런 전설이 있어요. (조사자 : 재밌네요. 그면은 말기 가서

말이 생겨가지고 그다음에?) 말, 동네가 말이다니까, (조사자 : 동네가 말이고만요, 모양이?) 네, 외양간에서 하루저녁 자고 말이 생겼다곤데, 그 말 명당이 있어. (조사자 : 말 명당이 있어요, 어 동네에가?) 예, 김씨들이 여그 일부 묏이 있고 정씨 묏이 있고 그려요. (조사자 : 김씨 묘가 있고, 정씨 묘가 있고. 선산이 거기 있는 거예요?) 몰라요, 한번 가봤어. 하도 말이 좋다고 혀서. (조사자 : 말이 좋다고요. 거가 말명당이고만요?) 예. (조사자 : 말명당은 어떻게 생겨야 말명당이에요?) 말같이 생긴 것이 말명당이지. (조사자 : 아, 말같이. 거마재? 거마재도 있고) 아니, 거마배미, 말마, 갈 거 자 말 마 자 말이 가는, (조사자 : 거마배미가 있고, 그 담에 말이?) 지나가다 갈재 갈재에서 깔 먹고, 외양재에 가서 하룻저녁 자고, 외양간, (조사자 : 그랬단 얘기가 있고만요? 여기는 그럼 말바우가 있고?) 지심무골이 말바우 (조사자 : 지심무골?) 지심.

숙호 명당과 관련된 부흥리 지명

자료코드 : 07_09_ETC_20110210_KEY_LJI_0002
조사장소 : 전라북도 임실군 강진면 부흥리 519번지 이목 마을회관
조사일시 : 2011.2.10
조 사 자 : 권은영, 이화영
제 보 자 : 이정인, 남, 84세
구연상황 : 앞의 '갈담리 잉어 명당' 이야기 후에 바로 다음을 구연하였다.
줄 거 리 : 강진면 부흥리에는 호랑이가 엎드려 졸고 있는 형국인 숙호 명당이 있다. 그 자리에 전주 이씨가 묘를 썼는데, 그 명당의 영향 때문인지 전주 이씨들은 초 저녁잠이 많아 잘 졸았다. 복호들과 호랑이굴은 숙호 명당의 영향으로 지어진 지명이다.

여그 저 복호가 있어요. (조사자 : 복호.) 네, 엎드려 숙호, 이렇고 이렇고. (조사자 : 호랭이가 엎드려 있어요?) 예, 그러니까 거 호랭이굴이 있고

또 저그 사자가 있고 그리요. (조사자 : 어디가 복호예요?) 요 건네 바로 건네요. (조사자 : 호랭이가 바로 엎드려 있는 것 같은?) 숙호. (조사자 : 숙호가 있어요?) 잘 자울르니까, 그러니까 이 동네 전주 이씨가 그 묏을 썼는데 전주 이씨는 초저녁에 전부 이러고 잘 자울라요. 그런 말이 있어요. (조사자 : 전주 이씨들은 초저녁잠이 많고만요, 숙호 명당을 써가지고?) 호랭이가 자울르는 명당을 썼어. (조사자 : 호랭이가 자울르는 명당을 썼어요?) 그래서 그 들도 복호뜰이 있어요, 엎드릴 복 자 범 호 자.

  (조사자 : 여기가 그믄 숙호 명당을 썼고, 복호뜰이 있고, 호랭이굴은 어디에 있어요? 호랭이굴은 저 안에 있어요. (조사자 : 모양이 거기 진짜 굴이 있어요?) 굴이 있어요. (조사자 : 거기 호랑이가 살았대요?) 아 그 호랭이가 골로 간단 말이제. 거가서 그러니까 물형이, 호랭이가 있어야 물론 호랭이굴이 있어야 할 거 아니요. (조사자 : 아, 그래서 숙호가 있고, 거 복호뜰이 있고) (청중1 : 여가 개.) 개가 있고 여그. (조사자 : 왜 그 개는 왜 거기가 있대요?) 아 호랭이가 있으면 개가 있어야지. (조사자 : 아, 호랭이밥이고만요?) 네, 밥이지. (조사자 : 그래갖고 숙호가 있고, 호랭이밥 개 형국이 있고, 저기 호랭 굴이 있고. (조사자 : 또 그 뭐 사자는 어디 있어요?) 사자가 저 어디 있다제? 사자가 또 있디야? (청중1 : 사자? 몰라 사자는.) 뭐 저 어디 있다곤디 모르겄어. (조사자 : 그래가지고 숙호 명당 관련된 건 호랭이굴, 복호뜰 그다음에, 그렇게 있고만요.)

사초를 하면 안 되는 호두혈

자료코드 : 07_09_ETC_20110210_KEY_LJI_0003
조사장소 : 전라북도 임실군 강진면 부흥리 519번지 이목 마을회관
조사일시 : 2011.2.10
조 사 자 : 권은영, 이화영

제 보 자 : 이정인, 남, 84세

구연상황 : 앞의 '숙호 명당과 관련된 부흥리 지명' 이야기 후에 바로 다음을 구연하였다.

줄 거 리 : 숙호 명당을 호두혈이라고도 한다. 호두혈은 무덤에 잔디를 다시 입히는 일인 사초를 하면 안 된다고 전해진다. 사초는 호랑이의 머리를 건드리는 일이어서 사초를 하면 호랑이가 성을 내어 집안사람이 다치는 불상사가 생긴다.

(청중1 : 호두혈은 사초를 못 혀요.) (조사자 : 호두혈, 복호 거기가 호두혈이에요? 왜 호두혈은 사초를 하면?) 사초를 허면은 사람이 많이 상해 죽어요. (조사자 : 아 그 집안이?) 예 그 집안, 호랭이를 머리를 손을 대니까. (청중1 : 옛날에 우리 선조들이 사초 한번 해가지고 헌 사람부터 말 떨어진 사람들 먼저 떨어졌다고 그랬어. 고 뒤로는 사초를 안 해요.) (조사자 : 그믄 사초가 지금 떼를 다시 입히는 거죠?) 예에. (조사자 : 떼를 다시 입히면 안 돼요?) 범이라. (조사자 : 범이라, 호랭이 머리를 함부로 건들면 안 되는구나.) 그니까 호랭이가 성을 내버려. (조사자 : 성을 내버려요.)

신기 마을의 구옥과 하마석과 선덕비

자료코드 : 07_09_ETC_20110210_KEY_LJI_0004

조사장소 : 전라북도 임실군 강진면 부흥리 519번지 이목 마을회관

조사일시 : 2011.2.10

조 사 자 : 권은영, 이화영

제 보 자 : 이정인, 남, 84세

구연상황 : 앞의 '별바우절의 쌀구멍' 이야기 후에 바로 다음을 구연하였다.

줄 거 리 : 하마석은 말을 타고 내릴 때 편하라고 놓아둔 돌이다. 백련리 신기마을에는 구옥과 하마석이 남아있는데, 도로가 확장되면서 조금 훼손되었다. 구옥과는 옥과에서 현감을 했던 구씨 성을 가진 인물이다. 지금은 신기 마을의 일부가 되어있는 서창리에는 구현감 선덕비도 남아있다.

근디 전설 아닌 것도 또 하나 있어. 신기리 가믄 이 하마석 있어, 말 내릴 때 딛고 내린 거. 하마석에 누가 하마했느냐면 구옥과라고, 이름이 옥

관가 구옥관디, 별명이 옥과에서 벼슬 힜는가봐, 현감으로. 옥과 군순가. (조사자 : 현감인데 성씨가 구씨고만요?) 성이 구씨요. 예 예 그래서 이 하마석, 말 내린 독이 네 갠가 있어요. 근디 이것을 자꾸 도로공사에서 도로를 확장하니까 조금 무너졌어. (조사자 : 근데 그 하마석은 왜 세워놓는 거예요?) 저, 아래 하 자, 말 마 자, 말 타고 내린 자리. (조사자 : 아, 구옥과가 말에서 내린 자리에다가 마다 비석을 세웠어요?) 아니 돌, 예 돌, 말 내린 자리 그러니까 길이 평평하지 안 해요? 평평헌디 그 돌을 놓으믄 좀 높게, 높으니까 말에서 내린 그 하마석. (조사자 : 말에서 내리기 좋으라고 돌을 그 자리에다 세웠고만요?) 독을 높이 네 갠가 세 갠가 놔뒀어. 내가 그 사진도 찍었는데. (조사자 : 그게 어디가 있다고요?) 신기리 부락 입구에 있어요. (조사자 : 신기리 부락 입구에?) 예, 거 당산에 귀목나무도 많이 있고. (조사자 : 그게 구옥과 하마석이에요?) 예에, 구씨, 근디 별명이 옥과다니까. (조사자 : 이름은 모르고?) 이름은 몰라요. (조사자 : 옥과 가서 벼슬을 했다고 해서 구옥과.)

그래가지고 거기 가, 거이 비석도 있어요. 구현, 현갬이라고 헌 선덕비가 있던디 그 동네. (조사자 : 성덕비?) 선덕비. (조사자 : 선덕비, 어디 그 마을에 신기리에 가 있어요?) 신기리가 아니라 저 서창가, 그놈 그것도 모른데, 문화원에서 모른디 내가 발견해가지고 문화원장하고 사무국장하고 사진도 찍어가고. 글씨가 잘 안 보여. (조사자 : 글씨가 잘 안보여요? 그게 구현감 선덕비고만요?) 예.

새 울음소리를 본떠 마을이름을 지은 부흥마을

자료코드 : 07_09_ETC_20110210_KEY_IJI_0005
조사장소 : 전라북도 임실군 강진면 부흥리 519번지 이목 마을회관
조사일시 : 2011.2.10

조 사 자 : 권은영, 이화영

제 보 자 : 이정인, 남, 84세

구연상황 : 앞의 '임진왜란 때 섬진강으로 이름이 바뀐 갈천' 이야기 후에 바로 다음을 구연하였다.

줄 거 리 : 강진면 부흥리에서는 안산에서 새가 부흥부흥하고 울면 마을이 부자가 되었다. 그래서 새소리를 흉내 내어 부자 부 자, 일어날 흥 자를 써서 마을 이름을 부흥마을이라고 지었다.

여 부흥리는, 왜 부흥리라면 안산에서 새가 부흥부흥 하면은 동네가 부자가 되더라네요. 그래서 부자 부 자, 일어날 흥 자, 부흥리라고 했다고 그래요 (조사자 : 안산에서 새가?) 부흥부흥. (조사자 : 하고 울어요?) 예, 근디 어떤 사람은 산세가 좋아서 그랬다는 사람도 있고 유동문이라는 사람이 그런 얘기를 헙디다, 유동문이. (조사자 : 그분이 뭐라고 했어요?) 인자 막 얘기한 대로. (조사자 : 산세가?) 산세가, 앞에서 부흥부흥 해서 부흥리가 됐, 그래서 부흥부흥 울면 동네사람, 동네가 부자가 자꾸 일어난다고. (조사자 : 그래서 부흥리라고 했다고?) 예, 예. (조사자 : 그런 말을 하세요? 그분은 그믄 지금 계셔요?) 예. (조사자 : 아 뭐 하시는 분인데 그런 말씀을 하셔요?) 그도 나하고 똑같은 공무원 생활 해가지고 아무것도 못 혀. (조사자 : 그래갖고 그런 말씀 허셨고만요.) 예.

지형과 일치하는 지명

자료코드 : 07_09_ETC_20110210_KEY_LJI_0006

조사장소 : 전라북도 임실군 강진면 부흥리 519번지 이목 마을회관

조사일시 : 2011.2.10

조 사 자 : 권은영, 이화영

제 보 자 : 이정인, 남, 84세

구연상황 : 앞의 '오수의견' 이야기 후에 마을에 대한 정보를 얘기하다가 다음을 구연하였다.

줄 거 리 : 덕치면에 물통거리라는 곳이 있는데, 그곳 물이 피부병에 효과가 있다 하여 여인들이 많이 찾아 갔다. 물이 적은데, 공을 들이면 물이 많아졌다. 삼계면은 물줄기가 세 곳에서 흘러나와 석 삼 자에 시내 계 자를 써서 삼계면이라 불린다. 모욕리는 목욕을 하는 곳이라는 뜻이 있는데 그곳에서 온천이 나왔다. 진안에 코큰이 골짜기가 있는데, 이곳에서 미국 대위가 살다 죽었기 때문에 코큰이라는 지명이 붙었다. 경천리는 물에 잠겼고, 수동리는 물이 떨어지는 곳이라 수동리이다. 이렇듯 지명과 지형이 일치한다.

여 덕치면 거, 그것 보고 뭐라 한가 물통거리라고 있었는데 (조사자 : 덕치면에도 물통거리가 있어요?) 예, 그 골짝 보고 뭐라곤디, 저도 따라가 봤어 어렸을 때, 가보믄 물이 얼매 없어요. (조사자 : 아 물이 적어요?) 예, 적은데, 가서 청소를 허고, 아줌마들이 거따 쌀을 놓고 뭐라 뭐라고믄 물이 확 늘어 부리요. (조사자 : 아 물이 적었는데 어머니들이 공을 들이면 물이 많아져요?) 물이 많아지더라고, 나 어렸을 때 따라갔어. 어렸으니까 따라갔죠 이. 그 뒤 물이 어딘가 모르게 기양 자꾸 늘어버려, 나 그런 꼴도 봤고만. (조사자 : 근디 그믄 그 무슨 효과가 있대요?) 그 피부병 없어진다고 했는디, 요새는 의학이 발달되니까, 그 물도 저 논에밖에 안 댄가 봐요. (조사자 : 아 논에다 대요? 지금도 물이 나는고만요?) 날 테지요. (조사자 : 거기 이름이 뭐예요?) 몰라, 동네 이름은 모르겠네, 덕치면, 깔 재 근방, 갈재 너메 그거 뭐라 그래야 혀? (청중1 : 날망요?) 저쪽에 있어, 갈재를 요롱고 가자믄 요 갈재 밑에. (조사자 : 음, 갈재 밑에?)

삼계면도 왜 삼계면이냐면, 물이 세 간데서 나와서 삼계면이오. (조사자 : 아, 삼계면이?) 아 지명이 틀림없어요. 여그 성적골이 있어요. 이룰 성 자 쌓을 적 자, 근디 거가 순전 국군묘지가 되, 뭔 묘지가 돼가지고 자꾸 쌓아지잖아요, 가믄. 틀림없어요, 또 저, 덕치면, 참 운암면 가믄 모욕리가 있어요. 거기는 또 온천을 파쌌잖아요, 목욕을 헐. (조사자 : 아, 목욕하는 데라서 모욕리예요?) 예, 네, 지명이 틀림없어요. (조사자 : 갖고 거기다 온천을 파요?) 예, 진안 가믄 또 코큰이가 있어요 코큰이, 코큰이 골짝.

(조사자 : 코큰이가 뭐예요?) 긍게 들어보세요, 긍게 진안, 나도 몰랐는디 진안 그 노인회장이하고, 사무장하고 우리 강진면 그 강진 노인회장을 전부 데리고 갔어요, 구경시킨다고. 근디 코큰이가 있는디, 당최 코큰이라고 왜 코큰인지 몰랐는데, 미국 코 큰 사람이 거가 살다 죽었대요, 대원가 누군가. (조사자 : 코큰이) 그리고, 경천리라는 마을이 있어요. 길 경 자 내 천 자, 그것도 물 들어 가부렀어. 또 그 수동이라는 데가 있는디, 물 떨어지는 데기 또 수동, 동네 이름이 수동이고. 지역 이름을, 그 전 어떤 사람이 안경을 무슨 안경을 쓰고 봤는가 어쨌는가 지형이 딱 맞아요, 이름이다. (조사자 : 지형하고 지금 돌아가는 그 이름하고?) 예, 맞아요. (조사자 : 참 재밌네요.)

2. 관촌면

증편 한국구비문학대계 ● 전라북도 임실군

▌조사마을

전라북도 임실군 관촌면 병암리 병암(屛岩) 마을

조사일시 : 2010.3.22

조 사 자 : 권은영

앞산이 병풍 모양의 바위로 되어 있어서 병암리(屛岩里)라고 한다. 병암리는 가정, 병암, 신병암의 세 마을로 이루어져 있다.

병암 마을은 관촌면 소재지로부터 2km 떨어져 위치한 마을로, 2010년 현재는 56가구, 70여 명의 주민이 살고 있으며, 고추농사와 벼농사가 주요산업이다.

마을 앞으로 전주 남원 간 17번 국도가 나 있어서 자가용을 가진 주민들은 편리하지만 버스 노선은 불편하며, 이 도로가 생기면서 마을 주민들의 교통사고 위험이 커졌다고 한다. 마을 앞으로 전라선 철도가 지나고 있으며 가까이에는 관촌역도 있지만 대중교통은 불편하다고 한다.

옛날에는 마을에 전주 최씨가 여러 집 살았는데, 철길이 나면 최씨들이 망한다는 말이 전해졌다고 한다. 학교는 관촌면 소재지로 주로 보내며, 오일장은 임실장과 관촌장으로 다녔다. 마을에 있는 기독교 장로회 병암 교회에 주민 몇이 다니고 있다.

김일녀, 여, 1942년생

주 소 지 : 전라북도 임실군 관촌면 병암리 병암 마을
제보일시 : 2010.3.22
조 사 자 : 권은영

친정이 임실군 성수면으로, 9형제 중에
큰딸로 자랐다. 17세에 결혼하면서 병암 마
을로 와서 살게 되었다. 슬하에 아들 둘, 딸
셋을 두었다. 남편은 농사를 지으면서 노동
일을 했으며, 자식들이 다 혼인한 후에 세상
을 떠났다.

조사자에게 친정아버지와 남편에게 들은
이야기들을 들려주었다.

제공 자료 목록
07_09_FOT_20100322_KEY_KIN_0001 바위 속에서 자라던 아기장수
07_09_MPN_20100322_KEY_KIN_0001 도깨비한테 홀린 남편
07_09_MPN_20100322_KEY_KIN_0002 여시한테 홀린 사람

바위 속에서 자라던 아기장수

자료코드 : 07_09_FOT_20100322_KEY_KIN_0001
조사장소 : 전라북도 임실군 관촌면 병암리 병암 2길 56-1
조사일시 : 2010.3.22
조 사 자 : 권은영
제 보 자 : 김일녀, 여, 69세
구연상황 : 관촌면의 마을회관들에 전화를 하다가 병암 마을회관에 사람들이 모여 있다
　　　　　는 얘기를 듣고 방문하였다. 병암마을에 대한 정보를 듣던 중에 제보자가 다
　　　　　음을 구연하였다.
줄 거 리 : 한 여인이 아이를 낳았는데, 세상 이치를 꿰뚫어 아는 사람이 그 아이를 물
　　　　　에 던져 버리라고 하여 그 말을 따랐다. 그랬더니 아이를 버린 물속에서 바위
　　　　　가 점점 자라났는데, 그 바위를 깨버리려고 갖은 방법을 다 동원했지만 깨지
　　　　　지 않았다. 아이 어머니에게 와서 아이의 탯줄을 무엇으로 잘랐느냐고 물어보
　　　　　았다. 탯줄을 억새풀로 잘랐다고 대답하자 그 사람은 바위를 억새풀로 갈랐
　　　　　고, 바위는 쪼개져 버렸다. 바위 속에서는 장수가 자라면서 무릎을 일으켜 세
　　　　　우려고 하다가 물이 들어오자 물속으로 가라앉아 버렸다.

　옛날에 그 엄마가 애기를 뱄는디, 애기를 나면 물에다 던져버리라고 했
대요. 그리서 인자 물이다, 그 소리를 듣고 물에다 던졌는디, 그 물속에서
바우가 크는 거여 이롷게이 둥굼허니 시나브로 큰게로, 저 바우 [기침] 물
속에서 왜 저렇게 크냐고, 그런게 어떤 사람이 와갖고 그것을 걍 망치로
뚜드리고 걍 톱으로 썰고 벨짓을 다히도, 이 바우가 깨지들 않고, 그러는
거여. 근게로 인자 그 누가 그도 좀 잘 아는 사람이, 자꾸 바우가 커서 인
자 물 우로 이롷게 막 시나브로 올라온게, 그런게로 그 엄마한테 가서

　"혹시 애기 태를 뭘로 짤랐냐."고

　근게 그 쎗대기, 그 쎗대긴디 지금 노래가 그 뭔 노래 나오지 왜, (청

중 : 억새.) 억새. 맞어, 억새풀. 그 억새풀로 어 비었다고 그드랴. 갖고 그 사람이 가서, 억새풀을 갖고 가서 이렇게 인자 물을 속으다 이렇게 넣어서 이렇게 갈른게, 그 바우가 이렇게 짝 갈라진디, 물팍 하나는 딱 짚고 한 다리는 일어서갖고 그놈이 짝 갈라짐선 물이 들어온게, 자르르르 가라앉어 버리드랴. 그런 얘기요.

(조사자 : 그래가지고 그게 인제 안 갈랐으면?) 그 사람이 안 갈랐으면 인자 인자 그그서 나와갖고 장군이 되았제. 장군이 되았든 뭘 자 하이튼 높이 살아먹은 사람이 되았겠죠이. (조사자 : 높이 살아먹은 사람이.) 근디 그렇게 허고 끝나서, 나도 친정아버지한티 들은 이얘기여. (조사자 : 친정아버지한테.)

도깨비한테 홀린 남편

자료코드 : 07_09_MPN_20100322_KEY_KIN_0001
조사장소 : 전라북도 임실군 관촌면 병암리 병암 2길 56-1
조사일시 : 2010.3.22
조 사 자 : 권은영
제 보 자 : 김일녀, 여, 69세
구연상황 : 앞의 '바위 속에서 자라던 아기장수' 이야기 후에 조사자가 도깨비 애기를 꺼
　　　　　내자 제보자가 다음을 구연하였다.
줄 거 리 : 제보자의 남편이 젊어서 겪은 일이다. 장인의 생일날 술을 마시고 마을회관
　　　　　방에서 자다가 무슨 일인가 때문에 성수면과 오수면 가는 길로 나뉘는 돌고
　　　　　개 밑을 지나게 되었다. 갑자기 몸이 뒤로 젖혀지더니 마음대로 움직일 수가
　　　　　없이 어떤 힘에 의해 이리저리 끌려 다니게 되었다. 눈앞에는 불 하나만 보였
　　　　　다가 안 보였다가 하고 그 외에는 보이는 것이 없었다. 새벽쯤 되어서 똥이
　　　　　마려웠는데, 습관적으로 주머니에서 담배를 꺼내 담뱃불을 튕기니까 그제야
　　　　　앞이 환하게 보였다. 똥을 누고 나와 보니 그곳은 삽치재였고 밤새도록 산을
　　　　　둘러 빙빙 돌았다는 것을 알았다. 도깨비한테 홀리면 금방 죽는다고 전해지는
　　　　　데 제보자의 남편은 그 후로 삼십년 정도 더 살았다.

　우리 영감이 인자 처갓집을 갔는디, 그때 우리 아부지 저 생일이 동짓
달 스무하룻날이여. 근디 이릏게 집이 그때는 작았어. 지금은 지어서 집
이 좋은디. 그때는 작았는디, 그 회관방을 히서 사는디, 우리 영감이 술을
참 좋아힜어. 술을 좋아했는디, 거그서 술을 한 잔 잡수고 회관방으서 인
자 서울서 온 사우랑, 전주서 온 사우랑 인자 사우들은 그 방으서 자고,
방이 두갠 게로 인자 그 엄마들 허고 인자 그 딸네들 허고 이릏게 인자
방을 두 개를 나눠서 자고 근디, 아 자다가 영감이 열두 시나 돼갖고 없
이져 버렸어. (조사자 : 할아버지가?) 어.

없어져 버리 갖고는 저녁내 잠이 와야지. 어디 가서 어쩌는가 싶어서. 술 먹는 집이 저 여자들은 다 한 가지여. 아 그서 인자 새벽으 기차를 타고 집이 왔어 나는. 성수서 인자, 버스를 타고 왔구나. 버스를 타고 집이를 와서 본 게, 영감이 없어. 일곱 시 버스를 타고 집이를 왔는디. 그서 '이 영감이 도대처 어디 갔는고.'

그 전에는 그 일곱 시 사십 분 차 있고, 뭐 아홉 시 차 있고 그러잖아. 그서 인자 일곱 시 사십 분 차를 타고 분명히 왔을 턴디 없어. 그리서 낮이 한참 있은게, 아 열한 시나 되서 얼큰히 갖고 왔어 영감님이. 그서 대처 어디로 돌아 댕기다 이렇게 왔냐고 그런 게로, 아무 소리를 안 혀. 어, 아무 소리를 않더니, 메칠을 있다가는 그런 소리를 허드라고.

저녁으 인자 집이를 갈라고 나섰는디, 그 지금은 뭐 뭐 오리털 뭐 잠바니 뭣이니 있지만, 그때는 양복, 양복을 입고 이렇게 오는디, 그 돌고개 있잖아. 그 지금은 오수로 가는 길에 그 성수로 가는 길 있고, 거가 바로 동네가 오수로 가는 길 요짝으 말고, 이 밑에로 성수로 가는 그 밑에 길이 돌고개여 이름이. (조사자 : 아, 거기 돌고개예요?) 어, 돌고갠디, 거그를 온게 매급시 몸뎅이가 넘어 가드라는 것여. 아무리 앞으로 넹굴래도 넘어지도 않고, 저녁내 이러고 이러고 돌아댕긴디, [청중 웃음] (조사자 : 어, 나 거기 자주 가는데.) [청중 웃음] 지금 없어. 불을 켜 싼 게. (청중1 : 지금 없어.) 아 그서 이렇게 저녁내 이러고 댕긴디, (청중1 : 근게 귀신한티 홀렸지. 쉽게 말해서.) 어. 아무리 저녁 이놈을 이렇게 옮길란디, 가슴배기고 얼마나 춥었어, 동짓달인게. 최고 추울 때지. 이렇게 히갖고 저녁내 (청중2 : 춥도 안혀, 인자.) (청중1 : 추운지도 몰랐지. 저녁내 돌아댕긴디.) 가다 보면 뭣이 탁 걸리고, 가다가 보면 뭣이 탁 걸리고 근디, 앞에 가서 빼꼼히 불이 비었다가, 안 비었다가 이? 그러고 댕기드리야.

그리서는 인자 새벽이 되았는가 정말로 춥드라 그려. 춘디, 우리 영감이 새벽이면 새벽 변소를 가. 근디 똥이 매라서 인자 어떻게 어떻게 해서 주머니다가 손을 너갖고 이러고 가서 인자 감선, 그리갖고 디스끄가 걸렸어. 요렇게 어뚱게 어뚱게 히갖고 인자 가방 속으서 어뚱게 인자 이 주머니서 담배를 꺼내갖고 똥이 매라서 담뱃불을 탁 팅긴게는, 앞이 환히 비드랴. (청중2 : 담뱃불을 무서워 한다드만.) 앞이, 앞이 환히 비어서 거그 앉아서 인자 똥을 싸고 일어나서 본게로, 그 섭 그 저 이렇게, 이렇게 오수 가는 길 이렇게 거 성수로 들어오는 이렇게 있는디 그게는 삽부쟁이여, 말하자믄 (청중2 : 삽치고개. 삽치재. 거가.) 삽치재. 근디 그게 우리 선산이여. 그전에, 지금은 없어 아니지만. 근디 그 골목으 또랑이 조르르 흐르는디, 그 밑이서 자기가 똥을 싸드리야. 일어나서 정신을 차려갖고 본게로. 근게로 저녁내 가다가 탁 걸리믄 이게 안 비고, 앞에 빼꼼허니 불이 벼서 따라가면은 어디가 탁 걸리고, 얼매나. (청중2 : 근게 넘의 정신 되았어.)

그러고 인자 그랬다금선, 내가 참 벨로먼 꼴을 다 봤다고 그려. 금선 메칠 된 게 그 얘기를 허드라고. 근디 그 질로 허리를 못 써갖고 몇 년을 고생을 힜어. 디스끄가 인자 걸리. 저녁내 몇 시간을 그러고 댕겼으니, 이거 허리가 괜찮겄어? [웃음] (조사자 : 거기서만 뱅뱅 돈 거예요?) 저녁내 돈 거여. 저녁내. (조사자 : 세상에.) (청중2 : 그 자리만 뱅뱅 돌린다.) 근게, 근게 돌고개 거그서 쪼끔만 올라가면 거가 삽, 삽치재잖아. 삽치재. (청중3 : 그려. 요 요롷게 돌아가는 데가.) 근게로 저녁내 그놈의 산을 안고 돈 거여 긍게. 걸리면 탁 잡, 탁 걸리먼은 뭣이 툭 걸리고, 또 가다가 보면 툭 걸리고 헌디, 안 비는 거여, 불만 앞에 빼꼼히 비고. (조사자 : 안 보이고 앞이.)

그리갖고 참 이상시랍게 그러고 왔다고 히서 인자, 후딱 죽겄다 나는 생각으로 긌어. 3년 안에 죽는다고 긌잖아, 도깨비한테 홀기믄. [웃음] (조사자 : 아, 그런 말이 있어요?) 에. 근디, 우리 민, 민선이 째깐했을 때 그랬은 게로, 뭐 한 이십, 이십 몇 년, 한 삼십 년 얼추 살았는게벼. 삼십년

더 살았는게벼.

여시한테 홀린 사람

자료코드 : 07_09_MPN_20100322_KEY_KIN_0002
조사장소 : 전라북도 임실군 관촌면 병암리 병암 2길 56-1
조사일시 : 2010.3.22
조 사 자 : 권은영
제 보 자 : 김일녀, 여, 69세
구연상황 : 앞의 '도깨비한테 홀린 남편' 이야기 후에 다음을 구연하였다.
줄 거 리 : 성수면에 사는 사람이 술에 취해 걸어가고 있는데, 여시가 나타나 휙 하고
　　　　한 바퀴를 돌고 달아나기를 반복하였다. 그러다가 다른 한 마리를 데리고 오
　　　　더니 나중에는 서너 마리가 같이 그렇게 돌기를 반복했다. 이 사람이 여시는
　　　　벚나무를 무서워 한다는 말이 생각나서 길가의 벚나무 가지를 꺾어 휘둘렀더
　　　　니 여시가 달아났다.

　성수, 으, 성수 고 소천인가 어디 사는 그 패씨가 있어. 면 맨, 군서기
로 있었거든 그 사람이. 군서기를 했는디, 아이, 걸어간게로 그 여시, 여
시 있잖아, 여시. (조사자 : 여우?) 여우. 휙 한 바꾸 돌고 또 달아나고, 조
게 있으면 쉭 한 바꾸 돌고 달아나고 그르드랴. 술은 약간 취혔는디. 아,
요것 봐라, 그러고 인자 온디, 얼매나 있응게 또 쉭 한 바꾸 돌드니 어이
서 한 마리 또 가 또 데꼬 오드리야. 또 데꼬 오더니 쉭 한 바꾸 또 돌드
람. 그 자기가 그 사람이 살아서 얘기를 히여. 그 휙 한 바꾸 돌드니 또,
또 가더니 아 낭중에는 서너 마릴 데꼬더라네. (청중 : 도깨비지, 그렁게.)
여우가. 여시가. 그 여시가 머 오줌을 질질 쌈서 꺼꿀로 막, 그 막 사람을
넘고 근다고 그잖아? 그래서는 그. (청중 : 그 통에 넘어가 버리믄 잡힌디
야.)
　으, 근디야. 맞어 근게로 그 때 그 벚나무, 벚나무라 근거 같히여. 그

가질 하나 걍 그 정신을 채려갖고 찢어갖고는 그놈을 막 돌려제킨게는 없어지드랴. (조사자 : 여시가?) 이, 그 그 벚나무가 좀 무선 것인가 안 생각이 들데. 살구나무라 그랬잖아 그 전에. 근데, 그 벚나무를 찢어갖고 막 돌린게는 가드리야.

3. 덕치면

▌조사마을

전라북도 임실군 덕치면 일중리 일중(日中) 마을

조사일시 : 2010.2.19
조 사 자 : 권은영

일중 마을의 옛 지명은 일구지(日求芝)로, 마을이 회문산 줄기 아래 자리 잡고 있어 약초를 캐는 사람이 많아서 이렇게 불렸다고 한다. 일구지의 남동쪽에 중주원(中柱院)이란 마을이 있는데 서원이 있었다고 전해진다. 일구지와 중주원의 각 앞 자를 따서 마을 명칭이 일중 마을이 되었다.

주민이 많을 때는 가구수가 100호가 넘는 마을이었으나, 지금은 많이 줄어들어 55호 정도 된다. 벼농사와 고추, 콩, 깨 등의 밭농사를 주로 하고 한우를 키우는 축산 농가도 있다. 산에 닥나무가 많고 일중천의 물이 좋아서 오랜 옛날부터 마을에서 한지를 만들어왔다. 지금도 임실군에서 지정한 '일중한지특산단지'라는 한지 공장이 있어 전통적인 방식으로 한지를 생산하고 있다.

이웃의 중원 마을에 중원 교회가 있어서 주민 중에 몇이 이 교회를 다닌다. 일중리에 있는 덕치초등학교와 강진면 회진리의 섬진중학교로 학교를 다닌다.

전라북도 임실군 덕치면 천담리 구담(九潭) 마을

조사일시 : 2010.2.19
조 사 자 : 권은영

구담 마을의 지명에 대해서는 두 가지 설이 전해진다. 하나는 마을 앞에 흐르는 섬진강에 자라가 많이 서식하여 구담이라 했다고도 하고, 다른

말로는 섬진강 줄기에 아홉 군데 소가 있어 구담이라 불렸다고도 한다. 예전에는 안다몰, 안담울로 불렸다.

섬진강 상류에 있는 마을로, 영화 「아름다운 시절」의 촬영지이기도 하다. 마을 앞에서 휘돌아가는 섬진강의 풍경이 매우 아름다운 곳이다. 감, 밤과 같은 임산물이 풍부하고 근래에는 매실 농사를 많이 지어 소득을 올리기도 한다. 자연경관이 아름다워 여행객들이 많이 찾는 여행지로, 녹색 체험마을이다. 가구수가 15호인 작은 마을이지만, 매화가 피는 봄철에는 많은 관광객들로 북적인다.

▌제보자

김성철, 남, 1945년생

주 소 지 : 전라북도 임실군 덕치면 일중리 일중 마을
제보일시 : 2010.2.19
조 사 자 : 권은영

  덕치면 일중리 일중 마을에서 나고 자랐
다. 23세에 혼인하여 4명의 자녀를 두었다.
김성철은 전통적인 방식으로 한지를 생산하
는 한지 장인이다. 임실군에서 지정한 '일중
한지특산단지'의 한지 공장을 현재 경영하
고 있다. 구술하는 동안에 마을 주민들에게
"참 재밌다"는 평을 들으며 유쾌하고 넉넉
한 풍모를 보여주었다.

제공 자료 목록

07_09_FOT_20100219_KEY_KSC_0001 성미산 성장군과 강도래미 강장군
07_09_FOT_20100219_KEY_KSC_0002 학 형국의 한양에 도읍을 정한 이성계
07_09_FOT_20100219_KEY_KSC_0003 강진면의 잉어 명당
07_09_FOT_20100219_KEY_KSC_0004 상가승무노인탄
07_09_FOT_20100219_KEY_KSC_0005 곽도희 득금
07_09_FOT_20100219_KEY_KSC_0006 종이장인이 천민으로 남아 있게 된 유래
07_09_MPN_20100219_KEY_KSC_0001 방귀 뀐 며느리와 일본말
07_09_MPN_20100219_KEY_KSC_0002 아내들이 남편들에게 커피를 마시게 한 사연

김유순, 여, 1936년생

주 소 지 : 전라북도 임실군 덕치면 천담리 834-1번지 구담 마을

제보일시 : 2010.2.19

조 사 자 : 권은영

김유순은 삼계면 세심리 법촌이 친정 마
을이며, 4남매의 맏딸로 태어났다. 택호가
'삼계댁'이다. 18세에 혼인하여 그 후로 구
담 마을에서 살게 되었고, 3남 2녀를 두었
다. 남편 박주삼은 현재 노인회장으로서 논
농사와 밭농사를 하고 매실을 키우기도 한
다. 김유순은 미혼 때부터 노래하는 것을
좋아했는데, 이번에 불러준 민요들도 소녀
시절에 친정 마을에서 어른들에게 배운 것이라 하였다. '진주낭군'을 안
잊어버리려고 때때로 한번 씩 불러보고 녹음도 해 두었는데 아들의 실수
로 녹음이 지워졌던 에피소드가 있을 만큼 노래 부르기를 즐긴다.

제공 자료 목록
07_09_FOS_20100219_KEY_KYS_0001 진주낭군
07_09_FOS_20100219_KEY_KYS_0002 베틀노래

성미산 성장군과 강도래미 강장군

자료코드 : 07_09_FOT_20100219_KEY_KSC_0001
조사장소 : 전라북도 임실군 덕치면 일중리 456-5번지 일중 마을회관
조시일시 : 2010.2.19
조 사 자 : 권은영
제 보 자 : 김성철, 남, 66세

구연상황 : 덕치면 천담리에서 제보자를 만나고 돌아오는 길에 무작위로 마을회관에 전
화를 하다가 일중 마을 주민들과 통화가 되었다. 조사자가 마을회관에 들렀는
데 여러 명의 주민들이 쉬고 있었다. 설화나 민요를 해줄 사람이 없다고 그냥
가라는 말을 듣던 중에 제보자 김성철이 마을회관에 들어왔다. 얘기 잘하는
사람이 왔다며 주민들이 반색하였고 주민 한 명이 성미산 얘기나 하라고 부
추기자 제보자는 다음을 구술하였다.

줄 거 리 : 강도래미에는 마음이 착한 강장군이 살았고, 성미산에는 심술궂은 성장군이
살았는데, 강도래미와 성미산은 서로 마주 서 있었다. 힘이 세고 성미가 사나
운 성장군은 지나다니는 여자들을 겁탈하기도 하고 음식을 뺏기도 하는 등
온갖 나쁜 짓을 다 하였다. 하루는 성장군이 통시바위에서 엉덩이를 드러내고
똥을 싸면서 강장군의 약을 올렸다. 벼르고 있던 강장군은 활로 성장군의 엉
덩이를 쏴서 죽게 했다. 성미산에는 지금도 사람이 집을 지었던 오래된 주춧
돌들이 남아 있다.

갈재라고 재가 있는데, 그 재를 옛날에는 지금처럼 길이 없고 다 걸어
서 넘어 댕겼단 말이여. (조사자 : 예. 재를요?) 그렇지. 그러믄 그 재 중간
에는 근게 소위 우리 일명 도둑놈골짝이라고는 그런 꼴짝이 있어. 아 그
서 왜 도둑놈꼴짝이냐, 거기서는 인적이 가장 멀게 있는 곳이야, 그 인적
이 멀어. (조사자 : 사람들이 잘 안 다녀요?) 그렇지, 사람이 안 다닌 게 아
니라 다녀도 거기서, 예를 들어서 이 강도 행위를 해도 인적이 빨리 알
수가 없다. 그래서 도둑놈꼴짝이라고는 그런 꼴짝이 있고, 이 강안에 강

장군은 좋은 일을 한 사람이고, 성장군은 한 마디로 맘이 불편혀, 맘이. 양심이 좋은 사람이 아녀. 그러니까 인자 성장군이 이렇게 인자 그때는 장군이라, 그런디 전설 같은 이야기여. 뭐이 쭉 허니 인자 그 여자들이래도 뭐 다 걸어 다니니까. 근게 그전에 장군들은 도술도 많고 힘이 세가지고 그 한마디로 딱 여자가 인자 떡 같은 거 해가지고 친정에를 간단가 말하자면 시댁을 간단가 허면은, 그냥 갈코리로 딱 찍어서, 어 이렇게 인자 달아다가 떡도 뺏아 먹고, 여자는 뭐 한마디로 인자 장군, 성장군이 마음씨가 나쁜게, 뭐 요새로 말하면 인자 성폭행도 허고 이?

그리고는 인자 그 강안에 강장군을 약을 많이 올린 거여. 근게 저 강장군 강도래미 산이라고 헌 그 꼭대기하고, 성안 꼭대기하고 서로 이렇게 맞보고 있어, 그 봉이. 근데 인자 거기서 게 거 소위 그 무식헌 얘기로 똥 싸는 자리라고 있어요, 이렇게 딱 돌이. (청중 : 통시바우 통시바우.) 통시바우라고 왜. (청중 : 통시바위.) 그래서 그 왜냐면 통시라고 허는 것은 그 똥을 싸던 게 그 (청중 : 바위, 바위.) 떨어진 바위를 보고 통시바위라고 그랬단 말여. 거기 앞에서 탁 허니 이 말하자면 한마디로 까벌리고, 것다 대고 똥을 쌈선, 강안에 강장군 보고,

"강안에 강장군 내 똥 빨아 먹어라."

이렇게 헌 그 찰나에, (조사자 : 약을 올렸고만요?) 그러지 약을 그렇게 올리지. 그러니까 강안에 강장군이 정말 저거 그냥 둬선 안 되게 생겼으니까, 강안에 강장군이 활을 땡겨서 쏘아서, 해필이면 똥 싼 데를 그냥 맞춰가지고 거기서 자살을 시켰다 하는, 인자 그런 유래의 전설이 있어.

그리고 인자 그 나머지는 그 가면은, 그 인자 우리가 그 육안으로 봐도, 그 인자 그랬는지 안 그랬는지 그건 모르지만은, 근게 전설 같은 이야기라고 안 해? 거기에 인자 거 돌이 주춧돌이, 저 집는, 옛날에 집을 지면 밑에다 돌을 이렇게 주춧돌을 놓아가지고 다 집을 짓단 말여. 지금도 고궁 같은데 댕겨 보면 깎아서 막 이렇게 화강암으로 안 해놨어? 그러듯이

그런 식으로 주춧돌을 다 있어, 그 게 집 지어서 살던 그 자리가, 그리서 이 성미산이 되었다 한 거. [조사자 웃음]

학 형국의 한양에 도읍을 정한 이성계

자료코드 : 07_09_FOT_20100219_KEY_KSC_0002

조사장소 : 전라북도 임실군 덕치면 일중리 156-5번지 일중 마을회관

조사일시 : 2010.2.19

조 사 자 : 권은영

제 보 자 : 김성철, 남, 66세

구연상황 : 앞의 '성미산 성장군과 강도래미 강장군' 이야기 후 마을에 대해 질문을 한 후 풍수담에 대해 아는 것이 없느냐고 질문을 하자 다음을 구술하였다.

줄 거 리 : 이성계가 한양으로 도읍을 옮기려고 할 때 무학대사는 이성계를 도와 도읍지의 터를 정했다. 한양에 궁궐을 짓는 공사를 하는데 지어놓은 건물이 매번 무너졌다. 그 이유를 풍수지리적으로 따져 보니 한양이 학의 형국이기 때문이었다. 건물을 짓는 곳은 학의 가운데 부분인데 학이 날개를 푸드덕거리기 때문에 중심부가 흔들려서 건물이 무너진다는 것이었다. 그래서 먼저 사대문을 지어 학의 날개를 눌러놓은 후 궁궐을 지을 수 있었다.

아 서울의 터를 무학대사가 잡은 거 아녀, (청중1 : 행계포란여, 행계포란.) 서울 터를, 무학대사가 잡은 거라고. (조사자 : 무학도, 무학대사가 어떤 사람인데 서울 터를 잡았대요?) 아 무학대사는 이성계 있을 그 시기에 말하자면 대사로서 이 활동을 허신 분이란 말이여, 역사로 따진다면. 근데 이성계 씨가 원래는 개성 송악산 있는 데가 고려의 성이야, 고려의 성. 근데 거기서 인자 그 성을 옮길라고 말하자면 이성계가 생각할 때게 왜 전부를 둘러 보아허니, 서울이라는 데가 가장 말하자면 요새로 말하면 수도지? 그 옛날에서도 그 말하자면 그 한양이라는 정부를 세우는 그런 거가 제일 알맞는 곳이라. 그래서 인자 거 무학재라고 있잖아, 저 서대문서 넘어가면? 그리서 거 이성계 그 분하고 그 이성계가 조선왕조 시조야.

에 그런게 이성계씨가 무학대사를 데리고 터를 잡을라고 넘어온디, 그 무학재에서 딱 보니까 바로 이 서울이란 데가 다 한양이 넘어다 보이고, 저 안에 경복궁 있고 요새 덕수궁 있는 그 자리다가 궁궐을 지면 되겠다고 히서 거기다가 짓고 있는데, 한마디로 이 궁궐을 짓더니 뭘 짓더니 이렇게 허니까, 서울을 터가 무슨 터냐면 학터란 말야. 학이 날아가는 형국이라고 이? (조사자 : 아, 학터예요?) (청중2 : 오늘 잘 만났다고.) 그러다 보니까 어? 가서 인제 집을 짓다 보니까 이 그 가운데서 먼저 집을 지니까 쭉지가 틀어버리니까 집이 안 돼요. 계속 허물어져 버린 거여. 공사를 못 혀. 그래서 남대문 서대문 동대문, 이건 뭘 말한 거냐면은, 그 학의 쭉지 날개를 눌른 거여, 나래를. 날개를 눌러 준 거여, 뭣 허로? 그렇게 허고서 왕궁을 지었을 때게는 경복궁이니, 거그 덕수궁이니 이런 그 창경원이 주변의 비원이니 헌 그런 그 우리나라 고궁, 정치헐 수 있는 그 궁이, 요새로 말하면 청와대지만 완성이 되았다. 그래서 서울이 학터다. (조사자 : 학터.) 그래서 무학대사가 잡아 준 그 자리다 그 말이여. 그래서 무학대사가 그렇게 유명헌 양반이여.

강진면의 잉어 명당

자료코드 : 07_09_FOT_20100219_KEY_KSC_0003
조사장소 : 전라북도 임실군 덕치면 일중리 456-5번지 일중 마을회관
조사일시 : 2010.2.19
조 사 자 : 권은영
제 보 자 : 김성철, 남, 66세
구연상황 : 앞의 '아내들이 남편들에게 커피를 마시게 한 사연' 이야기 후 제보자에 대한 정보를 묻고는 다른 곳에서 들었던 설화를 예를 들며 얘기를 청하자 제보자가 다음을 구술하였다.
줄 거 리 : 강진면에 가면 잉어 명당이 있는데, 잉어가 휘정거리기 때문에 그 산에서 항

상 흐린 물만 나온다고 한다. 그 잉어 명당에 묘를 쓸 때 잉어가 살 수 있게 어항을 놓는다고 해서 항아리를 엎어서 묻었다. 그런데 풍수를 보는 사람이 이 묘가 잘못 되어서 동네가 망한다고 하자 파묘를 하게 되었다. 묘를 파려고 엎어놓았던 항아리를 들어냈더니 그 무덤에서 잉어가 튀어 나와 그 근처 산의 다래끼봉으로 뛰어 들어갔다고 한다.

여 강진 가면은 잉어 명당이라고 한 데가 있어 잉어 명당. (조사자 : 잉어 명당?) 예, 강진 뒤에가. 그러면 그 밑에 길가에는 다니다 보면은 물이 그 산에서 나온 물이 깨끗허들 못 쳐. 거 왜 깨끗허들 못 허냐? 잉어가 안에서 꾸적거리고 꼬리를 치기 때문에 물이 깨끗이 못 나온다. 저 중뱅이 앞으로 고리 가면 거그는 물은 나와도 깨끗은 안 헙니다이. 거 참 신기혀, 그것도. 그러고 인자 잉어 명당에서 말하자면 그 잉어 명당을 썼는데, 묏자리는 좋은 거여. 그래서 인제 뭐 확독처럼 옛날에는 이 엎어가지고 이렇게 해서 그 잉어가 그 살 수 있도록 헌다고 이렇게 해서 말허자면 그 큰 어항, 항아리를 놓아서 묻었다 그 말이야.

그런데 인자 거, 어 뭐 그 지 대체나 아까 종전에 얘기했듯이 이거 뭐 묏이 이렇게 잘못 돼가지고 이 동네가 망한다든가 어쩐다든가 인자 유명한 그 풍수들이 과연 했을 때, 그 다시 묏을 팔라고 어 그인게 그걸 떠들르고 독도 떠들러 내야 할 것 아냐, 독 엎어졌은게. 그놈을 떠드니까 거그서 잉어가 뛰어서 여 오다 보면 이렇게 다래끼봉이라고 짜그만 꼭 다래 고기 낚아서 담는 다래끼봉 같은 산이 있어. 이 다래끼 속으로 뛰어 들어갔다. (조사자 : 잉어가?) 잉어가. 그렇게 인자 그 묏은 그 다시 다시 인자 묏을 써서 놓았겄지만은, 여기는 발복을 할라면은 멀리 튀어 나가야 된다. 잉어가 뛰어서 거기로 갔은게, 그런 설도 있고 그래요. 그래서 잉어 명당이 그런 설이 있다 그거여. (조사자 : 강진 어디에 그런 잉어가?) 아 강진 가다보면 강진 저 뒤에가 있어.

상가승무노인탄

자료코드 : 07_09_FOT_20100219_KEY_KSC_0004
조사장소 : 전라북도 임실군 덕치면 일중리 456-5번지 일중 마을회관
조사일시 : 2010.2.19
조 사 자 : 권은영
제 보 자 : 김성철, 남, 66세

구연상황 : 앞의 '강진면의 잉어 명당' 이야기 후 다른 곳에서 들었던 설화를 예를 들어
가며 얘기를 청하자 제보자가 다음을 구술하였다.

줄 거 리 : 상가승무노인탄은 문자로 전해지는 말이다. 어떤 사람이 부모 중 한 분이 돌
아가셔서 상복을 입고 있는데, 그때 남아 있는 부모 한명이 생일을 맞이하게
되었다. 집이 워낙에 가난하여 따뜻한 밥 한 그릇을 해 드릴 수 없자 며느리
가 머리카락을 팔아 생일상을 마련하였다. 아들은 상복을 입고 머리를 깎아
승려처럼 보이는 며느리는 춤을 추고 음식상 앞에 앉은 노인은 그 광경을 보
고 탄식하고 있다는 얘기이다.

근게 선례만 그런 게 아니라 그게 문구로 딱 조작이 되야 있는 이야기
야 그것은. (조사자 : 아, 그게요?) 아 그럼, 상가, 삼가. (조사자 : 어, 승무.)
승무노인탄이다 그 말이여. 그러면 말하자면 상복을 입은 상인은 근게 복
을 입었던 상인이란 말이여 말허자면. (조사자 : 아, 맞아요.) 복을 입은 사
람이야. 근게 할머니, 아버지가 죽었든이 어머니가 죽었든이 두 분 중에
한 분은 돌아가시고, 한 분만 남아 있어. 그런데 때마침 드럽게 가난하게
산게, 자기 놓긴 아버지 생일 때 못 지낸, 생일 돌아왔을 땍에 그야말로
따뜻이 아침에 밥을 해서 대접할 수 있는 형편이 못 되았어. 그래 오직
답답해야, 며느리가 으 참 삭발을 허고 머리를 팔아 다루를 지어서 팔아
가지고 그걸로 갖다가 어 말하자면 밥을 해서 음식을 장만해서 시어머니
를 됐든 시아버지가 됐든 한 분이나 대접을 허면서, 그 뭐 아들은 상복을
입고 뚱땅거리고, 자루를 쥐면서 노래를 부르고, 며느리는 춤을 추고, 그
리서 노인은 그걸 그렇게 받아먹고, 먹을라고 허니까 참 탄식이 나온다
그 말이야. 그리서 여기는, 거 머리 깎으면 중 아니여, 중 중자. 근게 상가

승무노인탄이다. (조사자 : 아, 노인탄.) 하는 그런 문구야 그게.

곽도희 득금

자료코드 : 07_09_FOT_20100219_KEY_KSC_0005
조사장소 : 전라북도 임실군 덕치면 일중리 456-5번지 일중 마을회관
조사일시 : 2010.2.19
조 사 자 : 권은영
제 보 자 : 김성철, 남, 66세
구연상황 : 앞의 '상가승무노인탄' 이야기 후 뒤 이어 다음을 구술하였다.
줄 거 리 : 숙종 때 사람인 곽도희는 어머니를 모시고 살았는데 효자였고, 자녀들이 많았
는데 가난했다. 가난한 살림에 음식을 해드리면 어머니는 아이들에게 나누어
주느라 제대로 먹지를 못했다. 이것을 본 곽도희는 아이의 수를 줄여야겠다고
마음먹고는 아이 하나를 생매장하려 했다. 아이를 묻기 위해 땅을 파는데 땅
속에서 금으로 된 솥이 나왔다. 그 솥에는 '곽도희득금', 즉 곽도희가 금을 얻
는다고 적혀 있었다. 금솥을 얻은 곽도희는 아이를 죽이지 않아도 되었고 부
자가 되어 잘 살았다.

숙종 시절에, 숙종대왕 시절이었어. 근게 도희라고 헌 사람은 아주 효
자야. (조사자 : 도시?) 도희한 사람, 도희, 그 시기에 도희라는 사람이야,
이름이 도희야. (조사자 : 도희.) 근데 그 사람이 부모, 안부모를 모시고 있
는데 애들을 많이 낳어. 옛날에는 지금처럼 산아제한법도 없고 허니까 그
냥 어떻게 뭐 그냥 자면 허지만 또 잠이 안 와. [조사자 웃음] 그다 보면
또 어떻게 맨든 것이 애기나 맨들어야. 맨들다 보면 많애진 거야. 방법
이 없어, 생기면 다 낳아야지 그때는 지금처럼. 그러다보니까 애들은 많
지, 살림은 빈약하고 가난하지. 이렇게 해서 사는데, 엄마한티 참 자기 부
모한테 효도는 해야 되겠는데, 아 그 뭐 맛있는 거 고기나 쪼깨 뭐 주면
옆에서 이 손자들이 뽀짝거리고 있으면은, 아 그 할머니가 혼차 넘어가냐
그 말이야. 그면 이놈도 띠어주고, 저놈도 띠어주고 이렇게 띠어주다 보

먼 자기 먹을 거이 없고.

가만히 그 아들이 생각해보니까 이 애를 좀 줄쳐야 되겠어. 그래서 이 애를 딱 데리고 탁 가서 이 업어서 말허자면 이 업고 가서 인자, 그 산 자식을 인제 생고려장을 시켜버릴라고 허는 거야, 파고는 그냥 묻어 버릴라고. (조사자 : 땅에다가?) 그렇지, 그리고 인자 아내보고 애기를 인자 업고 있으라고 자기는 인제 땅을 파는 거야. 판디, 한참 막 판게 뭣이 밑에서 꿍꿍허고 맞히는 거야, 밑에서 뺑뺑허니. 그 이상해서 둘레를 좀 넓게 파고 이렇게 탁 허니 딱 파서 이렇게 탁 제쳐보니까, 그 사람이 곽도희여, 곽도희. 곽가여, 곽도희. 그 가마솥에 뭐라고 써 있냐면 '도희의 득금'이라 했어. 어, 그 부모한테 원체 효자를 하다보니까 하나님이 증말 노해서 참 돌봐가지고, 것다 큰 금의 솥을 너논 놈을. (조사자 : 금솥?) 그렇지, 곽가의 득금인게. 그게 얻을 득(得)자, 말하자면 금이라는 금자 이렇게 해서, 쇠 금자 히서, 금을 얻었다 그 말이여. 그렇지 곽도희 득금이라고 딱 써졌어.

그르니 가만히 본 게 이 놈 팔면 애 안 죽여도 히여. 고놈 가지면 뭐 충분히 부자로 잘 산디 뭣허게 굳이 이 애를 묻냐 그 말이여, 내 귀한 새 끼를. [청중의 말소리가 들어감] 데리고 와서 그놈 팔아가지고 참 거부로 허면서 잘 살았다, 이렇게 해서 성인의 역사에 말하자면 그 숙종 시대에 그런 효자가 있었다, 하는 얘기가 지금도 선례로 내려오고 있다, 인자 그런 얘기여.

종이장인이 천민으로 남아 있게 된 유래

자료코드 : 07_09_FOT_20100219_KEY_KSC_0006
조사장소 : 전라북도 임실군 덕치면 일중리 456-5번지 일중 마을회관
조사일시 : 2010.2.19
조 사 자 : 권은영

제 보 자 : 김성철, 남, 66세
구연상황 : 음료수를 마시며 잠깐 쉬는 참에 청중 중에 한명이 종이 장인은 원래 천민이
　　　　　었다는 말을 꺼내자 제보자가 다음을 구술하였다.
줄 거 리 : 종이가 처음 만들어져 사용될 때의 이야기다. 종이장인들이 종이를 만들어서
　　　　　왕에게 보내자 종이를 써본 왕은 흡족한 마음이 들었다. 왕은 종이를 만든 사
　　　　　람들을 어전으로 불러들였고 종이장인들에게 소원이 무엇이냐고 물었다. 종
　　　　　이장인들은 술을 좋아했는데, 닥칼을 보여주면 어느 곳에서나 공짜로 술을 마
　　　　　실 수 있게 해달라는 소원을 말했다. 닥칼은 종이의 재료인 닥나무의 껍질을
　　　　　벗기는 데 사용되는 칼을 말한다. 왕은 소원을 들어주었고 그 이후 종이장인
　　　　　들은 닥칼만 보여주면 어느 곳에서든 공짜로 술을 마실 수 있었다. 하지만 천
　　　　　한 신분에 머물러 있을 수밖에 없었다.

　무슨 대왕 그 시기에 처음으로 인자 종이를 제작해가지고 올렸어요. 막
올려주니까 거 아주 쓰기가 좋고, 그 대에다 이렇게 해서 쓰다 보니까 종
이로 쓰니까 좋잖아요? 그다 보니까 인자

　"이걸 누가 만들었냐? 어떤 사람들이 만들고 있냐?"

　근게 종이 만든 사람들, 그 사람들을 딱 허니 해서 근단게, 종이 만든
사람들이 원래 술을 잘 마셨어. 근게 종이 만든 사람들 양반질 허게 나도
정승판서나 말이야, 글 안 허면 적어도 이 어디 원님 자리나 이런 데나
하나 도라고, 원님은 저 나랏님한테 상감한테 그렇게 한 것이 아니라, 뭐
소원을 물었단 말여, 종이 만드는 인자 헌 사람들 데리다 놓고 이? 소원
을 근게 뭘 얘기허냐? 그 아무 데라도 칼만 차고 가면 기생집이고 어디
가도 양 아무 디라도 술만 무사통과하게 먹을 수 있는 요것을 원을 했네,
뒤 떨어지게 말여. 나는 적어도 이 감사자리 같이 그런 요직의 말하자면
벼슬 하나 주시오 했으믄 주었는디, (청중 : 아, 무식헌게 인자 그려.) 아
무식한 게 양 나 칼만 차고 가면 아무 디라도 무사통. 그라고 옛날에는
이 칼잽이라고 딱칼잽이, 딱칼 차고 가면은 술집이고 어디고 전부 무사통
과됐다는 거여. (청중 : 아, 딱칼을.) 예, 그렇게 해서 말하자믄 이 아까 좀
전에 형님 얘기했지만은 양반 축에 가들 못 혔다.

방귀 뀐 며느리와 일본말

자료코드 : 07_09_MPN_20100219_KEY_KSC_0001
조사장소 : 전라북도 임실군 덕치면 일중리 456-5번지 일중 마을회관
조사일시 : 2010.2.19
조 사 자 : 권은영
제 보 자 : 김성철, 남, 66세
구연상황 : 앞의 '학 형국의 한양에 도읍을 정한 이성계' 이야기 후 조사자가 "이야기는
세 자리"라고 하며 하나 더 해달라고 청하자 제보자가 다음을 구술하였다.
줄 거 리 : 일제강점기에 일본말을 어설프게 배운 가족들이 있었다. 식사 시간이 되어서
며느리가 밥상을 들이다가 시아버지 앞에서 방귀를 뀌었다. 시아버지가 기분
나쁘다는 뜻으로 아무 일본어나 얘기를 하자 아들은 일본어로 아내를 두둔
하고 며느리도 어설픈 일본어로 사과를 했다.

왜정 때 이런 얘기가 있었어. (조사자 : 왜정 때.) 우리나라 시대가 일제
시대야 그땐디 이? 그러면 일본말을 잘 통달히서 못 허고 포도시 헐 정도
여. 근디 시아버지가 딱 허니 인자, 인제 때가 되야서 누워서 앉아 있는
디, 며느리가 밥상을 딱 갖고 와서 탁 놓고는 그 앞에서 밥상 갖다 놓으
면서 방구를 아마 빵 하고 뀌네? [조사자 청중 웃음] 그 시아버지가 하는
소리가 뭐 일본 말로 해서

"구다사이"

기분 나쁘다 이거여. 근게 아들이 옆에서 하는 얘기가,

"이자라이까."

괜찮지 않습니까, 근게 며느리가 나가면서,

"스시마셍"

미안합니다. [제보자 조사자 청중 웃음] 이랬다는 그런 얘기도 있어요.

아내들이 남편들에게 커피를 마시게 한 사연

자료코드 : 07_09_MPN_20100219_KEY_KSC_0002
조사장소 : 전라북도 임실군 덕치면 일중리 456-5번지 일중 마을회관
조사일시 : 2010.2.19
조 사 자 : 권은영
제 보 자 : 김성철, 남, 66세
구연상황 : 앞의 '방귀 뀐 며느리와 일본말' 이야기 후 청중 중의 한명이 제보자에게 장
에 간 얘기를 하라고 재촉하자 제보자가 다음을 구술하였다.
줄 거 리 : 커피가 많이 알려지기 전에, 마을 사람 하나가 갈담장에 가서 친구를 만나다
가 다방에서 커피를 마셨다. 집으로 돌아와 잠을 자려는데 생전 처음 마신 커
피 때문에 잠이 오지 않아서 부인과 사랑을 나누었다. 다음날 부인은 우물가
에 모인 부인네들에게 남편이 장에 가서 커피를 마시고 오더니 일찍 잠에 안
들고 부인한테 관심을 보이더라고 얘기를 했다. 그 말을 들은 동네 부인들이
다음 장에 나갈 때는 커피를 담을 가지각색의 그릇을 챙겨 가지고 갔다.

옛날에 그 이릏게 시골에서 살다보니까 에? 그 뭐 생전 뭐 별로 순창장
도 안 가고, 여그서는 갈담장이 주로 주위 사람들이 나온단 말여. (조사
자 : 갈담장, 예.) 장을 많이 봐 먹어. 아 그런데 모처럼 남자가 인자 일만
이릏게 농촌에서 하다가, 처음으로 인자 그 이 장을 나갔는데, 그 장에서
그날따라 어떤 이 친구가 만나갖고 이 인자 다방이란 게 처음 생겼단 말
여. 그래가지고 인자 그 때는 그 전에는 이 커피 먹는지 우리 얼마 안돼
요. 커피는 말하자면 그 말초신경, 신경제라고 히서 카페인 들어가지고
콕콕콕 때리는 신경촉진제가 들었단 말여 커피가. 그래서 공부허다가 커
피도 마시고 그러지. 그 커피가 잠이 안 오는 이유가 거기 있어요. 그 신
경을 갖다가 탁탁탁탁 때려주는 그런 성분이 있다니까.

그 인자 그 사람이 커피를 먹었어 낮에. 누가 친구가 사줘. 근게 씁쓰
름허니 별루 맛도 없어 처음 커피라. 근게 생전 안 먹어보다 본 것을 먹
어보니까 그날 저녁에 잠이 와야지. 그니 잠은 안 오고, 옆에 마누라는 쌔
근쌔근허니 따뜻허니 자고 있지, 할 일이 없지. 근게 아주 기분 좋게 좀

해줬다니까. [조사자 청중 웃음] 잠은 안 오고. (조사자 : 그래가지고?) 그 일리가 있잖아. 그 인자 그 이튿날 아침에 가서 인자 옛날에는, 지금은 수도가 있고 다린 주방이 있어서 하지만은 옛날에 그게 없었어요. 근게 우물가, 앵두나무 우물가에 동네 처녀 바람났네 허듯이, 아침에 보리쌀을 갈아갖고 싹 같이 와서 씻쳐가지고 이릏게 아주머니들이 뺑 돌랴노서 밥을 해먹는단 말여. 근디 그 아주머니들한테 가서 그렸어.

"아이 우리 애기아빠는 어저께 장에 갔다 오드니 커피란 것을 먹고 오드니양, 커피란 것을 먹었다는디 아주 저녁에 나 즐겁게 해준다."고 [청중 웃음]

이런 얘기를 헌 게, 아 여자들이 그 시골 사람들은 거의 다 남자들이 일을 고달프게 하다 보니 일찍 자는 습관이 있단 말여, 여자한테 관심도 없고 일이 몸이 된게. 그 다음날 장날 가만히 보니까, 그 아주머이들도 그 커피 좀 사다가 남자 남편 멕일라고, 가만히 보니까 그냥 어떤 사람은 많이 먹으면 좋은 줄 알고, 바케쓰 들고 나간 사람, 이, 주전자 가지고 나간 사람, 구지각식(가지각색)으로 그륵을 챙겨 가지고 나갔다. 그건 실화여 실화. 사실이 그랬다 그 말이여. [조사자 청중 웃음] 그런 게 봐봐, 낭군이 커피 자셨냐고 물어봐, 초지녁 땍에.

진주낭군

자료코드 : 07_09_FOS_20100219_KEY_KYS_0001
조사장소 : 전라북도 임실군 덕치면 천담리 287-4번지 구담마을 마을회관
조사일시 : 2010.2.19
조 사 자 : 권은영
제 보 자 : 김유순, 여, 75세
구연상황 : 덕치면의 천담 마을회관에서 조사를 하던 중 그곳의 한 아주머니가 자신의
　　　　　 올케가 민요를 잘 한다며 구담 마을에 가보라고 하였다. 구담 마을회관을 방
　　　　　 문하여 다른 분들과 얘기를 하다가 제보자를 만날 수 있었다. 지난 겨울 팔이
　　　　　 다쳐 수술을 하느라 정신이 혼란해져서 자신이 없다고 하면서도 다음을 구연
　　　　　 하였다.

울도 담도 없는 집이 시집 삼년을 살았더니

시어마니 허신 말씸 아가 아가 메느리 아가

진주낭군을 볼라거든 진주 남강에 빨래를 가라

진주 남강 빨래를 가니 물도나 좋고 돌도나 좋아

오드랑 투드랑 빨래를 빠니 난데없는 발자구 소리

옆눈이로 살짝 보니 구름 같은 말을 타고

하늘 같은 갓을 씨고 본치나 만치나 지나를 가네

이것을 보는 메느리 애기 검은 빨래는 검게나 빨고 흰 빨래는 희

게 빨아

주섬주섬 줏어를 담아 집에라고 들어가니

시어마니 허신 말씸 아가 아가 메느리 아가

진주 낭군을 볼라거든 사랑방에 들어가라

사랑방에 들어가니 오색가지 술을 놓고 본치만치나 술만 먹네

이것을 보는 메느리 애기 건너방에로 건너를 와서

명주베 석자를 끊어서 목에 걸고 잠잔 치나(잠자는 것처럼) 죽었구나

진주낭군님 알으싰소. 유복 본처 사랑은 백년이요 계상 첩은 석달 열흘

당신 죽을지 난 몰랐어

외씨 같은 보신발에 제비나 같이 곱게 빗고

미간말이 오동통통 내려오든 마느래야

베틀노래

자료코드 : 07_09_FOS_20100219_KEY_KYS_0002
조사장소 : 전라북도 임실군 덕치면 천담리 287-4번지 구담마을 마을회관
조사일시 : 2010.2.19
조 사 자 : 권은영
제 보 자 : 김유순, 여, 75세
구연상황 : 앞의 민요를 부른 뒤 제보자는 건강 상태가 좋지 않다고 하며 힘들어 했다. 제보자의 정보에 대해 좀 들은 뒤에 이런 저런 얘기를 하며 쉬는 시간을 가졌다. 함께 있던 아주머니들이 제보자에게 베틀노래를 해 달라고 요청하자 다음을 구연하였다.

오늘날도 하 심심하니 베틀이나 놓아볼까

베 짜는 아가씨야 사랑노래를 불러봐라

낮에 짜는 베는 일광단이요

밤에 짜는 베는 월광단이라

일광단에 월광단을 다 짜보아서

울연님에 와이샤쓰나 지어놓을까

늙은이가 짠 베는 노광주요

젊은이가 짠 베는 화부단이라

노광주 화부단을 다 짜보아서

우리나 낭군 쑥떡빼 죄끼나 해줄까

밤에 짠 베는 월광단이요

낮에 짠 베는 일광단이요

일광단 월광단을 다 짜보아서

울연님의 구레상투나 해줄까요

4. 삼계면

전라북도 임실군 삼계면 두월리 두월(斗月) 마을

조사일시 : 2010.3.13, 2015.7.22

조 사 자 : 권은영

마을 앞에 미산(米山)이 있다. 쌀이 있으니 말[斗]이 있어야 한다는 뜻에서 말 두(斗)자를 써서 두월리(斗月里)라고 부른다. 조선시대에 남원부 말천방에 속해 있었다가 1914년 행정구역 개편 때에 임실군에 편입되면서 두월리가 되었다. 사인동, 뒷골, 샛골의 자연부락이 모여 두월리를 이룬다.

예전에는 100호가 넘는 마을이었으나 현재는 60호 정도가 있다. 주로 벼농사를 지으며 복숭아, 배, 머루, 매실 등의 과수원을 한다. 주민들이 연로해지면서 과수원을 그만둔 경우가 많다. 삼계면 세심리의 머루 와인 공장에 머루를 공급한다. 겨울 농한기에는 엿을 생산하여 판매한다.

두월 마을은 '말천방 들노래 축제'로 2015년부터 2년 연속 '농촌축제 지원사업'에 선정되었다. 두월 마을은 1973년에는 '임실 들노래'로, 1976년에는 '임실 삼계 농요'로, 1979년에는 '임실 말천방 농요'로 전국민속예술경연대회에 출전한 경력이 있다. 1980년대 초까지 경지정리가 되지 않아서 기계농이 어려웠기 때문에 전통적인 농업 방식으로 농사를 지었고 이 때문에 농요 또한 전승될 수 있었다고 한다.

▌제보자

김동준, 남, 1927년생

주 소 지 : 전라북도 임실군 삼계면 두월리 21번지 두월 마을
제보일시 : 2010.3.13, 2015.7.22
조 사 자 : 권은영

삼계면 두월리 두월 마을에서 나고 자랐
다. 삼계초등학교 재학 당시 모내기에 동원
되었다가 찍은 단체사진과 초등학교 졸업사
진, 군복무 시절 사진 등 여러 사진을 소장
하고 있다. 제보자는 사진 뒤에 날짜와 이름
을 꼼꼼히 적어두었다.

1948년에 군에 입대하여 1954년에 전역
하였다. 구례에서 군복무를 하다가 여수순
천사건을 겪었다. 한국전쟁 중에 다리가 부러지는 부상을 입었고 1.4후퇴
때에는 심한 동상이 걸려서 현재에도 다리가 불편하다. 동상의 후유증이
커서 아직까지도 고통을 겪는다고 한다. 1993년도에 국가유공자로 지정
되었다.

6년여의 군복무 끝에 28세에 전역을 한 후 혼인하였다. 어린 송아지를
사다가 쟁기질을 하도록 길을 들여 되파는 일을 하여 경제적인 어려움은
별로 없었다고 한다.

조부가 동학농민운동에 참가했던 분이어서 '동학계'라는 동학농민혁명
유족회에 가입되어 있다. 이웃들에게서 "한문 얘기를 많이 한다."는 말을
듣는 제보자는 조사 당시에도 「논어」를 펼쳐 해석해주며 즐거워하였다.
「이조 오백년 야사」를 즐겨 읽는다고 하였다.

2010년 조사 당시에 사진을 찍지 않아서 2015년에 제보자의 자택을 재방문하였다. 건강이 좋지 않은 고령의 제보자께 사진 촬영을 요청하는 대신 제보자의 최근 사진을 제공 받았다. 위의 사진은 제보자가 제공한 사진을 재촬영한 것이다.

제공 자료 목록

07_09_FOT_20100313_KEY_KDJ_0001 이성계와 황산대첩
07_09_FOT_20100313_KEY_KDJ_0002 김응서 장군과 계월향
07_09_FOT_20100313_KEY_KDJ_0003 숙종 초비에게 진상된 어은리 콩잎
07_09_FOT_20100313_KEY_KDJ_0004 왕씨가 예씨 된 사연
07_09_FOT_20100313_KEY_KDJ_0005 머슴 출신 영의정 상진
07_09_FOT_20100313_KEY_KDJ_0006 만석꾼 경주 최씨 집에 전해오는 원칙
07_09_FOT_20100313_KEY_KDJ_0007 강에서 인삼을 낚은 효자

김종현, 남, 1931년생

주 소 지 : 전라북도 임실군 삼계면 두월리 254번지 두월 마을
제보일시 : 2010.3.13
조 사 자 : 권은영

두월 마을에서 나고 자랐다. 현재는 두월리 254번지에 거주하고 있다. 연안 김씨인데, 삼계면 어은리에서 정착한 뒤 15대가 삼계에서 살았다. 종중의 서당인 '화소당'이 있어서 선대 어른들이 서당에서 공부를 많이 했었다. 동네 서당에서 1~2년 수학 후 학교에 들어갔다. 졸업한 해 해방이 되었고 17세에 부모를 여의어서 집안 형편이 넉넉하지는 않았다고 한다. 오수 둔덕리가 친정인 아내와 혼인하였다. '장남 삼아서 하는 말'이 있다.

제공 자료 목록

07_09_FOT_20100313_KEY_KJH_0001 쌀바위, 피바위, 중바위

07_09_FOT_20100313_KEY_KJH_0002 진안 마이산의 기인 이갑용

07_09_MPN_20100313_KEY_KJH_0001 돌아오지 않는 아기장수

07_09_FOS_20150722_KEY_KJH_0001 상사소리

이성계와 황산대첩

자료코드 : 07_09_FOT_20100313_KEY_KDJ_0001

조사장소 : 전라북도 임실군 삼계면 두월리 21번지 두월 마을 김동준 자택

주사일시 : 2010.3.13

조 사 자 : 권은영

제 보 자 : 김동준, 남, 84세

구연상황 : 두월 마을회관에서 주민들을 만나 얘기하던 중에 제보자의 이름이 거론되었고 김종현이 안내하여 김동준의 집을 방문하였다. 조선 건국 때의 역사 얘기를 하다가 다음을 구연하였다.

줄 거 리 : 남원시 인월면 황산은 이성계가 황산대첩을 치른 곳이다. 이성계가 황산에 진을 쳤는데, 달이 넘어가게 되자 달을 끌어당겼다고 하여 끌 인 자 달 월 자를 써서 인월이라 부른다고도 한다. 이성계가 왜군과 대치를 하고 있는데, 왜군의 장수는 열 네 살 먹은 어린 장수였다. 그 장수의 이름은 아지발도인데, 나이가 어리다고 하여 애기발도라고도 한다. 아지발도를 죽이기 위해 매복해 있는 사람들에게 아지발도의 투구를 활로 쏘라고 하였다. 투구가 뒤로 벗겨지자 아지발도는 입을 벌렸고, 그 틈에 목구멍으로 화살을 쏘아 맞춰 아지발도를 죽였다. 지금도 황산에 붉은 색의 피바우가 있는데, 아지발도가 피를 토하고 죽은 흔적이라고 전해진다.

또 쩌짝에서 운봉 가는 자리믄 황산싸움이라믄 이성계 장군이 왕 허기 전에 고려 우왕 시절에 그것을 인자 침범을 허니까 북방을 경계허기 때문에 여그는 소홀히 혀. 왜놈들, 왜놈들은 뭐 인제 오기는 뭐이냐믄 부안꺼지 고창까지 막 들어온디 그라믄 요짝에서는 아까 운봉을 왜 오냐믄은 산악지대라 민간인이 안 사니까 거그 와서 운봉 고짝으로 자주 떨어가. (조사자 : 그 곡식?) 곡식 겉은 거, 사람도 붙잡아 가고, 사람도 잡아다 팔아먹고 그려. 그런디 그러니까 즉 말허자면 이성계가 퉁두란이 이지란이라고 헌디, 퉁두란이가 본래, 퉁 허먼 겨울 동자를 퉁이라고 혀. 근게 지란

이여. 원칙은 두란이여. 퉁두란이를 갖다가 여진 이름을 여진말 이름이여. 둘이 싸워가지고 결의 형제를 맺었어. 그 퉁두란이가 물동우를 이고 가서 활을 쏜다해서 구멍을 뚫는다지만 이성계는 붙여가지고 갔다 구먹을 막아. 그런 명수여, 그랬다고 그러디. (조사자 : 물동우를 이고 가면요?) 으

그런디 거 가믄 피바우 가봤소? (조사자 : 안 가봤어요.) 황산대첩 (조사자 : 아 거기 황산대첩, 안 가봤어요.) 황산대첩은 이성계가 군사를 이끌고 갔어. 가서 보니까 인월이라는 데가 있어, 인월. (조사자 : 인월.) 인월이 왜 인월이여? (조사자 : 달을 끌어댕겼다고.) 예, 끌 인 자, 달 월 자여. 인월이 어디냐면 남원 산내면인디, 고 밑에가 인자 인월 밑에는 인자 거 경상남도 함양, 산청, 거창 인자 그런데 거그서 인자 모퉁이를 지켰어, 황산, 거칠 황 자 황산 아녀, 거가. 이렇게 좁아. (조사자 : 거기가 좁고만요?) 이, 이렇게 좁아, 상관같이 이렇게 좁아. 그래가지고 인자 들어오는 디는 저 산청 저짝으로 오지. 와가지고는 그냥 좁으니까 거그다가 진을 쳤어, 이성계가. (조사자 : 왜놈들 때려 잡을라고요?) 에.

진을 치고 있으니까 선방, 선봉장이 열네 살 먹어. 아지발도라고도 애기발도라고도 그려. (조사자 : 아, 애기발도? 어리다고?) 어. 근디 아지발도라고 그러고. 거그 비는 아지발도라고 썼어. 선봉장군인디 활을 이렇게 명사수가 쏘드라도 칼만 이렇게 휘두르자믄 풀 비듯 혀. 그놈이 선봉장을 헌디 못 잡아. 그 이성계가 가만히 생각하니 달이 넘어가믄 이쪽이 불리혀. 거그는 호쏙 왔는디. 그때 서울이 어디냐믄 개성여. 고려 말 뭐여 북병사로 있었어, 이성계가 그때 당시. (조사자 : 북병사?) 그, 병마산디 이자춘이가 이성계 아버지여. 이자춘도 내나 함흥서 여진족 쫓는 병사 했고 아들도 그렸고. 그랬는디 인자 이끌고 와. 군사를 인자 개성서 여까지 이 끌어오니까 수 일 걸렸지 뭐. 지금같이 후딱 오나. 수십 명이서 데리고 오는디. 그리서 거그다 진을 친디 암만 해도 불리혀. 그 말은 끌 인자 달 월 자니까 그도 길으니까 한 얘긴디 달은 끌었다 그거여. 달을 끌었다. 그리

서 인월이란 이름을 붙였다고 한디 원 골짝이 길어. 거그서 저 연재 넘은 디 그리서 인제 있는디.

인자 매복을 시킨 사람들 보고 뭣을 허이냐믄 투구를 쏘라. (조사자 : 아지발도 투구를?) 네, 그리서 집중으로다가 투구에다가 화살을 보내니까 입을 딱 벌려서 투구가 넘어감서 그 다음이 인자 둘이, 이지란이도 둘이 목구녁에다 화살을 활을 대니까 거그서 토허고 죽었다 그거여. 그서 바우 가 지금도 빨그려, 거그 가 보먼. 가봤는가? (청중 : 안 가봤어.) (조사자 : 그믄 아지발도 피가 거그 묻어서 빨갛다는 소리.) 아이 또랑 가상이 그 리 크도 않은디 이만 헌디 바우가 쫙 깔렸는디 그 바우가 지금도 빨그려, 그 피바우라고 써 있어, 가 보믄. 역부로 나는 몇 번 가본 거여, 거리.

김응서 장군과 계월향

자료코드 : 07_09_FOT_20100313_KEY_KDJ_0002
조사장소 : 전라북도 임실군 삼계면 두월리 21번지 두월 마을 김동준 자택
조사일시 : 2010.3.13
조 사 자 : 권은영
제 보 자 : 김동준, 남, 84세
구연상황 : '이성계와 황산대첩' 이야기 후 조선의 건국 역사에 대해 얘기하다가 다음을 구연하였다.
줄 거 리 : 김응서 장군이 왜장을 죽이라는 명을 받고 적진에 갔는데, 그곳에 자신의 첩이었던 계월향이 있었다. 계월향은 김응서 장군을 자신의 오라비라고 하여 적진 깊숙이 데리고 갔다. 왜장은 숙소 주변에 방울을 달아 누가 침입하는지 금방 알 수 있게 해두고, 자신과 닮은 등신을 세워 자신을 보호했다. 계월향은 치마로 방울을 감싸 소리가 나지 않게 하고, 등신과 진짜 왜장을 구별해 주어 김응서가 왜장의 목을 벨 수 있게 도왔다. 그러고는 자신도 그곳에 있으면 죽을 목숨이니 자신의 목까지 베어가라고 하였다. 김응서는 계월향의 목마저 베어서 계월향의 어머니에게 가져다주었다.

왜군이 따라들어온디 죽으믄 인자 문제잖여. (조사자 : 잘못하면 죽게 생겼으니까요?) 그런게 갖다 마당에다 놓고 술잔치, 술을 갖다가 디따 막, 몽땅 믹였어. 믹여놓고 오니까 뭐라는고 월향이가 이 바쁜 난리 땀새 뭣허러 왔냐. 자기 보러 온 것이 아니고 뭔 생각이 있어서 온 거 아니냐 이렇게 물으니까 적장 목을 비러 왔디야, 적장 목을 비러와. 게 어떻게 비어.

그리서 이 술을 흠빡 멕여가지고 뭣을 하냐면은 저짝 능라도에다가 인자 진영을 치고 있는디 요짝에다 진을 치고 있고 능라도를 또 건너와서 치고 있는디 에 자정께 오라고 했어, 자정께. 잘 적에 목을 비라. 그러믄 내가 약속허께. 우리 오빠 친정 오빠가 자기 보러 올 티니까 좀 기다려 술이나 먹자고 몽땅 퍼 멕있어, 적장을. 퍼 멕이고 오니까 인자 밑에 놈한 티 지령을 헌 거여, 통과시키라고. 응서 장군을 응서 장군이 떡 앉히놓고 들어가는디, 문을 여니까는 구척 장신이 막 칼을 들고 이렇게 있어. 그러니까 그 장수도 무섭든가 뒷걸음질을 헌다고, 김응서 장군이. 그러니까 월향이가 웃어. 안심해도 되야, 그 가짜랴. (조사자 : 아 그 가짜예요? 가짜를 그렇게 세워 놨어요?) 가짜를 이렇게 딱 세워놓고, 이 무서우니까 뒤로 빠꾸를 허니까. 이 요령이라고 해서 개들은 방울이 있어, 그러디. (조사자 : 요령?) 요령이라고 방울이라. 게 문을 열면 따르르 혀. 게 고놈을 치매로 싸고 있으니까 문을 여니까 막 바로 막 서 있으니까 뒤로 빠꾸를 허니까 웃드라.

게 들어가서 보니까 자, 술이 취해서 자. 근디 병법에 그냥 목은 빈다 손은 도리가 아녀. 저도 장군이고 나도 실전에 스는 장군인디 선봉 장군인디 저놈을 깨워서 죽여야겄다. 그리고 인자 발질을, 신 그대로 신고 가 발질로 콕 차니께 이놈이 돌아누워. (조사자 : 돌아누워요?) 게 선봉장, 돌아누울 적에 그냥 목을 쳤다고. 목을 치니까는 이놈이 모가지가 달아난 놈이 일어나더니 니뿐도라고 그 걸어논 놈을 빼가지고 목도 없는 놈이 친다고. 그놈도 무통장수지 그러니까, 말이 그려 그러니까. 세 번을 치는디 지둥을, 각각 세 치썩 들어갔디야. 그러고 쓰러져. 그더니 인자 김장군이 적장 모가지를 칼끝으로 꿰가지고 인자 백마를 타고 도망헐라고 이 적장 말을 타고 그러니까 월향이가 있다가 나는 인자 붙잽히먼 죽어, 죽을 각오를 힜으니까 인자 갔았으니까 내 모가지까지 비어 가지고 가거라 했어. (조사자 : 계월향이요?) 그래서 인자 목을 비어 가지고 꿰가지고 말을 타고 갔어. 가가지고 장모 부고 얘기를 했지. 사실 이랬으니까 요건 받으라그니 치마폭으로 받았다고 말은 그려. 그렇게 나왔어. 그거는 실제 인물이라. 근디 이거 춘향이는 실지 인물이 아녀, 봐도.

숙종 초비에게 진상된 어은리 콩잎

자료코드 : 07_09_FOT_20100313_KEY_KDJ_0003
조사장소 : 전라북도 임실군 삼계면 두월리 21번지 두월 마을 김동준 자택
조사일시 : 2010.3.13
조 사 자 : 권은영
제 보 자 : 김동준, 남, 84세
구연상황 : 전주 최씨의 내력과 우암 송시열에 대해 길게 얘기하다가 다음을 구연하였다.
줄 거 리 : 숙종의 초비인 인경왕후는 광산 김씨로, 임실군 삼계면 어은리가 그의 외가
였다. 어은리는 지형이 가재 모양이라고 하여 고기 어자 숨을 은자를 써서 어
은리라는 이름이 붙었다. 어렸을 때 외가에서 자란 초비는 콩잎죽을 자주 먹
었다. 나중에 왕비가 되어 임신을 하였는데 좋은 음식들이 모두 입에 맞지 않
았고, 어은리에서 먹었던 콩잎죽이 먹고 싶었다. 그래서 어은리의 콩잎이 초
비에게 진상되었다고 한다.

도깨비는 있을라믄, 옛날에는 대각이라 그려, 대각. (조사자 : 대각?) 큰 다리, 다리 밑에 뭐 노래도 있잖어. 충충 대감은 아까 다리 밑에 김씨들이 그 김씨들이 많이 살아. 그 독각 독각이 큰 데를 독각이라고, 방어가 (조

사자 : 방어가, 큰 다리를 독각이라고 해요?) 그래서 다리 밑에 김씨, 잘 되니까 그 김씨 이상 덮어놓고, 내나 그 김씨들이 다 훌륭히 다 잘 되았 지. 뭐 말하자믄 많이 고관대작도 있고 왕비 배출도 뭐이냐믄 초비가 왕 비 안 했소. 초비가 누구여, 숙종 왕비. 어디서 나갔어? (조사자 : 어디서 났냐고요? 초비가요?) 응(조사자 : 광산 김씨예요, 초비가?) 에, 아 고 사극 안 봤소? 광산 김씨가 초비가 광산 김씬디, 어은리라고 있어, 여그. (조사 자 : 어은리 여기요, 삼계면 어은리?) 어 오수 들어오믄 어은리, 그 어찌 어은리여? (조사자 : 거기가 왜, 임금 어자 쓰는, 임금 어자에다 은혜 은자 쓰는 어은리예요?) 어 자는 괴기 어자, 숨을 은자 어은리여. (조사자 : 아, 고기 어자 숨을 은자예요?) 게 가재터여, 가재. (조사자 : 가재?) 까재 있잖 여, 까재. (조사자 : 아 물 속에 사는 가재?) 까재터여. 그서 어은리라는 이 름을 붙여.

근디 그건 뭔 성받이가 많이 사나믄은 한씨가 많이 살아, 청주 한씨. 그 댐에 최씨가 좀 살고 최씨는 어디 최씨냐믄은 삭령 최씨여, 삭령 최씨. 그때에 뭐이냐믄 세조 임금헐 적에 아까 최한, 최정승이가 내나 삭령 최 씨여. 그 묏이 어디 있냐믄 저 경기도 광주 있는데, 인제 자기 아버지가 김만중이여. (조사자 : 서포?) 아니, 자기 아버지가 김, 왕비 아버지가 만자 기자가 광산 김씨. 작은 아버지가 만자 중, 서포라고 요새 나오잖아. (조 사자 : 사씨남정기 쓴?) 에.

고, 그리서 왜 그때 했냐믄은 왕비가 어은리 외갓집에서 살았어, 외갓 집, 초비가. (조사자 : 아 여기가 인현왕후 저기예요?) 인현왕후는 거기는 민씨고 재취고 초취가 초비가 그런디, 그리서 콩잎죽을 먹고 그리서 애기 설 적에 고량진미가 맛이 없어. 근게 즉 뭐이자믄은 궁녀를 시겨서 어은 리 콩잎을 좀 뜯어갖고 오니라. 그서 어은리 콩잎이 진상 갔다고 그랴. 그 먹어보니까 맛이 뭐 있어. 그리도 좋은 것도 일등품도 맛이 없는데 그리 서 딸인가 낳고 아들을 낳다가 나이 몇 살 안에 세상을 떠 버렸어.

왕씨가 예씨 된 사연

자료코드 : 07_09_FOT_20100313_KEY_KDJ_0004
조사장소 : 전라북도 임실군 삼계면 두월리 21번지 두월 마을 김동준 자택
조사일시 : 2010.3.13
조 사 자 : 권은영
제 보 자 : 김동준, 남, 84세
구연상황 : 인현왕후와 단종에 대해 얘기하다가 다음을 구연하였다.
줄 거 리 : 조선이 건국된 직후 고려 왕족이었던 왕씨들이 살해되었다. 왕씨들은 밭 전자
　　　　　나 온전 전자를 쓰는 전씨나 옥 옥자를 쓰는 옥씨로 성을 바꾸었다. 왕씨가
　　　　　예씨가 되었다는 말이 있는데 이와 관련된 우스갯소리가 있다. 왕씨 중에 한
　　　　　명이 배를 타고 도망을 가는데 사공이 자신의 성씨를 묻자 무턱대고 예라고
　　　　　답했고, 서울에서 검문을 받을 때도 성이 뭐냐고 물어보면 예라고 대답하여
　　　　　예씨가 되었다고 한다.

　　고려 때도 헌 이야기여. 왕씨들 전부 몰려가지고 죽인디, 그 왕씨들이
밭전(田)자로 되얐다가, 오롤 전(全)자로 되얐다가, 옥가가 되얐다가. 이
임금 왕자를 갖다가 요렇게 요렇게 밭 전자를 참 밭 전자 두고, 전자는
삿갓만 쓰먼 임금 왕자. (조사자 : 온전 전자.) 이 왕가. 근디 예가도 그릏
다는 말을 들었어. (조사자 : 예가요?) 에. 예춘우라고 국회의원을 한분 지
내야. 부산 산다. 근디 이 예가가 왜 예가냐. 왕가가 예가 되았냐 하면은,
우스운 소리여. 배를 타고 지금 말하자먼 임진강을 건네서 도망을 가. 강
원도를 갈 적에 가니까 배를 타니까, 잡으먼 얼매쓱 줘, 왕가 잡으먼. 게
배를 노젓는 사공이 있다가,

　　"니 생(성)이, 그대 생이 뭐여?"

　　근게 도망가네. 개성서도 도망가니까, 그때 서울이 그러니까

　　"예."

　　그러고 대답혔어. 내가 왕가하믄 저는 죽으게

　　"예."

　　"니 성이 뭐이냐?" 한게,

"예." 그리다.

"예가냐?"니까

"예." [웃음] 그렸단 말여. 그리서 예가가 됐단 말이 있어.

머슴 출신 영의정 상진

자료코드 : 07_09_FOT_20100313_KEY_KDJ_0005
조사장소 : 전라북도 임실군 삼계면 두월리 21번지 두월 마을 김동준 자택
조사일시 : 2010.3.13
조 사 자 : 권은영
제 보 자 : 김동준, 남, 84세
구연상황 : '왕씨가 예씨 된 사연'을 이야기한 후에 김성수 부통령에 대해 얘기하다 다음
을 구연하였다.
줄 거 리 : 조선 명종 때 영의정 벼슬을 지냈던 상진은 머슴 출신이다. 상진은 충청도에
서 결혼도 하지 못 한 채 40년을 머슴살이를 했다. 자기의 신세가 나아질 것
이 없다고 생각한 상진은 그 동안 모아둔 돈을 가지고 한양의 유명한 점쟁이
를 찾아갔다. 점쟁이는 사람을 시켜 상진을 시구문 밖 동쪽으로 뻗은 나뭇가
지에 묶어두었다. 밤이 어둡고 비까지 오자 상진은 나뭇가지에서 몸부림을 치
다가 나무에서 떨어졌고, 시체를 쌓아둔 곳으로 비를 피했다. 비를 피하다가
관속에서 사람 소리가 나는 것을 듣고 관을 열어보니 한 처녀가 살아 있었다.
처녀를 구완하고 보니 그녀는 몹쓸 병이 들어 버려진 대갓집의 외동딸이었다.
처녀가 병이 나아 집으로 돌아가자 처녀의 집에서는 재산도 없고 나이도 많
은 상진을 못마땅하게 여겨, 그녀를 다른 집으로 시집보내려고 하였다. 처녀
의 집에서는 하룻밤만 자면은 사람이 죽어나간다는 흉가로 상진을 보내면서
사흘 뒤에 돌아오라고 하였다. 흉가에서 밤을 보내던 상진은 그곳에 숨겨져
있던 보물들이 사가 되어 요동하는 것을 알게 되었고, 사흘을 무사히 보냈다.
상진이 무사한 것을 안 처녀는 흉가의 보물을 재산으로 삼아 상진과 함께 살
게 되었고, 상진은 대갓집의 사위가 되었다. 상진은 이후 열심히 공부하여 육
십이 넘은 나이에 등과하였고, 이후 벼슬이 영의정까지 올랐다.

상씨가 있는디, 상씨 봤소? (조사자 : 못 본 거 같아요.) 상씨가 뭐여, 뭔

상 자여? (청중 : 나는 시방 듣느니 또 그거.) 명종 때 영의정을 지냈어. (조사자 : 상씨가요?) 영의정을 지냈는디 그거 또 우스운 얘긴디 실지 인물여. 저 거시기를 보면 에 상 실록을 보면 상진이라고 상정승이 분명이 있어. (조사자 : 상정승) 상진이고 이름은. (조사자 : 이름은 상진) 근디 어디 살았냐믄 충청도 산디 머슴을 사십년을 살아. (조사자 : 정승까지 지낸 사람이 처음에는?) 응 전에 총각 때 머슴을 산디 머슴을 산디 이조 초긴디 머슴을 산디, 가만히 생각해보니까 사십년을 살아야 뭐 부자도 못 되고 평생 그것이여.

근게 돈을 뫼야가지고 장안에 가서 아까 점 잘 친 명수가 있소. 그놈을 놓고 가서 점을 혀. 니가 백날 머슴만 살으라고 하믄 나 죽어버린다고 새칠로 가서 가서 물으니까 아무 데로 가리야. 근디 돈이 비싸 게 돈이 비싼디 이 뭐냐믄은 사십년 번 돈을 다 바치게 생겼어. 길을 나 줄 방안을 장만한디 그리서 돈 있냐고 허니 있다고 탁 내 놓으니까 불러. 이 봐라 하니까 노랑본 치들이 죽 오더니 이놈을 묶으라네. 묶은디 꽁꽁 묶어가지고 저 시구문 밖에다가 동쪽으로 뻗은 가지에다 묶어놓고 오니라 그러는 거라. (조사자 : 점쟁이가요?) 어, 시구문이 어디지? (조사자 : 시구면?) 시구문, 시구문 그러니까 몰라. 시구문이 송장 나간 문이라, 시체 나간 그 어디를 보고 그려? (조사자 : 시구문, 북문인가요?) 동문여, 동대문. 동대문이 송장 나간 디고 서대문은 먼자는 시방 형무소가 왜놈들이 만든 것이고 장안에서 죽은 자 있으믄 동쪽으로 나가, 동대문으로. 그래 시구문이여, 송장 나간 문여. (조사자 : 거기다 갖다 묶어놔요?) 이, 동쪽으로 뻗은 나무에다 묶어 놀래야. 시구문 바깥에. 그러니까 송장이 많여, 옛날에는 파묻들 안혀. 쌓아놓고는 갖다가 쌓아놓고는 그렇게 장작 우에다 놓고 탈육을 허면은 파묻은 것여. (조사자 : 그때사?) 에. 나도 봤어, 어디서 봤어. 금구 가서 봤어. 거그서 저 지금은 두월리서 저짝으 가면 거그 핵교 넘어간 디가 거가 그 터여. 상문이 밭뙈기 그 골짝이. 거다 쌓아놔. 그런 말이 있어.

그런디 아 거그다 갖다 묶어노니 별 수 있어, 이런 사람이 다래다래. 아 근디 그 캄캄하지 비는 오지 몸부림을 치니까 죽은 가지다 쫌매 놨든 가 뚝 떨어지거든. 그나저나 비가 와. 비가 오니까 아까 비를 개릴라고 그 속으로 들어가. (조사자 : 그 송장 쌓아 놓은 데다가요?) 그 송장 덮어논 디, 그 어디 가서 비를 개리니까는 비가 개아. 갤 무렵에 새벽이 되니까 아 관 속에서 숨소리가 나. (청중 : 관 속에서 숨소리가 난다고?) 이, 그래 뜯어놓고 보니까 처녀가 숨을 탁 틔어놔, 처녀가. (조사자 : 안 죽었네요.) 에 안 죽고. 근디 그것을 죽은 놈을 파묻은 게 아니라 병이 들었어, 대갓집이서. 처녀가 딸인디 병이 들었는디 고놈을 인자 관속에다 넣고 갖다 놓고 쌓아놨어. 죽으믄 파묻을라고. 근게 몹쓸 병이 들었는가 옛날도 그런 병이 더러 있디야.

근디 고놈을 업고 어디로 갔냐믄 한강을 넙다 달려. 달리믄 즉 뭣이냐믄 에 살구지원이 있고 저 남산 끝에 용산서 고리 들어온다지만 아까 그 뭔 원이냐, 아따 또 잊어버렸다. 그 원이 있어. 그것이 뭐이냐믄 네 가지 문에 가서 그 여수, 과거 보는디 시험 볼라고 시골 선비들이 가서 자는 디가 원이여. 살구지원이고, 아까 저그 뭔 원이냐? 저 저 용산서 들어가는 남산 올라 간 디 바로 고리 넘어간 디. 그런디 그리 내려가가지고 지금 말하자믄 남산골 아까 뭐 대갓집 나오지 않아. 고 터가 옛날에는 상성, 상정승동이여. (조사자 : 상정승동?) 그 나중에 필동으로 있다가 거가 필동으로 있다가 지금은 뭔 현동? (조사자 : 논현동?) 필동 전에 필동 후에 뭔 현동으로 있다가 인자 그 남산골인디 거 가서 흉가가 있어, 흉가. 고려 말에 근게 그때는 한양이여. 그때는 서울이 아녀. 개경이라고 개성이 서울이고, 고려 때. 근디 그리 들어가가지고 흉가를 들어갔어. 흉가로 들어가니까 아무것도 없어. 없는 것이 아니라 그 술집으로 들어갔어. 술집으로 들어가가지고는 보니까 거그서 인자 한 사날 구완을 힜어.

구완을 히서 물으니까 자기가 그런 병으로 들어왔디야. 근게 집이다 좀 알려달라고 히서 집이다 알리니까는 깜짝 놀래야. 외딸인디 오빠가 한 두엇 있고. 그래서 진짜 그 긴가 아닌가 가 보라고 아들 시켜보니까 기여. 기니까 고놈을 데리다가 인자 어따 재우냐면 에 지금 같으믄 이 사랑방이 있는디 고걸 보고 옛날에는 뭐라 글드냐. 거그다가 인제 상도령을 갖다가 췄는디. 머슴살이 헌 상도령을 췄는디 낯은 없고 키는 크고 나이가 사십이 넘고 했으니 아 쪼금 병이 넛있는디 시집 보닐라고 허니까 인 간다네. 안 간다야. 그 안 간다고 헌디 기어니 안 된디야. 그 딴 디로 인자 중매를 헐라고 한 이십 살 된 놈을 갖다가 인자 안 간다야. 죽어불믄 죽었지 안 간다고 밥을 인제 굶어.

그런게 할 수 없이 인자 거시기를 했어, 꾀았어. 아까 필동을 가면은 흉가가 있는디 거가 하룻밤만 자면 죽어. 그러니까 인자 상도령을 갖다가 꾀았어. 거기 가서 한 이틀 자면은 남의 집에 보내줄 테니까 가서 거처를 해라. 아 가서 보니까 먼지는 쾌쾌 쓰고 뭣이 있는디 아 거 가서 자니 잠이 올 것이여. 그리 쫓아냈는디 근디 인자 사흘 되기만 기다렸지, 오기만. 그랬더니 한밤중에 뭐이냐믄 요동 소리가 나. 그 뭣이 요동소리가 나냐 하고 보니까 이놈 보물이 사가 되어가지고는 밤이믄 이놈이 요동을 혀. (조사자 : 보물이 사가 돼요?) 응. 아 이 허니까 이 사람이 있다가 저 문제거리네. 딴 놈은 고놈 땜시 근디 부잿집 사람이 보물을 숨겨놓고 금뎅이랄지 보물을 숨겨놓고 난리가 나니까 도망가가지고, 피난가가지고 거 가서 죽었는가 오덜 안 허니까 그놈의 집이 묵어서. 묵으니까 시골 선비들이 와서 잠만 자믄 고놈 소리에 놀래가지고 기절허고 기절을 혀. 근디 그 사람은 아무것도 없고 뭐 무서운 것도 없고 그러니까 보니까 금뎅이가 그렇게 쏟아져. 그니까 그 사흘 되니까 널을 히가지고 와, 처갓집이서. (조사자 : 죽었을 것이다고?) 죽었으믄 송장이라도 치워줘야겄어, 딸을 살려주니까.

그러니까 가지 말고 이 금뎅이 요놈을 한 궤짝 줏었으니까 요놈 가지고 먹고 살자고. 그니까 그 여자가 근 거여. 가만 보니까 저그 오빠 저그 아버지가 상도령 죽이게 생겼어. 그러니까 그러자고. 아 그서 나중에 와 보니까 뭐 요조무적이네. 고놈 있었다, 보물 있었다 뭐 그리서. 나이 육십이 넘으니까 뭐라고 허냐면은 고문가 각개 집이도 과거를 안 허든은 벼슬을 안 허든은 쓸모가 없으니까 글을 배와서 독선생을 두고 글을 배와가지고 열심히 한 십년 동안 해가지고 나이가 육십이 넘은 담에 과거를 봐가지고 거시, 뭐이냐믄 합격이 되야. 그래가지고 올라간 것이 명종 때 상도령이라.

만석꾼 경주 최씨 집에 전해오는 원칙

자료코드 : 07_09_FOT_20100313_KEY_KDJ_0006
조사장소 : 전라북도 임실군 삼계면 두월리 21번지 두월 마을 김동준 자택
조사일시 : 2010.3.13
조 사 자 : 권은영
제 보 자 : 김동준, 남, 84세
구연상황 : '머슴 출신 영의정 상진' 이야기 후에 조사자가 제보자의 생애에 대해 묻자
　　　　　답을 하였고, 그 후 다음을 구연하였다.
줄 거 리 : 경주 최씨네는 십이 대 동안 진사를 배출했고 십이 대 동안 만석꾼이었다.
　　　　　이 집안이 이렇게 오랫동안 명예와 부를 유지하는 데에는 대대로 전해오는
　　　　　원칙이 있기 때문이다. 그 원칙은 수확할 때 만 석만 하지 이만 석을 하지 마
　　　　　라, 벼슬은 하지 말고 초시는 봐라, 하인들은 삼년 동안 무명만 입고 비단옷
　　　　　을 입지 마라, 흉년에 논을 사지 마라, 백리 안에 굶는 사람이 있으면 책임을
　　　　　져라, 손님이 오면 후히 대접해라 등이다.

경주 최씨가 십이 대 진사에다 십이 대 만석을 했어. 지금도 그 집은 경주 사는데 가보들 안 했고 옛날에 근디 어뚫게 했냐믄 세 가지, 여섯 가지 근거가 있어. 처음 먼야 헌 진사가 만석을 만석꾼 허면 만 석만 허

지 이만 석을 허지 마라. 벼슬을 허지 말고 초시는 봐라. 그리서 인자 헌 것이 첫째 왈 여그 들어올 적에 하인들이 삼년 무명베만 입어라, 비단옷 입지 말라. 그것이 첫째, 그 댐이 흉년에 논을 사지 마라. (조사자 : 흉년 에 논을 사지 마라.) 음, 또 에 이 백리 안짝에 굶어 죽으면 책임을 져라. 음, 또 손님 오면 후히 대접을 허라.

강에서 인삼을 낚은 효자

자료코드 : 07_09_FOT_20100313_KEY_KDJ_0007
조사장소 : 전라북도 임실군 삼계면 두월리 21번지 두월 마을 김동준 자택
조사일시 : 2010.3.13
조 사 자 : 권은영
제 보 자 : 김동준, 남, 84세
구연상황 : '만석꾼 경주 최씨 집에 전해오는 원칙' 이야기 후에 다음을 구연하였다.
줄 거 리 : 임실군 운암면에 가면 조삼대가 있는데, 거기에 관련된 효자에 관한 얘기이다. 아버지가 식음을 전폐하자 그 아들이 인삼을 구하여 아버지를 봉양하려 했다. 아무리 해도 인삼을 구할 수 없자 물고기라도 낚아서 아버지께 드리려고 낚시를 하고 있었다. 낚시에 뭔가가 걸려 끌어올려보니 인삼이 낚여 있었다. 효자가 그곳에서 낚시로 삼을 낚았다고 하여 그곳을 조삼대라고 부른다.

거 운암 가면 거 운암 있잖여. (조사자 : 예, 신기.) 그거 회관 지어놓은 디 있죠. 에 뭐여, 조 조삼대라고 있지 조삼대. 낚시, 괴기 낚은 디. (조사 자 : 낙조댄가, 아니 낙조대가 아니라, 거기 잉어명당 있는데?) 에 조삼대. 그 그 시를 그다 썼는디, 그 이 시, 그 뭐여 고을이서는 선생 뻘이나 되고 그려. 저그 아버지 효잔디, 저그 아버지가 밥을 안 먹어서 삼을 구혀, 구혀. 삼을 구한디, 그 물이 이렇게 돌아가, 거 앞에. 그 여관 있잖아. 그 것을 근디 인자 삼은 못 구허다, 인샘 그렇게 쉽간디. 아 그리서 고기라도 한 마리 잡아다가 아버지 대접 헐라고 고기를 낚고 있는디 뭣이 걸려서

잡아 댕기 인샘이 올라와. 거기서 허물어져갖고 고 강속으가 끼었든가. 그서 조삼대라고 혀.

쌀바위, 피바위, 중바위

자료코드 : 07_09_FOT_20100313_KEY_KJH_0001
조사장소 : 전라북도 임실군 삼계면 두월리 328-4번지 두월 마을회관
조사일시 : 2010.3.13
조 사 자 : 권은영
제 보 자 : 김종현, 남, 80세
구연상황 : 선행 자료에서 삼계면 두월리의 농요가 유명하다는 정보를 보고 마을회관을 방문하였다. 마을의 유래를 묻던 중에 주민들에게 다음을 들을 수 있었다.
줄 거 리 : 미산사에 딸린 암자가 있었는데 그곳에 승려와 밥해주는 이, 둘이 살고 있었다. 그곳에는 쌀이 나오는 쌀바위가 있었는데 하루에 딱 두 사람 먹을 분량만 나왔다. 지금은 쌀뜨물처럼 뿌연 물만 나오고 있다. 빨간 피가 흐르는 것 같은 피바위도 있는데, 그 뒤에는 중의 모양과 같은 무늬가 있는 중바위도 있다. 어느 처녀가 새를 쫓고 있었는데 지나던 중이 그 처녀를 겁탈했다. 그러자 하늘에서 벼락이 떨어져 중이 죽었고 그 흔적으로 피바위와 중바위가 남았다고 한다.

옆에 가서 저 미산사가 있어. (조사자 : 아, 절이 있고요?) 절이 있어. (청중1 : 옛날에 암자가 있었는데 그 뭐 거그서 밥 히준, 그 승려 밑에 밥 히준 이가 있어가지고) 꼭 둘이만 나올 뭐 식량이 나왔다고 그런 얘기가 있어요. 그러는디 뭐 손님이 와가지고 좀 자기 배 좀 채우고 싶어서, 손님 오면 인제 자기 거식 안 (청중2 : 보살, 보살이 밥을 허거든, 절에 가믄.) (조사사 : 아, 보살이 그 밥을 하고만요.) (청중2 : 응. 근디 거그 인자 가지도 못혀. 근디 아주 참 그 다 전설이지, 그거 뭐 우리가 뭐 봤소만은.) 밑이가, 밑이가 시암이 있는디, 거그 가서 새모퉁이로 돌로 새모퉁이로 났어. (청중1 : 그 바우가 요롷게 있어가지고 요기서 또 하나로 이러고 나오

다 딱 멈추니까 여가 인자 삼각형이 되지. 거그서 나왔다고 헌데, 그 물이 푸애. 우물이.) (조사자 : 아 그기 우물이 있는데 뿌애요? 우물이?) (청중 1 : 그런 그거가 바로 뭐냐먼 따 쌀뜨물이라고 막 인제 그랬지.) (조사자 : 아, 쌀뜨물이 나오는 거예요?) [웃음] (청중1 : 에. 쌀은 중지되고 왜 뜬물만 있대서 그 어 색깔이 부애요. 보면은.) (조사자 : 진짜로요? 물이?) (청중1 : 어.) (조사자 : 어 그래요.) (청중1 : 그리고 인제 산꼭대기지만은 바로 요짝으는 물이 사철 똑같이 나와요.) 지금은 올라가보들 않은게 지금 어떻게 생겼는가. (청중2 : 전설이지 뭐. 누가 봤어? 우리가 그때 옛날엔.) (조사자 : 그렇지요.)

(청중1 : 그리가지고 거기서 쌀이 안 나오니까 인자 시주를 댕겨얄 거아녀. 시주를 가다가 뭐 그랬다나 뭐 여여 밑이 가면 피바우라고 있어요. 저기서 달, 게 돌 들완 꺾어 들어오는디 바로 다리 건너잖여? 다리 건너서 바로 왼솔쩍에 바우가 있어요, 그것이 피바우여.) (조사자 : 그건 또 피바우라고 그러는가요, 어르신?) (청중 : 그건 어른들보고 물어보시오.) (조사자 : 그건 또 왜?) 그 피바우는 비가 오먼은 여놈이 바우가 요 밑이 [손으로 모양새를 그리며] 요롷게 요롷게 해서 생겼는디, 대강 이? 우게 가서 탁 덮어진 것이 있어요. (청중1 : 이릏게.) (조사자 : 예. 복지개 덮듯이요?) 어. 그맀는디 비가 오면 거기서 물이 나오는데, 지금도 피 불건 물이 나와. (조사자 : 물이 붉게 나와요?) 에 지금도. (청중1 : 아이 그건 이끼가 빨그리가지고 피가, 피가 흐르는 것 같이.) (조사자 : 피 흐르는 것 같이?) 그리서 피바우라고 그려. 피바우라고 허고. (청중1 : 그건 저 여기뿐 아니라 딴 디도 그런 바우 있는디.)

또 고 뒤에 가서, 뒤에 가서 좀 잘족헌 바위가 있는디, 거그가 말허자면 중상호가 있어. (조사자 : 중상?) 중, 중 형태가 바우 어스로 기리졌어. (조사자 : 아, 바위 위에 중 모양이 이렇게 그려졌어요?) 중모양이 있고, 고 옆에 가서는 여 머리 딴 큰애기가 있고. 그것을 우리가 그 어려서, 어려서 가서 싹싹 긁어 버려. (청중1 : 장난할라고.) [웃음] (조사자 : 왜 긁어요 어르신?) 아이 없어지는가 볼라고. 없어지는가를 볼라고 싹 긁어 노면은, 긁어 놓고 또 얼매쯤 있다 가 보면은, 벌써 거가 저. (청중1 : 다시 도로.) 거시기가 피여 가지고. (조사자 : 이끼가 폈어요?) 이끼가. (청중1 : 그렇지.) 이끼가 도로 펴 가지고 그 거시기가 나타나고 그래. (조사자 : 또 중모냥 생기고.) 중모양 생기고, 큰 애기. (조사자 : 큰 애기 모양이 있어요?) 큰 애기 모양이 있고 그려. (조사자 : 그래요.)

그래 거그 전설이 그 고 앞에 논 있잖어, 논. 논에 새를 보는데, 그 큰 애기가 새를, 새를 보는데, (조사자 : 참새를 쫓아요?) 에. 새를 보는데, 그 중이 하나 지내다가 그 못씬 짓을 힜든개벼. 그런가 우게서 벼락을 탁 너러쳤다 그거여. (조사자 : 중한테요?) [웃음] 그리가지고 그 속에서 탁 깨졌인게, (청중2 : 피가, 피가 그리서.) 그 피가 흐른다. (조사자 : 아, 중 피가?) 아 중허고 둘이. 피가 흐르지. (청중1 : 흔적을 냉기기 위해서 게 중 바우에 가서 중 이끼가 있고. (조사자 : 이끼가 있고.) (청중2 : 아 틀림없어.) 아 틀림없어요, 거시기.

(청중1 : 지금, 지금은 없어져 버렸어요.) 저저, 왜 지금도 있어. (청중1 : 아, 쪼끔 있는데. 형태가 쪼끔 있는데 옛날같이는 없어.) 아 목당까지 (목탁까지), 목당까지 나온데. (청중2 : 아 중 형국이, 참. 아면.) (조사자 : 뚜렷하게 중 형국이 있었고만요? 신기하네요.) 그래서 그런 말이 있지. (조사자 : 근데 그 바우가 지금도 있어요?) 아 있어. [청중들 다들 동의] (조사자 : 그리고 그 이끼도 그대로 이렇게 중 모양으로 피고요?) 에. (청중3 : 피바우라고 허는데, 피 흔적이, 지금도.) (청중1 : 지금도 가서 보면 그대로 나타나요. (청중3 : 지금 그걸 물 흐른 걸 찍어 봤을거먼은, 지금도 피가 나온다고 헌디, 피 흔적이, 꼭 피 낸 흔적이 있어.)

진안 마이산의 기인 이갑용

자료코드 : 07_09_FOT_20100313_KEY_KJH_0002
조사장소 : 전라북도 임실군 삼계면 두월리 328-4번지 두월 마을회관
조사일시 : 2010.3.13
조 사 자 : 권은영
제 보 자 : 김종현, 남, 80세
구연상황 : 앞의 이야기 후에 두월리 마을에 대한 정보를 한참 들었다. 조사자가 설화 몇
         편을 예를 들자 제보자가 다음을 구술하였다.
줄 거 리 : 마이산에 돌탑은 쌓은 이갑용은 기인이었다. 일제 때 일본사람들이 그를 잡으
         려고 찾아가면 암마이산과 숫마이산 양쪽 봉우리에 줄을 쳐놓고 일본사람들
         을 욕하는 글을 써놓았다고 한다. 한번은 어느 사람이 진안에서 전주를 갈 일
         이 있어서 버스를 기다리다가 이갑용을 만났다. 이갑용이 버스가 올 동안 천
         천히 걷자고 해서 걷고 있는데 어느 새 전주에 도착해 있었다. 전주에서 일을
         보고 다시 또 걸어서 진안으로 돌아왔는데, 식구들이 조반을 먹기도 전이었
         다. 이갑용이 축지법을 써서 후딱 전주를 다녀왔던 것이다.

그런 소리는, 여그서는 뭐 그런 소리가 벨로 없었고, 나는 들어보기를
저 진안 솟금산, 마이산. 거기 거 뭐이 이갑용씨가 그렸단 말이 있어. (조
사자 : 그 얘기 좀 해 주세요 어르신. 진안 솟금산에 이갑용씨가 어쨌다고
요?) 이갑용씨가 일본 왜정 때 왜정 들어올 적이, 아 저 이갑용이를 잡을
라고, 전부 그냥 수비대들이 와 가지고는 판을 치고 가먼은 그날 저녁에,
그날 저녁에 저 암마이산 봉댕이서 숫마이산 봉댕이다가 줄을 쳐놓고, 거
그따가 여 저 일본 놈들 욕을 써 놨다. (조사자 : 아, 줄 줄에다가?) 어, 줄
이다가. 근디 어떻게 여짝 봉에서 저짝으까지 줄을 치냐 그거여. 아 그리
도 그렸다고, (조사자 : 그런 말이 전해져요?) 예, 그리먼은 일본놈들이 그
놈을 끌를라고 그냥, 그 숫마이산 여간히서 못 간다, 거그꺼지 올라가서
하루내 걸려서 끊고 나먼 또 또 쳐놓고. 그런단 말도 있었어요.

그러고 내가 듣는 얘기는 그 냥반이, 우리 일가, 우 우리 일가 한 냥반
이 진안 산다, 그 이갑용이 허고 한 동네 살았는갑디다. 한 동네 살았는

디, 그 푸짐히서 그런가 어쩐가는 몰라도, 아 그 냥반이 저 방앗간을 힜디야. (조사자 : 이갑용씨?) 아니, 우리 일가 한 양반이. 방앗간을 힜는디, 아 이놈 지름이 떨어버린 게 그 전이는 전주끄지 가서 사서 짊어지고 온대요. 인자 글 안 허믄 버스가 어쩌다 한 번씩 댕기고. 이 버스를 해당 버스를 타로 나갔드니 버스가 곧 올라고 헌디, 올 시간이 되았는디 이갑용씨가 나오드리야. 나와서,

"아이, 자네가 어쩐 일인가?"

허고 인자 서로 인사를 나누고는,

"아 어디 갈라고 나왔는가?"

"아이 나 지금 기름 받으러 갈라고요. 다음 차 오먼은 기름 받으러 갈라네." 그맀드니,

"아이 그러믄 찬챈히 가보세. 가다가 차 오면 또 타지."

험선, 이약이약 허고 가자고 이약이약 허고 얼매쯤 가다 본 게,

"어이 인제 자네 저리 가지? 기름 받으러 갈라믄 어디로 안 간가?"

아 히서 본 게 전주드리야. (조사자 : 그냥 걸어갔는대요?) 걸어갔는디. (조사자 : 오, 신기하다.) 전주, 전주 가서. (청중1 : 그런게 전설이지.) 아 전주, 전주 가서 그

"자네는 가 기름을 얼름 타가지고 오소. 나는 지금 아무 약방에 가서 약을 좀 지어갖고 와야겄네."

이갑용씨가 그럼선 인자 저 약, 약 지러 가버리고, 이 냥반은 가서 참 두어 도람, 두어 통 받아가지고 인자 와서 또 섰는디, 거그 인자 차 오면 차 탈라고 거가 섰단 말여. 여여 그 뭐 저 전주 그 저 좁은목에 가서 섰인게, 아 이 냥반이 또 오드니,

"아 어쩨 사갖고 왔는가?"

"아이 자네는 어쨌는가?" 근게

"으 나도 약 지었고만."

아 그럼선 또 가자고 허드리야. (조사자 : 또 걸어서요?) 걸어서 가자고. 가자고 히서 뭐 이얘기 두어마디 허고 난 게, (청중1 : 집이 와?) 아 벌써 와버렸드리야. (조사자 : 진안에를요?) 와서 본게 조반을 안 먹었드라요. (조사자 : [놀라며]그면 아침밥을 안.) 아직, 아적에(아침에) 갔는디, 해 전에 인자 조금 일찍 나가서 간다고 헌것이, 거그 갔다 온게 집이 온게, 조반 때가 아직 안 되았더리야. (조사자 : 식구들이 아침밥도 안 먹고 있어요?) 아무도 안 먹고 안 먹고 있드랴. [주위에서 모두 거짓이라는 듯 이야기하자 웃으며] 그런 말을, 그런 말을. 아니 실지로 본인 얘기라고 허드라고. (청중1 : 아 근게 차로 왔다 갔다 해도 조반 때가 넘을 텐디 꿈 속으서, 꿈 꾼 거지.) (청중2 : 아 이얘기 이얘기.) (조사자 : 어르신 일가 분이 그 얘기를 해주세요?) 그런게 이얘기. (청중1 : 꿈 꾼것이나 마찬가지지.)

(조사자 : 그 이갑용씨가 뭐하는 분이예요? 이갑용씨가 의병장이었어요?) (청중1 : 이갑용씨가.) (청중2 : 아 근게 축지법을 축지법을.) 의병장은, 의병장은 아니고 저저 거시기 그 돌탑 쌓아 놨잖여? 돌탑 싼 양반여. (조사자 : 아, 거기 이렇게 돌탑 쌓은 분. 그 분이랑 같이 한 마을에 사셨대요?) 네.

돌아오지 않는 아기장수

자료코드 : 07_09_MPN_20100313_KEY_KJH_0001
조사장소 : 전라북도 임실군 삼계면 두월리 328-4번지 두월 마을회관
조사일시 : 2010.3.13
조 사 자 : 권은영
제 보 자 : 김종현, 남, 80세
구연상황 : '진안 마이산의 기인 이갑용' 이야기 후에 제보자에 대한 정보를 몇 가지 들
었다. 조사자가 아기장수 설화를 예를 들자 제보자가 다음을 구술하였다.
줄 거 리 : 두월 마을에서 한 부인이 아기를 낳았는데 날개를 달고 태어났다. 애기는 엄
마 뱃속에서 나올 때 엄마의 옆구리를 뚫고 태어났는데, 낳자마자 어디론가
사라져서 다시는 돌아오지 않았다.

옛날에 아까 그 동준씨, 아이고. 동준씨 작은어머니지. 그 냥반이 참 저
거시기 뭔 말이 있었댜. (청중2 : 날개달린 아가 나왔디야?) 아 날개는 안
봤는디, 애기를 낳기는 났는디, 어디로 가버리고 없드라요. (조사자 : 애기
가요?) 네. 그래서 근디 뭐 옆구리를 뚫고 나왔다고. (조사자 : 애기가, 어
머니 옆구리를요?) 응 애 애기가 인제 아 어머니 뱃속에서 인제 나왔을
티지. 그렀는디 애기는 분명히 났는디 어디로 가버리고 없대요. 그래서
그전에 참 저 거시기 으 여그 금동 어른 말이고만. 참말로 그렀는가 어쨌
는가 모르겄는디, (청중2 : 아 근게 전설인게 참말 참말.) (청중1 : 그르지
아먼.) 그 냥반이 인제 참 그거 저 그 사램이 장군이 되야서 쭉지가, 쭉지
가 달려서 날아갔다. 그러니 인제 평 평난이 되면은 올 것이다. 그러고 기
달랐단 말이 있어요. 기달랐는디 근디 그 뒤로 오들 안 허고 말았도만요.
(조사자 : 아, 오든 오던 안했고.) (청중2 : 안 왔어도 평난 됐는디 뭐.) [웃
음] 아, 평난되면 온다고 힜인게. (청중1 : 평난이 아니라 해방. 평할 평자

편안할 안자여. 그래서 해방이란 얘기해야 맞어.) 그 말이 인제 거시기 어른들은 옛날 어른들이 더러 헌 소리를 들었어.

상사소리

자료코드 : 07_09_FOS_20150722_KEY_KJH_0001
조사장소 : 전라북도 임실군 삼계면 두월리 328-4번지 두월 마을회관
조사일시 : 2015.7.22
조 사 자 : 권은영
제 보 자 : 김종현, 남, 85세
구연상황 : 2010년 조사 때에 마을 사진을 찍지 않아서 2015년에 두월 마을을 재방문하
였다. 김종현을 다시 만나 안부를 물으니 김종현은 2015년 5월 30일과 31일
양일간 '2015 말천방 들노래 한마당 축제'가 있었다는 얘기를 하였다. 들노래
중 일부인 상사소리를 불러주었다.

이 논배미 모혜 모를 심어

여 여 여 여어루 사혜 상사뒤여

장잎이 훨훨 여혜 영화로세

그러면 또 여여

(조사자 : 아, 그렇게 되는 거고만요.)

5. 성수면

증편 한국구비문학대계 ● 전라북도 임실군

▌조사마을

전라북도 임실군 성수면 도인리 후촌(后村) 마을

조사일시 : 2010.7.4
조 사 자 : 권은영

450여 년 전에 설씨들이 정착하여 마을이 형성되었으며, 그 뒤로 송씨 와 양씨들이 마을에 들어와 살았다고 한다. 산 사이에 있는 후촌, 양지촌, 신흥촌 세 개의 뜸이 모여 후촌 마을을 이루었다. 신흥촌은 그릇을 구웠 던 곳이라 하여 '사기점'이라 불렸는데, 어감이 좋지 않다고 하여 신흥촌 으로 명칭이 바뀌었다. 신흥촌 동쪽에 있는 홍산터에도 7가구가 살았었는 데, 6·25 이후 빨치산들이 자주 다닌다고 하여 마을사람들을 이주시켜 홍산터 마을은 사라졌다.

후촌은 면소재지 뒤쪽에 위치해 있다하여 뒷말, 후촌(後村)이라 불렸다. 한편으로는 효자 효부가 많이 나와 임금으로부터 상을 받는 일이 많아서 임금의 고마움을 기리기 위해 임금 후(后)자를 쓴다는 말도 있다. 또 다른 설로는 왕이 성수산에 기도를 하러 가면서 이 마을에서 쉬어갔다고 하여 후촌(后村)이라 한다는 말도 있다.

　　현재는 40여 호가 사는데 벼농사, 고추 농사, 담배 농사를 많이 하며 인삼 농사를 짓는 가구들도 여럿 있다. 성수초등학교, 성수중학교로 진학을 하는데, 현재는 마을에 초등학생이 없다.

▌제보자

양창식, 남, 1946년생

주 소 지 : 전라북도 임실군 성수면 도인리 85번지 후촌 마을
제보일시 : 2010.7.4
조 사 자 : 권은영

성수면 도인리 후촌 중에서도 양지촌에서
태어나 자랐다. 5남 1녀 중 막내로, 태어나
던 해에 아버지를 여의었다. 어려서 마을에
서 훈장을 모셔 아이들을 모아 공부를 시켰
는데, 그때 한문 공부를 하였다. 백호날을
넘어 다니며 성수면으로 학교를 다녔다. 전
주에서 주유소를 운영하며 살다가 20여 년
전부터 다시 고향마을로 돌아와 성수면 오
류리에서 주유소를 운영하였다. 2010년 봄부터 건강상의 문제로 사업을
쉬고 있다. 슬하에 3남을 두었다.

'고향사랑회' 회장을 하면서 신촌 입구에 "충효의 내 고향 성수면"이라
는 표석을 세웠다. 이를 위해 직접 성수면의 마을들을 돌아다니며 유래를
조사하는 등 성수면에 관한 자료를 조사하였다. 임실읍 제보자인 양명식
의 친동생이자 곽길순의 시동생이다.

제공 자료 목록

07_09_FOT_20100704_KEY_YCS_0001 왕건과 이성계가 기도를 한 성수산
07_09_FOT_20100704_KEY_YCS_0002 이성계와 관련된 성수면 도인리의 지명
07_09_FOT_20100704_KEY_YCS_0003 풍수에 따른 성수면의 지명
07_09_FOT_20100704_KEY_YCS_0004 백호날의 허리를 잘라 쇠락한 후촌
07_09_FOT_20100704_KEY_YCS_0005 자라다가 멈춘 고덕산

07_09_MPN_20100704_KEY_YCS_0001 지도자를 배출하는 도인리
07_09_MPN_20100704_KEY_YCS_0002 원래 세동이었던 금동마을

왕건과 이성계가 기도를 한 성수산

자료코드 : 07_09_FOT_20100704_KEY_YCS_0001
조사장소 : 전라북도 임실군 성수면 도인리 85번지 제보자 자택
조사일시 : 2010.7.4
조 사 자 : 권은영
제 보 자 : 양창식, 남, 65세
구연상황 : 임실읍에 사는 제보자 곽길순이 자신의 시동생인 양창식을 소개해주었다. 전
화로 미리 약속을 한 뒤 자택을 방문하였다. 본 조사에 대해 간단히 얘기하자
바로 다음을 구연하였다.
줄 거 리 : 임실의 성수산에 있는 상이암이라는 암자는 왕건이 고려 왕조를 세우기 위해
백일기도를 드린 곳이며, 그 암자의 아래로는 그가 목욕을 즐겨했다는 환희담
이라는 못이 있다. 이성계 또한 성수산에서 백일기도를 하고 상경하여 조선을
건국했는데, 성수산에는 이성계의 친필로 알려져 있는 '삼청동'이라는 글씨가
남아있다.

　상이암 절. 상이암 절이 있는데, 아 벌써 천 년 전부터 거슬러 올라간
다면은 아 왕건이가 거그 상이암에서 기도를, 백일기도를 헌 디가 있어.
백일기도를 헌 디가 있어갖고 지금도 그 밑에 내려오면은 그 환희담이라
는 어 그런 어 목욕을 즐겨했고 고 환희담으 거기서 어 다시 이 말으자면
세수하고, 목욕, 목욕재계하고 그런 자리가 있어서 지금도 그 글자가 남
아 있어 환희담이.

　그리고 그 후로는 태조 이성계가 오백년 전에는 또 태조, 태조 이성계
가 어 거기서 백일기도를 하고, 어 상경해서 등극했다. 어 그런 전설 때문
에 거그가 그렇게 유명해. 거그가 유명해. (조사자 : 성수산이요?) 에 암면
그래갖고, 거그는 또 삼청동이라는 또 친필을 남겼어. 삼청동이라는 그런
친필이 거그 가면 있고.

이성계와 관련된 성수면 도인리의 지명

자료코드 : 07_09_FOT_20100704_KEY_YCS_0002
조사장소 : 전라북도 임실군 성수면 도인리 85번지 제보자 자택
조사일시 : 2010.7.4
조 사 자 : 권은영
제 보 자 : 양창식, 남, 65세
구연상황 : 앞의 '왕건과 이성계가 기도를 한 성수산' 이야기에 이어 바로 다음을 구연하
였다.
줄 거 리 : 도인리에는 이성계와 관련된 지명들이 전해진다. 도인리는 한자로 '道引里'라
고 쓰는데, 이성계가 남원 황산에서 전쟁을 하고 군사들을 이끌고 이곳을 지
나갔다고 해서 붙은 지명이다. 그 일행이 지나가면서 비파를 연주했다고 하여
'비슬(琵瑟)', 비파소리가 '당당' 하고 소리를 냈다고 하여 '당당리', 임금과
관련이 있다고 하여 '후촌(后村)', 이성계 일행이 아침에 재를 넘었다고 하여
'조치(朝峙)', 왕이 방문한 곳이라 하여 '왕방리(王訪里)', 왕이 지나간 고개라
하여 '대왕재'라는 지명이 전해진다.

　　아 원래 이 도인리라는 것은 길 도자 이끌 인자 마을 리자 써서 도인린
데, (조사자 : 이끌 인자?) 어, 이끌 인자. 그서 첫 태조 이성계가 여그도
나왔다시피, 남원 운봉에서 거 큰 그 어 왜적들과 쌈해가지고 거그서 승
리를 하고 어 그 전에는 그 살필 데가 없고 뛰엄바우재도 뛰엄바우라고
있지, 임실역전 앞에가. 그러고, (조사자 : 아 거기 뛰엄바우가 있어요?)
어. 그러고 인제 말치재가 있어. 말치재. 말치재를 넘어서 그 태조 이성계
일행이 이 도인리를 지나간 거야. 그런 시초가 그렇단 말이지. (조사자 :
거 황산벌, 황산에서 쌈을 하고?) 어. 그릏지. (조사자 : 그러고요?) 근디
인제 그리서 길 도자 이끌 인자, 도인리다. 글고, (조사자 : 그래서 도인리
예요?) 어.

　　그 비슬은 비파 비자, 악기 슬자를 써. 그서 비슬. 그 일행이 가면서 그
비파소리 그 당당당 울리면서, 그래서 웃동네는 당당리. 비파 소리 울리
면 지나갔다 해서 당당리고, 거서 요 밑에 회관은 그 후촌이라고 돼있어.

임금 후자, 후촌. 왕 후자, 말하자면 (조사자 : 왕후 후자 후촌?) 이. 후촌. 그 이름이 그렇게 지어졌고, 아 거그서 인제 이 내용을 보면 그렇게 됐어. 그리갖고 그 일행이 또 이 길을 타고 넘어가는 것이 삼봉리 검바우로 갔어, 검바우. (조사자 : 삼봉리요?) 어. 삼봉리. (조사자 : 삼봉리 검바우?) 어, 검바우. 거리 이 또 길이 있어. 옛날 길. (조사자 : 옛날 길이요?) 아 그래서 어 그리를 거쳐서 아 저그 가면 음 오봉리 조치가 있어. 그서 아침 조자, 조치. 말하자면 아침에 그 일행이 갔다. 음, 그러고 왕방리가 있는데, 어 그 왕방리가 왜 왕방리냐, 왕이 방문했다 해서 왕방리여. 어, 그래서. (조사자 : 왕 왕자에다에 방문하다 할 때 방자.) 어, 방문할 방자지. 그서 왕방리.

에 그리갖고 인제 그 상이암으로 갔어. 갖고 상이암에서 백일기도 하고, 아 꿈에 그 성수야라는 어 엄청난 말이 있어. 성인 성자는 감히 아무도 못 쓰는 것이 성인 성자여. 그리서 성수야라는 그 이름이 나왔기 때민에 성수면이 됐고. (조사자 : 성수야?) 성, 어, 꿈에 '아, 성수야' 하는 그런 꿈을 꿨어. (조사자 : 꿈을 그런 꿈을 꿨대요?) 어, 그런 꿈을 꿔서 그 이름이 바로 성수가 된 거여. 그서 또 그 성인이 왔었기 때민에 성인 성자를 써줬고. 어 그서 인제 거그서 백일기도 하고, 어 또 대왕재라고 있어, 대왕재. 백운가는 길에. (조사자 : 진안 백운가는 길이요?) 어, 가는 길에. 거 그서 인제 넘어가서 진안에도 그래서 성수가 있는 거야. 성인이 왕이 지나갔다고 히서. (조사자 : 진안에도 성수가?) 진안 성수가 또 있잖아, 임실 성수가 있고. 그리갖고 어 성공해서 등극했다. 그런 얘기가 있어, 전설로 봐서.

풍수에 따른 성수면의 지명

자료코드 : 07_09_FOT_20100704_KEY_YCS_0003
조사장소 : 전라북도 임실군 성수면 도인리 85번지 제보자 자택
조사일시 : 2010.7.4
조 사 자 : 권은영
제 보 자 : 양창식, 남, 65세
구연상황 : 앞의 '이성계와 관련된 성수면 도인리의 지명' 이야기 후에 제보자에 대한 정
　　　　　보를 물었다. 제보자의 형님인 양명식을 만난 얘기를 한 후에 집안에서 내려
　　　　　오는 얘기가 없는지 물었더니 다음을 구연하였다.
줄 거 리 : 도인리에는 매 모양을 한 매봉재가 있는데 그 앞에는 꿩산이 있고, 그 근처에
　　　　　개 모양의 바위가 있어서 매나 꿩이 빠져나가지 못하게 지키고 있다. 그 아래
　　　　　동네에는 피리봉이 있는데 피리의 구멍에 해당하는 부분이 혈이 되며, 그 옆
　　　　　으로는 피리의 재료가 되는 대나무와 관련된 죽여골이 있다.

　　말허자먼 여그는 매봉재. (조사자 : 매봉재요?) 어. 매 여그는 매봉재여.
(조사자 : 왜 매봉이라고 그러는 거예요?) 근기 음 매같이 형태가 생겨서
그렇다고는 허는디, 그리서 매봉재가 있는데, 또 저 앞에는 고, 저 앞집
아저씨가 그 얘기를 해주드라고. 이 까치란 아니 저, 가 어 꿩치. 꿩. 꿩
그건 꿩 산이다 이 말이여. 매와 꿩이 서로 어 으르렁거리고 있는데, 인제
나갈라고? 근디 이 저기 묵 저수지 안에 가서 개바우라고 있어. (조사자 :
개바우요?) 어. 근디 그것들을 못 나가게, 빠져 못 나가게 개가 으르렁거
리고 있으니까, 매나 꿩이 나갈 수가 없었다 이 말이여. 그가지고 이 바우
가 생겨났다고 그러고, 인제 바로 이런 것이 전설이지 인제, 인제 그런,
그런 것은 나와 있고.

　　인제 옛날에 뭐, 뭐 풍수로 봐서 인제 그 아래동네는 어 그 피리봉이라
고 있어, 피리봉. (조사자 : 피리봉이요?) 어. 근디 형태가 또 거그서 어 피
리 같은 형태를 가지고 있는데, 에 밑이 이게 눌르는 그 구먹을 뭔 뭔 구
먹인가 몰른데, 그게 혈이랴 혈, 음. 그갖고. (조사자 : 그 피리 구멍 그 부
분이 혈이래요?) 어. 혈이 그래서 거가 피리봉이 됐는데, 옆으로 인제 죽

여골이라고 또 있어. 거그도. (조사자 : 죽여골?) 어. 죽여골은 또 왜 그런 가 했더니, 대나무로 만드는 것이 피리잖아. 그래서 옛날 그 대나무가 거가 있었고 그서 죽여골이었다 이런 저, (조사자 : 죽여골?) 어, 죽여. 대 죽자 같을 여자 써서 대 같으다. 인자 그래서 인제 죽여골이라고 그러드라고. 인제 그런 것이 전설로 나오고.

백호날의 허리를 잘라 쇠락한 후촌

자료코드 : 07_09_FOT_20100704_KEY_YCS_0004
조사장소 : 전라북도 임실군 성수면 도인리 85번지 제보자 자택
조사일시 : 2010.7.4
조 사 자 : 권은영
제 보 자 : 양창식, 남, 65세
구연상황 : 앞의 '풍수에 따른 성수면의 지명' 이야기에 이어 바로 다음을 구연하였다.
줄 거 리 : 성수면 뒤를 감싸고 있는 백호동재가 있다. 그 재의 기운으로 도인리 후촌에 는 공직에 종사하는 인물들이 여럿 나왔고, 황부자라는 부자도 있었다. 그런 데 자동차가 다닐 수 있는 새 길을 만들면서 백호동재 가운데 부분이 깎였고 풍수지리적으로 볼 때 호랑이 명당이 훼손되었다. 그 이후로 후촌에 살던 사 람들이 많이 망하였고 외지로 나간 사람도 많아졌다.

여그 백호동재라고 있어. (조사자 : 백호동재?) 아까 그 백호날 백호날. 근디 인제 성수면 뒤를 감싸고 있어 그게 백호가. 백호라는 것은 흰 백자 호랭이 호자, 호랑이 명당이다 이 말이여. 호랭이, 병풍처럼 감고 있는 것이 그 백호, 백호동재여, 원래 그게. 근디 거그가 어 말허자면 그 동네에도 인물이 꽤나 났었어. (조사자 : 성수 그 지금 면소재지요?) 어어 그 후촌에, 후촌. (조사자 : 후촌?) 여그 인제 도 도인리 후촌이 있어. 인제 그런 인물이 났었는데, 지금 그 여그서 이 길로 넘어가면 면사무손데, 옛날엔 그 동네 사람이 그 재를 넘어댕깄어. 재를 넘어 댕깅게, 너무 힘들어

높아서.

넘다본게 어 어느 땐가 그 날을 허리를 짤라버렸어. 말허자먼 백호. (조사자 : 그 재의 허리를요?) 어. 허리를 길을 낼라고. (조사자 : 새 길을.) 으 새 길을 인제 차가 넘어가게코롬 해볼라고 많이 노력을 히서, 한 이, 한 이십 메타를 이렇게 까냈어. 까고 난게 옛날에는 여그, 옛날이고 볼 수가 없어. 근래에도 그런 소리가 들린 것은, 어, 어 거그는 내무과장도 있었고, 면장도 살았고, 막 각 지역에 꽤 유명헌 사람들이 있었는데, (조사자 : 후촌에요?) 후촌에는 또. 근디 그 백호날을 백호 허리를 짤라버리가지고, 그 사람들이 망해서 어디로 다 나갔어. 인제 그런 그가 부자도 있었고 막 황부자라고 그런 사람도 있었는데, (조사자 : 황부자라고요?) 어. 근디 인 제 황씨 송씨 뭐 설씨들이 거그서 유명했었는데, 그 사람들이 다 나가버 리고 다른 사람이 들어와 살고 있고. (조사자 : 새, 새로, 새 타성? 아니 밖 에서? 다른 사람들이 들어와서?) 어 들어오고, 아니 또 그 동네 인제 어른 들은 그리해서 나가버리고 없어. (조사자 : 없고요?) 응. 근게 그 백호날 허리를 짤라서 그렸다. (조사자 : 어른들이.) 그런 인자 전설같이. 이.

자라다가 멈춘 고덕산

자료코드 : 07_09_FOT_20100704_KEY_YCS_0005
조사장소 : 전라북도 임실군 성수면 도인리 85번지 제보자 자택
조사일시 : 2010.7.4
조 사 자 : 권은영
제 보 자 : 양창식, 남, 65세
구연상황 : 앞의 '백호날의 허리를 잘라 쇠락한 후촌' 이야기 후에 다음을 구연하였다.
줄 거 리 : 어느 임산부가 새벽에 물을 길러 가는데 고덕산이 자라나 커지고 있었다. 임 산부가 그 모습을 보고는 산이 커진다고 얘기를 하자 산이 자라다가 그만 멈 춰 버렸다.

어느 땐가 거 나도 어릴 때 들은 기억이라 그런데, 어 그 어린애를 배고 있던 그 어느 임산부가 어 새벽에 에 물을, 물을 길로 가는데, 이 고덕산이 막 자란다 이 말이여. (조사자 : 산이요?) 산이 막 쏘옥 올라가고 있는 거여. (조사자 : 커지는, 커지는 거예요?) 컸다, 컸다 이 말이지. 근게 근데 후황한 거짓말 같어. 산이 [웃음] 산이 어뚷게 커, 깎아 내려 가졌지, 근데 산이. 음. (조사자 : 막 커요?) 어. 이렇게 소 그 솟금산에도 그런 그 전설이 있어. 솟금산이 진안 마이산 아녀. 근디 요 고덕산도 그런 전설이 있드라고. 그서 산이 이렇게 막 봉우리가 커올라 가는거여, 근디 그 임산부가

"와 산이 커져. 막 산이 올라가."고

그러고 그렇게 얘기를 허니까 산이 가서 멈춰 버렸대. [웃음] (조사자 : 아, 크다 말았구만요?) 어 크다 말았다는 거야. [웃음] 이 임산부가 재수 없이 새벽부터 산이 크고 있는디 말을 히갖고 참 그꺼 그 거뿐이까지 못 컸다고 헌다고. [웃음] (조사자 : 안 그먼 더 컸을 텐데요?) 어. 그러닌게 그거 인제 전설적인 맥없는 소리지 뭘 알어.

지도자를 배출하는 도인리

자료코드 : 07_09_MPN_20100704_KEY_YCS_0001

조사장소 : 전라북도 임실군 성수면 도인리 85번지 제보자 자택

조사일시 : 2010.7.4

조 사 자 : 권은영

제 보 자 : 양창식, 남, 65세

구연상황 : 앞의 '자라다가 멈춘 고덕산' 이야기에 이어 바로 다음을 구연하였다. 이야기 중에 나오는 강군수는 2010년 선거를 통해 임실군수로 취임하게 된 강완묵 군수를 가리킨다.

줄 거 리 : 도인리에는 백 년 전에 홍씨 성을 가진 군수가 태어났다는 홍군수터가 있다. 2010년에 임실군수로 선출된 강완묵은 도인리 당당마을 출신이다. 도인리(道引里)라는 지명이 길을 이끌고 간다는 의미로 해석되기 때문에 군수와 같은 지역의 지도자를 배출할 수 있는 것 같다.

어 여그도 홍군수, 여그 홍산터는 그리서 여그 내용은 없지만 또 군수 터가 있어. 백년 전에 홍군수가 태어났다는. (조사자 : 아, 홍군수는 어디 군수예요, 임실군수예요?) 임실군수로. 응. (조사자 : 아 근데 성수 도인리 에 홍군수 터가 있어요?) 여그서 인제 홍군수 터가 있어. 근디 인제 흔적 도 없고 지금도 터만 있을 뿐야. 어 근디 인제. (조사자 : 거기가 생가가 있었다고요?) 어. 그런디 인제 지금은, 지금은 참 도인이라는 길이 좋아서 길을 끌고 이끌고 간다는 그 도인이라는 것 때민에, 군수도 있었지만 또 새롭게 강군수가 태어났잖아, 도인리, 그 당당리에. (조사자 : 아, 거 당당 리 출신이세요?) 그러지. 당당리 출신이지. 그리서 도인리란 거 임금도 지 나간 데가 있었고, 길을 일, 이끌고 간다는 그 도인이라는 그 글자 때문에 이렇게 좋은 사람들이 많이 태어나고 있구나 라는 것이 인제 에 있기 이

런 말이 다 생기다 보면 전설이 되아 또. 그러는 거여. (조사자 : 그러네
요.)

원래 세동이었던 금동마을

자료코드 : 07_09_MPN_20100704_KEY_YCS_0002
조사장소 : 전라북도 임실군 성수면 도인리 85번지 제보자 자택
조사일시 : 2010.7.4
조 사 자 : 권은영
제 보 자 : 양창식, 남, 65세
구연상황 : 앞의 '지도자를 배출하는 도인리' 이야기에 이어 다음을 구연하였다.
줄 거 리 : 성수면 삼봉리 금동마을의 원래 명칭은 가늘 세 자를 쓰는 세동(細洞)으로, 마
          을의 형태가 가늘고 길게 생겨서 붙은 이름이다. 그런데 세동을 쇠동으로 오
          인하여 마을 이름이 쇠 금자를 쓰는 금동으로 바뀌었다. 행정기관에 의해서
          마을 이름이 잘못 변경된 사례이다.

동네 가면

"아이고 왜 왜 여그가 금동이데?" 그르믄,

"아 거 옛날 밭얼 금, 지금은 이름을 새로 지어서 금동이라고 졌는데,
옛날에는 세동이었어."

글드라고. 그래서 왜 세동이고 지금은 그 금동이데, 쇠가 있어서 쇠동
인가 그런 것이 아니고, 그래서 인제 가늘 세자, 말하자면 가는 가늘게 이
릏게 형성이 된 그 날보고 가늘다고 허잖아. 세발낙지가 뭐 발이 세 개여
서 세발낙지가 아니고, 발이 가늘아서 세발낙지듯기 인제 가늘 세자를 써
서 세동이었는데, (조사자 : 동네가 이게 폭이 좁은가 봐요, 그믄?) 어. 말
을 허다 보니까 쇠동이다고 그맀어. 그리갖고 금동으로 바꼈더라고. 그서

"이것은 옛날 말이 아니잖아." 긋드니,

"몰라. 행정에서 모다 그릏게 히서."

(조사자 : 쇠 금자 써가지고 금동이라 바꿨고만요?) 그 그릏지. 쇠동헌게 그냥 쇠 금자를 써버린 거여. 근게 가늘 세자 세동을. (조사자 : 세동인데.) 근게 잘못된, 잘못된 그런 것도 있더라 나는 인제 그런 거고.

6. 신덕면

전라북도 임실군 신덕면 금정리 금정(金亭) 마을

조사일시 : 2010.7.7, 2010.7.9
조 사 자 : 권은영

마을 이름의 예전 명칭은 '도곡'인데, 천자소거(天子所居)라는 의미에서
'도곡(都谷)'이라는 설, 그릇을 구웠다고 하여 '도곡(陶谷)'이라 불렀다는
설이 있다. 마을이 성할 형국이라 '모듬실'이라 불렀다고도 한다. 이 마을
은 윗말과 아랫말로 되어있는데, 아랫말은 경주 김씨들의 집성촌이다.
1914년 행정 개편을 할 때에 경주 김씨의 성씨를 딴 '금(金)'과 도립문화
재로 지정되어 있는 마을의 정자인 수운정(睡雲亭)의 '정(亭)'자를 따서 마
을 명칭이 금정 마을로 개칭되었다.

주민이 많았을 때에는 100세대가 넘었지만, 현재는 40여 가구가 산다. 1973년에 임실군 관내 '새마을운동가꾸기 사업' 우수마을로 지정되어 표창 받은 바가 있다.

금정 마을은 비교적 젊은 주민들이 있는 편이다. 87년 이후로 마을에서 특용작물로 버섯을 재배하여 소득을 올리면서 90년대에 이 마을 출신의 젊은이들이 귀향하여 정착했기 때문이다. 8가구가 버섯 재배를 시작하였으나 지금은 4가구가 버섯 작목반을 하고 있다. 4명의 초등학생이 있는데, 이들은 신평초등학교를 다닌다. 중학교는 관촌중학교로 다녔다고 한다.

주요 산업으로는 벼농사와 담배, 고추 등의 밭농사를 주로 하며, 버섯 농사를 하기도 한다. 몇 년에 한 번씩 마을 주민들이 단체사진을 찍어 마을 회관 내에 게시하는 점이 인상적이었다.

전라북도 임실군 신덕면 수천리 수천(水川) 마을

조사일시 : 2010.7.7
조 사 자 : 권은영

수천 마을 앞에는 큰 바위가 불쑥 솟은 형태의 상사암이라는 산이 있다. 이 산은 화산(火山)으로서 화재를 일으키는 형상을 하고 있어서 마을이 항상 화재의 위험에 놓여 있다고 보았다. 화재를 막기 위해서는 얼음이나 물이 있어야 한다고 하여 마을 이름을 빙채(氷債)로 부르다가 1914년에 수천(水川)으로 개칭하였다. 한편으로는 옥녀장미(玉女糚眉)라는 명당이 있는데, 옥녀가 단장할 때 쓰는 빗의 형국이라 하여 마을 이름을 빗채나 빈채로 부르기도 하였다고 한다.

1594년에 평산 신씨들이 수천 마을에 정착하였는데, 당시에는 진주 강씨가 마을에서 득세하였다고 한다. 이후에 진주 강씨의 세가 약해지면서 수천 마을은 평산 신씨의 집성촌이 되었다. 현재에도 주민의 8~90%가 평산 신씨라고 하였다. 마을에 한창 사람이 많을 때에는 180여 가구가 되었으나 현재에는 91가구가 살고 있다.

주요 산업은 농업인데, 벼농사와 함께 옛날에는 감과 곶감을 많이 생산하였고, 지금은 벼농사와 함께 특용작물로서 고추, 복분자, 매실, 양파를 많이 재배한다고 하였다.

마을에 교회가 있으나 신도가 많지는 않으며, 오일장은 신평, 관촌, 임실 장을 다녔다.

▌제보자

박준희, 남, 1927년생

주 소 지 : 전라북도 임실군 신덕면 금정리 201번지 금정 마을
제보일시 : 2010.7.7, 2010.7.9
조 사 자 : 권은영

밀양 박씨로 금정 마을에서 나고 자랐다. 25세 때 16세의 웃시암내(상천) 출신의 전주 이씨와 혼인하여 4남 3녀를 두었다. 보통학교를 나오고 농사일을 하였다.

마을에서 새마을지도자를 맡아할 당시 박준희는 마을 주민들의 협력을 이끌어내어 마을 가꾸기에 힘썼고, 1973년 새마을 운동 가꾸기 사업에서 금정 마을이 우수마을로 선정되어 표창을 받았다. 이 일로 당시의 김종필 국무총리와 전북도지사가 금정 마을을 방문하여 치하하였다고 한다. 박준희는 이때의 일을 지금도 자랑스럽고 감격스런 일로 기억하고 있다.

제보자는 1987년 임실군에 느타리버섯을 처음으로 들여와 재배하기 시작했다. 아들과 함께 버섯 재배에 성공하자 아들의 고향친구들이 귀향하여 버섯 재배를 하게 되었다고 한다.

간간히 지관일을 보기도 하는데, 풍수지리학은 책을 보면서 공부하여 자득하였다.

제공 자료 목록

07_09_FOT_20100709_KEY_PJH_0001 신덕면의 평산 신씨 터와 숙호 명당
07_09_FOT_20100709_KEY_PJH_0002 장군 발자국이 있는 상사암

07_09_FOT_20100709_KEY_PJH_0003 전생의 아내를 만난 이서구

07_09_FOT_20100709_KEY_PJH_0004 송장날을 덮어서 망해버린 부자

07_09_FOT_20100709_KEY_PJH_0005 관촌 배나들이의 군왕지지

07_09_FOT_20100709_KEY_PJH_0006 하운암의 연화도수 명당

07_09_FOT_20100709_KEY_PJH_0007 갈동의 지명 유래

07_09_FOT_20100709_KEY_PJH_0008 수월 마을의 지명 유래

07_09_FOT_20100709_KEY_PJH_0009 재몰이라 불렸던 운암

07_09_FOT_20100709_KEY_PJH_0010 비밀문서가 전해진다는 쌍계사 석탑

07_09_MPN_20100709_KEY_PJH_0001 일제강점기 도곡 마을이 금정 마을로 명칭이
바뀐 내력

신윤철, 남, 1931년생

주 소 지 : 전라북도 임실군 신덕면 수천리 560-1번지 수천 마을

제보일시 : 2010.7.7

조 사 자 : 권은영

신윤철(申潤澈)은 평산 신씨로, 1594년에 정읍에 살던 그의 선조가 수천 마을로 이주한 뒤 가문의 세가 커지면서 수천마을이 평산 신씨의 집성촌을 이루었다고 한다. 제보자는 이 마을에서 나고 자랐는데, 중학교부터는 전주에서 유학을 하였으며 전주고등학교를 다녔다.

6·25에 참전하여 국가 유공자가 되었다. 군대 전역 후 25세에 친정이 운암인 나주 임씨와 혼인하여 3남 1녀의 자녀를 두었다. 신덕면사무소에서 오래 일하였고, 수천리 노인회장이기도 하다.

임실문화원에서 향리지를 만들 때에, 수천리 관련 자료를 수집하고 집

필하였다. 신윤철은 이서구가 정리해 두었다는 득신법을 적어 두었으며, 농사절요에 나와 있는 내용을 발췌하여 가지고 있다.

제공 자료 목록
07_09_FOT_20100707_KEY_SYC_0001 홍성문의 명당록에 있는 수천마을 명당
07_09_FOT_20100707_KEY_SYC_0002 금섬망룡 형국의 상사봉
07_09_FOT_20100707_KEY_SYC_0003 화산인 상사봉과 거북돌 전설
07_09_ETC_20100707_KEY_SYC_0001 수천 마을의 지명들

신덕면의 평산 신씨 터와 숙호 명당

자료코드 : 07_09_FOT_20100709_KEY_PJH_0001

조사장소 : 전라북도 임실군 신덕면 금정리 172-1번지 금정 마을 도곡경로당

조사일시 : 2010.7.9

조 사 자 : 권은영

제 보 자 : 박준희, 남, 84세

구연상황 : 2010년 7월 7일 신덕면 수천리의 신윤철을 만나고 돌아가는 길에 제법 큰 마을이 있기에 들렀는데 그곳이 금정 마을이었다. 경로당 옆 모정에서 제보자를 만나 이야기를 들었는데 녹음 상태가 좋지 못하였다. 이틀 뒤인 7월 9일 전화로 통화한 뒤 모정으로 제보자를 다시 찾아갔다. 지난 번 들었던 얘기를 먼저 해달라고 청하자 다음을 구연하였다.

줄 거 리 : 정읍에 살던 고씨 부인은 남편이 죽자 두 아들을 데리고 신덕면 금정 마을로 이주를 하였다. 한참을 살다가 작은 아들을 지금의 신덕면 소재지인 수천리로 분가시켰다. 평산 신씨 선산의 지형이 남자의 생식기와 닮아 있어서 사람들은 그곳을 좆박골이라 불렀다. 그 선산과 마주하고 있는 산은 또한 여성의 생식기와 닮아 있어서 씹박골이라 불렀다. 평산 신씨의 묘소가 남녀의 생식기가 마주하고 있는 곳에 있어서 그 후손들이 신덕면 일대에서 번창하였다는 말이 전해진다. 여성 생식기 모양으로 된 산에는 잠자는 호랑이 형국의 숙호명당이 있다. 그 산은 권씨들의 선산인데, 권씨들은 잠자는 호랑이를 깨우지 않기 위해서 산소에 가까이 가지 않고 먼 곳에서 절을 하는, 망배를 하여 성묘를 했다.

고씨 할머니가 저 저짝으 저짝으 무엇이지. 무신 고을이지. 정읍. 정읍에서 살 적에 남편이 무신 관직으 있었는 것 같애, 남편이. 그래가지고 남편이 에 거기 상에 학살을 당했는가 몰라. 죽었어. (조사자 : 죽었어요.) 죽어. 죽은게 이제 그저 마느래가 거그서 부지를 못 허겠다 그 말이여. 있덜 못혀. 그러니까 둘을, 아들 둘을 데리꼬 밤에 거그서 그냥 도망 왔어. 도

망을 왔는디 어뜧게 되얐는가 몰라도, 요리 요리 먼야 와갖고 아래끄 얘기헌 저그 김종남 씨 집 거가 이렇게 산 밑이야, 바로. (조사자 : 지금 김종남 씨라는 사신 곳?) 아먼 요요 요번에 그 사람 저 저, 그 사람 집이서 하나. 거그다가 움막을 치고 인제 거기에서 아들 둘을 데리꼬 산다 그 말이제. 사는디 인자 아덜이 장성을 허면서 먹고 살란게, 인제 밭도 파야 할 것이고 산에 가서 나무도 히얄 것이고 댕기지맨이. 그니게 큰아들이가 아이, 작은 아들. 작으 아들을 고 지금 신덕 소재지 빙채라고 해, 빙채. 고리 말허자면 제금을 나고 큰아들을 데리꼬 여그서 같이 있으면서 걍 살았어. 그 말하자면 그 양반이 고씨 할머니. 고씨 할머이.

[밖에서 시끄러운 소리가 나서 조사자가 문을 닫으러 가느라 잠깐 조사 중단]

(조사자 : 그, 근데 마을에서 그 지난 번 지형 관련해가지고 지형 관련해가지 고씨 할머니가 왜 그 평산 신씨들이 이렇게 막 번성하게 된 거 있으 얘기하셨잖아요. 이게 산 모양새가 어떻게 된 거.) 어 그래 그래 그래 그랬지. 그저 거시기 저 그런게 고씨 할머니는 거그서 살았고 딴 신씨는 말하자먼 으 으 고씨 할머니가 데리꼬 와서 이렇게 퍼졌는디, 그 자리가 그 신씨들 선산 자리가 아래끄 얘기헌 거그라고. 거근디 거 인체라 그 말이여, 이 인체. (조사자 : 사람 몸 같이 생겼어요?) 인체 인첸디 인제 상소리가 들어갔어. 인제 맛뵈기로 그양. 그 전에 양 맛뵈기로 이야기를 해야 하니까. 그러니까 인제 좆박골이라고 혀, 좆박골, 좆박골이라고. 저 짝으는 이 씹박골이라냐 뭣이다냐.

그 좆박골이라고 했는디, 그 밑서 자손들이 삼선 저그 선산을 그릏게 부를 수가 없어. 자손들이, 좆박 좆박골이라고. 그런게 이놈을 어뜧게 붙있냐면 좆박 좆백이면 바가치 아니여. 바가치. 바가치. (조사자 : 바가지가, 를 그렇게 말하는 게 있어요?) 그, 아면 근게 족백이면 바가치다, 그 말이여. 저그들까지. 그리갖고는 바가치 표 자를 붙였어. 바가치 표 자. 그리서 표동이라 그려. (조사자 : 아, 거기가 지금 바가지 표 자 써가지고 표동?) 아먼, 표동, 표동이라 그려. (조사자 : 그렇게 말할 수 없으니까. 자기 선산을.)아먼, 그렇지. 자손들이 막 부를 수 없으니까.

(조사자 : 그면 그 맞은편에 있는 여자 몸 같이 생긴 데는 뭐라고 불러요, 어르신?) 그것 뭐. 숙호라고 그러는디 요번에 얘기 혔지. 원래 권 씨 것이라고. 원래 권 씨인디. (조사자 : 잠잘 숙 자에다가 호랑이 호 자. 거기가 거기고만요? 아먼. 그렇지. 잠자는 호랭이라 그 말이여. 그런게 인제 그전에는 성묘를 많이 댕겼지. 그런게 성묘를 와갖고, 이짝으 산 밑에서 고리 대고 망배만 하고 걍 갔다 그 말이여. 망배만. (조사자 : 절을 하기는 하는데 멀리서 절을 이렇게 하는 거죠?) 멀리서, 멀리서. (조사자 : 거기가 어떤 혈이어서 그렇다고 그러셨죠, 어르신?) 숙호라 자는 호랭이라 가서 깨울 수가 없다, 그 말이지. 가면 깬다 그 말이여. (조사자 : 가면 깨니까.) 그러니까 안 깨울라고 말이여 여그서 절만 허고 간다고. (조사자 : 절만 하고 그냥 그렇게 성묘를 했고만요.) 에.

장군 발자국이 있는 상사암

자료코드 : 07_09_FOT_20100709_KEY_PJH_0002
조사장소 : 전라북도 임실군 신덕면 금정리 172-1번지 금정 마을 도곡경로당
조사일시 : 2010.7.9
조 사 자 : 권은영
제 보 자 : 박준희, 남, 84세
구연상황 : 수천리에 있는 상사암에 대해 물었더니 제보자가 다음을 구연하였다.
줄 거 리 : 수천리에 있는 상사암의 꼭대기에는 움푹움푹 패인 자리가 있다. 사람들은 그 것이 장군 발자국이 남아있는 것이라고 했다.

지금 그 상사암이 요번 그 얘기했지만은 소재지에서는 화산으로 보는

디, 화산이 아니고. (조사자 : 화산이 아니고.) 우리 학교 다닐 때 그 날맹이로 올라가봤는디 올라가서 보먼은 그 저 장군이 그랬다고 이 발자꾹 자리가 있어. (조사자 : 상사암에 장군 발자국 자리요?) 에. (조사자 : 그 발자국이 움푹움푹 패였어요?) 에? (조사자 : 바위가 움푹움푹 패였어요?) 패있지. 게 짚신으로 이렇게 인제 이렇게 히서 그 패있는디 실지 패있다고 보면은 그것이 저 사람이 드뎌서 패일 것여. 무신 영웅이나 되야서 그렇게 힜는가 몰라. (조사자 : 영웅이나 되야서.)

전생의 아내를 만난 이서구

자료코드 : 07_09_FOT_20100709_KEY_PJH_0003
조사장소 : 전라북도 임실군 신덕면 금정리 172-1번지 금정 마을 도곡경로당
조사일시 : 2010.7.9
조 사 자 : 권은영
제 보 자 : 박준희, 남, 84세
구연상황 : 지난 7일에 조사자에게 얘기해주었던 이서구 이야기를 해달라고 요청했더니 다음을 구연하였다.
줄 거 리 : 이서구는 열여섯 살에 전라관찰사가 되었다. 하루는 자신이 어느 오막살이집을 찾아가 차려놓은 음식을 맛있게 먹는 꿈을 꾸었다. 꿈에서 깬 이서구는 이상한 생각이 들어 꿈속에서 봤던 길을 따라 그 오막살이를 찾아갔다. 그 집에서는 한 노파가 지방을 불사르고 있었는데 남편의 제사를 지낸 뒤라는 것이었다. 죽은 지가 십육 년이 지났다고 하는 노파의 남편은 바로 이서구의 전생이었고 그 노파는 전생의 부인이었던 것이다.

이서구 씨가 열여섯 살 먹어서 전라관찰사로 갔는디, 와가지고 꿈얼 꾸니까 밤에 그 사람이 나갔어. 나가서 쪽 허니 가다가, 본게 그 또랑 건네가서 인제 오막살이집이 하나가 있는디, 거그를 들어가서 감식을 했다 그 말이여. (조사자 : 감식을, 어, 맛있게 먹었어요?) 맛있게 먹었어. 그러고 인제 잠을 깨서 본 게 꿈이라 그 말이제. 그런게 소인 같으면 그양 말아

버렸을랑가 모르는디 대인이라 봐서, 이게 보통 일이 아니다 해갖고 꿈에 간 데로 쪽 허니 갔다고. 가다가 본게 그 오막살이집이 있는디, 바깥에 나와 가지고 흐연 노파가 지방을 처지르고 있다 그 말이지. 그 인제 들어가서 물으니까, [비행기 지나가는 소리] 자기 남편 제사라 그 말이여. (조사자 : 그 노파 제 남편 제사 에.) 그서 그러면 죽은 지가 몇 년이나 되았냐고 물으니까, 십육년 되았다 그 말이고. 그런게 그 관찰사 그 사램이 열여섯 살 먹어서 왔은게 한 사람이란 말이여. 그 노파가 자기 전 세상의 마느래여. (조사자 : 전 세상의 마느래.) 전 세상의 마느래. (조사자 : 예. 그래서 전 세상의 마느래를 게 꿈에서 봐가지고 찾아 갔고만요?) 암, 그러지. 그런게, 에 사람 죽은 뒤에 제사 지내는 것이, 것이 노 노생 허사는 아니라 그 말이여.

(조사자 : 허사는 아니고. 그 어르신 그, 그때 그 얘기 하셨었잖아요. 먼 머 남자가 머 어쩌면은.) 아 그 사램이 죽으먼은 인도환생을 허는디 남자로 세 번 인도환생을 허면은 뭣을 알아. (조사자 : 뭣을, 세상 이치를?) 세상사를. 그이간 남자 한 번, 여자 한 번 그런 식으로 히서는 안 되고. (조사자 : 안 되고. 그 이서구 씨는 그렇게?) 이서구 씨는 그렸다고 봐야 하고. (조사자 : 세 번, 남자로. 그래갖고 세상사를 알았고만요. 참.)

송장날을 덮어서 망해버린 부자

자료코드 : 07_09_FOT_20100709_KEY_PJH_0004
조사장소 : 전라북도 임실군 신덕면 금정리 172-1번지 금정 마을 도곡경로당
조사일시 : 2010.7.9
조 사 자 : 권은영
제 보 자 : 박준희, 남, 84세
구연상황 : 제보자의 신상 정보에 대해서 들은 뒤에 다시 얘기를 청하자 다음을 구연하였다.

줄 거 리 : 어느 부자가 있었는데, 날아다니는 까마귀가 송장을 쪼아 먹는 비아탁시 혈에
묘를 썼다. 그 부자가 돈이 많다고 위세를 부려대자 한 도사가 그 부자를 망
하게 하려고 작심하였다. 도사는 산세가 돈궤 모양이니 그 위에 흙을 쌓아 손
잡이를 만들어주면 더 큰 부자가 될 수 있을 것이라고 부자에게 말했고 그
말을 곧이들은 부자는 그대로 따랐다. 그러나 사실은 흙을 쌓은 그 부분은 비
아탁시 혈 중에서 송장에 해당하는 부분이었고, 부자가 송장날을 흙으로 덮어
버리자 까마귀가 먹을 것을 잃어버린 꼴이 된 것이었다. 이렇게 비아탁시 혈
이 효력을 상실하자 부자는 망해버리고 말았다.

[비행기가 지나가는 소리] 산이 요렇게 있어. 요렇게. 그 그 산이 송징
혈이여, 송장혈. (조사자 : 어디가요? 요 동네 앞에요?) 아먼, 아먼. 저그
저그 저그 동네가. (조사자 : 동네 앞에가 산이 이렇게 있는데 송장혈이에
요?) 송장날. (조사자 : 송장날?) 시쳇날, 시체. (조사자 : 어, 그런 것도 있
어요?) 그 쭉 뻗었어. 그런 게 송장날이지. (조사자 : 산이요?) 산이. 근디
인제 그 저 요짝으다 쓴 사람이 부자로 살았어. 부자로. 걍 참 마이 돈이
많있는개벼. (조사자 : 원래 있던 그 무덤 주인이요?) 아먼, 그러지, 그 주
인이. 근게 인제 시제 모시러 오먼은 허리다가 인제 저 명주로 저 허리다
가 이릏게 감고. 하인들은 앞에서 저그서 잡어댕기고. (조사자 : 아, 힘드
니까, 올라가기 힘드니까?) 올라가기가 힘드니까. 그게 악습이여, 그게.
(조사자 : 수월하게 올라갈라고?) 올라갈라고. (조사자 : 앞에서 사람이 끌
고?) 아, 끌고.

그렇게 올라갔는디, 어느 땐가, 도사가 왔어. 도사가 와가지고 그 시체
가 아니라, 돈가방이라고 말이여. (조사자 : 돈가방?) 갈, 저 시방 돌르는
거여(속이는 거여), 돌라. (조사자 : 돈 전대?) 에? (조사자 : 전대요?) 에.
(조사자 : 그렇게 생긴 거?) 아 이제 송장날 뒤에. (조사자 : 뒤에가?) 뒤에.
그렇게 그 저 돈 위세를 허고 히닌게 안 좋았던 모양이지. 도사가 와갖고
그 돈궨디, 돈궤. 거그다 가방을 저 손잽이를 히줘라. 허먼은 일확천금 헐
것이다. 이 기양 돈은 있겄다, 이양 뭐 사람 사갖고 막 걍 흙 갖다 이렇게

두두룩허니 히났다고. (조사자 : 그 위에다가?) 위에다가. (조사자 : 그 송장 날 위에다가? 그 흙을 이렇게 두두룩하게 쌓았고만요?) 아먼. 근게 그것이 이치적으로 봐서는 송장을 묻어버렸어, 묻어버려. [비행기 소리] 손잽이가 아니라. 송장을 묻어버렸단 말이여. [비행기가 지나가는 소리] (조사자 : 그면은 원래는 송장이 그냥 이렇게 누워있는데, 거기다가 인제 원래 송장 날인데 도사가 거기 위에다 돈 그 돈궤니까 손잡이를 달아주라 해가지고, 그렇게 두두룩하게 흙을 쌓았더니 이치적으로 봐 송장을 묻은 것이고만요?) 내 얘기가 갈퍼 갈퍼쟁이여. 갈퍼쟁이가 없이 내가 얘기를 헜구만.

요짝으 요짝으 묘 쓴 사람이 그 자리가 비아탁시여, 비아탁시(飛鴉啄屍). (조사자 : 비아탁시?) 비아탁시. 날 비자 , 까마구 아자, 좃을 탁자, 주검 시 송장인가벼. 에, 근게 그 묏자리가 비아탁시여. 근게 앞에가 송장날이 있이야 그 넘이 되야. (조사자 : 아, 앞에 송장이 있어야 거기가 까마구가 송장을 쪼아먹는 형국이고만요?) 아먼, 그 그러지. 그리서 말하자면 그렇기 송장인디, 어떤 대사가 와갖고 방해를 내 놨어. 방해를 힜어. (조사자 : 방해를 했어요.) 고놈을 돈가방인게 손잽이를 히주라 그 말이여. 근디 내역은 말하자면 송장을 묻어버리라 그 말이여. 그 해 해칠라고. (조사자 : 그 발복 못 하게 헐라고?) 아먼, 그러지. (조사자 : 그래가지고 흙으로 덮어버리니까 까마귀가 송장을 못 쪼아먹겠네요?) 뱁이 없어져뿌렀지. (조사자 : 밥이 없어졌어. 갖고 먹을 것이 없어졌네요?) 갖고 쫄딱 망해버려. (조사자 : 쫄딱 망했어요. 그 부자가 아까 그 명주로 이렇게 허리에다 감아갖고 사람보고 끌게 했던 그 부자?) 아먼, 그러지. 그 넘이 죽었어. 그 넘이 망해버렸어. (조사자 : 망해버렸어. 그 사람이 사람들한테 인심을 잃었나보네요.) 그렇지. (조사자 : 그게 이 동네에요?) 요 요 가면 있어.

관촌 배나들이의 군왕지지

자료코드 : 07_09_FOT_20100709_KEY_PJH_0005
조사장소 : 전라북도 임실군 신덕면 금정리 172-1번지 금정 마을 도곡경로당
조사일시 : 2010.7.9
조 사 자 : 권은영
제 보 자 : 박준희, 남, 84세
구연상황 : '일제강점기 도곡 마을이 금정 마을로 명칭이 바뀐 내력' 이야기 후에 다음을 구연하였다.
줄 거 리 : 관촌의 배나들이 산에 가면 군왕이 날 자리인 군왕지지라는 곳이 있다. 군왕지지는 기구한 여인이 송장을 이고 가서 묻어야 비로소 군왕이 날 수 있는 자리이다. 군왕지지는 결록에도 나와 있다고 한다. 묏자리가 아무리 좋아도 법에 따라 묻지 않으면 발음하지 않으며, 묏자리도 들어갈 주인이 따로 있다고 한다.

관촌 가서 신, 뭣이냐, 신씨라고 하나가 있었어. (조사자 : 신씨?) 신씨. 그 체구가 크지. 게 그이가 땅을 봐. 땅을 봐갖고 그 사람하고 만나서 인제 이얘기를 헌디, 배나들이 있잖어, 배나들이. 배가 들어갔다 나갔다 했다서 배나들이지. (조사자 : 거기 그면 관촌 지금 물 있는데로, 배가 왔다 갔다 했대요?) 배라고 해야 인제 뭣이냐 괴기배도 배 아니여. [제보자 웃음] (조사자 : 아, 물고기 배. 거기가 그래서 배나들이고만요?)

근디 그 산에 가서 군왕지지가 있어. 군왕지지. (조사자 : 군왕지지?) 군왕. 왕, 임금 자리. 임금, 임금 날 자리. 군왕자리가 있는디, 거그를 애기 아니, 애기 맨길 재라든가? 기구한 여자가 송장을 이고 가서 묻을 디여 거그가. 송장을. (조사자 : 기구한 여자가 송장을 갖고 가서 묻어야 하는다고요?) 아먼, 그렇게 그렇게 옹색허게 산다 그말이여. 그런 자리가 인자 요새 결록에 나와 있어. (조사자 : 결록?) 결록이라고 허는 건 인제 그동안에 쭉 허니 나온 책자를 얘기허지. 게 그 양반 허고 거그를 한번 가자고 했는디, 날 받아 놓고는 그냥 죽어버렸어. (조사자 : 그 신씨라는 분이?) 응. 그서 못 가고 말어.

(조사자 : 그먼 그 군왕지지에 기구한 여자가 송장을 갖다가 이렇게 묻으면 거기서 군왕이 난대요? 그 자리, 그 자손이?) 그르지. (조사자 : 그런 자리가 있어요? 지금도 거기 묘가 있어요, 그먼?) 그기다 써기는 썼어도, 잘 못 쓰먼은 소용이 없고. 법쟁이라고 그려, 법장. (조사자 : 법장?) 법, 법 법자, 장사헌다 해서 장사 장여. 법장. 근게 산이 아무리 좋아도, 들으갈 사람이 있고 못 들으갈 사람이 있고 그려. (조사자 : 사람마다 또 달라요?) 아먼. 그리서 거그다가 법쟁이라고 법을 붙여서 쓰는 것이라 그 말이여, 법을 붙여서. (조사자 : 그렇고만요. 어뜿게 쓰느냐에 따라서 또 다르고만요?) 아먼, 주인을 정허고 있어. (조사자 : 주인을 정하고 있어요. 주인 아닌 사람은 못 들어가는고만요?) 재변이 나버린게. (조사자 : 예?) 재변이 나버려. (조사자 : 재병? 재병이 뭐를 재병이라고?) 변고가 생긴다 그 말이여. (조사자 : 변고가 생겨요.)

하운암의 연화도수 명당

자료코드 : 07_09_FOT_20100709_KEY_PJH_0006
조사장소 : 전라북도 임실군 신덕면 금정리 172-1번지 금정 마을 도곡경로당
조사일시 : 2010.7.9
조 사 자 : 권은영
제 보 자 : 박준희, 남, 84세
구연상황 : 앞의 '관촌 배나들이의 군왕지지' 이야기 후에 다음을 구연하였다.
줄 거 리 : 운암면 중 하운암 쪽에 연화도수 명당이 있다고 알려져 있다. 나라에서 포수들을 모아 사냥을 하는 관사냥이 벌어졌는데 어떤 대사가 하운암에 왔다가 붙잡혀 괴롭힘을 당하고 있었다. 대사는 명당을 알려주겠다고 하여 풀려났는데 포수들에게 쫓긴 범 한 마리가 땅을 파는 것을 보고는 그곳이 명당이라고 거기에 묘를 쓰라고 일러 주었다. 날을 잡아 묘를 쓰려고 땅을 파는데, 자신을 괴롭힌 사람들에게 앙심이 있던 대사는 적당한 깊이보다 더 깊게 파도록 하여 묏자리에서 물이 솟고 말았다. 대사는 도망을 가버리고 사람들은 흙을

채워 넣어 그곳에 묘를 썼는데 그곳이 연화도수 명당이라고 하였다. 도망가기 전에 대사는 그 묏자리의 바로 아래에까지 물이 찰 것을 예언했고, 운암저수지가 생겨서 그 무덤 아래까지 물이 올라왔다.

　내가 잠업계를 좀 다녔어. (조사자 : 자막길요?) 잠업기를 다녀. (조사자 : 자먹길이 뭐예요?) 잠업계. (조사자 : 잠업계, 아, 그 누에?) 아먼. (조사자 : 하는 잠업계?) 그래서 신덕허고 운암허고를 내가 이렇게 다니면서 수금도 허고 그런 것이랑 했는디. 하운암 소재지에 가서 연화도수가 있다고 들었는가 몰라. (조사자 : 하운암 소재지에 연화도수가 있대요?) 연화도수. 안 사람한티 거시기허먼 알아. (조사자 : 연화도수가 뭐하는 것을 연화도수라고 해요?) [눈이 아픈 듯 찡그리며] 아이고 눈이 나빠 갖고 시앙 수술 허라고 그런디, 연화도수라고 허넌 것은 연꽃, 연화, 도수 물에 떨어졌다 그 말이여. (조사자 : 아, 연꽃이 물에 떨어졌다?) 에, 근게 하운암 가서 그 명당이 있다고 허는 소리가 있어. 그니 인제 그 하운암 소재지 이장 말을 들으믄은 자기 집안에서 썼다 그 말이지.

　그 어이서 썼냐 하니까 그전에 관사냥을 했어, 관사냥. (조사자 : 관사냥.) 정부에서 말하자면 관명으로 히갖고 푀수들을(포수들을) 전부 모집을 히갖고 그 사람들이 히서 이렇게 사냥을, 그것 보고 관사냥이라고 그려. 근디 인제 그 그때 시절에 그 태테라고 허는 것 들어봤지, 태테. 요번 요번에 얘기한거 태테. (조사자 : 대태를 멘다고? 예.) 어, 아먼. 근디 그 전에 저 그 저 중을 잡으먼은 중이 오먼은 중을 묶어놓고 태테를 멨다고 중을. (조사자 : 거 어떻게 메는 거에요, 태테를?) 요만헌 그 자루에다가 콩얼 빽빽하니 너놓고 너갖고 이걸 쩜매야 이걸 대가리다가 이렇게. (조사자 : 아, 콩자루를?) 콩자루를. 그래놓고 거그다가 인제 물을 부어. 그럼 콩이 불을 거 아니어. 불으면 대가리가 터질라 그러지. (조사자 : 콩이 이렇게 찔르니, 막 하니까?) 아먼. 근게 그게 악습이여. 매겁시 왜 중을 그렇게 고 괴롭하냐 말이여. 그서 하운암 거기에서 이렇게 그런 짓을 허고 있는디.

그 대사가 하는 소리가 태테를 풀으라 그 말이지. 저으 저그저그 저으 가서 명댕이 있은게 거가 묘를 쓰자. 관사낭이 나가지고 그 범이네 뭣이네 이렇게 쫓게 가는 판인디, 범이 거그를 와가지고는 양 막 땅을 이렇게 파는 시늉을 혀, 파내려고. 근게 인제 도사가 보 그걸 보고 저가 지금 명당 자린디 거그다 묘를 쓰자고. (조사자 : 호랭이가 판 자리에다가?) 아머 아먼 그렇지. 그리 인제 태테를 풀러주고 날을 잡아가지고 인자 거그 묘를 쓰넌 판이제, 쓰넌 판인디 죄다 이렇게 파놓고 거그다 양 관을 너서 고만 덮어얀디, 이 사람도 오기가 나지. (조사자 : 그 대사가?) 아먼, 이눔들 나쁜 놈들이라고. 더 파라고 히갖고 탁 찍은 게 물이 퍼벌 나와. 대사는 걍 그리 놓고는 걍 도망가뻐리고. (조사자 : 그먼 더 파면 안 되는 거고만요?) 아먼 그러지. (조사자 : 딱 그만큼만 파야 되는데?) 그만큼만. 그리서 인제 그 놈을 흙을 넣어갖고 채와 놓고 거그다 묘를 썼어.

묘를 썼는디 대사 허는 소리가 인지 요 밑이로 물이 다 올 것이라고. 운암보를 시앙 두 번째 막았어, 두 번째. 첫 번째 막고, 그 담이 두 번째 막았단게, 두 번째. 막았는디 그 물이 [녹음기를 툭 쳐서 잡음이 남] 묘 바로 밑이까지 가. (조사자 : 묘 바로 밑에까지?) 아먼. 여그 묘를 파 여그 묘 썼으면 요 밑에까지 요렇게. (조사자 : 물이 차요?) 물이 차. 그렇게 알아.

(조사자 : 그 자리가 연화도수 자리에요?) 그 인제 그 사람 얘기는 저그가 썼다 그 말이여, 연화도수를. (조사자 : 이장님이?) 암먼. 저그 집안에서 썼다. 누가 알가디. (조사자 : 누가 알 수 없어요? 그믄 그 자리가 그 이장님 자리에요? 물 그 이 이렇게 호랭이가 파낸 자리가 그 이장님네 그 묏자리하고 같은?) 아먼 그러지. 근게 인제 서로 기분이 남아돌아갔으먼은 맞아들어갔으먼 지대로 알켜줄 판이지. 그런디 인제 나쁜 놈들이라 말여, 체 태테를 왜 매여. 근게 이놈들. (조사자 : 골탕 멕일라고?) 걍 원수를 갚아버리지.

갈동의 지명 유래

자료코드 : 07_09_FOT_20100709_KEY_PJH_0007
조사장소 : 전라북도 임실군 신덕면 금정리 172-1번지 금정 마을 도곡경로당
조사일시 : 2010.7.9
조 사 자 : 권은영
제 보 자 : 박준희, 남, 84세
구연상황 : 앞의 '하운암의 연화도수 명당' 이야기 후 제보자의 신상 정보와 마을에 대한
　　　　　 정보를 들었다. 경로당에 걸려 있는 마을 노인들의 단체 사진을 구경하고 자
　　　　　 리에 앉아 제보자가 다음을 구연하였다.
줄 거 리 : 금정리에 칠울이라는 곳이 있는데 한자로 옮기면 칡 갈자를 써서 갈동이 된
　　　　　 다. 이 일대는 풍수지리적으로 옥토망월, 즉 옥토끼가 하늘을 바라고 있는 형
　　　　　 국인데 갈동은 바로 토끼가 좋아하는 먹이인 칡넝쿨이 있어야 하는 자리이다.
　　　　　 그래서 실제로 칡이 많아서가 아니라 풍수지리적으로 보아 갈동이라고 불렸
　　　　　 다고 한다.

　우게 가면은 그 꼴짝 이름이, 칠울이라고 그려, 칠울. (조사자 : 칠울?)
칠울. 칡, 울. (조사자 : 그게 뭔 뜻이에요?) 근게 말허자면 인제 그 거시기
갈근이라 그 말이여, 갈근. 칡 갈자, 갈근. (조사자 : 뿌리를 울이라고 그래
요? 갈근?) 갈근. (조사자 : 칡울.) 칠울. (조사자 : 아, 칠울 그렇게 얘기해
요?) 갈동이라고 그러지, 갈동. (조사자 : 갈동.) 갈동. 그 꼴 꼴짝을 갈동이
라고 그려.

　그럼 인제 그 그 갈동이라고 헌 그 원인이 어디서 나왔냐면은, 거그서
이렇게 재를 넘어서 저짝으 가면은, 지장리 앞사래기 가서 큰 산이 있는
디, 거가서 신씨들 묘가 있어. 묘가 있는디, 그 묘가 옥토망월(玉兎望月)이
여, 옥토망월. 구슬 옥자, 퇴끼 퇴자, 토. (조사자 : 옥토끼네요?) 망, 어, 망
월이라고 허는 건 인제 달을 바라본다 그 말이지. 그런 명당이 있어. (조
사자 : 지장리 앞산에?) 뒷산에. (조사자 : 뒷산에?) 그리서 그 산이 있기
때문에 여기가 칠울이여. 토끼 밥이라 그 말이여. [웃음] (조사자 : 토끼가
칡을, 넝쿨을 뜯어 먹고?) 아먼. 그릏지, 그릏지. 토끼가 환장허지. (조사

자 : 진짜로 칡이 많아요, 근데?) 많어서 그랬가디, 그 혈맥이 그렇지. (조사자 : 혈맥이, 혈, 혈 때문에 옥토망월이니까 아 여기에는:) 칠울.(조사자 : 토끼가 먹을 만한 칡이 있어야 한다 해서 칠울이 되는고만요?) 그래서 갈동이라 그 말이여. (조사자 : 그래서 갈동.) 칡 갈자 갈동. (조사자 : 지금 갈동이라고 부르는 데가?) 아먼, 칠울이라고 헌게. (조사자 : 재밌네요.) [웃음]

수월 마을의 지명 유래

자료코드 : 07_09_FOT_20100709_KEY_PJH_0008
조사장소 : 전라북도 임실군 신덕면 금정리 172-1번지 금정 마을 도곡경로당
조사일시 : 2010.7.9
조 사 자 : 권은영
제 보 자 : 박준희, 남, 84세
구연상황 : 앞의 '갈동의 지명 유래' 이야기 후 바로 다음을 구연하였다.
줄 거 리 : 성수면 월평리에는 수월 마을이란 곳이 있는데 예부터 그곳 이름이 물이 넘어간다는 뜻의 물넘이였다. 사람들은 그냥 전해지는 대로 무넴이라 불렀는데, 성수 보가 생기면서 성수 보의 물이 그 마을을 통해서 넘어가므로 지명이 그대로 맞아 떨어지게 되었다.

지금 저 성수 가먼은 수월리라고 아는가 몰라. (조사자 : 수월리?) 수월. (조사자 : 아, 안 가봤어요.) 안 가봤어? (조사자 : 예.) 거그가 저 그전부터서 무넴이여, 무넴이. (조사자 : 무넴이?) 무넴이. 물이 넘어간다. 그전부터서. (조사자 : 거기가 이름이 그먼 물 넘어가는 자리고만요, 거기가?) 아 근게 물이 넘어간다 그 말이여. 근게 그걸 누가 생각이나 했가디. 기양 그전부터 지어 나온 말인게 기양 무넴이 무넴이 그러지. 근디 그것이 인제 이제 맞아들어가는 것이여. 이제. (조사자 : 이제?) 어. 왜 그러냐면 성수 보가 있잖여. 성수 보에서 고리 히갖고 물이, (조사자 : 넘어가요?) 넘어가.

(조사자 : 진짜로?) 아먼. (조사자 : 성수 보를 지은 지가 얼마나 됐는데요?) 상당히 되았지. (조사자 : 갖고 그 동네 무넴이라고 부르는데, 그게 인제 수월리고만요?) 수월리. (조사자 : 넘어간다고 할 때 월자?) 아먼. 그려, 아먼. (조사자 : 그래서 수월리고만요.) 그런 것이여.

재몰이라 불렸던 운암

자료코드 : 07_09_FOT_20100709_KEY_PJH_0009
조사장소 : 전라북도 임실군 신덕면 금정리 172-1번지 금정 마을 도곡경로당
조사일시 : 2010.7.9
조 사 자 : 권은영
제 보 자 : 박준희, 남, 84세
구연상황 : 앞의 '수월 마을의 지명 유래' 이야기 후 바로 다음을 구연하였다.
줄 거 리 : 운암은 예전에 재몰이라는 이름으로 불렸는데, 재앙으로 없어진다는 뜻을 가졌다. 운암저수지가 생기면서 운암 땅의 많은 부분이 수몰이 되었는데 그 이름이 맞아 떨어진 것이라 할 수 있다.

잿몰. (조사자 : 잿몰? 운암 소재지가 잿몰? 잿몰은 뭔 뜻이데요?) 재, 재재 재앙이라 그 말이여, 재앙. (조사자 : 재앙.) 재앙으로 말허자면 몰인 게 없어져 버린다 그 말이지. (조사자 : 원래 이름이 잿몰이었어요?) 잿몰이지, 원래 이름이. (조사자 : 거기를 잿몰이라고 불러요?) 아먼. 잿몰인디, 그 운암 퍼 와갖고 저 없어져 버렸잖애. (조사자 : 에. 물에 잠겼잖아요?) 아먼, 그러제. (조사자 : 원래 이름이 잿몰이에요?) 원래 이름이 잿몰이여. 그 전에 그렇게 알았다고. (조사자 : 어른들이 그렇게 불렀어요, 잿몰이라고?) 암먼. (조사자 : 신기하다. 그게 재앙 재자에다가, 없어진다 할 때 몰자?) 아머 아먼. 그러지.

비밀문서가 전해진다는 쌍계사 석탑

자료코드 : 07_09_FOT_20100709_KEY_PJH_0010
조사장소 : 전라북도 임실군 신덕면 금정리 172-1번지 금정 마을 도곡경로당
조사일시 : 2010.7.9
조 사 자 : 권은영
제 보 자 : 박준희, 남, 84세
구연상황 : 앞의 '재몰이라 불렸던 운암' 이야기 후 바로 다음을 구연하였다.
줄 거 리 : 쌍계사 석탑은 뒤쪽에 손이 들어갈 만한 구멍이 뚫려 있는데, 그 속에 손을 넣으면 종이가 잡힌다고 한다. 그 종이는 문서인데 어떤 문서인지는 알려지지 않았지만 나중에 그 문서를 꺼내 볼 사람이 나타날 것이라는 말이 전해진다.

저그 쌍계사 가먼은 집 안에 가서 탑이 섰지. 쌍계사. 고 뒤에 가서 이 요롷게 저 손 들어갈 만한 구녁이 있어. (조사자 : 아, 쌍계사 뒤에 가서요?) 어. [손을 집어넣는 시늉을 하며] 요롷게 요롷게 허면은 백지여, 백지. (조사자 : 백지?) 안에 이거 걸리는 것이 조선종이라 그 말이여. 그런디 그것을 [파리채로 바닥을 툭툭 치며] 나중으 볼 사램이 있다 그 말이도만. 나중에. 그놈을 그 그 문서를 보는 사램이 있을 것이다 그 말이여. (조사자 : 다른 사람 못 봐요?) 뭐 볼 수가 없지. 못 볼 넘이 보면은 죽거나 인제 무신 수가 나지. (조사자 : 그 바우 속에가 종이가 들어 있는 거예요?) 탑 속에. (조사자 : 탑 속에.) 에. 탑 속.

(조사자 : 그걸 보믄 어떻게 된대요? 그걸 보는 사램은?) 그건 모르지. 인제 거 가서 병서가 들어있는가, 뭔 것이가 들어 있는가는 인제, 때가 와 가지고 보는 사램이 있으야. (조사자 : 그런 말이 전해져요?) 어.

홍성문의 명당록에 있는 수천마을 명당

자료코드 : 07_09_FOT_20100707_KEY_SYC_0001
조사장소 : 전라북도 임실군 신덕면 수천리 수천 마을 560-1번지 제보자 자택

조사일시 : 2010.7.7

조 사 자 : 권은영

제 보 자 : 신윤철, 남, 80세

구연상황 : 임실의 설화에 관련된 자료를 찾다가 인터넷에서 제보자의 이름을 알게 되었고 전화번호부를 검색하여 제보자와 통화할 수 있었다. 제보자의 집에 방문하였더니 제보자가 조사하여 기록한 내용들을 보여 주었다. 제보자의 신상 정보를 듣고 마을에 대한 얘기를 듣다가 제보자가 다음을 구연하였다.

줄 거 리 : 조선시대에 임실군 삼계면에 홍성문이란 인물이 살고 있었는데 그는 지리에 통달한 사람이었다 그는 명당의 목록을 작성해 가지고 있었는데, 그 명당록에는 수천리에 있는 옥녀장미, 금섬망룡, 장군대좌의 명당이 수록되어 있었다. 옥녀장미는 옥녀가 눈썹을 가꾼다는 명당인데 수천리에는 끄시꼬날, 미역굴 등 옥녀와 관련된 지명들이 있다.

옛날에 이게 임실에, 이조 때네게 삼계면에 홍성문이란 명당, 아조 도통헌 사람이 있었어요 홍성문, 홍성문. (조사자 : 사람 이름이 홍성문?) 홍성문인디, 그 사람이 이 지리학에 정통해. 그양 신통히 가지고는 앉어서 깃때려가지고 어디, 여가 임실에서 북사십리거던, 북쪽이거든 여기가 사십리.

그서 "명당 사시요, 명당 사시요." 했다며, 여기 에 지명으다 명당록을 자 작성을 힜어. 그리서 내가 그때 조사할 적에 삼계한티 삼계면에 갈 때 홍성문도 거 있냐고 힜더니, 그런 이를 전혀 모르더라고. 근디 여기는 분명히 홍성문이 명당록이 있어가지고로, 지역 말이 여가 금섬망룡이네, 뭐 옥녀장미네, 뭐 장군대좌네, 뭐 그런 거시기가 거 수록이 되어 있었대야 응, 명당록이. (조사자 : 아, 명당 이름이 그래요? 옥녀 뭐라고요?) 에에, 옥녀장미(玉女粧眉), 옥녀가 눈썹을 가꾼다 이 말이여, 장미, 눈썹을, 옥녀장미. (조사자 : 아, 눈썹 미 자에 장자가 화장한다고 할 때 그 장? 아 옥녀장미.) 그, 그렇제이, 그렁게로 옥녀장미가 거그 형국이 거기에 딸린 형국이 다 있어. (조사자 : 이쪽 신덕 쪽에요?) 아, 여그도 이, 옥녀장미가 있다 헌 것은 여 옥녀에 따른 거 여기 요기 요기에 끄시꼰 날도 있고, 끄시꼬 옛날 길쌈 헌디 끄시꼬날. (조사자 : 끄시꼬가 뭐에요?) 끄시꼬날이라 히서 질쌈 짜게 퉁퉁 치면 이렇게 끄시는 거 있어, 발로. (조사자 : 아, 발로, 발로 끌어 댕기는 게?) 어, 발로 끄시꼬 이렇게 놓고 놓고 발로 끄시꼬날, 미역굴이 있고 꽃밭날이 있고 칼등이 있고 머. (조사자 : 칼등에.) 칼 칼 쓴 게 칼등에 있고 에 용소가 있고 에 뭐 에 그담에 꽃밭날이 있고. (조사자 : 꽃밭날.) 꽃 꽃. 꽃밭날, 미역굴이 있고. (조사자 : 미역굴이.) 산 산 산바래기, 산발 (청중 : 머 산에 이름이 그려?) 어 이름 거가 다 있잖아, 산바래기, 머 그런 것이 다 있어. 그렇이 있어가지고 옥녀장미가 큰 명댕이 있을 것이다.

금섬망룡 형국의 상사봉

자료코드 : 07_09_FOT_20100707_KEY_SYC_0002
조사장소 : 전라북도 임실군 신덕면 수천리 수천 마을 560-1번지 제보자 자택
조사일시 : 2010.7.7
조 사 자 : 권은영
제 보 자 : 신윤철, 남, 80세
구연상황 : 앞의 '홍성문의 명당록에 있는 수천마을 명당' 이야기 뒤에 제보자가 바로 다음을 구연하였다.
줄 거 리 : 수천리의 상사봉은 금섬망룡, 즉 금두꺼비가 하늘을 보며 용이 되기를 바라는 형국의 명당이다. 예전에는 가뭄이 들면 돼지를 잡아 그 피를 상사봉에 뿌리면서 기우제를 지냈고 그러면 그 피를 씻어내기 위해 비가 온다고 믿었다. 상사봉은 마을의 공유지인데 금섬망룡 명당에 묘를 쓰고 싶은 사람이 몰래 밀장을 하기도 했다. 그 명당에 묘를 쓰지 못하게 하기 위해서 불을 지르기도 했다.

에, 여그 상사봉 있잖아. 그거 그것이 에 거북이가, 거북이가 용을 되어서 한스럽게 용이 되어 등천한 거 거이 있어요. 금섬망룡(金蟾望龍), 금토끼가 용을 바라는 것이 금섬 (조사자 : 금?) 금섬. (조사자 : 금섬.) 에, 두꺼

비 섬 자. (조사자 : 망.) 여 에 저, 망은 저. (조사자 : 바라볼?) 바라볼 바랄 망, 망룡. (조사자 : 망룡.) 용, 용이 되고자 환상. (조사자 : 금섬망룡.) 망룡, 장군대. (조사자 : 그니까 금두꺼비가.) 용이 되고자 하는, (조사자 : 용을 되고 싶어서 이렇게 바라는 바라보는.) 하 한을 한을 심고 하늘 보고 바라보는, (조사자 : 그게 어디가 있다고요?) 여가 상사봉이가 그랬다 힜어. (조사자 : 상사봉이 금섬망룡.)

그래가지고 옛날에는 거 몰리(몰래) 거그다 묘를 썼거든. (조사자 : 네, 몰래, 왜 몰래 써요, 거기를?) 아인게 그 남의 땅이고 그러니까 유명헌 산이고, 거가 신 여그 소재지 마을이여, 여그 소재지 공유여. 그리서 그 전에는 비가 안 오면, 거기다 머 여기도 나와 있지만 그 그 돼지 새끼를 갖다 잡아가지고 피를 막 허면서 그 기우제를 지내면, 거 뭉게뭉게 와서 구름이 거 썻어버리라고. 구름이 와서 비가 오기도 힜고. 그리서 한때에는 이런 소리를 히선 안 되는디, 그 거기다 몰리 뼈를 갖다 묘 쓰믄 말여 좋다고 히서, 근게 그렇게 몰리 쓰는 사램이 있었는디, 거그 막 파 헤쳐버리고 막 불을 질르고 성이로 불을 질르고, 그 저 소나무 넣고 불 지르고 그렸어요, 거그다 묘를 못 쓰게 그런 것도 있었어, 옛날에.

화산인 상사봉과 거북돌 전설

자료코드 : 07_09_FOT_20100707_KEY_SYC_0003
조사장소 : 전라북도 임실군 신덕면 수천리 수천 마을 560-1번지 제보자 자택
조사일시 : 2010.7.7
조 사 자 : 권은영
제 보 자 : 신윤철, 남, 80세
구연상황 : 앞의 '금섬망룡 형국의 상사봉' 이야기 후 마을에 조성되어 있었던 느티나무 숲이 근대화 과정에 사라지면서 마을에 많이 살던 황새들이 사라졌다는 얘기를 하였다. 그러고는 다음을 구연하였다.

줄 거 리 : 옛날의 수천리는 호수였는데 거북이가 많이 살고 있었다. 그런데 수천리 앞
상사봉에 살고 있는 불귀신이 화염을 뿜어대는 바람에 거북이가 살 수가 없
었다. 거북이는 하늘에 기도하였고 땅속으로 들어가 버렸다. 수천 마을에 불
이 자주 나서 주민들이 기도를 했다. 마을 앞 거북배미 논을 파면 길조가 있
을 것이라는 꿈을 꾼 주민들은 그 꿈대로 거북배미를 팠다. 그랬더니 거북이
형상의 돌이 나와서, 그 돌을 마을 앞에다 모시고 매년 제사를 지냈다. 불의
기운이 많은 화산인 상사봉을 가리도록 느티나무를 심으면 좋을 것이라는 꿈
을 꾼 주민들은 그 꿈대로 느티나무를 많이 심어 상사봉을 가렸다. 그러던 어
느 해에 어떤 힘센 사람이 거북돌을 부주의하게 다루어 일부분이 떨어져 나
갔다. 거북돌이 훼손되자 노여움을 사서 무신년 1908년 4월 23일에 마을에
큰 화재가 났다. 화재막이용으로 조성했던 느티나무숲도 다 타버렸고 불티가
4킬로미터나 떨어져 있는 신평면까지 날아갈 정도로 큰 화재였다고 한다. 거
북돌은 지금 신덕면사무소 앞에 세워져 있다.

옛날이 여가 많이, 여가 순 호수지였었디야 호수지. 물이 잠겨 있었어.
호수지였는데 인제 호수지에 거북이가 많이 살잖어. 거북이가 많이 살았
는데, 또 저기 상사봉에 불귀신이여, 귀신이 거기 있었디야. 근게 불귀신
이 화염을 뿜내가져 이 물을 막 뜨겁게 허니까 거북이가 살 수가 없잖어.
그닌게 거북이가 살 수가 없으니까 하늘에 기도허고 어떻게 좋은 수가 없
냐 헌게, 에 그렇게 헌게 땅 속으로 들어가 버렸어. (조사자 : 거북이가 땅
속으로?) 거북이가 그양 살 수가 없으니까. 근게 인제 게 기도를 다 했지,
그 좋은 수가 없냐고.

게 여기 마을에서 인제 불이 자주 난게 게 주민 저 거시 기도를 했어.
기도를 허니까 거북배미라고 요 여 앞에 논이 큰 배미 있어. 거북배미를
짚이 파면은 좋은 길조가 있을 것이다. 근게 마침 게 그 선몽헌 대로 한
번 파보니까 거북돌이, 거북이 모양의 형상이 거북돌이 있어. 그놈을 파
다가 마을 소시다가 마을 밖에다가 그 모시었어. 그 돌이다 매년 기도를
허고 제사를 지내고 그 선몽허기를 길조가 있으니까 그럴 것이로, 느티나
무를 많이 심고 그 화산을 좀 막아 막아라 그러면 좋을 것이다.

그런디 거북배미 인자 그렇게 히놓고, 어느 힘센 사람이 천금반 아니 한 육백키로나마 큰 돌이거든요. 그 역 앞에 있는 그 면사무소 앞에 그 이렇게 세워가 있어요. 이렇게 세워노면 거북돌 형상으로 있어요, 저그 바라보면. (조사자 : 지금도 있어요?) 저기 있어요, 지금 거 있어. 거그가 있어가지고는 인제 기도를 허니까 그렇게 허라고 히서 그렇게 히여가지고 했는데 불이 공교롭게도, 그 돌에 갖다 들다가 탁 떨어져 버리니, 그래가지고. (조사자 : 그 힘센 사람이요?) 이이, 깨져 부주의로 떨어지니까 이 목 부신이 게 거시가 판땡이가 떨어져버렸어. 그런게 그 노염이 살아가지고 천구백사 년 무신년 사월 이십삼 일에 천구백 에, 팔 년 무신년에 에 사월 이십삼 일에 큰 화재가 동네가 전부 걍 다 불이 나버렸인게. (조사자 : 아, 이 동네가.) 어, 천, 불이 전부 나버렸어. 그런게 불날 적에 그 냇가에 있는 느티나무도 걍 불이 다 붙고 그 시 그렇게 불이 다 붙어버렸어. 그렇게 형상이 있었단게, 불이 다 나버리고 불이 나버리고.

(조사자 : 큰 화재가 있었고만요?) 이, 그리서 이게 그 거북돌이 노여움을 사서 그런 것이 아니냐, 그렇게 아쉬움을 갖고 지금 공손히 지금까지도 그 앞에 앞에다가 저 거북돌이 잘 모셔가지고 시방 이렇게 히놨어. 상사봉 바라보게 시방 그렇게 히놨어요. (조사자 : 상사봉 바라보면서요?) 어 어 그렇게 거북돌이, (조사자 : 큰 화재가 있었네요.) 에, 동네가 전부 불바다여, 그리가지고 신평면 사, 사 킬로나 된 데까지 양 지붕날개, 그이 지붕날개를 힘을 써 잇거든, 그전에는, 지붕 날개를. (조사자 : 예, 초가집요?) 초가집 짚으로 히서 엮어서 히서 막 했거든, 그 놈이 전부 타가지고 바람이 나가지고 신평리까지 신평까지 날라갔었다고. (조사자 : 그, 재 재가요 불티가?) 아, 그렇게 히서.

일제강점기 도곡 마을이 금정 마을로 명칭이 바뀐 내력

자료코드 : 07_09_MPN_20100709_KEY_PJH_0001

조사장소 : 전라북도 임실군 신덕면 금정리 172-1번지 금정 마을 도곡경로당

조사일시 : 2010.7.9

조 사 자 : 권은영

제 보 자 : 박준희, 남, 84세

구연상황 : 앞의 '송장날을 덮어서 망해버린 부자' 이야기 뒤에 마을에 관한 정보를 얘기
하다가 제보자가 다음을 구연하였다.

줄 거 리 : 현재의 금정 마을은 원래 모둠실이라 불렸는데 한자로 옮기면 도곡이었다. 일
제강점기에 마을 이름을 다 바꾸도록 했는데, 경주 김씨 성을 가진 구장이 자
신의 성씨에서 쇠 금자를 따고 마을에 정자가 있다고 하여 정자 정자를 넣어
금정이라고 이름을 바꾸었다.

거, 지명이라고 허는 것은 땅 이름, 동네 이름, 산 이름, 뭐 이런 것이
전부 그 전부터서 뭣인가가 그 유래가 있어서 다 붙은 것이여. 유래 없이
는 안 되야. 근디 그것을 일본 놈들이 알아. 천구백십사 년도에 말하자면
총독부에서 조선 방방곡곡 부락 부락이 전부 지시를 해갖고, 동네 이름
그 때 다 갈았어. 그 때. 그리서 인제 우리 동네가 말하자면 그 전에는 도
곡인디 요번에 와봤지. 도곡. 도곡인디 그 때 말하자면 구장이여, 구장.
동네으 대표가. 구장이 말하자면 이 경주 김씨 그 집안에서 구장을 했다
고. 그 인제 면에서 회의를 불러서 갔더니 말하자면 주제가 그것이지. 동
네 이름을 바꿔라 그 말이여. 근게 인제 요새 같으면 개발의원 회의라도
붙이는디 개발의원도 아이고, 기양 일본놈 밑에서 시퍼런 때라 누가 토를
달 수가 있가디? 안 달아. 근게 김 자는 저그 김 자고, 정 정자는 요번에
그 저 정자 정자. (조사자 : 예, 정자 있으니까.) 수운정 저그 정자를 넣어

서 금정으로. (조사자 : 아, 그렇게 이름이 바뀌었어요?) 배꼈어. (조사자 : 도곡, 모둠실에서?) 아면, 모둠실에서. 근데 그것이 여그뿐만 아니고 다 그랬어. 전부가 그렸어. (조사자 : 따른 동네도?) 아면.

수천 마을의 지명들

자료코드 : 07_09_ETC_20100707_KEY_SYC_0001
조사장소 : 전라북도 임실군 신덕면 수천리 수천 마을 560-1번지 제보자 자택
조사일시 : 2010.7.7
조 사 자 : 권은영
제 보 자 : 신윤철, 남, 80세
구연상황 : 앞의 '화산인 상사봉과 거북돌 전설' 이야기 후 제보자가 자신의 신상 정보와
수천 마을에 대해 자세히 이야기 해주었다. 한국전쟁 당시 신덕면과 운암면의
상황에 대해 얘기하고 난 후 수천리가 평산 신씨 집성촌이라는 점을 자세히
얘기하였다. 그러고는 다음을 구연하였다.

(조사자 : 여기 불귀신 있다고 하셨었잖아요? 그믄 그 어 그 저기, 그
화를 면할려고 동네 이름도 수천이라고 지은 거예요?) 어어, 그 그렇지,
수천. 근게 화를 불을 화산, 화산을 가서 없애기 위해서 수천, 그 다음에
빙채, 얼음 빙자. (조사자 : 얼음 빙자에다 무슨?) 채권이라 그서. (조사
자 : 채권할 때 그 채자요? 빌 채?) 에에. 빙채, 빙채, 그리가지고 수천, 빙
채. 그릏게 이름이 지어졌다고 그래요. (조사자 : 원래 이름이요?) 근게 수
천이라는 1914년 행정조직 개편시 수천이라고 했어. (조사자 : 원래 이름
은 뭐예요?) 빙채. (조사자 : 빙채, 빙채?) 에.

그러고내 어디 빙채라고도 허고, 빗채라고도 허고, (조사자 : 빗채라고
도 하고?) 빗채라고, 빗, 빗, 머리 빗는 빗채. (조사자 : 아, 머리 빗는?) 옥
녀장미 자리가 명당이 있으니까 빗채라고도 허고, 일설에 그릏게 허고,
또 빙채라고도 허고 그려. (조사자 : 아, 할머니들은 그냥 빙채라고 하고만
요?) 근게 빙채라고도 허고, 빗채라고도 허고도 그려. (조사자 : 어, 그릏
게. 빗채. 그면 여기 빗채라고 하면 여긴 줄 아는고만요. 옛날 말로. 옥녀,

옥녀장미라는 그.) 에, 옥녀 명당이 있었기 때문에 거기에 따른 이 지역 지명이, 골짜기 이름이 은행남골이니, 뭐 소, 소때배기네, 칼등날이네, 꽃밭날, 유치배기네 산바래기네, 뭐 에, 지름재네.

(조사자 : 지름재는 뭐예요?) 지름재는 기름 있이야 호롱불이잖아. 어, 호롱, 호롱장봉이, 지름재. 호롱. (조사자 : 거기는 그믄 모양새가 그 기름재 같이?) 에, 호롱모양 그 그 지표면 보믄 거시기가 뭐 그 쌔일이라고 있어. 그 씨커먼 돌이 나와 갖고, 그 저 한때 내 동생도 그 머 석탄 판다고 등, 그 광 광산에 등산도 허고, 석, 큰 소도 그양 팔아서 없애버리고 그랬으요. (조사자 : 거기에 그믄 뭐가 이렇게 석탄 같은 게 있다고 해서 기름재인 거예요?) 에에에, 호롱불. 호롱, 호롱이 있으야 할 거 아녀, 여자가 딸리면 호롱불. 개등이라고도 허고도 그려. (조사자 : 개등은 뭘 개등이라 그래요?) 근게 그 개 등, 등을 등잔 개, 등잔, 등잔. (조사자 : 에, 등잔 종류데, 별로 안 좋은?) 아니, 그거 명당도 거가 있다 그리서 그 명당도 쓰고 그랬어. 꼭 호롱불 같이 생겼어, 형상이. (조사자 : 아, 그 지역 형상이?) 에, 산 형상이. 그리 그 쪽 넘어가 저 지 그 지름재가 있고. 지름. 호롱 있으믄 지름 있으얄 거 아녀.

7. 신평면

증편 한국구비문학대계 ● 전라북도 임실군

▌조사마을

전라북도 임실군 신평면 용암리 북창(北倉) 마을

조사일시 : 2010.7.9, 2010.7.10
조 사 자 : 권은영

용암리(龍岩里)는 석등의 남동쪽에 있는 용산 바위의 이름을 따서 붙여
진 지명이다. 용암리석등으로 불리는 진구사지(珍丘寺址) 석등으로 유명
하다. 이 석등은 1963년에 보물 제 267호로 지정되었으며, 9세기 통일신
라시대의 것으로 알려져 있다. 석등의 소재지는 신평면 용암리 189번지
이다.

북창(北倉) 마을은 임실읍의 동창, 강진면의 서창과 함께 나라의 곡식을
보관하였던 임실군의 삼창(三倉) 중 하나인 북창이 이 마을에 있었다고

하여 붙여진 이름이다. 사람이 한창 많이 살 때는 50세대 정도였는데 지금은 28세대 정도가 살고 있다고 한다.

석등과 절터로 보아 이 마을에 대규모의 사찰이 있었던 것을 알 수 있다. 이런 역사적인 배경 때문에 마을 안에 교회가 자리를 잡지 못하고 생겼다가도 곧 없어졌다고 한다.

생업으로는 벼농사와 고추농사를 주로 한다. 학교는 면소재지의 신평초등학교로 다녔고, 시장은 임실장과 관촌장을 다녔다. 80년대에 신평장이 생기면서 신평장을 보기도 한다.

▎제보자

신상철, 남, 1938년생

주 소 지 : 전라북도 임실군 신평면 용암리 94-1번지 북창마을
제보일시 : 2010.7.9, 2010.7.10
조 사 자 : 권은영

신상철(申尙徹)은 이 마을에서 태어나 줄
곧 이곳에서 살았다. 본관이 평산이며, 그의
부친은 본래 신평면 금정리 금정마을에서
살다가 북창 마을로 이사를 왔다.

집안에서 유교를 신봉하여 학교 대신 서
당에 보내려 하였으나 제보자 본인이 학교
가기를 원하였다. 일제강점기에 보통학교를
다니다가 그만두고는 서당을 다녔고, 해방

이 되어서 다시 보통학교를 다니다가 한국전쟁으로 학교가 문을 닫자 그
사이 다시 서당을 다녔다. 중학교부터는 전주에서 유학을 하여 전주동중
학교와 전주영생고등학교를 졸업했다.

신상철의 집안은 자작농으로 마을에서는 부유한 축에 속했고 큰머슴과
꼴머슴을 두고 농사를 지으며 살았다고 한다. 아버지는 지관일을 하기도
하고 한약방을 하기도 하였다. 위로 4명의 형님이 어려서 죽어서, 신상철
이 큰아들처럼 자랐다.

20세에 신평면 피암리가 친정인 아내와 결혼하여 아들 둘 딸 다섯의 7
남매를 두었다. 2010년 올해 큰 아들의 나이가 쉰셋이라 하였다. 신상철
스스로가 배움에 대한 열망이 컸기 때문에 7남매 중 여섯 명을 4년제 대
학에 보내 뒷바라지를 하였다. 현재 큰 아들은 미국에 살고 있고, 둘째 아

들은 회사에서 인도 지사로 발령을 받아 온 가족이 인도에서 거주하고 있다고 하였다.

신상철은 논농사를 지으며 살았는데, 현재는 논농사에 필요한 농기계를 보유하고 있다. 23마리의 소를 키우는 등 가계가 부유한 편이다. '바르게살기' 신평면 책임자, 농촌지도자, 농협조합 이사 등을 역임하였고, 새마을운동을 할 무렵에 이장을 10여 년 하였다. 마을에 관한 설화들은 젊어서 동네 어른들에게 들었다고 한다.

제공 자료 목록

07_09_FOT_20100709_KEY_SSC_0001 용암리 석등과 절촌
07_09_FOT_20100709_KEY_SSC_0002 이여송과 관련된 신평면의 지명들
07_09_FOT_20100709_KEY_SSC_0003 절의 구유가 빠져 생겼다는 밴구수
07_09_FOT_20100709_KEY_SSC_0004 장군의 방귀 뀐 자리와 손가락 자리
07_09_FOT_20100709_KEY_SSC_0005 이성계와 웃두리
07_09_FOT_20100709_KEY_SSC_0006 진묵대사와 팔만대장경
07_09_FOT_20100709_KEY_SSC_0007 진묵대사와 물고기 중티기
07_09_FOT_20100710_KEY_SSC_0001 봉황터의 먹이 자리에 있는 죽치 마을
07_09_FOT_20100710_KEY_SSC_0002 옛 지명이 삼복골인 마전
07_09_FOT_20100710_KEY_SSC_0003 연화함로 명당을 가진 연화실
07_09_FOT_20100710_KEY_SSC_0004 학명당이 있어서 학산이었던 학암리
07_09_FOT_20100710_KEY_SSC_0005 까치동저고리의 유래와 승려 신돈
07_09_FOT_20100710_KEY_SSC_0006 풍수지리에 밝았던 신사임당
07_09_FOT_20100710_KEY_SSC_0007 정읍에서 신덕면으로 이주한 평산 신씨
07_09_FOT_20100710_KEY_SSC_0008 친정의 명당을 얻은 홍씨 여인
07_09_FOT_20100710_KEY_SSC_0009 북명당을 망가뜨려 앙갚음한 지관
07_09_FOT_20100710_KEY_SSC_0010 삼형제가 삼년 안에 죽어 발복할 명당
07_09_FOT_20100710_KEY_SSC_0011 명당 팔아먹는 아들을 둔 지관
07_09_FOT_20100710_KEY_SSC_0012 답산가를 지은 명지관 홍성문
07_09_FOT_20100710_KEY_SSC_0013 봉분이 세 개인 신숭겸의 묘
07_09_MPN_20100709_KEY_SSC_0001 절의 샘이 있었던 시암골 방죽
07_09_MPN_20100709_KEY_SSC_0002 땅보스님과 호랑이
07_09_MPN_20100709_KEY_SSC_0003 일제강점기에 잘린 당산나무

07_09_MPN_20100710_KEY_SSC_0001 명당 얻으려다가 사기 당한 사람
07_09_MPN_20100710_KEY_SSC_0002 주정 속에 묘를 쓴 평산 신씨
07_09_ETC_20100709_KEY_SSC_0001 북창마을 터를 있게 한 용산바위
07_09_ETC_20100710_KEY_SSC_0001 진안놈 임실사람 남원양반

용암리 석등과 절촌

자료코드 : 07_09_FOT_20100709_KEY_SSC_0001

조사장소 : 전라북도 임실군 신평면 용암리 94-1번지 북창마을 제보자 자택

조사일시 : 2010.7.9

조 사 자 : 권은영

제 보 자 : 신상철, 남, 73세

구연상황 : 운암면 학암리의 손완주 씨가 제보자를 소개해주었다. 전화 연락을 한 후 제
보자의 자택을 방문하였다. 마을에 대한 정보를 듣다가 보물 제267호로 지정
되어 있는 용암리 석등과 관련된 일화가 있느냐고 묻자 석등이 있던 절에 대
한 이야기를 구연하였다.

줄 거 리 : 불교가 왕성하던 시절에 용암리는 민가가 하나도 없는 절촌이었는데 절의 위
세가 대단하였다. 지금은 시암골 방죽이 된 곳에 절의 샘이 있었는데 그 물을
마시면 힘이 세어진다는 장군수가 나왔다. 용암리 석등은 불을 켜놓으면 도술
의 힘으로 한양에 있는 궁궐에까지 불빛이 비쳤다고 한다. 일제강점기에 일본
인들이 석등의 윗부분을 떼어 갔는데, 아랫부분마저 부수려다가 뇌성벽력이
치는 바람에 부수지 않았다고 한다.

게 절에 대한 일화는 여그가, 그 한참 전성기에는 민가는 하나도 없었
고 절촌이 있었어. 그냥, 절 에에, 절촌이었었는데, 그 시방 저 우에 시방
은 저수지가 되았는디, 파내서 물을 담아서, 그그가 절 샘이 있었어요, 절
샘이 있었는디, 이 전설로는 그 샘물을 먹으면 이 장군수라고 히가지고,
그 전설에 나오는 얘기지만은 사람이 기양 이 역사가 되아. 힘이 세서.
(조사자 : 아, 힘이 세지는 물?) 에에. 그런 시앰이 있어가지고 뭐 말허자
면 중들이 그양 그 시암을 먹으니까 죄다 힘이 세가지고 그 한참 그 불교
가 왕성혈 적에 이 젊은 여자도 못 지내가고, 가마발도 이리 못 지내가고
고렀디야, 동네 앞으로. [웃음] 그 절에서 힘센 사람들이 와서 그양. (조사

자 : 떼, 뎃고 갈까 봐요?) 에에. 아, 데 막 갖다 그 농락을 히버리니까. 그
렸다는 그런 전설이 있고.

그 하여간 여가 뭐, 그러고 그 시방 석등 거그가 다 있을 적에 그 우에
는 인제 뭐 금으로 되아 있었는지 뭣이 돼 있었는지 모르지만, 거가 시방
등이니까 불을 키게 되아 있거든요? 원래는 그가 저 유리가 다 이렇게 뺑
돌아감선 백히게 되아 있어요. (조사자 : 아, 등에요? 유리를 끼울 수 있게
돼 있어요?) 끼울 수 있게 되았는디, 깨진 걸 중간에 한번 또 싹 그 여,
여그서 다시 끼었었는디, 그것도 다 깨져버리고 지금은 없어져버렸지. 인
제, 관리가 긍게 시원찮허다는 얘기지. 그리가지고 거그다 불을 켜놓으먼은
게 그게 인제 그 무신, 뭐야 저 도술의 힘으로, 궁궐에까지 그 불이 비쳤
다고. (조사자 : 한양에 있는 궁에까지?) 에에. 그런 전설이 있어요. (조사
자 : 신통력이 있고만요?) 에에. [웃음] 그렸다고 그래. (조사자 : 아, 그 석
등이 대단한 석등이었네요.) 예에.

그러고 거 우에 띠어가고, 저 왜놈들이. 띠어가지고 인제 그 밑에도 뭣
이 있는가. 밑에도 지금 이렇게 그것이 연꽃 연잎이든가. 이렇게 우에는
살아있는디, 밑에 돌아감성도 그것이 있으야 맞거든? 이 왜놈들이 그글
께서 그 속으 혹시 뭣 들었는가가 깨니까, 멀쩡헌 낮에, 낮 날에 저 뇌성
병력을 허고, 번개가 치고 막 허니까, 그걸 뿌술라다가 못 뿟고. (조사
자 : 못 부수고.) 아, 말았다고. 그 삐쭉삐쭉 헌 것만 그양 돌아감선 다 뿌
서버렸지. 그런 얘기도 있고 그래요. (조사자 : 얘기가 많네요. 왜, 왜정 때
그랬다고요.) 에, 왜놈들이 나와서 인제 그 우에 건 인제 보물인게 가지가
고, 뭐 여그 그그 밑에 거는 인제 어뚱게 큰 게 못 가져간게 어뚱게 띠어
서 속으라도 볼라고 힜는가 인제 그러고.

(조사자 : 그믄 아까 그 장군수가 나온다는 그 저, 저수지가 이름이 뭐,
그 지금은 저수지가 돼 버렸고만요?) 예에. (조사자 : 그 저수지가 이름이
무슨 저수지예요?) 아 저 시암골, 방죽이라고 그려 그양. 시암골 방죽. (조

사자 : 아, 시암골 방죽?) 예에.

이여송과 관련된 신평면의 지명들

자료코드 : 07_09_FOT_20100709_KEY_SSC_0002
조사장소 : 전라북도 임실군 신평면 용암리 94-1번지 북창마을 제보자 자택
조사일시 : 2010.7.9
조 사 자 : 권은영
제 보 자 : 신상철, 남, 73세
구연상황 : '북창 마을 터를 있게 한 용산바위' 이야기에 이어 바로 다음을 구연하였다.
줄 거 리 : 임진왜란 때 원병을 끌고 온 이여송이 조선의 산세를 보고는 훌륭한 인물이
         많이 나올 것을 알았다. 이여송이 지도를 펴놓고 산의 중요한 곳에 붓으로 점
         을 찍었더니, 그의 도술 때문에 점 찍혀진 산의 부분이 끊어졌다. 용암리의
         벤목도 이여송이 붓으로 벤 자리이다. 벤목이 잘리자 검은 암소가 나타나 북
         을 쳤는데, 그곳이 지금의 북창마을이다. 검은 암소는 피를 흘리며 재를 넘어
         갔는데, 그곳이 피암 마을이고 피를 흘리고 가던 검은 암소가 사라진 곳은 거
         먹골이라고 불렸다.

그리서 용암리가 되어 있지 않냐, 그런 생, 생각이 들고. 또 북창이란
건, 에 인제 그 저 그전 조선시대에 그 창자 붙은 지가 그, 전략지로 창고
가 있었다는 얘기가 있어요. 그서 여그도, 북쪽으 창고가 있었기 땜에 북
창이 되았다. 이것이 아마 저그 저 남창도 있고, 저 서창도 있고 사방으
창이 있거든. (조사자 : 아 그니까 세금으로 걷는 쌀 모은?) 에에, 그렇지.
인제 그것이 역사적으로 맞는 얘기 같고, 전설로는 이 저 요 앞으 시
방 산이 동네 앞으로 이렇게 있는디, 저그 가서 벤뫽이라고 끊어진 디가
있어요. 산이 이렇게 저그서 쭉 허니 나오다가 여그가 끊어져가지고 원래
는 저 개울물이 요 시방 이 점방 앞으로 이렇게 나와야한디, 중간을 끊어
버린게 시방 물이 그리 빠져버리지. 근게 이 절터가 그리서 망했다는 것
이여. (조사자 : 벤목이 뭐예요?) 끊었다 해서 벤목. 벤. (조사자 : 베어버려

서요?) 에, 베었다고. (조사자 : 누가 베었대요?) 그게 이여송이가 비었다고
그려 말은.

이여송이가 그 저 한국 그 구 왜정 때 인제 한국전쟁 나와서 싸워달라
고 헌게, 싸우든 안허고, 뭐 허고 있인게 그 우암 송시열인가 그 선생님이
가서 그양 혼을 냈다 그러거든, 근게. (조사자 : 이여송을?) 이여송을. 근
게. (조사자 : 그니까 옛날 임진왜란 때 말이지요?) 에, 임진왜란 때. (조사
자 : 구 왜정 때.) 그런게 말은 뭐 인제 그것도 전설이지만 그어 가서 호령
을 헌디 걍 눈에서 불덩이가 걍 툭툭 떨어지면서 호령을 허니까 걍, 곰짝
못허고 당허고는, 어 뜨거라 이놈이 허고는 산세를 둘러보니까, 이 쪼그
만한 나라서 저런 인물이 어이가 있는가 하고 보니까 산이 좋은 산이 많
은게, 그런 인물이 나온다 하고, 그 도술로 그 사람도 뭐 돌아다님선 뭘로
끊은 것이 아니라, 지도 놓고 이렇게 붓으로 꼭꼭 찍어가지고 끊었다고
그려. 에. (조사자 : 붓으로 이렇게 그 지도에다가? 표시를 하니까?) 그 끊
어졌단 얘기여. 그서 여그서 벤목도 그것이 있고.

저 운암에 가면 또 저 불가미, 불개묵이라고 한 디가 있어 또, 불개묵.
(조사자 : 불개묵.) 에. 아이 저 노루목이구나 여 운암은, 그리고 불개묵은
저그 저 구이 가면 불개묵이란 디가 있어. 거그도 이렇게 산 능선을 끊은
디. 그게 그때 다 지도에서 끊은 목이라고 그러거든. (조사자 : 이여송이
이렇게 붓으로 표시해갖고?) 에.

그러니까 여그 이제 그렇게 터가 좋아서 절이 왕성혔었고 혔는디, 거그
를 끊으니까 거멍 암소가 인제 나와서, 여이 동네서는 뭐 북을 치고, 또
저그 저그는 피암리라고 그러거든요, 피암리. 거그 가서 피를 흘리고 피
암이 재를 넘어서 저 거먹굴 가서, 거 암소가 인제 거 없어졌다고 거멍
암소가. 인제 그런 전설이 있거든. 그건 전설이고, 그 역사적으로 그 타당
성이 있는 건 아까 그 창고가 있어서 북창이지 않냐, 인제 그렇게. (조사
자 : 아, 그면은 그 검은 암소하고 북창하고 상관이 있는 거예요?) 그러지

요. 여그서 나가서 거그 가서 피앰재를 넘어서 인제 피를 흘리고, 피앰리 가서 피를 흘리고 피앰재를 넘어서 저 고리 가서 그 거먹골이란 디가 있어요. 인제 거그 가서 없어져서 거그는 뭐 거멍 암소가 없어졌사서 거먹골이 되얐다고 인제 그릏게 전설로 그런. [웃음] (조사자 : 아, 여긴 검은 암소가 나와서 북창이에요?) 에. 아, 여그 북, 북창이 여그서 북을 치고 갔디야. (조사자 : 북을 치고 갔다고, 검은 암소가, 그래서 북창이라고. 재밌네요, 어르신.)

절의 구유가 빠져 생겼다는 밴구수

자료코드 : 07_09_FOT_20100709_KEY_SSC_0003
조사장소 : 전라북도 임실군 신평면 용암리 94-1번지 북창마을 제보자 자택
조사일시 : 2010.7.9
조 사 자 : 권은영
제 보 자 : 신상철, 남, 73세
구연상황 : 앞의 '이여송과 관련된 신평면의 지명들' 이야기 후 제보자의 신상 정보에 대한 얘기를 들었다. 그리고 나서 제보자는 미리 생각하고 있었던 듯이 다음을 구연하였다.
줄 거 리 : 마을 앞 냇가에 밴구수라는 소가 있는데 원래는 비어있는 구유라는 뜻의 빈구수란 말이다. 구유가 물에 빠져 소가 되었다고 하여 그렇게 불렸다. 그 구유는 용암리 석등이 있는 절에서 사용하던 것으로 절이 망하면서 물에 빠지게 되었다.

그리고 인제 그런 얘기 했는가 모르지만 여그 가면 여, 기양 부르기는 밴구수 밴구수 그러거든? (조사자 : 밴구수?) 예. 여그 여 냇가에가, 이 저 쏘를 밴구수라고 헌디, 빈구수, 원래는 빈구수댜, 그게. 왜냐면 절, 왜 그 때 전성기, 그 여러 스님들이 같이 먹을 수 있는 그 절에 가면 큰 구수같은 거 있잖아, 구수(구유), 나무로 파 논. (조사자 : 그릇같이 생긴, 이릏게

함박같이 생긴 거요?) 에, 큰 거. 그 구수가, 아주 큰 구수가 있었는디, 그 인제 절이 망하먼선 거그 가 빠져서 그릏게 빈구수라고 헌다고. (조사자 : 구수가 거기에 빠져가지고.) 에. [웃음] (조사자 : 그믄 이렇게 물이 고여 있나요?) 아 지금 인제 냇물이 내려간디, 깊으지 상댕이. 뭐 한 길도 넘고. (조사자 : 쏘같이 생겼어요?) 응. 쏘지, 쏘여. (조사자 : 어, 그서 빈구수라고 하는고만요.) 에.

장군의 방귀 뀐 자리와 손가락 자리

자료코드 : 07_09_FOT_20100709_KEY_SSC_0004
조사장소 : 전라북도 임실군 신평면 용암리 94-1번지 북창마을 제보자 자택
조사일시 : 2010.7.9
조 사 자 : 권은영
제 보 자 : 신상철, 남, 73세
구연상황 : 앞의 '절의 구유가 빠져 생겼다는 밴구수' 이야기에 이어 바로 다음을 구연하였다.
줄 거 리 : 관촌에서 운암면 학암리로 해서 임실로 가는 도로가 예전에는 사람 한 명이 간신히 다닐 정도로 좁은 길이었다. 그 길에 바위 벽이 많았는데, 어느 한 곳에 벽이 움푹 파인 곳이 있었다. 그 자리는 힘이 센 장군이 방귀를 뀌어서 그렇게 패였다는 것이다. 그 아래쪽으로 가면 바위벽에 구멍 다섯 개가 파여 있는데 그것은 장군의 손가락 자리라고 하였다. 지금은 도로가 새로 포장이 되느라 모두 없어져 버렸다.

그러고 시방 저그 길 낸다고 거그 부숴서 그렇지 그전이는 그 체기에 가서, 이릏게 또 움쑥허니 이릏게 걍 벼랑박 같은 데가 패인 디가 있어. 그때 말허자면 여그 전성기 그, 그때 힘센 사람 여 누가 방구를 뀌어 가지고 그릏게 바우가 폭 패있다고. [웃음] 그러기도 허고 또, 그 아래 가먼 이릏게 구녁이 손그락 딱 이릏게 다섯 개짜리맨이로 구녁이 이릏게 요만치씩 짚이 들어갖고 바위에가 있었어. 근디 그런 것도 있었는디 지금 질

냄선 기양 다 털어버리갖고는 지금. (조사자 : 그 이게 이렇게 구멍이 이렇게 그건 뭐라고 그래요?) 에. 아 근게 손구락 자리라고, 그 장군의 손구락 자리라고 그렀어요. (조사자 : 아, 힘쎈 사람 손가락 자리라고? [웃음] (조사자 : 그면 이렇게 벼, 벼랑박에 이렇게, 푹 파인 거예요?) 예에. (조사자 : 방귀 뀌어갖고 그렇다고요.) [웃음] 그런 전설도 있고 여가 그런. (조사자 : 그 속에 들어가면 또 손가락자리도 있고?) 에, 그 옆으 가면 있었는디 다 없어졌단게 지금. (조사자 : 없어졌어요.) 깨져, 깨서. 길 냄선 다.

(조사자 : 길 내면서. 무슨 길이 난 거죠, 그믄 그게?) 아, 여그서 지금 저 관촌서 지금 학암리로 히서 저 임실로 돌아가도록 돼 있는 그 버스길 있잖아. 그 전에는 사람도 포도시 댕깄어. 그. 빈구수라고 그 거가 이렇게 체기허고 기양 밑에 바우가 막 많이가지고 사람 하나 지내대닐만 허니 이렇기 짤룩히져갖고 고리 사람이 넘, 넘어 댕깄었거든. (조사자 : 간신히 다녀, 사람 하나 다녔고만요?) 에에. 지게 지고 짐 지고 대니면, 양쪽으가 그 지게, 발이 걸, 걸릴 정도로 그렇게 좁은 자리가 있었어요. (조사자 : 그렇게 좁았어요. 에.) 그게 문턱바위라고 거그를 그렀는디, [웃음] 그렇게 대니다가 지금, 그렇게 길을 내버려서 지금, 인제 그런 건 옛날에 다 없어져버렸어. (조사자 : 그런 얘기가 싹 사라졌네요.) 에.

(조사자 : 그면 그 체기라고 하는 게 뭔 말이에요, 어르신? 책?) 아 저 바우 산. 바위 산. (조사자 : 바우 산을 체기라고 그래요?) 에, 체기살이라고 높은 바우 이렇게. (조사자 : 체기살이.) 예예. (조사자 : 이렇게 이렇게, 이렇게 절벽처럼.) 예에, 절벽. 으, 절벽. (조사자 : 푹 깔아진, 아, 그걸 체기살이라고 하는 고만요.) 에.

이성계와 웃두리

자료코드 : 07_09_FOT_20100709_KEY_SSC_0005
조사장소 : 전라북도 임실군 신평면 용암리 94-1번지 북창마을 제보자 자택
조사일시 : 2010.7.9
조 사 자 : 권은영
제 보 자 : 신상철, 남, 73세

구연상황 : 앞의 '일제강점기에 잘린 당산나무' 이야기를 듣고 조사자가 이런 저런 설화
의 예를 들었더니 제보자는 다음을 구연하였다.

줄 거 리 : 한 여인이 하반신이 없는 아이를 낳았는데, 윗도리만 있다고 하여 아이를 웃
두리라고 불렀다. 태어난 지 얼마 되지 않아 웃두리는 나중에 찾아오겠다고
기약하며 어머니의 곁을 떠나게 되었다. 아무에게도 자신에 대한 얘기를 하지
말라고 어머니에게 당부를 한 웃두리는 상반신만 있는 몸이 공중을 날아 어
느 절벽에 붙더니 그만 사라져 버렸다. 그때 새 왕조를 세울 뜻을 품고 있었
던 이성계는 웃두리를 조심해야 한다는 말을 듣고는 웃두리를 수소문하였다.
어느 마을에서 여인들이 웃두리 어머니를 부르는 소리를 듣고는 혼자 사는
웃두리 어머니에게 접근하여 함께 살게 되었다. 자기 아내가 된 웃두리 어머
니에게 웃두리에 대해 캐물은 이성계는 웃두리가 사라졌다는 절벽을 찾아가
칼로 바위를 내리쳤다. 칼을 맞은 절벽에서 웃두리가 나왔는데 어깨에는 날개
쭉지가 생겼고 다리도 자라 나오고 있는 중이었다. 웃두리는 이성계의 칼에
죽었고, 이성계는 적이 없이 왕이 될 수가 있었다.

이성계가 인제 그 울뚜리를 죽였기 땜이 왕노릇을 혔다고 그려. 왜, 왜
그런고니 이제 그 그 어데라고 헌 것은 확실히 잘 모르겄고, 좌우간 동네
에서 인제 그 아이를 낳는디, 다리는 없고 웃두리만 있어. 근디 거창히 잘
생겼단 말여, 애기가. (조사자 : 다리가 없는디도요?) 에. 그리갖고 인제 걍
어뚫게 이름을 못 짓고 울뚜리라고 인제 히가지고 있는디, 기양 얼마 안
되아서 저는 저대로 가서 인제 나중으 부모를 찾아 온다고. (조사자 : 애
기가?) 애기가. 그러고는 그 어디라고 힜는디, 내가 잊어버렸어 그. 이룽
게 기양 다리 없는 사램이 기양 공중으 붕 떠서 날아서 그 체기가 딱 붙
어더니 사람이 안, 안 보이단 얘기여. 체기가.

근디 인제 그 이성계가 돌아대니다 아까 그 이애기를 들었단 얘기여. 울뚜리를 조안, 저 조심히야 한다. (조사자 : 아, 그 소리를 들었대요, 울뚜리를 조심하라고?) 어. 그러든 근게, 이게 뭔 소린가 하고 좌우간 저 뭐 저기 있는 개비다, 하고는 [선풍기 조작 중] 그리가지고는 인제 그 무신 소린고 헌게, 어, 어느 동에서 말허자면 그 울뚜리가 나왔다. 그르믄 그 애기가 떠남선 절대 내 얘기를 아무한테도 허지 말고, 어디로 갔단 얘기도 말라고. 그릏게 고롷게 저 가버렸는디, 저그 엄마만 알지, 말허자면 저그 엄마만. 그런디 그 소리를 듣고 시방 괴이허이 생각헌디, 여 어디 동네 앞으를 지난게,

"울뚤네 어마니."

허고 여자들이 인자 밭매다가 소리를 허드란 얘기여. 이성계가 지나온디, '아, 여기가 웃두리가 있는개비다.' 하고는 그 내력을 물어본 게, 아 아줌마가 애기를 낳는디, 웃두리만 나가지고 없어져 뻐렸는디 시방 그리서 울뚤네 어머니라고 그런다고.

근게 조심허라고 헌게 좌우간 그 뭐 문제가 있다 허고는, 그 홀로 사는 인제 과부니까 그놈을 꼬셨어 말허자면. 요새로 얘기해. (조사자 : 아, 이성계가요?) 이성계가. 그리갖고 인제 지가 인제 마느래를 데릿고 산다고 험서, 어뚷게 됐냐 허고 인자 그 내력을 캔 것여. 근게 처음으는 안 알쳐줄라다가 인제 내우간이 된디 그것이 인제 안 알쳐 줄 수가 있간디. 그런게로 이러고 저러고 이러고 허고 당최 그런 소리 말라고 힜는디, [웃음] 한다고 함선, 저그 어드 그 체기에 가서 그양 뚝 날라가더니 붙어버리더니 안 뵈이더라고. (조사자 : 체기가, 아까 그 절벽 같은데 말이죠?) 에, 에, 절벽.

그러냐고, 그에, 근게 전설은 전설이지. 이, 이성계도 칼로 뭐 산도 끊고, 바위도 째개고, 힜, 힜다 소리가 있은게, 그러게 인제 확실히 듣고 어디가 붙었냐고 헌 게, 저 산에가 그 바위가 붙었다고 헌 게, 이성계가 인

제 칼로 가서 그 바위를 내친게로, 그 속으서 나왔어. (조사자 : 어, 웃두리가?) 하, 울뚜리가. 나왔는디 이 어께 밑에 쭉지가 있고 사램이, 다리도 없던 넘이 거 자 다 질어 섰단 얘기여. (조사자 : 아, 생겨 났고만요?) 어. 그서 다리만 다 질었으면 날라댕김선 뭐 세상에 다 인제 무서울 것이 없을 판인디, 그새 동안을 못 참아서, 그리갖고 이성계 칼에 죽었단 얘기여. (조사자 : 웃두리가.) 에, 아. 그리갖고 이성계가 왕이 적이 없이 되었다고 그런 소리가 있지, 전설로. [웃음] 그런 소리가 있어. (조사자 : 그러게요.)

진묵대사와 팔만대장경

자료코드 : 07_09_FOT_20100709_KEY_SSC_0006
조사장소 : 전라북도 임실군 신평면 용암리 94-1번지 북창마을 제보자 자택
조사일시 : 2010.7.9
조 사 자 : 권은영
제 보 자 : 신상철, 남, 73세
구연상황 : 앞의 '이성계와 웃두리' 이야기를 듣고 조사자가 다시 또 이런 저런 설화의 예를 들었더니 제보자는 다음을 구연하였다.
줄 거 리 : 진묵대사가 인도로 불경을 가지러 가는데 육로로는 가기가 어려웠다. 진묵은 술법을 써서 육체는 김제 금산사에 남겨 두고 영혼만 인도로 떠나갔다. 진묵의 영혼이 인도로 가면서 자신의 등신이 남아 있는 방을 아무에게도 열어주지 말라고 당부하였다. 그때 술법에 도통한 양반이 김제 근방에 살고 있었다. 그는 진묵의 영혼이 등신을 두고 인도로 떠난 것을 알고는 양반의 위세를 부려 진묵의 등신을 화장시키게 하였다. 진묵의 혼이 불경을 외워서 돌아와 보니 자신의 육체가 태워지고 없었다. 진묵의 혼은 글씨 잘 쓰는 중들을 모아 그들에게 불경을 불러주었고 그들을 시켜 팔만대장경을 완성하였다. 일이 다 끝나자 진묵의 혼은 술법에 능했던 양반을 찾아갔고, 양반은 즉사하고 말았다. 양반이 짓던 논은 물을 댈 수 없는 건답으로 만들어 버렸는데, 일제강점기에도 그 논에는 물을 댈 수가 없어서 논농사를 지을 수 없었다고 한다.

그라고 역사에도 그 나와 진묵이. (조사자 : 진, 진묵대사?) 대사. 그 사

램이 팔만대장경을 인도에 가서 갖다가 저 우리나라에 시방 만들었다 고
러거든. (조사자 : 진묵대사가요?) 진묵대사. 근디 진묵대사가 거 시방 한
참 절에서 인제 그 수 수련을 하고 있을 적으 세상만사를 도통히 곧 되
되야 가는디 김제 어데라 어디라고더라. 그게 에 전라도 김제 어데 거 무
신 뜰이라등만 그런 것까진 다 잊어버리고 거그 금산사에서 했는가 좌우
간 거그 어디서 있는디, 그 진묵이도 지금 한참 도통을 허는 중인디 이
민간인 하나도 그 어느 정도 뭣을 아는 사램이 있었어. 진묵이만은 못해
도 버금가는 사램이. (조사자 : 뭘 아는 사람이 있었고만요?) 에, 그 그 저
김제 어디 그 근방은 인제 부자고 건 양반이고 그 때는 말하자면 진묵이
저 그거 히올 적으는 승려들이 하대 받을 때고. (조사자 : 조선, 이조 땐가
봐요?) 에에, 아 그런디 이제 어느 정도 그것을 다 인제 알아가지고 가 인
제 팔만대장경을 게 저 시방 불교 그게 원문이거든 말하자면 그게. 팔만
대장, 그걸로 이제 찍어서 책 만드니라고.

　그것을 인도로 이제 가 배와갖고 와야 하는디, 갈라야 이 저 그 지금
같으면 비행기 타고 가고 배 타고 가고 뭘로 가드라도 기양 금방 가지마
는 그 때는 사램이 걸어서 갈라믄 언제 거그를 갈지를 몰라, 인도를. 그렁
게 도술로 그저 금산사라곤 거 같여, 금산 저 (조사자 : 김제 금산사?) 그
금산사, 거그다 인제 자기 자는 방을 아무도 못 들오게 하라고고는 거 등
신은 벗어놓고 혼만 갔어, 말하자면 진묵이가. 그러고는 스님들보고 아무
도 와서 방 열어 달라 하면 열어주지 말고 요 내가 와서 열드락까지는 손
대지 말라고. 그렇게 허고 이제 가서 거 가서 지금 그 팔만대장경을 이제
거가서 외아가지고 올 판인디, 아 이놈이 가만히 그저 양반 놈 좀 아는
놈이 생각해본 게 아 이거 중이 등신을 벗어놓고 어디로 갔거든. 그 알았
어, 그 뇜도.

　그서 인제 그 절을 찾아와가지고 거 진묵이 어디 갔냐고 이애기 좀 헐
라고 왔는디 그나곤게 아 출타하고 안 계신다고. 어디가 있을 것 같은디

험서 이놈이 찾아댕이는 거여. 이리저리 이제 방문을 열어보고 어쩌.

"왜 이 방을 이렇게 잠궈놨냐고."

"에 그 방은 시방 폐사해서 안 쓴지 오래라고."

그 시방 뭐이 말하자면 열쇠도 없어서 못 끄른다고허고. 진묵, 그 양반이 관리허던 것인디 시방 감서 거시기 히버려서 못 끌른다고. 그런 소리 말라고 어서 저 양반이 행세헐 때라 막 잡들이 험서 연장이라도 대서 문 열어 보라고. 문 열어 본 게 인제 사람이 등신이 있거든. 근게 호령을 침선 중은 죽으면 화장을 히얀디 이놈들이 중이 죽어서 방에 있는디 이렇게 놔뒀다고. 당장 갔다 화장 안 허면 막 절을 불싸대 버린다고 막 그러고 이제 헌게로 꼼짝 못 허고 인제 화장을 힜단 얘기여. [웃음]

아 그러니 이제 제 진묵이가 돌아와서 보니까 등신이 있이야 어디로 들어가지. 신은 시방 다 인제 거가 공부를 히갖고 왔는디. 그런게 그 수십 명을 좌우간 중들 중서 글씨 잘 쓰고 뭐 허는 사람을 불렀단 얘기여. 인제 팔만대장경을 맨듦서 그 쪽 다 앉히 놓고는. (조사자 : 혼이?) 혼이. 혼이 얘길 헌 거여. 불러주는 거여. 받아쓰라고. 근디 좌우간 열 명이 되았드니 백 명이 되았드니 간에 똑같은 소리를 헌 것이 아니라 각자 귀에 가서 다 다른 소리가 들려. (조사자 : 다른 소리가?) 근게 기양 그 늠이 한꺼번에 이야기를 해준 것이여, 그게 도통을 히가지고. (조사자 : 그 팔만대장경을?) 그리가지고 그 놈을 싹 히놓고 그 놈을 가지고 판자에다 붙이서 판 판 것이 팔만대장경이대야, 그것이.

근디 그리놓고 인제 나는 이제 헐 짓 다 힜인게 그저 자기 등신 태우라고 헌 놈 사는 동네, 나는 아무개 그놈 만나러 그 동네로 간다 허고는 없어져버렸어, 인제 사람 소리도 못 듣고는. 그러고 갔는디 걍 그 태운 놈은 그 자리에 저그 집에서 즉사해뻐리고 그 앞 들이 뭐 몇 백 마지기가 된대야, 논이. 이놈들 대대손손 저그 논을 못 지어먹게 건답을 맨들어 버린다고. (조사자 : 건답?) 어. 그런 데로 물을 대야 어데로 가버리고 물이 피어지들 안혀, 논이. (조사자 : 물이 대지지가 않는고만요?) 에, 물이 피어나가 들 안혀. 그리가지고 인제 그 어른들한티 들은 소린디, 왜정 때 왜놈들이 나와서 그런 소리를 듣고는 무신 신이 뭣을 어쩌고 히야고 말도 안 되는 소리 말라고 기양 요새 이렇게 경지정리 허디끼 싹 다시 만들어가지고 또 랑 다시 다 히가지고 인제 보 보도 본래 있던 놈이 있인게 잘 수리를 히 가지고는 봇물 채왔다가 물을 터서 인제 농사 질라고 대야. 하나도 물이 안 괴야. (조사지 : 허, 그 때도?) ㄱ 때도. 그서 근게 우리 어리서까지도 그렇게 히서 거그는 논을 못 지어먹고 밭으로 뱎에 못 지어먹는다고 헌 디가 있는디 그 내가 지 지명 이름을 모르겄고만. (조사자 : 거기가 김제 요?) 김제라 그려, 김제. 김제 저기 금산사에 가서 어 혹시 진묵대사 얘기 들어보면은 인제 그 스님들이 나이 먹은 사람 있으면 알랑가도 모르긴 모른디 그런 소리를 듣고.

진묵대사와 물고기 중티기

자료코드 : 07_09_FOT_20100709_KEY_SSC_0007
조사장소 : 전라북도 임실군 신평면 용암리 94-1번지 북창마을 제보자 자택
조사일시 : 2010.7.9
조 사 자 : 권은영
제 보 자 : 신상철, 남, 73세
구연상황 : 앞의 '진묵대사와 팔만대장경' 이야기에 이어서 바로 다음을 구연하였다.
줄 거 리 : 진묵대사는 술을 좋아했다. 절에서 공부를 하다가 내려다보니 천렵을 하는 사
람들이 있었다. 천렵하는 곳에 내려가 그곳에서 술을 얻어먹고 있는데 한 사
람이 와서 중이 술을 먹는다고 호통을 쳤다. 기분이 상한 진묵은 먹은 것을
다 토하겠다고 하고는 개울에 대고 토악질을 했다. 진묵이 밥알을 토해내자
밥알은 그대로 물고기로 변하여 살아 돌아다녔다. 사람들은 중이 토해낸 밥티
기라 하여 그 물고기를 중티기라고 불렀다.

그 진묵이가 한참 그 절에서 도통을 헐적으 술을 좋아했디야. (조사자 : 아, 스님인데 술을 좋아해요?) 에. 영웅호걸치고 술 안 좋아한 사램이 없어.[웃음] 인제 곡차라고 허고 인제. 에. 뭐 차로 알고 먹는다 그 말인디, 그렇게 근디 그런 일화도 있지 인제. 어디 절에서 그 공부를 시방 도통을 허다 가만히 그 아래를 내려다 본게 인제, 그 말허자면 주민들이 여름에 천렵을 허는 거여. 근게 저그 가면 술 한 잔 얻어 먹겄다. [웃음] 허고는 인제 거그 와서 지내가다 인제 거그 들린게 아 누구라도 술 한 잔 먹으라고 허지, 안, 안 먹으라 할 수 있는.

거그서 대접을 받고 일어날라고 헌게로, 아까 그 저 등신 태운 놈, 그 늠이 또 거그를 왔어, 알고. [웃음] 와가지구는,

"무신 중놈이 다 술을 먹냐."

그 말이여. 호통을 친게,

"에이, 그먼 나 먹은 거 다 토허고 간다."고

그 옆으서 천렵 헌 게 인제 개울이 있는디, 거그 가서 어물대고 막 게 웍게웍 험서 먹은 걸 다 토해낸게, 밥 먹고 뭣 헌 놈이, 밥티가 떠힐러감선 고기가 되아 가지고 그냥 떠, (조사자 : 밥알이?) 밥알이. 고기가 되아갖고 이렇게 막 이게 도술이지. 떠닐, (조사자 : 살아있는 물고기 돼갖고?) 이, 물고기가 되아갖고 떠닐러갔다고.

그것이 중티기라고 히가지고 여기서는 중티기를 안 먹었그든. 중티기라고 근디, 그것이 지금은 학명으로는 중티기가 아니라 아조 그 뭐 맑은 물에서만 사는, 그전이는 여그도 많이 있었는디, 시방 농약등 후는 그양 없어져버렸는디 종자도. 그 강원도 가면 지금도 있고. 고것 보고 뭔 고기라고 허드라 요새. (조사자 : 물고기 종류가 그런 게 있어요?) 에. 아 요새, 요새도 있단게 그게, 아주 좋은 고기라 얘기가 나온디. 미끈미끈허고 피리같이, 피리보다는 조꿈 크게 된디, 그 몸뚱이 색깔은 그게 송어, 송어 색가지 이렇게 빤작빤작 허니 조꿈 이렇게 생긴 것인디, 비늘이 있는지

없는지는 몰라도 미꼬리 맹이로 미끌어 고기가. 아 여그 저 피라미 그렇게 안 생기고. 그리갖고 여그서는 안 먹었거든. (조사자 : 그 물고기를?) 물고기를. 그서 왜 안 먹는다냐고 인제 어려서부터 인제 어른들이 중티기라고금서 안 먹은게, 왜 안 먹는다냐고 고기를 근게, 그 진묵대사가 게워서 그 밥티가, [웃음] 그 고기라 그 중티기라고 안 먹는다고. [웃음] (조사자 : 그니까 진묵대사가 게, 게워 게워 논 물고기라서 안 먹는고만요?) 에.

그렇게 힜는디 아이 군대를 기서 인제 강원도서 군대생활을 허게 되았는디, 거그 간게 인제 그 고기가 썼는디 걍 거기 사람들은 잘 먹드라고. [웃음] (조사자 : 아, 거기는 그런 얘기가 없는가 봐요?) 없은게. [웃음] 그리갖고는 인제 그놈으로 뭐 걍 어죽도 끓이서 먹고 히서, 거그 가서 그것을 먹기 시작해갖고 왔단게, 군대서. [웃음] (조사자 : 아, 그게 이름이 중트기예요?) 중티기. (조사자 : 중티기.) 밥티라서 인제 중티기.) (조사자 : 아, 밥티기라서 중티기.) [웃음] 근디 그것보고 요새 뭔 뭣이라고 헌디, 저 학명이 나와 가지고 그게 아주 맑은 물에서 나오는 좋은 고기로 지금 얘기가 나온다 고 그것이. (조사자 : 아, 그거 많이 나오는 물고기예요?) 아 근게 맑은 물 아니는 그 꼴짜그나 그렇게 맑은 물에만 살지.

봉황터의 먹이 자리에 있는 죽치 마을

자료코드 : 07_09_FOT_20100710_KEY_SSC_0001
조사장소 : 전라북도 임실군 신평면 용암리 94-1번지 북창마을 제보자 자택
조사일시 : 2010.7.10
조 사 자 : 권은영
제 보 자 : 신상철, 남, 73세
구연상황 : 2010년 7월 9일 1차 조사를 한 뒤 바로 다음날인 7월 10일 제보자를 재방문
했다. 제보자는 준비되었다는 듯 바로 다음을 구연하였다.
줄 거 리 : 죽치는 달리 대터라고도 불리는데, 마을 지명이 풍수지리설 때문에 생겼다.

봉황은 대나무 열매를 먹는 것으로 알려져 있는데, 죽치가 봉황터의 먹이 자리에 위치해 있기 때문에 이런 이름이 붙었다.

이제 타동네 얘긴디, 용암리가 부락이 두 부락이거든. 요 안에 가면 죽치란 디가 있어요. (조사자 : 죽치?) 에. 죽치라고 본래는 대테라고 그랬어 대테. (조사자 : 대테.) 기양 불른 이름으로. 근디 인제 그게 대 죽자 해서 죽친디, 거그가 그 죽치, 그 대테 이름이 어찌서 생겼냐, 허면 풍수지리설로 인해서 죽치가 되았다 그런 얘기여. 거거 뭐이냐 그 저 봉황형의 그 혈이 있디야. 거가. (조사자 : 아, 그 근처에요?) 에, 에 그리갖고 봉황은 죽실을 먹고 산다그든 그근. 에 그리서 죽치라고 이름이 지으졌다. 그렇게 얘기를 그런 얘기를 옛날부터 들었고, (조사자 : 실제로 대나무가 많던 않고요?) 아 그건 아니여. (조사자 : 그러니까 그냥 혈로 봤을 때 봉황터가 있으니, 봉황혈이 있으니까. 에. 그 자리에 인제 봉황 먹이가 있어야하는고만요.) 에. 그리서 인제 거기 죽치가 되았다 인자 그런 얘기고.

옛 지명이 삼복골인 마전

자료코드 : 07_09_FOT_20100710_KEY_SSC_0002
조사장소 : 전라북도 임실군 신평면 용암리 94-1번지 북창마을 제보자 자택
조사일시 : 2010.7.10
조 사 자 : 권은영
제 보 자 : 신상철, 남, 73세
구연상황 : 앞의 '봉황터의 먹이 자리에 있는 죽치 마을' 이야기 후에 바로 다음을 구연하였다.
줄 거 리 : 신평면 덕암리는 세 개의 마을로 되어 있는데, 마전 마을의 옛 이름은 삼복골이었고 사람들은 삼박굴이라고 불렀다. 엎드려 있는 꿩 형국인 복치 명당이 세 개가 있기 때문에 마전 마을의 옛 이름은 삼복골이었다.

또 여그 물 건네가먼네 저 건네 여그는 용암리, 덕암리 가서 세 개 부

랙이거든. 피암리, 쪼곰 가면 덕전이라고 있고, 또 마전이라고 인제 거기 올라가면 인제 세 개 부락인디. 거그는 그 마전이란 디가 근게 제일 시방 저 끄트리가 있는디, 본래는 삼박굴 삼박굴, 그릏게 불른 이름이여 그게. 삼박굴. (조사자 : 삼박굴이요?) 에. 근데 그게 양 이자 와전되어서 부르고 부른 이름이고, 삼복골이디야. 삼복골 원래는. (조사자 : 삼복골?) 에. 근디 삼복이 어찌서 삼복이냐, 그 저 복치라고 엎드려 있는 꿩이라는 뜻인디 복치가. 그 명댕이 셋이 있디야, 그 꼴짝으가.) (조사자 : 엎드려 있는 꿩 명당이 셋이나 있대요?) 에. 에. 그리 그리서 그게. 삼복치라고. 했는디 그 글로 인해서 그 삼박골이 되았다.

연화함로 명당을 가진 연화실

자료코드 : 07_09_FOT_20100710_KEY_SSC_0003
조사장소 : 전라북도 임실군 신평면 용암리 94-1번지 북창마을 제보자 자택
조사일시 : 2010.7.10
조 사 자 : 권은영
제 보 자 : 신상철, 남, 73세
구연상황 : 앞의 '옛 지명이 삼복골인 마전' 이야기 후에 바로 다음을 구연하였다.
줄 거 리 : 임실읍 현곡리에는 연화실이라는 곳이 있다. 연꽃이 이슬을 머금은 명당이라
는 연화함로 명당이 있어서 붙여진 이름이라고 한다.

여그여그 어저끄 피암이 피암재 넘어 애기했는디, 재를 넘어가면 거가 연화실이란 데가 있어요. 동네가. (조사자 : 연화실? 현곡리 가는?) 예. 현 곡리가 연화실이여. 에 거가. (조사자 : 그쪽으로 지나가다 봤어요 참.) 그 연화실은 어찌서 연화실이냐, 그거는 또 명당이 연화함로라는 명당이 있 어 거가. (조사자 : 연화함로?) 에. 그리서 연화실이다. 그렇게 이 주위에 그런 디가 있고. (조사자 : 연꽃이 이슬을 이릏게 머금은 거네요?) 에에.

학명당이 있어서 학산이었던 학암리

자료코드 : 07_09_FOT_20100710_KEY_SSC_0004
조사장소 : 전라북도 임실군 신평면 용암리 94-1번지 북창마을 제보자 자택
조사일시 : 2010.7.10
조 사 자 : 권은영
제 보 자 : 신상철, 남, 73세
구연상황 : '명당 얻으려다가 사기 당한 사람' 이야기에 이어 바로 다음을 구연하였다.
줄 거 리 : 운암면 학암리는 학 명당이 있어서 학산이라 불렸었다.

그러고 저 아까 풍수지리설 얘기할 적으 학암리 얘기 나왔는데, 학암리
도 학 명댕이 있어. (조사자 : 학 명당?) 어. 그리서 학산이라고 그냥 보통
부르는 이름이거든. (조사자 : 학산.) 음. 그런디 이제 이 지명이 여그 북창
인제 용암리로 배뀌든 식으로 히서 거그도 학암리로 된. (조사자 : 아, 북
창이 용암리로 바뀐 식으로 해서. 원래 학산이었고만요?) 학산이여 거.

까치동저고리의 유래와 승려 신돈

자료코드 : 07_09_FOT_20100710_KEY_SSC_0005
조사장소 : 전라북도 임실군 신평면 용암리 94-1번지 북창마을 제보자 자택
조사일시 : 2010.7.10
조 사 자 : 권은영
제 보 자 : 신상철, 남, 73세
구연상황 : 앞의 '학명당이 있어서 학산이었던 학암리' 이야기 후에 지관이었던 제보자의
        아버지와 그가 사용했던 패철에 대한 얘기를 한참 하였다. 그러다가 제보자가
        다음을 구연하였다.
줄 거 리 : 승려 신돈이 자기의 사주를 보니까 천 명의 자녀를 둔다고 나왔다. 어떻게
        하면 사주대로 할 수 있는가 생각하다가 자신이 거주하는 절이 아들을 갖게
        하는 데 영험하다는 소문을 냈다. 소문을 듣고 여인들이 기도를 하러 오면 법
        당에서 그녀와 관계를 맺었다. 그런 일을 몇 년 간 계속했는데 대략 천 명의
        자녀가 생겼을 거라 생각한 신돈은 자녀들을 확인하고 싶은 생각이 들었다.

그래서 자신이 거주하는 절의 영험으로 자녀를 갖게 된 사람은 아이에게 까치동저고리를 입혀서 법회에 참석해야 아이가 제 명대로 살 수 있다고 소문을 냈다. 그렇게 법회를 통해 아이들의 수를 확인해보니 천 명이 넘었다.

한 가지 얘기해주구만. 요새 시방 색동저고리라고 있잖아 우리. (조사자 : 예, 알록달록.) 에에 까치동이라고. (조사자 : 까치동.) 근디 그거 유래를 얘기헐라고 그런디, 게 저 저번에 언제 드라마에 한 번 나오더구만. 신돈이라는 중이 있어, 신돈. 거 언제 시대더라. 이 시 지금은 이거 듣고도 자꼬 잊어버린게 그. 신돈 때 그것이 나왔다 그래요. (조사자 : 까치동이요?)에. 게 신돈이 조끔 인제 일반 중보다는 뭣을 조끔 알고 히가지고, 자기 사주를 본 게, 자손이 천 명이드리야, 자기가. 근디 얼마나 마느래를 많이 얻어서 천명을 아들을 딸을 낳었어. (조사자 : 아들이요?) 에, 아 그 자손이. 근게 직접 아들딸이.

근게 신돈이 연구를 혔어. '어뚷게 허면 그 내 사주팔자대로 자손을 볼 것인가.' 히가지고 절에 있으니까 소문을 퍼트리갖고, 지금도 그러지만, 옛날에는 그 임신을 못 허먼은 아들 날라고 절에 가서 공을 많이 드렸그든. 그 무슨 절에 뭔 스님한티 오면 아들을 가질 수 있다. 게 소문을 퍼트린게 찾아 올 거 아녀. 그리가지고는 그 인제 법당을 가서 인제 그저 그 부처 앞으 가서 절을 허는 디가 있잖아. 근게 뭐 여러 사램이 보면 안 되겠지. 근게 저 어디 가 인자 혼자 절은 드릴티지만, 절을 히서 딱 이릏게 본 게 양 그저 밑이 마루판이 푹 꺼져 가지고, 밑으로 떨어지게. [웃음]

(조사자 : 그 자리를 그렇게 만들었어요?) 에, 그렇게 인제 장치를 히놓고는, 거그 와서 아들 빌러 온 사람이 인제 떨어지믄 가서 자기가 양, [웃음] 보는 거여.

그리가지고 몇 년을 허다 가만히 생각해 본 게, 이 숫자가 엔간히 찼을 것 같은게, [웃음] 요 확인할 수가 없잖아. 근게 또 소문을 퍼트리기를, 여그 와서 빌어서 자손을 얻은 사람은 이 불에서 인제 먼 저 절에서 먼

법회를 헌다고, 아무 때 여그 그 자손을 다 데리꼬 참석을 히야지 그 명이 질지, 여기 참석 안 허믄 그저 제 명대로 살들 못 헌다. 이렇게 이야기를 허고, 올 적으는, 옷을 그때 인제 까치동을 만들었단 애기여. 요렇게 만들어서 그 옷을 입고 여그를 참석히야한다. (조사자 : 아, 소매를 이렇게 알록달록 히가지고요?) 에. 그리서 대처 이제 뭐 어쨌더니 좌우간 자기 집에서는 뭐 요새도 그런 경우가 있지만, 넘을 봤드니 간에, 아들이고 딸이고 나서 좌우간 있으닌게 좋을 거 아녀. 근게 인제 시긴대로 인제 그릏게 다 입히갖고 와서 세어본 게 천명이 넘드랴. [웃음]

풍수지리에 밝았던 신사임당

자료코드 : 07_09_FOT_20100710_KEY_SSC_0006
조사장소 : 전라북도 임실군 신평면 용암리 94-1번지 북창마을 제보자 자택
조사일시 : 2010.7.10
조 사 자 : 권은영
제 보 자 : 신상철, 남, 73세
구연상황 : 앞의 '까치동저고리의 유래와 승려 신돈' 이야기 후에 조사자가 율곡 선생 관련된 일화를 예를 들었더니 제보자가 바로 다음을 구연하였다.
줄 거 리 : 신사임당이 가마를 타고 시집을 가는데 중간에 산마루에서 쉬어가게 되었다. 신사임당이 대변을 보고 싶다고 하여 가마에서 나왔는데, 사람들의 눈에 다 보이는 높은 어느 곳에 자리를 잡고 대변을 누었다. 시집을 가서 사는 중에 남편이 좋은 묏자리를 찾을 일을 걱정하자 신사임당은 자신이 봐둔 명당이 있다고 하였다. 돌아다니지도 않는 사람이 어떻게 명당을 봐두었느냐고 남편이 묻자 시집 올 때 여러 사람들이 잘 봐두도록 자기가 대변을 본 그 자리가 바로 명당이라고 말했다. 신사임당인 봐둔 명당에 묘를 쓰고는 율곡과 같은 큰 인물이 태어났다. 어려서 율곡이 외가에 가면 외할아버지가 율곡을 별로 필요 없는 사람이란 뜻으로 '경상도 방앗고'라 일컬었다. 그 말이 서운했던 율곡은 나중에 정승이 되어서도 외가 쪽 인물들에게 벼슬을 주지 않았다.

율곡 어머니가 누군지 알아요? (조사자 : 그 신, 오만 원짜리에 있는

그.) 네. 신사임당. (조사자 : 신사임당.) 게 우리 저 집안 사람이거든 그게.
(조사자 : 아, 그러겠네요) 에에 신가. 그런디 그런 얘기가 있지. 그 양
반이 저 여자지만 인제 뭣을 알았든개벼. 그서 참 시골 살, 그 인제 시집
을, 그 저 말허자면 양반 집이로 가는디, 어디 인제 고개를 넘어가는디 산
날막으 가서 인제 쉬어가자 하고 쉬었는디, 대변이 보고 싶다고. (조사
자 : 아, 색시가?) 이. 인자 신부지이, 신부가. 어이 대변 봐야한게 뭐 뭐
기미 속으선 그때는 기미 티고 디닐 땐 게 기미 속으서는 못 보고 내려와
서 인제 가서 대변을 봐야한디, 인제 대변 볼라믄 사람들이 있으니깐 좌
우간 종이고 뭐이고 있으니까 안 보이는 디 가서 대변을 봐야한디, 어디
그 산 높혀진 뛰뚱헌 디 가서 사람들 보이는 디 가서 대변을 봤다는 거
야. (조사자 : 아, 이렇게 어디 우로 오르, 이렇게 올라가 있는 데에서요?)
에. 뛰뚝허니 높은데서. 그린게 인제 그 그때는 참 이상한 여자로 이얘기
했을 거 아녀.

그서 가서 시집을 가서 인제 살면서 그 시댁, 근게 저 지, 뭐여 시댁 그
게 할아버지나 되았드니 누구 인제 그 묘를 쓸라고 헌디 그 율곡의 근게
아버지가 이제 말허자면 걱정을 헌 거여. 그 명당을 잡아. (조사자 : 좋은
자리를?) 에, 좋은 자리를 쓰야는디, 조금 그렇다고. 근게 그 신사임당이,
그릏게 걱정허실 것 없다고, 내가 한 간디 봐논 디가 있다고 근게 대니도
않은 사램이 어이서 뭣을 봐논 디가 있냐고. 근게 내가 이얘기하면 다 알
것이다고 내가 시집오면서 가마 타고 오다가 그 여러분이 잘 보라고 대변
을 본 자리가 있다. 그게 아주 명댕이다. (조사자 : 여러 사람이 보라고?)
어. 근게 그 자리 가서 찾아서 쓰먼은 참 좋다. 거그 묘를 쓰고 율곡을 낳
단 얘기여. [웃음] (조사자 : 그면 훌륭한 자손 날 자리고만요, 거기가?)
에. (조사자 : 일부러 그면 색시가 그 뭣을 알고는 그 자리 가서 대변을 봐
서, 사람들한테 기억하라고?)

그서 인제 율곡이 나서 크는디, 그 사 사임당 아버지가 인제 그 학자든

게벼 말허자먼이. 그서 가끔 인자 친정으 가면은 손자를 데리고 올 거 아녀. 손자를 데리고 와서 인제 할아버지 있는디 근게 와서 재롱도 떨고 헌디, 그 누구냐고. 인제 친구들이 와서 물으면, 뭐이 경상도 방앗고라고. 요새도 그런 소리를 허거든. 외손자를 보고 경상도 방앗고라고. 근게 필요 없는 것이라는 거지. (조사자 : 방앗고가 뭐예요?) [웃음] 방아 이렇게 찧는 거 인제 그 거그 중심 드는 것이 인제 방앗고라고 허는 거여. (조사자 : 방앗고? 방아 이렇게.) 그전이는 디딜방아로 이렇게 찧는디, 지금 방아가 아니라 인제 발로 이렇게 디뎌서 찧는디, 거 인제 가운데 이렇게 기둥 세운 것이 그 방앗고여. (조사자 : 방앗고.) [웃음] 그게 게 나하고는 관계없는 아다. [웃음] 그 뜻으로. (조사자 : 경상도 방앗고?) 어, 경상도 방앗고다. 그 나하고는 관계없다. 거 한번만 횄이야 한단 말이 가서 물으면 그러고 그러고 헌게 어, 율곡이 어리서도 인제 그걸 새겨들었단 얘기여. 그리서 율곡이 나중에 인제 정승이 되아가지고 훌륭허니 되어서도, 외갓집이는 벼실 한 장을 안 줬댜 그리서. [웃음] (조사자 : 할아버지한테 서운했고만요.) 아, 할아버지가 그리가지고 그렀던 이야기가 우리 집안에서 전해 내려와요. [웃음]

정읍에서 신덕면으로 이주한 평산 신씨

자료코드 : 07_09_FOT_20100710_KEY_SSC_0007
조사장소 : 전라북도 임실군 신평면 용암리 94-1번지 북창마을 제보자 자택
조사일시 : 2010.7.10
조 사 자 : 권은영
제 보 자 : 신상철, 남, 73세
구연상황 : 앞의 '풍수지리에 밝았던 신사임당' 이야기 후에 조사자가 율곡 선생 관련된 일화를 예를 들었더니 제보자가 바로 다음을 구연하였다.
줄 거 리 : 평산 신씨 일가는 본래 정읍에서 위세를 떨치며 살고 있었다. 임진왜란이 일

어나자 12대조 할머니가 난리를 피하려고 두 아들을 데리고 신덕면 금정리에 처음 들어와 살게 되었다. 한참 뒤에 큰아들은 수천리로 옮겨 살았고 작은아들은 금정리에 계속 살았다. 수천리에서는 이들의 자손들이 퍼져 평산 신씨 집성촌을 이루었고 조선시대에는 수천리 사람의 90프로 이상이 평산 신씨였다고 한다.

(조사자 : 그 본관이 평산이세요? 저기 수천리 갔더니 많이 계시던.) 예. 이 금정리허고 수천리허고 이렇게 지금 거그 와서 저 우리가 본래 정읍에 살았었어요. 정읍에. 윗내에서 지금 12대서부터 이 신덕으로 왔는데, 12대 우에로는 정읍에서 살았는데, 거그도 참 지 지금은 뭐 얘기도 안되서, 묘를 잘 쓰고 히가지고 그 기록에 남은 장군까지 나왔어요 거그서 정읍서, 옛날. 장수. (조사자 : 장수.) 에 그런게 그것도 뭐 역사로 나온 것은 아니지만 전해 온 얘기지만은, 전라도 말하자먼 저 감사, 도지사를 헐라먼은, 와서 그 집안 어른부터 찾아봐야, 수월허니 허고 가지 글 안 허믄은 제대로 못 허고 갔다고 인제 그렇게 권리를 부렸디야 거그서. (조사자 : 정읍에서요?) 정읍에서. 근게 이 후기 임진왜란이 아니라 저 전기 임진왜란, 그때. 그땐디 인제 그 임진왜란이 난게로, 전쟁 때는 뭐 암껏도 소용 없는 거 아녀, 근게 주위에서 핍박을 받은 사람들이 많았단 말여. 세력을 부리고 산게. 그리서 막 여그 6·25 때도 뭐 원수진 사람들 막 때려죽이고 힜거든. 그런 식으로 거그서 살 살 수가 없으니까, 할머니가 아들이 아니라 손, 저 아니 아들인가? 아들, 둘을 데리고 좌우간, 아들 둘을 데리고 피난을 왔어 정읍서. 이 신덕으로. (조사자 : 신덕으로?)

에. 그리가지고 처음 오기는 금정리로 왔는데, 금정리서 저 신덕 지금, 뭐 뭐 길이 나서 다 차 타고 대니지만 그때는 이렇게 산으로 소로길로 넘어 대녔어요. 재가 있는디 인제 거가 뭐 옛날이라 뭐 포도시 사람 대니고 인제 지금 뭐 고무딸이라고 하는디, 지금은 복분자 그것이 고무딸 나무거든. 가시가 딱 어푸러졌는디, 그 속으로 굴뚫고 대니고 인제 그렇게 히서 사는디 그게, 사람이 살기 전에 처음 와서 거그 와서 말허자면 피난처로 움막을 쳤단 얘기여. (조사자 : 금정리에 가서?) 에, 금정리에 와서. (조사자 : 아무도 안 살 적에?) 에. 그리갖고 거그서 사심서, 그 양반도 인자 할머니가 좀 다르든가, 그 길을 뚫고 인제 그 신덕 소재지를 가본게 거그보단 낮은게, 그 작은 아들은 그 금정리다 두고, 큰아들은 그 저 소재지, (조사자 : 수천리로?) 에 살게 했어요. 그서 큰집 작은집이 거기서 살게 되아가지고, 지금 숫자가, 그 신가가 퍼진 거야. (조사자 : 그 수천리에는 평산 신씨들이 거의 거의 많이 산다 그러시더라구요.) 지금은 별 것이 아니지만 옛날에는 90프로 이상이 살았어 우리. 저 이조 때만 하더라도 90프로 (조사자 : 이조 때?)

에. 근디 인제 지금은 인제 자꼬 또 이사가고, 딴 사람들이 와서 살고 헌 게 지금은 그렇게 안 되아도, 지금도 많지 숫자가 뭐 단연. 뭐 거의, 거의 한 50프로는 더 될 것이여. 그 수천리. (조사자 : 거기 면, 옛날 면에서 일하셨던 분, 신윤철 어른인가?) 에. (조사자 : 그 분을 뵀거든요.)

친정의 명당을 얻은 홍씨 여인

자료코드 : 07_09_FOT_20100710_KEY_SSC_0008
조사장소 : 전라북도 임실군 신평면 용암리 94-1번지 북창마을 제보자 자택
조사일시 : 2010.7.10
조 사 자 : 권은영
제 보 자 : 신상철, 남, 73세
구연상황 : '주정 속에 묘를 쓴 평산 신씨' 이야기 후에 묏자리에 관련된 신기한 일화들이 많다는 얘기를 하다가 제보자가 다음을 구연하였다.
줄 거 리 : 평산 신씨 집안에 시집을 온 홍씨 여인이 있었는데 친정집은 부자였고 시댁은 가난했다. 홍씨 여인의 친정아버지 묘를 이장하게 되었는데, 오라버니들이 지관을 불러 좋은 자리에 묏자리를 준비해두었다. 홍씨 여인은 미리 물병을 차고 가서 파놓은 묏자리에 물을 부었고 오라버니들을 불러 물이 흥건한 모

습을 보게 하였다. 그녀의 오라버니들은 지관에게 다시 자리를 잡게 하여 아버지의 묘를 이장하였다. 몇 년이 지나서 홍씨 여인의 시아버지가 돌아가시게 되자 그녀는 오라버니에게 자신이 물을 부었던 그 묏자리에 시아버지 묘를 쓰게 해달라고 청했다. 오라버니는 선선히 허락하여 거기에 홍씨 여인의 시아버지인 평산 신씨가 묻히게 되었다. 홍씨 며느리 덕에 명당을 얻은 평산 신씨들은 가세가 번성했고 반대로 홍씨들은 가세가 기울었다고 한다.

이 시방 정읍 가서 요리 모셔 온 윗대가 시방 또 계셔. 거 그 산이 아니라 딴 산에 가 계시는디, 거그는 인제 또 그런 얘기가 있어. 그 홍씨 산인디 그게 본래. (조사자 : 아, 주인이, 원래 산 주인이?) 에, 산 주인이. 그게 홍씨 딸이 우리 저 집안으로 시집을 왔어, 말허자면. 근디 홍씨는 부자고 우리 집언 말허자면 인제 별 재력이 없고. 근디 와서 살면서 그 친정아버지를 인제 다 그 인제 홍씨, 친정아버지를 그 산에다 인제 장례를 처음 모셨다 말고 인제, 풍수를 내리서 묏자리를 잡아가지고 장례를 그 산에서 모신다고, 헌게로 인제 딸인게 가봐야 거 아녀. 그 딸이, 인제 묘 쓴, 묘 쓴다고 헌게 가가지고, (조사자 : 친정아버지 묘를?) 친정아버지 묘 쓴다고 헌디.

근게 그 전이는 치마 입고 대니는 세상인게, 미리서 치마 속으다 물병을 하나 차고 갔어, 그 딸이. 그리가지고 인제 그 시간을 지달리라면 멫, 이렇게 저 널 들어갈 자리를 이렇게 파 놓고, 그저 그 전에 배석이라고 히서 자리로 딱 덮어놓그든. (조사자 : 아, 배석.) 에. 덮어놓고, 시간을 기달른 거여. 그서 인제. (조사자 : 좋은, 이렇게 매장하기 좋은 시간? 그것도 이렇게 뭐 봐가지고 하는 거예요?) 그렇지. 암면, 그거 인제 문서에 나온 것인게. 그 시간 기다리라고 인제 그릏게 하고 있는디, 가가지고 어디냐고 근게,

"저그 지금 저렇게 다 준비 히놨다."고

"나도 좀 가서 얼매나 좋은 자린가 좀 봐야겠다."고.

(조사자 : 딸이?) 딸이 가서 자리를 열고는 치마 속의 물병을 널 들어갈 디 파 논 디다 우에다 가서 물을 그양 비워 버렸어. 물을, 붓어, 붓어 버렸어. [웃음] (조사자 : 그먼 어뜧게 해요?) 아 근게 물이 흥건헐 거 아녀. 못자리가. 그리 놓고는 인제 자기 그 오라버니들을 막 소리쳐서 부름선,

"이리 와보라고, 이런 디다 어뜧게 아버님을 모신다고 허냐."고. [웃음]

(조사자 : 물이 나오면 안 좋은 자리고만요?) 아, 아 근게 파서 물 나오먼 그건 뭐. 그때 물이 안 나오더라도 나중으로도 물이 나올 수가 있는 것인디, 당장 물이 나왔다고 보면은 누가 그 헐라고 헐 사램이 없지. (조사자 : 물 나온 자리가 안 좋고만요.)

"그이 이거 보라고, 이뤃게 우에서 물이 나와서 흥건헌디, 이런 디다 아버님을 어뜧게 모실라 그러냐고. 나 반대한다."고 말이여.

그런게 대처 남자 형제간이 널이 생각할 적으도 봄에 물이 흥건헌디 거그다 그냥 헐 수가 없으니까,

"풍수보고 여그 어뜧게 된 거냐."고

"그럴 리가 없는디, 물 나올 일이 없는디."

풍수가 인자. 그면 좌우간, 어쨌든 인제 이뤃게 생기서 안 헌다고 히면, 딴 디로 히야지 하고 인제 딴 디를 잡아서 인제 묘를 썼단 얘기여. 그 자리가 아니고 딴 디로 옮기갖고. 거그는 인자 메워 버리고. 인제 몇 넌이 지내서 말허자면 자기 시아바지가 돌아가셨어. 홍씨. [웃음] 우리 집안으로 온. 이게 그 선산도 없고 인제 그 재력이 없이 인제 그뤘든가, 그 친정 오라버니한티 사정을 힜어.

"그이 시아버지가 돌아가셨는디, 마땡히 이뤃게 선산도 없고 근디, 각 옮길 디가 없고 허니 어뜧게 오라버니가 좀 한 자리 좀 빌려주야겄다."고 아 형지간인게 딱헌 소리를 헌게 그럴 거 아녀. 근게,

"거 어따 하고 싶냐."고

"기양 뭐 풍수 델 수도 없고 헌게 옛날 아버지 쓸라다가 거 물 난 자

리, [웃음] 거그다 기양 히보먼 어쩌까 헌디, 거 오라버니 좀 그것 쫌 어 뚱게 양해해달라고." 헌게,

"그럴티먼 그리라." 허고는, [웃음]

(조사자 : 그 자리에?) 에, 그 자리를 갖다 썼단 얘기여. 그리가지고 우리 집안은 번성허고, 그 쪽으는. [웃음] (조사자 : 그 쪽으는 쪼그라 들고?) 어, 쪼그라 들고. 그서 지금도 산이 그 능선이 이룽게 두 개가 있는디, 그 짝으는 걍 홍산으로 있고, 이 짝으는 인제 게 뭐 홍산이 크지 근게, 본래는 그 사람들 것인게 다. 이 짝으는 자그만한 인제 이 능선 하나만 떼줘서, [웃음] 그, 그 그렇게 시방 그 시향 모시고 대니고. (조사자 : 지금도 그러고 있어요?) 에. [웃음] (조사자 : 그럴 수도 있네요?) 아, 근게 옛날에 그 딸은 뭐 도둑놈이고, 시집 가면 소용없다고 헌 얘기가 그서 나온 것이여. (조사자 : 아, 그렇게.) 지 자손 잘되게 헐라고 헌다고.

북명당을 망가뜨려 앙갚음한 지관

자료코드 : 07_09_FOT_20100710_KEY_SSC_0009
조사장소 : 전라북도 임실군 신평면 용암리 94-1번지 북창마을 제보자 자택
조사일시 : 2010.7.10
조 사 자 : 권은영
제 보 자 : 신상철, 남, 73세
구연상황 : 앞의 '친정의 명당을 얻은 홍씨 여인' 이야기 후에 주인의 명당을 차지한 머슴에 관한 얘기를 꺼내자 제보자가 다음을 구연하였다.
줄 거 리 : 어느 집안에서 묏자리를 잡기 위해 지관을 불러 대접하였다. 괴팍했던 지관은 주인집 아내의 무릎을 베는 등 망측한 짓을 일삼았는데 주인은 명당을 얻기 위해서 이를 묵과했다. 하지만 이 집 머슴은 지관의 행실을 괘씸하게 여겨 지관을 혼내려고 벼르고 있었다. 묘 쓸 자리를 잡고 시간까지 다 정해지자 머슴은 지관을 데려다가 두들겨 팼고, 지관은 앙심을 품고 달아났다. 일 년 쯤 지난 뒤에 지관은 그 마을로 찾아와 옆에 있는 산 때문에 그 명당이 제 구실

을 못 하니까 명당과 옆 산 사이에 담을 쌓아주면 발복할 수 있을 것이라고 소문을 냈다. 하지만 실은 그곳이 북 명당이고 그 옆 산은 북채 노릇을 하는 것이기 때문에 담을 쌓게 되면 명당이 망가지는 것이었다. 명당 주인은 그 소문대로 북과 북채 사이에 담을 쌓았고 명당이 망가지면서 집안이 망해 버렸다.

전주 가는 길가엔디, 거가 북골이란 디가 있어요. 저짝으 우측으로. (조사자 : 북골요?) 북골 그, 골짝 이름이 인제 북 명당이랴 그게. 거가 북명댕인디. (조사자 : 북이 뭐를 북?) 아 치는 북. (조사자 : 아, 둥둥 치는 북이요?) 치는 명당 인제 그 북명댕인디 거그도 인제 돈냥이나 있어갖고, 풍수를 오래 인자 히가지고 못 명당 쓸라고 공력을 들이갖고 이제 그 묏자리 잡아놨는디. 거 풍수란 놈이 괴팍시러 가지고 그 주인 마누라한티 와서 걍 그 물팍도 비지, 벨 짓을 다 히여, 말하자면. 근디 묏자리 얻을라고 그저 주인남자는 그걸 다 봐준 거여, 말하자면. (조사자 : 그 꼴을요?) 어. 머리도 깜기 돌라고 빗어달라고 벨 짓 다 헌디 그걸 다 봐서 헌디. 걍 주인은 인제 그걸 머 선영 생각히서 명당 얻을라고 걍 그 다 전디고 있는디. 머심 사는 넘이 걍 미워죽겄어, 그 넘이, 풍수가. (조사자 : 하는 짓이?) 거 때려죽이고 싶단 말이야. [웃음] 그리서 이제 걍 저 놈을 언제든지 내가 가만두들 안헐 것이다. 머심이, 넘이 제. 이를 갈고 있는디.

그렇게 히갖고 어떻게 히서 제 그 묏자리를 잡아가지고 제 멫 월 멫 일에 묏을 쓰게 히서, 제 날까지 다 받아놓고 그날 묘를 이제 쓰러 갈라고 허는 판인디. 인제는 지가 딴소리 못 헐 테지 허고, 걍 그 주인 그 저 여자하고 또 있는디, 걍 머심이 들어가서 걍 뚜드러 패버렸어. [웃음] (조사자 : 지관을?) 지관을. 근게 저 이러고저러고 히서 내일 멫 시에 헌다고 다 뭐 묘 쓸 거도 히놨인게 그거 인제 그대로 쓰 쓰기는. 에, 쓰믄 이제 될 것이다, 너는 인제 다 끝났다 하고는 가 뚜드러 패삐렸단 말이여.

근게 인제 이 넘이 맞고는 달아났단 말이여. 풍수가. 그래갖고 메 명당은 말하자면 큰 명댕인디 그 허란디로 히서 묘는 제대로 썼는디. 풍수가 지가 그렇게 당히서 이놈을 어떻게든이 저것을 해코지를 히야겠는디, 어떻게 허고 이 뇜이 히가지고는. 북은 북채가 있이야 처서, (조사자 : 소리가 나죠) 소리가 나야 거 제 구실을 허는 거 아니어. 근데 거그 가 이얘기를 들어보면 그 산이 북채맹이로 이렇게 뚱그름허니 나와서 끄트리가 가서 이렇게 있는 산이 있어. 그 끄트리. (조사자 : 그 옆에요?) 그 옆에.

근디 인제 한 일이 년 지낸 뒤에 그때는 안 그러고 참 누가 명당은 좋은 디 썼다마는, 저 저짝으 저것이 보여서 저거 틀렸다. 풍수가 그렇게 이제 지 지내가는 일 이애기처럼. (조사자 : 얘기를 흘렸고만요?) 어, 흘렸어. (조사자 : 저것 땜에 못 쓰겠다고?) 어, 근게 왜 그러냐고? 아 저것이 안 보이면은 이게 참 좋은 혈인디 저것이 비어서(보여서) 저거 얼매 못 가겠다고 말이여. 그면 어떻게 허 좋은 명당을 그냥 그렇게 버릴 순 없잖냐게, 저것이 안 비게 성을 싸서 담을 싸서 가리주먼은 그것을 면헐 수가 있는디, 그렇게 말 듣고 헐라냐 근게, 그 소리가 전해 들어가고 에, 그 진짠지 알고. (조사자 : 소문을 내버렸고만요?) 아아 그 쥐, 묘 쓰는 주인은 거그다 그 싼 담이라고 히가지고 중간에까지 요새도 있는가 모르지만 우리 저 젊어서도 감선 그런 이얘기 들리는 것 보면은 가리게 쌓아논 것이 있었어, 이렇게 돌로. (조사자 : 이 이게 벽에 벽 벽 담장처럼요?) 에 다 담장처럼 돌로. 그리가지고 양 그 집이 폭삭 망혔다고.

게 옛날에는 걍 풍수들이 뭐 잘못 히갖고 잘 되고 못 된 것이 양 쌔버렸었어. 그리 갖고는 그런 소리를 들은게 더 명당을 쓸라고 허고 일을 헐라고 힜제이. 근디 요새는 그런 것이 없인게 명당 뭐 인제 옛날 얘긴게 소용없다고 화장만 헐라고 [웃음]

삼형제가 삼년 안에 죽어 발복할 명당

자료코드 : 07_09_FOT_20100710_KEY_SSC_0010
조사장소 : 전라북도 임실군 신평면 용암리 94-1번지 북창마을 제보자 자택
조사일시 : 2010.7.10
조 사 자 : 권은영
제 보 자 : 신상철, 남, 73세

구연상황 : 앞의 '북명당을 망가뜨려 앙갚음한 지관' 이야기 후에 바로 다음을 구연하
였다.

줄 거 리 : 이씨 삼형제가 살았는데 아버지 상을 당하여 묘를 쓰려고 풍수를 데려왔다.
풍수는 자손들은 크게 번창할 것이지만 삼형제가 삼년 안에 죽게 될 명당을
찾아서는 묘를 쓸 것인지 형제들의 의사를 물었다. 삼형제는 후손들이 잘 되
면 괜찮다고 하여 그곳에 아버지의 묘를 썼다. 묘를 쓴지 삼일 만에 맏이가
죽고, 석달만에 둘째가 죽었는데 둘 다 혼인을 했지만 자식이 없었다. 삼년이
가까워지자 형수들이 셋째에게 집을 떠나도록 시켰고, 집을 떠난 셋째는 어느
큰 집에서 하루를 묵게 되었다. 잠을 자다 꿈을 꾸었는데 꿈속에 할아버지가
나타나 그 집의 별채에 가보라고 하였다. 별채에 가보니 그 집 딸이 있었고
그녀와 하룻밤을 함께 지낸 셋째는 새벽에 죽고 말았다. 그 딸은 아버지에게
어젯밤에 있었던 일을 털어놓았고 그녀의 아버지는 가마 두 대를 마련하여
그녀와 셋째의 시신을 태워 이씨 집안으로 보냈다. 이씨 집에 온 셋째의 부인
은 태기가 있어 아들 세쌍둥이를 낳았는데 첫째 아이는 큰형님의 아들로, 둘
째 아이는 둘째형님의 아들로, 셋째는 자기의 아들로 삼아 집안의 대를 이었
다. 그후 이씨들이 번창하여 잘 살았다고 한다.

또 풍수 얘긴디 인제 저 아까 얘기한 우리 아버지가 인자 그 말허자면
풍수 노릇을 혔어. 인제 혔으니까 인제 그런 얘기를 더 많이 듣고 혔을
테지만 나도. 둔덕 이씨라고 허든가, 둔덕이는 저그 어디 지금, 저그 임실
강진이가 저짝으가. (조사자 : 둔덕?) 에. 거가 이씨, 이씨라고 번창한 디가
있어요. 이씨들. 그 사람들 얘기라고 헌 것 같은디, 게 내 뿌리는 확실히
모르고. 거그도 그 저 선산 그릏게 명당을 쓸라고 공을 들이갖고 지금 풍
수를 참 그양 좋단 사람은 다 데려대서 헌디

"참 좋은 자리가 있긴 헌디, 아무라도 여길 쓰덜 못 헌다."

"아, 왜 못 쓰야고, 좋으면 쓰지 왜 못 쓰냐고?"

상주가 서인디, 자기 아버지 묘를 쓰면은, 끄트리 자손들은 대창히서 잘 되는디 다, 상주 셋이 삼년 안에 다 죽는다. (조사자 : 아, 그 삼형제가?) 어. 삼형제가.

"그리도 쓸 수 있냐?"

"아 근게 자손만 잘 됐으면 쓰야지."하고

(조사자 : 썼대요?) 에. 근게 참 요새 같으면 누가 쓸라고 헐 것이여 그거. 말도 아니지. (조사자 : 그렇죠. 누가 쓸라고 해요. 죽게 생겼는데.) 그게 서인디, 묘 쓴 삼일 만에 큰 상주는 죽고, 삼 개월이면 두째 상주는 죽고, 삼 년이면 막내까지 죽는디, 그 자손은 뒤에 가서 그양 대창헌다. 근게 그 풍수 말을 듣고, 글도 쓴다, 그리서 썼단 얘기여. 게 진짜 얘기로, 그렇게 이제 죽는디 그게 첨으 쓸 적에, 아까 얘기로 기양 뫼 고랑까지 걍 콩크리로 다 히뻐렸어. (조사자 : 뫼 고랑이 뭐예요?) 이 위에 똥그름허니. (조사자 : 아, 봉분을 고랑이라고 그래요?) 에에에. 거그 봉축. 봉축을 인제 거으 뫼 살릴 디만 냉기놓고, 속으는 파야 못 파게, 기양 콩크리로 다 히뻐리갖고는, 인자 참말로 삼일 만에 죽으면 난리가 나서 가서 파벌리라고 할 거 아녀, 누구든지. (조사자 : 그렇죠.) 그런게 인제 그렇게 파면 안된게, (조사자 : 파묘 못 하게?) 못 파게 인제 걍 말허자면 바우를 맨들아버린 것이지. 그리갖고 인자 묘를 써놨는디.

그 삼일 만에 큰 상주는 죽어서 인제, 그런다 소리는 들었어도 참 이게 진짠개비다, 허고 있는디, 아이, 석 달 만에 인제 두째 상주까지 죽어 버렸어. 그 인제 둘이는 결혼히서 마느라들 있지만, 자식도 없어. 둘 다 다. (조사자 : 자식도 없고요?) 어, 딸만 있고, 인자 자식도 없고 헌디, 인제 셋째는 장개도 안 간 인제 막내는 어, 총각이란 말여. 그러니 인제 명당 쓴다고 묘 쓰고는, 집안이 인제 몰허게 생겼다고. (조사자 : 그러게요. 자손이 없어서.) 에, 자손이 없어 그런게로 그 과부 둘이 인제 말허자면 어리석은 생각이지. 그 신의 조환디, 시아재도 여기 있으면은 진짜 삼년이 되믄 죽을란가 모른게, 삼 년이 된게로 인제 좌우간 여기서 멀리 달아나나 보라고. 그서 인제 돈 냥이나 해줌서 그 저 형수들이 말허자면, 그 막내 시아재를 멀리 도망가라고 쫓았어.

그서 인제 삼년째 당해서 어디만침 인제 그 놈 돈 갖고 가다가 인제 자 가다 어떻게 가는디, 어느 지점쯤이 간게 큰 집이 있고 히서 하룻저녁 거기서 자고 가야겄는디, 잘 사는 집이고 인제 사랑채도 있고, 그리서 가서 얘기를 히서 사랑채서 인제 자게 되았는디, 안에가 별채라고 히서 그 전이는 뭐 저 잘 사는 집은 그 아들이고 딸이고 간에 인제 거기서 공부 허라고 이렇게 별채가. (조사자 : 따로?) 에, 따로 있는디, 그 사랑서 잠을 자는디, 자는 도중에 꿈에, 허연 할아버지가 나타나더니 말허자면,

"너 이놈, 뭔 잠을 그리 짚이 자냐. 더 부지렁 더 뒤에 별채 안 들으가면 너 큰일난다. 어서 별채 가봐라."

(조사자 : 별채 가봐라.) 어. 그서 깜짝 깨가지고는 인제 다시 잠을 들으면 또 그러고 세 번이나 그릏게 깨왔단 얘기여, 신이. 이 어채피 내가 죽을란가 살란가 모른디 대처 누가 선영이 그러는가 뭣이 그러는가 모르겄다고 인제 일어나서 인제 고요헌 밤에 주인집 별채를 가서 보니까, 큰 애기가 공부를 허고 있단 얘기여, 큰 애기가. 근게 거그서 들어가야 한다고 힜인게 좌우간 들어가긴 들어가야겄는디, 걱정시럽지만 가서 말허자면 노크를 힜어. 그니까 공부를 허다가 아 아는 체를 헐 거 아녀.

"내가 지내가는 과객인디, 꼭 드릴 말씀이 있어서 내가 이렇게 시방 찾았다."고.

근게 큰 애기도 범상치 않고, 공부도 했고 했던가 과년도 찼고 했는게,

"그럼 들어와 보라."고

그서 들어가서 자기들 얘기를 지난 얘기를 싹 힜어, 큰 애기보고. (조사자 : 자기 얘기를?) 어, 자기 얘기를. 우리 부모들이 이렇게 히가지고 시방

묘를 썼는디, 우리 형님들이 근디 그 풍수 말대로 큰 형님은 삼일 만에 죽고, 두째 형은 석달만에 죽고, 삼년이면 나도 죽는다고, 헌디 지금 삼년이 되았는디, 형수들이 이렇게 멀리 가 보믄 살란가 모린게 한번 가 봐라 히서 와서 시방 오는 과정에 이 댁 사랑서 묵는 중인디, 내가 잠을 자는디 밤에 이런 꿈을 꿰었다. 그서 한 번도 아니고 그기 양 눈만 감으면 꿈을 뀌고 히서, 별채 가야 산다 산다 히서 지금 들어왔는디, 나를 좀 살리 달라고. 그 큰 애기가 생각해보드니 그렇겄다고. 히가지고 의사통화가 되아서 그날 저녁으 같이 잤어. 큰 애기 허고. 그서 인제 자고 새복으 일어나서 본 게 남자는 죽어 버렸네. (조사자 : 그 새에요?) 그 새에. [웃음] 그러니 얼마나 황당할 것여.

그러닌게 인제 큰 애기는 어쩔 수 없이 자기 아버지보고 그 얘기를 다 했어. 요러고 요러고 히서 내가 받아 줬는디, 참 이렇게 죽어 버렸으니 인제 어쩌게, 옛날이는 한번 딴 남자 보면 그양 그 집 귀신 노릇허고 인제 뭐, 지금인게 이혼허고 재혼허고 허지만, 그때는 상상도 못 헌 세상이라.

"너는 남자는 죽었지만 좌우간 그 사람 사램이 되았으니까 그 집이로 가거라."

히가지고 가마를 둘을 만들아서 하나는 그 자기 딸 가마하고, 하나는 인제 그 시체, 태우는 가마로 히서 신, 말허자면 흰 상이처럼(상여처럼) 히가지고 가마로 히서 부자고 또 돈 있인게, 그 집이를 (조사자 : 보냈어요?) 에. 그 집이를 보낸 거여. 근게 그 집이서 지금 형수들은, 어디 가서 죽었, 참말로 죽을란가 살란가 허고 날만 새면 말허자면 싸문 앞으 나와서 뭔 소식 있을란가 기다리는 거여. 근디 무신 가마가 둘이 오거든. 근디 지나가로 오는 것이 자기 집을 찾어서 자기 집으로 왔단 말여. 와서 보니까 진짜 자기 시아재가 죽어서 오고, 시아재하고 하룻 저녁으 잔 말허자면 동서가. (조사자 : 동서가.) [웃음] 와서 인제 그 이얘기를 허고는 과부만 서이 살게 되았지 인제.

그서 과부만 서이 살면서 인제 하룻저녁 지났는디, 시나브로 배가 불러오는 거여. 그 큰 애기가. (조사자 : 막, 막내 동서가?) 어. 게 서이다 비는 것이지, 대나 무게 아들이나 하나 낳았으면 좋겄다, 좋겄다. 그렀는디 이 열 달이 되아서 산기가 있어서 인제 동서 둘이 그 출산을 기다르고 있는디, 진통을 허다가 쑥 난디, 아들을 났단 말여. 근게 그냥 얘기헐 것 없이 큰 동서가 이건 내 아들 히야겄다고 그냥 보듬고 가브렀어. [웃음] 내가 큰 아들 장손인게 아, 내 아들 히야겄다 허고 가버린, 또 진통을 허다가 또 났어. 애기를. (조사자 : 어머, 쌍둥이?) 어. 또 아들을 났어. [웃음] 근게 두째도 또 큰 며느리식으로 이거 그면 내 아들 히야겄다, 허고는 또 (조사자 : 데리고 갔어요?) 어, 데리고 가브렀어. 진통을 허다 또 하나를 났어. (조사자 : 세 쌍둥이를?) 세 쌍둥이를 아들만 났단 말이여. 그리가지고 그 세 쌍둥이가 커서 다 정승 뭐, 고관들이 되았다.

근게 옛날 사람들은 그런 자기 희생을 허드라도 후손이 잘 되믄, 자기는 희생허고도 명당을 쓰야 한다. 허는 디서 그런 소리가 전, (조사자 : 생겼어요?) 에, 생겼는가, 전설로 나왔는가 좌우간 우리 아버지한티 내가 그 얘기를 여러 번 들었어. (조사자 : 여러 번.) 에, 그리서 내가 지금 안 잊어버리고 생각이 나서 허는 소린디, 근게 내가 그 저그 둔턱 이씨라고 그런 소리를 들은 것 같어.

명당 팔아먹는 아들을 둔 지관

자료코드 : 07_09_FOT_20100710_KEY_SSC_0011
조사장소 : 전라북도 임실군 신평면 용암리 94-1번지 북창마을 제보자 자택
조사일시 : 2010.7.10
조 사 자 : 권은영
제 보 자 : 신상철, 남, 73세

구연상황 : 앞의 '삼형제가 삼년 안에 죽어 발복할 명당' 이야기 후에 바로 다음을 구연
하였다.
줄 거 리 : 천하명사로 이름이 난 지관이 있었다. 그 지관은 자기가 죽으면 묻힐 명당을
찾아 아들에게 알려주었는데, 그 아들은 그 명당을 돈을 받고 팔기를 반복했
다. 아들의 소행을 본 지관은 연화함로 명당에 자신의 묏자리를 찾아두고도
아들에게 알려주지 않았다. 목숨이 다 된 지관은 연화함로 명당을 알려주러
아들을 데리고 갔는데 거동할 수 없었던 지관이 돌을 던져 명당 자리를 가
리키려 하였다. 하지만 숨이 다하여 그만 그 근처에 돌을 떨어뜨리고 말았고
아들은 지관이 돌을 떨어뜨린 그 자리가 명당인 줄 알고 그냥 그곳에 묘를
썼다.

예전에 풍수 얘긴디, 그 아까 얘기힜지, 연화함로. 그리서 연화실이라
고, 거그 얘긴디, 풍수 이름을 잊어버렸어, 풍수는. 근디 그 한 때 게 옛날
풍순디 저 천하명사었디야, 말하자면. 풍수가. (조사자 : 이름까지 있었고
만요?) 에, 근디 그렇기 지리를 잘 보는디, 명당만 자기가 쓸라고 잡아노
면, 아들놈이 가서 몰리 밀매를 히버려, 딴사람한티 돈 받고 팔아먹어버
려. (조사자 : 아, 그 자리 좋은 자리니까?) 에 좋은 자린게 인제 그 부자들
헌티 얘기 히갖고, (조사자 : 음, 우리 아버지가 잡아놨다고?) 이제 우리
아버지가 시방 쓸라고 잡아놨은게 사라. 히가지곤 팔아서 이 늠이 그렇게
쓰고 헌 게, 한 번 두 번 아니고 이제 여러 번 그런게 나중으는 이제 명
당을 잡아놓고도 얘기를 안 혀, 아들보고. 이 나 죽게 되면 얘기허먼 얘기
허지, 또 팔아먹을 틴게.

그리가지고 이제 참 아파서 이제 죽게가 되었던가, 아들 보고 이제 나
쓸 자리로 가자, 히가지고 이제 걸어대니도 못 허고 가마에다 메고 왔는
디, 그 연화함로 거그를 왔디야. 근디 거그를 와서 인자 가서 거지반 다
왔던가, 가서 그 자리를 이렇게 알쳐 주야는디 숨은 인제 곧 떨어지게 생
기고, 그르게 걍 뭐 돌 하나 줏어달라고 아들 보고, 게 그 옆으 왔인게 그
럴 테지. 그 자리라도 알려 줄라고 근게 돌 줏어준게 걍 비그르르허니 거

그다 던져버린게 그게 명당인지 알고 거그다 썼디야, 아 풍수를. 근디 그 묘 묘가 있어 그 풍수 묘가 지금도 있어.

답산가를 지은 명지관 홍성문

자료코드 : 07_09_FOT_20100710_KEY_SSC_0012
조사장소 : 전라북도 임실군 신평면 용암리 94-1번지 북창마을 제보자 자택
조사일시 : 2010.7.10
조 사 자 : 권은영
제 보 자 : 신상철, 남, 73세
구연상황 : 앞의 '명당 팔아먹는 아들을 둔 지관' 이야기 후에 바로 다음을 구연하였다.
줄 거 리 : 홍성문이란 사람이 지관으로 이름이 높았는데 그는 조선팔도의 혈을 다 알고
　　　　　 있었다. 홍성문은 답산가라는 노래를 지어 불렀는데, 산 이름과 혈에 관련된
　　　　　 내용이었다고 한다. 제보자의 아버지는 답산가를 필사하여 가지고 있다가 잃
　　　　　 어버렸다고 한다.

　천하명사는 홍성문이라고 허는 사람이 천하명사였다고 헌디. (조사자 : 홍성문이요? 홍성문이 어디 사람인데요?) 아, 우리 저 한국 사람인디 뭐 이 근방 사람인지는 모르고 좌우간 유사 이래 그. (조사자 : 유사 이래?) 에, 그이 아주 명사였다고 뭐. 조선팔도의 혈을 다 안다고 그 사람. (조사자 : 유명한 사람이었고만요? 그 일화는 기억나는 거 없으셔요?)

　그 사램이 인제 그 답산가라고 히가지고. (조사자 : 답산가?) 아, 산에 대님서 그 산에 홀려서 말하자면 자기가 작사 작곡을 헌 거여, 노래를. (조사자 : 노래를?) 그리가지고 책이 상댕히 두껍고. (조사자 : 홍성문.) 어, 홍성문이 답산가라고 히가지고, 우리 아버지가 그것까지 입수를 히가지고, 당신도 그 외아서 어디 대님서 부르시고 그렀는디 말년에 어디 갔다 오다 게 책째 잊어버렀어.

　(조사자 : 책째, 그럼 그 답산가는 뭐 할 때 부르는 노래에요?) 아 근게

저 저그 혈을 보고 쫓아가면서 그 좋다는 얘기를, 거 산 이름을 노래로 부르는 거여. 그럼서 그런 것도 참 있었으면 괜찮은 거시긴디. (조사자 : 그 홍성문이란 사람이 만든 답산가 책으로 있었고만요?) 에. (조사자 : 파는 것이었어요? 파는 거였어요?) 파는 것인지는 몰라도 등재를 히가지고 우리 아버지가 책을 갖고 계셨었어. (조사자 : 이렇게 써가지고요?) 써가지고. (조사자 : 손으로?) 에.

봉분이 세 개인 신숭겸의 묘

자료코드 : 07_09_FOT_20100710_KEY_SSC_0013
조사장소 : 전라북도 임실군 신평면 용암리 94-1번지 북창마을 제보자 자택
조사일시 : 2010.7.10
조 사 자 : 권은영
제 보 자 : 신상철, 남, 73세
구연상황 : 앞의 '답산가를 지은 명지관 홍성문' 이야기 후에 바로 다음을 구연하였다.
줄 거 리 : 신숭겸은 고려 태조 왕건의 신하로서 위기에 처한 왕건을 구하고 대신 죽었다. 목이 잘려 죽은 신숭겸을 위해 왕건은 황금 머리를 만들어 장사지내게 했고 도굴을 막기 위해 봉분을 세 개로 하였다. 여러 차례 도굴의 위기가 있었지만 그때마다 신숭겸이 산지기의 꿈에 나타나 도굴을 막았다고 한다.

우리 시조가 [벽에 걸린 액자들 중 신숭겸의 초상화를 가리키며] 저그 저짝 가에 저 저 양반이신디 신숭겸이라고 역사에 나오잖아. (조사자 : 예, 장군이시죠?) 에, 그 양반 묘가 지금 춘천 가 계신디 (조사자 : 춘천. 고려 때 장군이신가요?) 에, 고려 때. 그 때 그 왕건이 적군에 잽히가지고 죽게 생깄인게 대신 죽었잖아. 비슷허니 얼굴이 닮았인게 대신 목을 바쳤어. 그서 목이 없이 묘를 썼다고 그리요.

그래가지고 지금 그 춘천 거그 인제 시제 때 몇 번 갔지만 가서 보면은 똑같은 묘를 셋을 히놨어, 짜란히. (조사자 : 아, 왜요?) 아 근게 거가 들어

보니까. 그렇게 인제 목을 짤러서 없어지니까 거 왕건이 인제 묘를 쓰라고 험서, 천하에 참 충신이니까 그 그 때 당 당대에 그 풍수를 최고를 히 갖고, 조선 팔도를 다 대님선 좋은 자리를 봐가지고 묘를 써줘라 허고. 목이 없으니까 그냥 없는 채로 힐 수는 없고, 금으로 목을 만들었디야, 금으로, 금두상으로. 금이라는 건 그 전부터 돈이 되는 거 아녀. 근게 진짜 시방 그 명당 묘는 셋 중으 가운덴지 가상은지 이쪽인지 모른다고. 그 그걸 방지허기 위해서 셋을 짜란히 썼어. (조사자 : 누가 파갖고 가는 거를 막을려고?) 에, 에. 막을라고. (조사자 : 아, 그래서 묘를 세 개를 놓고?)

에 근디 그래놔도 도굴을 몇 번 당했디야. 어떤 넘이 와서 이제 그걸.

(조사자 : 팠대요?) 에, 판디 그 밑에 그 가서 보면은 들이 상댕히 넓은 들인디 춘 춘천이지만은. 거그도 땅도 인제 전부 그 묘로 하사를 해버려 갖고 땅도 다 게서 썼는디 지금은 인제 다 없어지고 쪼끔만 갖고 있고 헌디, 산을 수호허는 제각이 인제 잘 지어져가지고, 제각으서 산 사람이 그 전에는 몇 사람이 살았다는디, 지금은 한 집이서 사는디. 토지 집, 문을 열고 이렇게 보면은 산이 묘소자리가 보여, 제각으서. (조사자 : 제각에서요?) 에.

근디 그 도굴당할 적에 산소 쬐는 그 밤에 꿈에,

"너 이놈아 지금 도둑이 들었는디 뭐 잠만 그렇게 자냐."

히가지고 벌떡 일어나서 걍 나와보면은 그 산이 뵌게 거그 묘를 손댄 것이 뭐 보이니까. 그리서 막고 막고 뭐 서너 차례나 그랬다 그려. (조사자 : 꿈에 보여서?) 에.

절의 샘이 있었던 시암골 방죽

자료코드 : 07_09_MPN_20100709_KEY_SSC_0001
조사장소 : 전라북도 임실군 신평면 용암리 94-1번지 북창마을 제보자 자택
조사일시 : 2010.7.9
조 사 자 : 권은영
제 보 자 : 신상철, 남, 73세
구연상황 : 앞의 '용암리 석등과 절촌' 이야기에 이어 바로 다음을 구연하였다.
줄 거 리 : 장군수가 나왔다고 하는 절의 샘은 지금 시암골 방죽에 포함되어 묻혀버렸다.
　　　　　방죽을 팔 때에 샘돌 등 샘터 흔적들이 나왔다. 특히 질 좋은 향나무 관솔이
　　　　　많이 나와서 그것을 보관했다가 향으로 사용했다고 한다.

　여그는 방죽을 파니까 그 시암자리가 나왔었어요. [잔기침 후] 그 다 묻혀버리고 인제 그 절, 이렇게 돌도 거그서 몇 개 나오고, 시암독으로 잘 다듬아서 이렇게 놨던 돌도 좀 몇 개 나오고 헀는디, 그 가에다가 향나무를 심어서 좋았던 것 같애요, 그 전서. (조사자 : 우물 옆에?) 에, 우물가에다. 그리가지고 닥은 썩어 뻐리고, 밑에 똥꾸녁. 근게 소나무도 비어 버리고 썩으먼은 거그그 거그서 관솔이라 그러거든, 관솔. (조사자 : 관솔?) 에, 간솔이라고 히서 거가 인제 송진이 꽉 백이가지고, 소, 소나무 그거 인제 그전에 기름 귀할 적으는 밤에 이렇게 환하이 불도 잡고 대니고 한 것인 데, 그런 식으로 모든 나무가 그 송진이 있는 나무는 썩으면 간솔이 되아요. 그 속 알객이는. 그런 알객이가 이런 놈이 여러 개가 나왔어요. (조사자 : 우물 옆에서요?) 에에. 다 썩어 버리고 뿌렝이만 남은 것이 이렇게 큰 놈이. (조사자 : 방죽 팔 때?) 방죽 팔 때, 그리갖고 향이 요새는 시방 만수향을 쓰지만, 그전이는 그 향목을 썼거든, 제, 제사 지낼 적으도. (조사자 : 향나무 향이요?) 예에. 에 양 그 쪼끔씩만 깍아서 노믄 참 냄새가 좋

고 했었는디, 갖고 그 절에 그 인제 주인이 갖다가 이렇게 절, 그 칠성각이라고 그 앞으 큰 두지같이(뒤주같이) 큰 통으다가 쟁여놓고 썼었는디, 그것도 6·25 동란 때 그양 이제 귀헌 것이라, 이리저리 다 가져가버리고 없어져 버렸지.

(조사자 : 그먼 그 관솔을 그 방죽 팔 때가 6·25 전이고만요?) 아, 6·25후에 방죽은 팠어. 아 여 6·25 전인가? 아니, 6·25 후엔디? (조사자 : 아, 후에 파고 그 다음에 그 관솔을 그 절 여기 지금 중기사?) 아 여기 뜯은 자리 있어요. 여기 중기사 지었다가 뜯은 자리. 지금 거거 저 발굴 허니라고 뜯어 버렸거든. 그서 거기 가 보면 발굴터도 있고 그른디, 거 그다 있을 적이 그랬는디, 그기 참 향이 좋았었는디. 뭐 그런 향은 어디 가서 돈 주고 살래야 살 수가 없지. (조사자 : 그 향나무 관솔이 거기 꽉 묻혀 있었고만요?) 에. 이런 등치가 몇 개 나왔었어요. (조사자 : 어 진짜로 우물터가 이렇게 발굴 됐고?) 에, 우물터. (조사자 : 어, 지금 문, 속에?) 에 속에 들어가버리고.

근게 그 그때도 인제 싹 파버리도, 그 자리는 물이 안 떨어지고 쪼꼼씩 나왔었는디, 인제 그 물이 옛날 얘기인 시암이다. 그리서 그것 땜이도 시암골이라고 그려, 거기 시암골. (조사자 : 거기를. 그래서 시암골이라고 하고, 시암골방죽.) 에.

땅보스님과 호랑이

자료코드 : 07_09_MPN_20100709_KEY_SSC_0002
조사장소 : 전라북도 임실군 신평면 용암리 94-1번지 북창마을 제보자 자택
조사일시 : 2010.7.9
조 사 자 : 권은영
제 보 자 : 신상철, 남, 73세

구연상황 : 앞의 '장군의 방귀 뀐 자리와 손가락 자리' 이야기에 이어 바로 다음을 구연
하였다.
줄 거 리 : 일제강점기에 북창 마을에 초막을 짓고 지냈던 노승이 있었는데 키가 작아
땅보승이라 불렸다. 동네의 외딴 곳에 초막을 짓고 살았는데 밤에는 호랑이가
내려와서 땅보승과 같이 자고 날이 새면 산으로 간다고 하는 얘기가 있었다
고 한다.

여그서 와서 절 그렇게 아까 초막으가 있다가 지었다는 그 저 노승, 땅
보승이라고 혔는데, (조사자 : 땅구승이요?) 땅보. 키가 하도 짝은게 땅보
라고 혔어. 땅보승이라 혔는디, 그 분이 그렇게 혼자 있을 적으는, 혼자
그 밤에 자면은 호랑이가 내려와서 같이 자고 날 새면 가고 그런다고, 그
그렸다고. (조사자 : 그 스님하고 같이?) 그렸다고 허는 얘기도 있어. (조사
자 : 왜, 왜 무슨 근거로 그런 얘기를 했을까요?) 아 인제 동네에서 조끔
떨어진는 디서 인자 혼자 그렇게 쪼그만허니 초막을 지어 놓고 있는디,
누가 딴 사람 같으면 그렇게 있었어요? 그런게 인제. (조사자 : 못 있는데.)
에. 그런, 그런디, 그 스님이 인제 말허자면 신통히가지고 호랭이하고 불
러서 같이 지내다 간다. 인제 그런 뜻으로 얘기한 것이지. (조사자 : 일정
시대 때.) 에.

일제강점기에 잘린 당산나무

자료코드 : 07_09_MPN_20100709_KEY_SSC_0003
조사장소 : 전라북도 임실군 신평면 용암리 94-1번지 북창마을 제보자 자택
조사일시 : 2010.7.9
조 사 자 : 권은영
제 보 자 : 신상철, 남, 73세
구연상황 : 앞의 '땅보스님과 호랑이' 이야기에 이어 바로 다음을 구연하였다.
줄 거 리 : 일제강점기에 배 만드는 재목으로 사용한다고 북창 마을의 당산 나무를 베어
갔다. 일제가 나무를 베니까 나무의 신이었던 할머니가 울면서 나갔다는 말이

전해진다.

여그가, 아까 그 모정으 갔담선. 그 모정자리가 그 절, 여그 전성기때 심어진 정자나무라고 느티나무. 그것이 이렇게 몇 아람, 사람 몇이 이렇게 안아야 이렇기. 되게 그렇게 큰 나무가 있었어요, 거기. 그래가지고 인제 거기서 당산제라고 히서 정월 보름이먼 가서 인제 거가서 인제 제사 지내고 그렀는디, 그것을 왜정 때 왜놈들이 그 배목 헌다고, 그 전쟁, 배 만드는 디 그 나무, 쓴다고 인제 베었어요. 그리갖고 말로는 그 나무를 베니까 거그서, 뭐 할마니가 울고 나갔다고 그런 소리도 있고 그려. 신, 목신. (조사자 : 아, 목신이.)

에. 근디 그 나무 베기 전에는 거가서 저 그 정자나무 하나만 끊어도 뭐 동네서, 동투난게 크일난게 거 손 못 대게 허고 그렀어. (조사자 : 동투가 어떻게 나는 거예요?) 동티가 인제 아프다는 얘기여 거, 거 나무. 끊거나 어쩌면. (조사자 : 잘못 끊으면?) 에. 아 근게 손대지 말라 소리지. (조사자 : 손대지 말라 소리.) 이이. (조사자 : 그기 거 목신이 할머니였고만요?) 에.

명당 얻으려다가 사기 당한 사람

자료코드 : 07_09_MPN_20100710_KEY_SSC_0001
조사장소 : 전라북도 임실군 신평면 용암리 94-1번지 북창마을 제보자 자택
조사일시 : 2010.7.10
조 사 자 : 권은영
제 보 자 : 신상철, 남, 73세
구연상황 : 앞의 '진안놈 임실사람 남원양반' 이야기 후에 바로 다음을 구연하였다.
줄 거 리 : 제보자 아버지의 친구가 실제 겪은 일이다. 한약방을 하던 그 친구는 풍수지리를 중요하게 생각하여 선영들의 묘를 명당에다 잘 쓰기 위해 노력하였다. 하루는 외지에서 사람이 들어왔는데 풍수를 보는 지관이라고 했다. 그 지관을

데리고 학암리 선산에 가서 묏자리를 보고 오는 길이었다. 빈구수 소 옆에서 쉬게 되었는데 그 지관이 뭐라고 주문을 외우자 소에서 큰 잉어가 튀어나와 길바닥에 떨어졌다. 그 모습을 본 한약방 어른은 그 사람이 신통하고 대단한 지관이라고 믿어버렸다. 며칠을 한약방 집에서 함께 지내던 지관은 하루는 돈을 쉽게 불리는 방법을 알려 주겠다고 했다. 안과 겉을 흰 종이로 바른 큰 궤를 준비하여 집안에 있는 모든 돈을 동전까지 싹싹 쓸어다가 담고 자물쇠로 잠근 뒤 일주일을 지내면 돈이 궤에 가득할 것이라는 얘기였다. 지관을 철썩같이 믿었던 한약방 어른은 그 말을 그대로 따랐고 일주일이 되기를 기다리고 있었다. 한 오 일 정도 지나자 지관이 집에 일이 생겼다며 잠깐 다녀오겠다는 것이었다. 지관을 보내놓고 보니 의심스러운 생각이 들었지만 아직 기일이 다 차지 않아서 일주일이 될 때까지 기다렸다. 일주일이 되어 궤를 열어보니 돈은 사라졌고 궤가 비어 있었다. 지관에게 속은 한약방 어른이 이 사연을 제보자의 아버지에게 하소연을 했다. 풍수를 볼 줄 알았던 제보자의 아버지가 지관이 잡아 놓은 묏자리가 쓸 만한 곳인가 살펴보았더니 그것도 엉터리로 잡아 둔 것이었다.

거 이런 얘기도 뭐시 인제 해댕이 될랑가 모르고 이건 실환디 신평 저 소재지 건너가서 가덕리란 데가 있어요. 거기에 지금 살고 있는 사램이 저 거 아들이 살고 초등핵교 교장까지 지내다 지금 퇴직히갖고 거그 와서 그러고 본래 인제 고향 와 살고 있는 사램이 ○○○이란 사램이 있는디, ○○○이 아버지 이름을 내가 잊어버렸어. 우리 아버지허고 인제 가깝게 지내고, 참 우리 아버지보다 다섯 살을 그때 덜 자셨다고 힜을 것이여. (조사자 : 덜 자셔요?) 에, 근디 뭐, 말하자면 친구간이지만은 우리 아버지는 그 전에 말하자면 풍수를 힜어. 아, 묏자리 잡는 거. (조사자 : 이게 철 갖고 댕기시면서요?) 에, 그리고 그 분은 한의사를 힜어. (조사자 : 약방?) 약방. 근게 소재지 와서도 허다가 들어가서 다시 인제 그 가덕리 와서 허다가 돌아가셨는디.

이 이름을 오래 되야서 잊어버렸다고. 근디 ○○○이 아버님 이름은 아무리 생각헐래야 생각이 안 나. 근디 친절허니 지냈는디 이건 실화여. 그 양반이 그렇게 인제 그 우리 부모 때는 묘 쓰는 걸 공장히 중요허니 생각을 허고 묘를 써야 그 집안이 번창을 허고 자손이 잘 된다고 인제 이렇게 생각을 했었거든. 풍수지리설이 있어갖고 왕성헌 땐디 그 양반도 근게 그렇게 인제 한의사를 허면서 약방을 허면서 그렇게 자기 선영을 말하자면 명당을 쓸라고 노력을 많이 헌 양반이여. 친절허니 지낸 손도 인제 우리 아버지 보고 참 친구 같으지만 와서 선생 선생님 험서 묫자리 하나 돌라고 인제 말하자면 이 인제 그러고 이제는 참 친절허니 형제와 같이 지냈는디 그 양반 얘긴디.

그 약국을 허고 있는디 한 번은 외지에서 사램이 들어왔는디 풍수란 얘기여, 묫자리 잡는 사람. 그러게 이제 못 쓸라고 헌 사램인게 기양 풍수라고 무조건 어떻게 히가지고 자기도 묘를 쓰고 싶어서 제 허는 사램인게 히서 헌디, 그면 어디다 묘를 쓰고 싶어서 그러냐고 헌 게 우리 선산 여그도 있고 여그도 있는디 이제 그 묫자리가 있는가 없는가 모르겠다고 그 인게, 그 유새완들(유생원들) 우리 산도 저 시방 학암리 가서 있거든 우리 선산도. 저 할머니가 거기 계신디 거그도 인제 거가 선산이었어, 학암리가. 학암리를 그 양반이 인제 데리꼬 풍수를 데리꼬 갔단 얘기여. 가서 여그 산이 우리 여기 요리 요린디 어데 묫자리가 좀 있는가 보라고 헌게 뭐 이렇게 저그서부터 여그다 쓰면 좋겠다고,.

그러고는 인제 올라오면서 학암리서 인제 그 때는 걸어대닐 땐게 걸, 어 올라오면서 어저끄 내가 여 빈구수라고 힜잖아. (조사자 : 예, 빈구수.) 빈구수가 여그 동네서 쪼금 내려가면 거그저 체기 우에 집 있잖아. 여, 쪼끔 가면. (조사자 : 체기 위에?) 에, 거 밑에가 그게 빈구수 그 쏘여 원래는. 지금 인제 옛날보단 깊이도 얕아졌지만. 같이 갔다 온디 거그 와서 이제 쏘 가상으 앉어서 그 풍수가 뭐라고 뭐라고 말하자면 주문을 외더란 얘기여. (조사자 : 빈구수 옆에서요?) 어, 오다가 인제 쉬어가지고 그저 냇가에 앉어서 그러게 느닷없는 잉어가 이런 놈이 양 물 속으서 토옥 뛰어서 길바닥으로 나오드란 얘기지. [웃음] (조사자 : 그 그믄 그 그 한약방 그 어르신이랑 같이 가고 있는데요?) 같이 갔다 오는데. (조사자 : 뭐라고 뭐라고 웅얼웅얼 하니까?) 응, 그런게 일반사람으로 봐선 그 깜짝 놀랠 수 밖에 없지요. (조사자 : 그죠, 놀래죠.) 그 무신 눈을 속이냐 어쩌냐 허고는 인제 그리서 고기를 그 놈을 들고 잉어 이런 놈을 갖고 지금은 여그 점방이라고 허지만 그 때는 주막이 있었어요. 점방이 없었고 여가. 하고 인제 주막집이 있는디, 그 때 인제 나이 자신 양반들이 주막을 오고 막걸리를 술을 팔았는디 거그 와서 그 놈을 회를 떠서 먹고. (조사자 : 잉어를?) 잉어를. 예에 인제 삑다구는 그 히서 밥까지 점심을 먹고 그러고 집이를 갔다는 얘기여. 아, 그 가덕리를. 제 참 신통헌 일 아니여, 우리 객관적으로 생각헐 적, 근게.

진짜 인제 옳게 참 풍수 선생님을 하나 만났능개비다. 그분이 그렇게 생각허고 인제 또 어디 선산에 가보자고 히서 가믄 아 여그도 묘 쓰믄 되겄다고, 가서 이얘기 헌데 보믄 참 따라간 사람도 좋을 것 같도 허고, 거서 두어 간디 산을 보고는 집에서 인제 쉬는디 메칠 쉬다가는 이 약 이렇게 팔아서 이거 언제 돈을 버냐고. (조사자 : 아, 그 그 풍수?) 풍수가. 아 그러면 이렇게서라도 히야지고 어떻게 돈을 쉽게 버는 곳이 있냐고 헌게, 내 말만 들으면 기양 돈을 금방 벌 수가 있다고 허더래야. 그서 뭐 어떻게 허면 그케 돈을 쉽게 벌 수가 있냐고. 크막헌 궤를 하나 챙기라고. (조사자 : 교회를요?) 궤, 궤. (조사자 : 궤.) 궤짝. 상자 이. 궤를 하나 챙기라 그서 안에도 싹 백지로 이제 발르고 히가지고 내 말대로 히야지 안 들으면 소용이 없어. 어떻게 헐 거냐고 헌 게, 당신네 집에 있는 돈은 호주머니 어디 말하자면 동전까지라도 싹 털어서 그 궤에다 너라, 넣고는 쇠를 딱 채우고 또 껍데기를 백지로 싹 발라서 이케 히노믄은 한 일주일만 지내면 돈이 거 가득허다. [웃음] (조사자 : 그 원래 있던 돈보다 더 가득하다?) 어, 어 그게 그 궤짝에 돈이 꽉 찬다 허면 걍 기가 맥힐 일 아녀, 근게 아 저그서 그 쏘에서 물고기를 꺼낸디 본게 참말로 이제. (조사자 : 신통허든데.) 어, 그럴 것도 같으거든. 그래 시키는 대로 했단 얘기야. 그렇기 히서 참 뭐 돈을 어디 빠지까 싶어서 참 쌈짓돈까지 다 챙기서 거다 넣고는 싹 그렇게 발라서 인제 한 쪽 방으다 딱 인자 모셔놓고는 이제 먹고 이제 놈서 이얘기 허다가는 요 얼매만이면 여가 차난게 일주일은 돼얀다고. 한 오일 된게 내가 급헌 일이 집에 있인게 집이를 좀 다녀와야겄다고, 오일 돼얐는데 게 아직 이, 이틀이 남았잖어, 일주일이면.

"근게 아고 다녀오시야지요."

그서 이제 갔단 얘기야. 가놓고 생각헌게 의심이 난단 얘기지. [웃음] 거 그렇게 시기는 대로 헌 양반이 아 물 속으 고기도 꺼낸디 이 속으 있는 돈을 꺼내가 버렸으면 어떻게 허나 의심이, 의심이 생각이 나더란 얘기여. 그리서 그라나나 일주일 안 돼야서 손 대면은 이제 헛것인 게 안 된게 꼭 일주일이 된 연에사, [웃음] (조사자 : 갖고 참으셨고만요?) 참고는 일주일 되야서 이제 [웃음] 열어본 게 빈 궤라는 얘기여. (조사자 : 세상에, 봉이 김선달 같은 사람이.)

그리가지고 인제 우리 아버지한테 그것을 와서 호소를 헌 거여. 그더니 내가 이런 경우를 아시는지 무슨 쓰냐고, 근게 인제 그 우리 아버지 말씀이 돌아대님서 봤을 적에 마술헌 사람들 있잖아. 근디 에 마술헌 사람들이 왜 저 넘의 시계도 모르게 가져가고 또 주머니다 너주기도 허고 그러잖아. 인제 야 마술사 같으다. 근게 이제 그러고 묏자리 잡아논 데로 한번 가보자고 쓰게 생겼는가 묏자리나, 그서 인자 우리 아버지가 가본게 아무것도 아니단 얘기지. 그렇기 히서 돌 돌른 수가 옛날에도 있었어요. 내가 생각다 못해서 그런 생각도 얘기가 될랑가 모르지만.

주정 속에 묘를 쓴 평산 신씨

자료코드 : 07_09_MPN_20100710_KEY_SSC_0002
조사장소 : 전라북도 임실군 신평면 용암리 94-1번지 북창마을 제보자 자택
조사일시 : 2010.7.10
조 사 자 : 권은영
제 보 자 : 신상철, 남, 73세
구연상황 : 앞의 '정읍에서 신덕면으로 이주한 평산 신씨' 이야기 후에 평산 신씨의 선산에 대해 얘기를 하다가 다음을 구연하였다.
줄 거 리 : 정읍의 수장산에 평산 신씨의 선산이 있었다. 삼백 년도 전에 쓴 묘를 이장하기 위해 파묘를 하는데, 관 위를 석회로 다져두어 더 이상 팔 수가 없었다. 포크레인으로 그 석회를 깨고 보니 누런 물이 가득 차 있었는데 그것은 에탄올 성분으로 된 주정이었다. 그 산의 이름이 물속에 장사를 지낸다는 뜻의 수장산이었는데, 그 산의 풍수에 맞게 묘를 쓰느라 관 주위를 주정으로 채웠던 것이다. 주정 속에 들어 있었기 때문에 삼백 년이 넘은 관, 시신, 부장품 등이 전혀 썩지 않고 온전한 모양으로 남아 있었다. 신기한 일이었지만 이장하는 일이 번거로워질까봐 언론에 알리지 않았고 신덕면 금정리의 선산으로 옮겨 장사 지냈다고 한다.

이런 얘길 히, 히야 할지 않아야 할지 모르지만 그 묘소를 옮길 적에 가서 파니까 팔 적에 나도 갔었거든. (조사자 : 정읍에 있는 묘소요?) 에, 묘소 팔 적에. 그저 포크렌이 젤로 지금 작업하니 큰 놈 뭐 텐 뭐신가 그 저 젤 큰 포크렌이 인자 그 도, 도로 작업 헌디선 묘도 커게 이렇게 써놨으니까 인자 거가서 허는디, 이렇게 판디 그 다 파야 묘가 머 말하자면 안 나와. (조사자 : 묘가요?) 아 그 저 마 시체가 (조사자 : 아, 관이요?) 관이 안 나와. 이제 한쪽으서도 이거 뭐 (조사자 : 봉분 있는 데 파면 되는 거잖아요?) 에, 파서 되얐는디 그 우에서 좌우간 이 그 긴 포크린이 다 팠어도 안 나온다고. 이게 아마 없는개비다고, 그라니나 현재까지는 다룬 땡인게 더 파보라고 근게 바위같이 나오더라고. 그서 본게 [조사자 휴대전화 울려서 잠시 중단]

(조사자 : 그래서 파도 바위가 나와요?) 아 근게 바위같이 나와버리더라

고 나중으 판게. 득득 긁은디. 어 포크레인으로 파야 파지도 않은 바우여. 말하자면 그서 싹 키본게 그게 널이여. 코, 콘크리로 헌 널. (조사자 : 널이 콘크리트로 돼있어요?) 에. 코 콘크리트로. 옛날 이런 디도 그저 묘 쓸 적으 옛날 사람들이 회를 썼다 그러거든, 콘크리를. (조사자 : 아, 회.) 회를 써서 이제 횄다고 헌디 그렇게 허먼은 바닥은 안 허고 이 이런 디 파먼은 옆우허고 혀서 위에만 이렇게 나무뿌리 못 들어가게 이렇게 히서 허는 묘는 가끔 사방으서 파져요. 옛날 묘 파먼은. 에 여그는 이제 그양 완전 바우뗑이라 그양 커가지고 이렇게. (조사자 : 그먼은 그거를 그게 그 요즘식 저기가 아니라 옛날 회를 그렇게 한 거네요?) 예, 옛날 회로 그서 그양 지금 독보담도 더 세어, 그것이. 그런게 인제 포크레인 큰 놈이 찍어서도 안 깨져, 그것이. 그런게 뿌리까락하고 저 바우 깨는 것이 있어 포크린 이케 콕콕콕콕. (조사자 : 두두두두 하는 거요, 예.)

에, 인제 그 놈으로 바꿔가지고 한 쪽을 깨서 이렇게 잡아댕이니까 누런 물이 걍 막 쏟아지는 거여, 그 속으서. 아이 명댕이라 그러더니 무신 물이 속이 괴었냐 하고 있는디 모다 의아하니 간 사람이 인제 한 삼십 명 여그 신덕서 갔었거든. 나까지 합쳐서 인제 그리 가서 보고 있는디 그서 딱 캐어놓고 본게 그 속으가 또 나무로 짠 널이 따로 들어 있어. 근디 것도 널 하나를 아니라 쌍분으로 두 분을 같이. (조사자 : 합장을 했고만요?)에, 합장을 히놨어. 널은 따로따로 히서. 그서 인제 꺼내서 이제 가져왔지, 이 저 신덕으로. 싣고 가져왔는디, 일부는 거기서 한 번 묘를 그 저 관을 열어봐야 할 거 아이냐. 이제 열먼 안 되다고 히가지고는. 그 아까 표동리로 그리 가져왔는디.

(조사자 : 관이 안 삭아요?) 아 근게 그 물이 뭐냐 허먼은 그게 요새 이름으로 알콜이여. 알콜. 게 옛날에는 알콜이 없어 주정이라는 거여 그게. (조사자 : 주정?) 어, 술, 고도 독헌 술 원료여, 게. 그리서 널을 그렇게 히가지고 콘크리를 히서 거그다 널을 넣고 주정을 꼭 채우고 콘크리를 히서

걍 히논 거여. 근게 뭐 한나 썩을 데기 걍 저런 나무 같히여. 걍. (조사자 : 관, 널이?) 관이. 에 근디 널도 뭐 요새 널 같으잖이 두께가 이만침이나 두꺼, 나무 두께가. 옆으도 그렇고 옆으도 그렇고. 그런 널이 인제 둘이 있는디 와서, 그나니나 우리 한 번 이, 이 신덕 와서 여그 표동 와서 한 번 열어보자고. 히갖고 온디 거그도 인제 그 콘크리 안에다가 명정이라고 저 그, 출상헐 적으 써서 허는 글씨 써서 헌 것이 한나 썩도 않고 그대로 다 있어, 그 속으가. (조사자 : 그 천이요?) 천이. (조사자 : 몇 년이나 된 물건인데요?) 삼백 년이 넘었제. 12대 전, 삼백. (조사자 : 그러겠네요, 한 세대를 삼십 년 잡으면.) 그서 인제 그렇게 갖고 와서 여그 와서 제 널은 둘인디 인제 우선 하나부텀 하나 열어보자고. 근게 그 쇠못질도 안 하고 나무로 다 히가지고 거이 그렇게 짜서 인제 해논 것인디 톱으로 썰어가지고 한 번 이렇게 열어 보니까 거그도 옷으로 꽉 널 속으가 쟁이졌네. (조사자 : 옷?) 옷. 옛날 의복으로. 옷을 이렇게 벳기니까 얼굴이 사람이 그대로 나와. [웃음] (조사자 : 삼백 년 된 묘가요?) 에. (조사자 : 깜짝 놀래셨겠네요.)

아 그리갖고 더 보지 말고 다시 덮자고 히가지고 인제 횄는디 거그 가 그 옛날 쓰던 왜 아마거(아얌)라고 이렇게 저 머리에 쓰는 모자 있잖아, 옛날. 요새도 그런 거 저 사극서나 더러 나오지. 그 모자도 들어있고, 뭐 옷이 다 들어 있는디, 빨으면 금방 입게 다 성성히갖고 그대로 다 들어 있다고. 게 얼굴도 걍 뭐 그대로 있고 근디 바람을 치면은 그것이 뭐 달라진다고 허덩만. 바람 치기 전에 우리가 인제 덮어버렸인게 모르기는 모린다. 이것을, 한 쪽으서는 어데 기자들한테로 히서 이얘기 히서 신문이라도 내고 히얄 거 아니냐. 아 그럼 묘 쓰기, 묘 쓰는 일만 어려워진게 허지 말자고 히가지고 히뻐렸는디. (조사자 : 예, 신기한 일이네요.) 에, 그렇기 히서 거 공사판에 거그 저저 대닌 사람도 뭐 경부고속도로도 참여허고 사방간 데 길냄서 허는디 수백 개 묘를 파봤어도 이런 묘는 첨이라고는

디. (조사자 : 그렇게 게 주정을 넣어 가지고?) 에.

안 썩게 했는디 나중으 가만히 그 얘기를 히본게 그 산 이름이 뭐 수장산이랴. (조사자 : 수장산?) 어, 산 이름이. 그 산이. 그게 물에다 장사를 지내야 발응을 헌다는 그런 뜻이지. 근게 아, 수장산. 그런게 그 알콜 속으다 히서 그렇게 묘를 썼더라고. (조사자 : 일부러? 그 저기 풍수지리 맞춰가지고?) 그리가지고. 그러고 팔 적으 그것만 나온 것이 아니라 고려청자, 그것도 다섯 점이 거그서 나왔어. (조사자 : 사기로 된 것이요?) 에. 근디 하나는 잘못히서 깨지고 지금 신덕 그 재실이다 갖다 보관해놨는디 거이렇게 사용하는 그릇이 아니라 뭐 신만 쓰라고 헌 것인가 젤 큰 놈이 요만이나 허고. [손을 말아줘어 보이면서] (조사자 : 작고만요, 좀?) 요만이나 허고 인제 그 속으다 이렇게 넣어놨는디 깍쟁이 요만썩 허니 있어. 깍쟁이허고 뭐 접시 같은 거 히가지고 히놨는디 고려청자. 그것도 진품명품 나가면 [웃음] 거 될 것이여. 근디 언제 한 번 나가보자고 그러까 어쩌까. (조사자 : 그러겠네요. 아주 신기한 경험을 하셨네요. 수장산. 그, 그 장 자가 그게 장사지낼 장 자 쓰는 수장산?) 에.

정읍에서. 거, 묘, 묘가 하, 하나만 있자네 묘를 세 개를 팠거든. 근디 한 개는 옛날에 예 여그 저 인력으로 가서 요리 옮길라고 할머니만 여그 와서 이제 그 자손 데리꼬 와서 있다가 돌아가신게 할아버지가 없잖아. 이 할아버지 거가 묘가 있인게 할아버지 묘를 할머니 옆으로 옮기자 히가지고 육이오 후에 나는 그 때는 인제 안 가봤지만 제 그 때 한 십여 명이. (조사자 : 할아버지 묘를, 그 산은 똑같고요?) 에, 그 밑엔데 쭉허니 써 있은게 그 산 가서 팔라고 여그서 저 뭐 정읍을 그때만 해도 차도 인제 시언찮고 가서 뭐 인력으로 포크레인이 그렇게 파도 안 나온 묘를 사램이 팠으니 그게 뭐 파질 것이여? 걍 한참 파다가 하이고 다 없어지고 없는개비다고. (조사자 : 그 때는 포기를 했었고만요?) 포기를 허고 묘도 없이버렸어, 말허자면. (조사자 : 그러겠네요. 봉분이 없어지니까.) 에.

없어져버리고는 취토장이라 히가지고 거그서 흙을 이렇게 싸가지고. (조사자 : 아, 출토장?) 취토. (조사자 : 취토?) 어. (조사자 : 흙을 취해가지고?) 에, 흙을 취해가지고 거 그것이 이제 취토장이란 것은 그 묘는 있는디, 뼈가 없으면은 거 썩은 자리서 흙이라도 갖다 모신다 히서 이렇게 흙세 봉지를 싸다가 이, 이렇게 히서 허는 것이 응 그게 취토장이고. (조사자 : 세 봉지를, 시신 대신에?) 또 이제 묘도 잊어버리고 모르면 초혼장이라는 것이 있이. 그 묘, 묘 쓰는디 그건 여그서 묘를 만들라고 헐 적에 그 저 경문을 읽어서 말하자면 혼을 불른 거여. (조사자 : 시신은 없어서 혼을 불러다가 모셔가지고?) 아, 그것이 초혼쟁이고. 근디 이건 취토장으로 히서 요 시향을 질러 모셨거던. 그랬는디 아 이 묘를 파본게 그 때 사램이 판 건 암껏도 아이고 파다 말었단 얘기지. 생각해본게. (조사자 : 그렇죠, 그 없는 줄 알고.)

에. 그 인제 그 생각이 나가지고 지금 이번이 저 여그 ○○○라고 저 군의원 당선된 애가 있어. 저 오궁리. 지금 여 손자빨 항렬로는 그는디. 아가 야무져서 지금 저 군의원까지 당선되었지만. 그 저 아버지가 그 ○○○이라고 내 동갑짜리가 저 아버진디 조카빨. 저 아버지 보고 하룻저녁으는 그 옛날, 실전했다는 묘가 사램이 팔 적으는 그렇게 안 팠을 거 아니요. 그런게 내가 가서 한 번 다시 파야 파봐야겠소. (조사자 : 음, 위치는 아시고요?) 아 인게 그저 뭐 그 사람은 그 때 가도 안 허고 히서 모르지만은 거그 산지기가 있이니까. 산, 지켜주는 사람이 있이니까. 그 묫자리가 어데냐. 히서 인제 그 산지기 물어봐보고 가서 자기가 한 번 다시 파봐야겠다 헌게 자 뭐 그릴 테면 그리 봐라. 저 아버지가 히가지고 가서 거그 가서 인자 공사하는 사람들한티 그 사람들이야 뭐 그거 장비 조끔 쓰는 것이야 별 것이 없인게 사정을 히서 옛날 이러고저러고 횄는디 게 이렇게 묘를 실전한 걸로 알고 그 동안 묘사를 지냈는디 거가 한 번 좀 파주면 좋겠다 헌게 그 승낙을 히서 판 게 거그서 또 나왔어. (조사자 : 할아버지 시신을? 그믄 그 할아버지 시신도 그대로 그렇게?) 거그도 내나야 똑같지. 저, 석관으로. (조사자 : 그렇게 주정 속에다가?)

그렇기 히서 나오고 또 하나는 하 할머니는 그 산으가 있는지만 알지 잊어버렸어 말하자믄. 그맀었는디 이제 길을 뚫으니까 인자 그 사람들이 한 번 파봐서 알잖아. 길을 낸게 또 이제 묘가 또 하나 나온 거여. 에, 그런 것이 나왔어. (조사자 : 그렇게 생긴 게 나왔어요.) 그리서 그 사람들이 찾아줘서 나중으 또 [웃음] (조사자 : 할머니 묘는 그렇게 찾으셨고만요.) 에, 윗대 할머니 또. (조사자 : 윗대 할머니. 거기다 그렇게 장사를 그렇게 지냈고만요.) 근디 그 그때 근게 참 권력도 있고 돈도 있고 헌게 걍 헌 것이지 그렇게 묘 쓴 사람이 뭐 하나도 지금 본 사람이 없단 얘기여.

북창 마을 터를 있게 한 용산바위

자료코드 : 07_09_ETC_20100709_KEY_SSC_0001
조사장소 : 전라북도 임실군 신평면 용암리 94-1번지 북창마을 제보자 자택
주사일시 : 2010.7.9
조 사 자 : 권은영
제 보 자 : 신상철, 남, 73세
구연상황 : 앞의 '절의 샘이 있었던 시암골 방죽' 이야기에 이어 바로 다음을 구연하
          였다.
줄 거 리 : 용암리에 용산바위라 불리는 바위가 있다. 용산바위는 용암리 앞산 끝자락에
          해당하는데 냇물이 지나는 길을 막아 북창 마을의 터가 생길 수 있게 하였다.

그리고 아까 인제 용암리는 누가 지었는지는 몰라도, 여그 지금 가게
앞으 가면 용산바위라고 지금 그그 저 그 육모정이 모정이 하나 있고, 바
우가 있어요, 삐쭉허니. (조사자 : 아, 여기 그 그 석등 옆에 모종 말고요?)
에, 저 앞에. 저 가게 앞에 가면은. 그 인제 중간에 그 모정은 몇몇 계원
들이 거그다 인제 경치 좋고 헌 게 지었는디, 관리 안해서 그것도 시방
다 버려져버렸지만은, 그 바위를 용산바우라고 그래요, 용산바우. (조사
자 : 용산바우.)

에, 그게 그 바위가 아니면 이 동네가 생길 수가 없어. 왜냐먼은 냇물
이 이릏게 내려와서 그 바우에 부딪쳐서 요 동네를 못 밀거든. [웃음] (조
사자 : 냇물이 가는 자리에 바우가 멈춰 서가지고?) 에, 딱 버티고 있어갖
고, 그 바위가 이 앞산 끝 말허자면 머리여, 이 앞산이. 이, 중간에는 인제
연결은 안 되었지만은. 속으로는 그릏게 연결 되았다 그리서 인제. 그리
갖고 그넘이 딱 버티고 있어갖고, 그걸로 히서 그 용산바우에 따라서 용
암리가 되았지 않냐, 인제 추측이 그릏게 허지요.

(조사자 : 그서 그것을 용산, 왜 용산바우라고 하는 거예요?) 근게 인제 그거는 모르지. 게 용머리 같으다 해서 그랬는지 어쩄는지 몰라도, 에 용산바우라고 그래요. (조사자 : 그 바우 아니었으면 여기가 물길이었을 텐데. 그렇지, 물길이 걍 요짝으로 이릏게 안으로 들어와 버릴 판인디, 그넘이 꽉 그시기 아무리 큰 물이 가도 거그서 물길이 돌아버리지. (조사자 : 바우가 제법 커요?) 아머, 사 상당히 커요. (조사자 : 아, 모종 옆이요?) 에, 모종 옆에. 모종은 인제 여그 이릏게 산맹이로 이릏게 생기고, 이릏게 생기고 있는디, 짝은 놈으다 모종은 짓고, 이 큰 놈은 그 앞이 시방 나무가 큰 나무 이릏기 아름즈기 나무 하나 있고 그런.

진안놈 임실사람 남원양반

자료코드 : 07_09_ETC_20100710_KEY_SSC_0001
조사장소 : 전라북도 임실군 신평면 용암리 94-1번지 북창마을 제보자 자택
조사일시 : 2010.7.10
조 사 자 : 권은영
제 보 자 : 신상철, 남, 73세
구연상황 : 제보자의 부인이 수박을 내주어서 수박을 먹으며 애기를 나누었다. 생거 남원 사거 임실이란 말을 들었다고 하자 제보자가 다음을 구연하였다.

인제 좋지 않은 얘기지만 그런 얘기가 있지. 전해 온 얘기로, 진안놈 임실사람 남원양반이라고 그런 소리가 있어. (조사자 : 그게 뭔 말이에요?) [웃음] 게 옛날부터 남원이 양반들이 많이 살았다고 그려. 그니 남원양반이고, 임실은 인제 사람, 보통으로이 허는 것이고, 진안 사람들은 상대할 사람이 못 된다고 인제 그런 소리가 더러 그 전부터 있었거든. (조사자 : 아, 그래요?) 근게, [웃음] 그서 그런 소리가 나오는디, 그런 것도 있지.

8. 오수면

증편 한국구비문학대계 ● 전라북도 임실군

▌조사마을

전라북도 임실군 오수면 오수리 서후(西後) 마을

조사일시 : 2010.2.23
조 사 자 : 권은영

　오수리는 본래 남원군 덕과면의 지역이었는데 조선시대에는 오수도찰
방과 오수역이 있어서 역말이라 하였다. 1914년 행정구역 폐합에 따라 후
리, 차후리, 동리, 서촌과 상리, 금암리의 각 일부와 임실군 둔덕면의 평
사리, 관월리, 신기리가 합해져 오수리라 하여 임실군 둔남면에 편입되었
다. 1992년 8월 임실군 오수면 오수리로 개칭되었다.

　'오수(獒樹)'라는 지명에는 다음과 같은 유래가 전한다. 고려 때 사람인
김개인은 개를 몹시 사랑하여 항상 함께 다녔다. 하루는 김개인이 술에

취하여 길가에서 잠이 들었는데 들불이 났는데도 잠에서 깨지 못했다. 그의 개는 근처 냇물에 몸을 적셔 불을 꺼 주인을 구하고 제 몸이 불에 타 죽었다. 개의 주인은 잠에서 깨어 이 사실을 알고 크게 슬퍼하며 개를 잘 장사지냈다. 무덤 앞에 지팡이를 세워두었는데 그 지팡이가 살아나 나무가 되었으므로 개 오(獒)자 나무 수(樹)자를 써서 오수(獒樹)라 하였다.

　오수리 서후 마을은 역전 대로의 서쪽에 있다하여 서후(西後)라 하며, 서쪽에는 둔남천이 흐르고 있다. 서후 마을은 후리에 속해 있던 마을로, 가구수가 증가하고 상가가 늘어나면서 1991년 1월 1일 후리는 동후와 서후로 분리되었다. 오수면의 교육, 행정, 교통, 경제 등의 중심지이다. 서후 마을은 주요산업이 상업이며, 2006년을 기점으로 148가구 405명의 인구를 기록하고 있다.

▌제보자

최용만, 남, 1936년생

주 소 지 : 전라북도 임실군 오수면 오수리 서후 마을
제보일시 : 2010.2.23
조 사 자 : 권은영

　20대 때에 지방을 순회하며 무성영화의 변사를 하였다. 최용만은 "대차고 즉흥성이 있어야" 변사를 할 수 있다고 했다. 최용만의 친동생이 11대 국회의원을 지낸 바 있다.

제공 자료 목록

07_09_FOT_20100223_KEY_CYM_0001 학자가 많이 나온다고 하는 덕재산
07_09_MPN_20100223_KEY_CYM_0001 배 형국에 제사 공장을 지었던 일제
07_09_MPN_20100223_KEY_CYM_0002 아홉 고을 자식들이 모인다는 곳에 있는 논
　　　　　　　　　　　　　　　　　　산훈련소

학자가 많이 나온다고 하는 덕재산

자료코드 : 07_09_FOT_20100223_KEY_CYM_0001
조사장소 : 전라북도 임실군 오수면 오수리 387-1번지 대한노인회 오수면 분회 경로당
조사일시 : 2010.2.23
조 사 자 : 권은영
제 보 자 : 최용만, 남, 75세
구연상황 : '배 형국에 제사 공장을 지었던 일제' 얘기에 이어 다음을 구연하였다.
줄 거 리 : 지사면 안하리의 뒤에 가면 덕재산이 있는데 붓끝 모양의 봉우리인 문필봉이
있다. 또 책을 쌓아놓은 모양이어서 글소반이라 불리는 바위가 있어서 이곳에
서 학자가 많이 나온다고 전해진다.

지금 오수를 간단하게 얘기허자면은 아까 참 부분적으로 말씀을 잘 하
셨지만은 저 안하 뒤에 가면 덕재산이라고 있어. (조사자 : 안하가 어디예
요?) 지사면. (조사자 : 지사면 안하라는 데?) 거그를 덕재라고 혀. 덕재산
덕이 많은 산이다 그 말여. 덕이 많고 동수문필봉이라고, 여기서 보면은
천왕봉이라고 붓글씨 쓰는 끄트리, 그게 문필봉여 그게. 아 근게 말하자
믄 학자들이 많이 나와. 덕이 많은, 많이 나오고. 그러믄 삼계석문(三溪石
門)을 가게 되면은 거가 최치원 선생도 거그 오셨다 가셨지만은 그 책을
딱딱딱딱딱 쌓아져 있기 때문에 꼭 먼 데서 보믄 책 쌓아놓은 것 같어.
그걸 보고 간단허게 글소반이라고 그려. 동수문필봉이요 북으로 덕재산이
요. 거그를 보면 남쪽이라고 보까, 삼계석문을 거그를 보고 글산이라고
그려. 참 좋게 째여졌지, 오수가. 그래서 이 오수라는 디가 아까 우리 회
장님도 말씀하시고 면장님도 말씀하셨지만은 각자 그런 말 들으러 왔잖
아요, 믿거나 말거나. (청중 : 자기 고향을 추기는 거야.) 간단하게 얘기해
서 그렇게 좋은 자리여.

배 형국에 제사 공장을 지었던 일제

자료코드 : 07_09_MPN_20100223_KEY_CYM_0001
조사장소 : 전라북도 임실군 오수면 오수리 387-1번지 대한노인회 오수면 분회 경로당
조사일시 : 2010.2.23
조 사 자 : 권은영
제 보 자 : 최용만, 남, 75세
구연상황 : 오수면지 편찬위원회의 총무와 통화가 되어 구비조사사업에 대해 얘기를 했
　　　　　더니 오수면지 편찬과 관련된 분들을 한 자리에 모아 주었다. 그 자리에 모인
　　　　　사람들이 한 마디씩 오수면과 관련된 얘기를 하고 제보자 차례가 되자 다음
　　　　　을 구연하였다.
줄 거 리 : 일제는 양택풍수를 중요하게 생각했는데, 오수가 배 형국인 것을 보고 이곳
　　　　　에 생사를 짜는 제사 공장을 지었다. 제사 공장이 한창 번성했을 때는 직공
　　　　　이 삼사백 명에 달했다. 제사 공장의 위치가 배의 기관실에 해당하는 곳에
　　　　　있으며, 공장 굴뚝이 배 기관실의 굴뚝에 해당한다고 생각하고 있다. 제사
　　　　　공장이 다시 활발하게 가동이 되면 오수가 더 부유해질 것이라는 기대를 가
　　　　　지고 있다.

　왜정 때 일본놈들이 풍수를 더 지켰어. 일본놈들이, 일본놈들이 우리나
라보다, 우리는 묘를 숭상했잖아. 그 사람들은 집을 숭상했어. (조사자 :
아 양택.) 양택, 양택과 음택이라는 것은 양지 바른 게 양택이고, 사람이
살았을 때는 양택, 죽으면 음으로 들어가니 음택이라는 것여. 게 음양이
라는 것은 그렇게도 표를 허는디 어 오수라는 디가 왜놈들이 왜 터를 잘
잡았냐. 오수는 떠나야 할 곳이다. 떠나야 된다는 것이 우리나라 민족들
이 지금 전 세계 각국으로 분포 되야가지고 우리 한국을 피알을 허고 코
리아라는 이름이 알지. 이 쇄국정책을 써가지고 우리나라 사람들이 종자
그대로만 살아야 한다게 되면은 근친교배라고 해가지고 종자도 이렇게

줄었을 거란 말여. 근게 일본놈들이 종자를 개선헐 때 한국보다 적었거든. 왜놈이라는 것이 적은 키, 작다는 거여. 그런게 가들은 나라가 길잖아. 저 북해도에서 남쪽으로 남쪽에서 우로 뭘로 잇냐믄은 이 탄광촌으로 남자를 이동을 헀어. 그러믄 이짝 사람이 북쪽 사람허고 생산을 허고 북쪽은 남쪽 사람허고 생산을 혀서 종자개량을 했단 말여. 그럼 지금 우리나라가 보통 보게 되면은 그 운동선수들 뭐 외국에 지지 않는 신체조건을 갖고 있어요. 근게 나가야 돼. 근게 지금 이 스키 선수도 보통 일 메타 구십오 쯤 되야 되는디 우리나라 여자는 일 메타 육십 칠이든가 육백이 안 되더라고. 한 삼십 센치가 적으니까 콤파스가 짧아지고 따라갈 수가 없제.

그런게 오수라는 디가 왜 그 얘기가 나오냐. 제사 공장이라고 당신 알죠? (조사자 : 뭔 공장요?) 왜정 때 실, 누에꼬추. (청중 : 실크, 제사 공장.) 지금으로 말허자믄 실크공장이지. (조사자 : 생사 짰던?) 그러지. 누에꼬추를 짓고 뽕나무 상자 해서 여서 누에꼬추도 여그서 씨도 만들고 그렀었어. 근디 오수를 보게 되면 배혈이라고. (조사자 : 배, 아 이렇게 떠다니는 배?) 떠다니는 배여, 저 임실 성수를 가보면은 산서천이라고 해서 철둑길로 쭉 쪼개고 저그서 성수천 냇가로 쭉 쪼개노믄 오수여, 바로 이게. 이 배여, 그러믄은 밑에가 짜란햐. 배는 보통 뒤에가 배굽이 잘라져 있어. 안 나와 있어, 앞은 삐쭉해도. 에 산서천에서 내려오는 물이 어쩌면 그렇게도 야물게도 딱 짤랐는가 모르겠어. 딱 배여, 아먼 배지. 그서 일본놈들이 가만히 보고는 여가 돈 벌 자리다. 그서 제사 공장을 여기다 지은 거여, 상점을 만들어가지고.

지금도 교수님이 가다보면 알지만 왜정 때 수십 년 간을 오수를 휘날리는 태극기로 만들었던 디가 뱃고동도 슬피 울고 가는, 그 지금 제사 공장 굴뚝 있잖아, 굴뚝. 기적소리 울리면서 떠날 때가 그 때가 제사 공장에 공녀가 몇 명이었느냐. 삼백 명 사백 명이었어. (조사자 : 그 위치가 배가 저 이렇게?) 거가 배혈이라니까, 거가 기관실여. (조사자 : 기관실이에요?)

지금도 그 굴뚝의 연기가, 뱃고동의 기적소리가 나게 되면은 오수는 하늘로 올라 갈 수 있어. (조사자 : 돈을 많이 버는 데고만요?) 그렇지, 지금 기대를 갖고 살지. 또 그 공장에 불이 붙을 날이. (청중 : 양쪽에 물 내려가지, 굴뚝 새에서 뱃고동 석탄 때서 허지 꼭.) 성수천 산서천이 우리 오수를 튼튼히 막아주고 있잖아. (조사자 : 그래서 좌수 우수가 성수천 저기?) 그렇지 좌수 우수지.

아홉 고을 자식들이 모인다는 곳에 있는 논산훈련소

자료코드 : 07_09_MPN_20100223_KEY_CYM_0002
조사장소 : 전라북도 임실군 오수면 오수리 387-1번지 대한노인회 오수면 분회 경로당
조사일시 : 2010.2.23
조 사 자 : 권은영
제 보 자 : 최용만, 남, 75세
구연상황 : 앞의 '학자가 많이 나온다고 하는 덕재산' 이야기 뒤에 다음을 구연하였다.
줄 거 리 : 1948년에 대한민국 정부가 수립된 후, 처음에 군인훈련소를 제주도에다 만들었다. 바다가 에워싸고 있기 때문에 사람이 달아날 염려가 없었기 때문이었다. 그런데 제주도 훈련소에서는 훈련병들이 설사병이 나서 많은 수가 죽어나갔다. 그걸 보고 미국인들이 훈련소 부지를 물색하던 중에 논산에 훈련소를 세웠다. 논산훈련소가 있는 곳은 지명이 구자곡면(九子谷面)이다. 구자곡면은 풍수지리적으로 볼 때 암탉이 새끼를 품은 형국이며, 지명을 풀이해 보면 아홉 고을의 자식들이 얼굴을 맞대고 모이는 곳이라고 해석할 수 있다. 그래서 훈련소로서는 최적지를 미국인들이 찾아 논산훈련소를 세웠다.

　미국 사람들이 우리보담도 더 풍수지리가 더 유명헌 얘기가 있어. 왜냐? 우리나라 사람들은 풍수를 그릏게 연구를 혔던 분들이, 에 제1훈련소를 어따 했냐, 제주도다 했어. (조사자 : 뭔, 제1훈련소 뭘 훈련하는 데예요?) 아 우리나라 사팔년도 정부가 수립되고, 정부가 수립되면은 군인이 있으얄 거 아냐. (조사자 : 아, 군인 훈련소) 군인 양성소여, 그게. 논산훈

런소가 있잖아. 그서 인제 제주도로 보내 노니까, 전부 왜 물을 갈아 먹으면 설사병이 난다 그러지. (조사자 : 그렇죠.) 그 전부터 이거이 말하자면, 에, 장염이라 그러지. 지금으로 말하자면. (조사자 : 향토, 향토병 일종.) 근게 장염이 걸리게 되면은 그 전엔 약이 없이 다 죽었어. 그럼 보급도 안돼. 근디 왜 에, 그 제주도에다가 만들아 놨느냐, 도망을 못 가게. 철조망이 필요가 없어. (조사자 : 군인들이 도망을 못 가게?) 그렇지, 바다가 에워싸고 있으니까. 근게 지킬 것이 없어, 도망가는 놈 지킬 것이 없어. 그랬는데, 사람이 군인이 에, 양성소에 들어가게 되면, 백 명이 가면 범삼 삼십 명이 죽어 버리고 그려. 그 칠십 명이 와도 절반은 비글비글 총 들고 싸울래야, 총을 들덜 못해. 기운 없어갖고.

미국놈들이 비행기 전차를 싹 히 보니간, 제2훈련소라고, 거기 1훈련소를 폐쇄시켜버린 거여. 논산에다 훈련소를 만들았어. 적지는 여그다. (조사자 : 미군정 때요? 그 해방 되고?) 해방, 말허자면 대한민국 수립 정부가 되었으니간, 미군정 시대는 아니지. (조사자 : 그때 지나서.) 그렇지. 황토만 뻐글뻐글해갖거 양 옷이 진흙탱이 된 디가 논산이여. 그래 이건 못 헌다. 한게, 아니여, 여가 바로 자리다. 딱 허니 논산 훈련소를 져 놓고, 나도 삼십년 돼 늦게서 군대 가갖고 논산 훈련소 나왔는데, 거그를 가서 보니깐, 논산군, 아홉 구(九자), 아들 자(子)자, 낯 면(面)자여. 구자곡면(九子谷面)이여 거가. 논산군 구자곡면이여. 아홉 고을 자식이 [바닥을 두드리며] 얼굴을 맞대고 살아야 될 터가 구자곡면으로 지명으로 나와 있어. 구자곡면이.

(조사자 : 아, 거기가 그 혈, 형국이 그렇다는.) 거기가 암탉 혈이고. 기냥 닭 한 마리가 모든 새끼들 꼬꼬꼬꼬꼬 인제 몰고 나가는겨. 암탉 혈이다가, 아홉 고을 자식이, 경기도 강원도 충청북도 충청남도 전라북도 전라남도 경상북도 경상남도 제주도. 하나도 틀림이 없는 것이 구자곡면이란 데가. (조사자 : 아홉 고을 자식이.) 아홉 고을 자식이. 모이라고 해도

거기도 골치 아프고, 미쳤간디 저 제주도다가 만들어 놔? [웃음] 근게 옛
날에 어느 때 가 지었는가는 모르지만은, 거가 구자곡면이여 지금도 구자
곡면이여. (조사자 : 구자곡면이면, 곡면이 뭔 말이예요? 곡자가? 한자로?)
골 곡. (청중 : 골 곡.) (조사자 : 아, 골 곡자. 구자곡면.) 그리서 거가 양 뚫
어지게 훈련소로 만들아진 디를 미국이, 미국 사램이 찾아냈다 그 말이여.
(조사자 : 잘 찾아냈네요.)

9. 운암면

증편 한국구비문학대계 ● 전라북도 임실군

▌조사마을

전라북도 임실군 운암면 학암리 학암(鶴巖) 마을

조사일시 : 2010.7.8
조 사 자 : 권은영

　운암면 소재지에서 남동쪽으로 약 8킬로미터 지점에 위치한 마을이다. 학암리는 본래 임실군 상운면의 지역이었다가 1914년 행정 구역 개편에 따라 광석리, 학산리, 월면리, 일부를 합쳐 학산(鶴山)과 광석(光石)의 뜻을 따 학암리라 하여 운암면에 편입되었다. 학산리는 봉우리가 세 개인 학터이기 때문에 학산리라 불렸으며, 광석리는 앞산 바위에 황금이 섞여 있어 빛이 난다고 전해져 광석리라고 이름 붙였다고 한다.

　학암 마을은 과거에는 학암국민학교가 있었고 230여 세대가 살던 큰 마을이었다. 섬진강 댐으로 인해 700여 마지기의 농지가 수몰되면서 마을의 인구도 대폭 줄었다고 한다. 2010년 현재는 83세대, 인구는 200여 명 정도이다. 주민들은 주로 농사를 짓는다.

손완주, 남, 1936년생

주 소 지 : 전라북도 임실군 운암면 학암리 3길 14-1
제보일시 : 2010.7.8
조 사 자 : 권은영

학암 마을에서 나고 자랐다. 본관은 밀양
으로 조부와 부친 모두 한학을 하였으며 한
문교육에 대해 열의가 있었다. 집안 어른들
의 영향으로 신학문보다는 한문 공부를 하
였다. 전주로 유학하여 6·25전까지 몇 년
간 한문공부를 하였다. 한벽당 근처에 살던
간재 선생의 제자인 최병심 문하에서 수학
하였다. 생업으로 농사를 지으며 살았다.

제공 자료 목록

07_09_FOT_20100708_KEY_SYJ_0001 큰절의 솥단지가 가라앉아 생겼다는 빈구수
07_09_FOT_20100708_KEY_SYJ_0002 이여송이 붓으로 산을 잘랐다고 전해지는 벤목
07_09_FOT_20100708_KEY_SYJ_0003 금강산에 속한다 하여 속금산인 마이산
07_09_FOT_20100708_KEY_SYJ_0004 상가승무노인탄
07_09_MPN_20100708_KEY_SYJ_0001 금계포란 형국에 자리잡은 관촌초등학교

큰절의 솥단지가 가라앉아 생겼다는 빈구수

자료코드 : 07_09_FOT_20100708_KEY_SYJ_0001
조사장소 : 전라북도 임실군 운암면 학암리 772번지 학암 마을회관 근처 모정
조사일시 : 2010.7.8
조 사 자 : 권은영
제 보 자 : 손완주, 남, 75세
구연상황 : 학암 마을 이장님과 통화를 하였더니 제보자를 소개해 주었다. 약속을 하고
　　　　　 학암 마을 모정에서 면담하였다. 마을에 대한 정보를 얘기하다가 다른 동네
　　　　　 얘기라며 다음을 구연하였다.
줄 거 리 : 신평면 용암리에는 옛날에 큰절이 있어서 많은 승려들이 살았다. 절의 규모가
　　　　　 어찌나 크던지 절에는 만 명의 밥을 지을 수 있는 큰 솥이 있었다. 그 솥이
　　　　　 가라앉아 지형을 이루었다는 빈구수가 있는데, 그 모양이 소가 먹던 구유의
　　　　　 모습처럼 생겨서 '비어있는 구유'라는 뜻에서 '빈구수'라 불린다.

　용암리 가믄 그런 거 있지. 거그 가면 변목이라고 있어, 비었다 해서.
그게 전설로 나왔는디, 절이 있는디 아까 여 우리 임실군의 문화재라고
해서 탑이 있잖아, 석등. (조사자 : 아 임실 이도리에 있는 거요?) 이도리
말고 용암리 석등, 거그 가봤지? (조사자 : 아직 못 가봤어요.) 거그 석등
이 있는데 그 석등이 아까 신라 때 지은 석등여. 그게 어디 치하고 같냐
믄 신라 불국사 치하고 똑같여, 형체가 가보면 알지만. 석등이 현재 고것
만 보존허고 있어. 근디 그 석등이 석등만 있은게 절도 있었을 거 아녀.
(조사자 : 그러겠네요.) 절이 있었어, 거가.

　절이 있었는데 그 절이 참 유명했디야. 옛날에는 그게 북창인데 거가.
(조사자 : 북창?) 북창 이름이, 근데 거기서 요 섬진강을 저짝 건네가다 있
는디 저짝 건네가서 구름다리를 놓고 와서 중들이 와서 물을 떠먹고 용마

있다고 혀. 그 빈구수라는 게 있고, 만명이 밥을 해 먹어서 먹은 빈구수가 솥단지 가라앉았다고 그러고 있어. (조사자 : 빈구수가 뭐예요?) 빈구수, 빈 구수여 시방, 소가 먹던 구수라고 있잖아. (조사자 : 빈 구수?) 빈구수. (조사자 : 구수가 그믄 비어있다는.) 비어있어 자 그건, 근게 그런 전설도 있어 거 가면. (조사자 : 용암리 가면 빈구수.)

이여송이 붓으로 산을 잘랐다고 전해지는 벤목

자료코드 : 07_09_FOT_20100708_KEY_SYJ_0002
조사장소 : 전라북도 임실군 운암면 학암리 772번지 학암 마을회관 근처 모정
조사일시 : 2010.7.8
조 사 자 : 권은영
제 보 자 : 손완주, 남, 75세
구연상황 : 앞의 '큰절의 솥단지가 가라앉아 생겼다는 빈구수' 이야기를 한 후에 바로 이
　　　　　어서 다음을 구연하였다.
줄 거 리 : 신평면 용암리에는 '벤목'이라는 곳이 있다. 도술을 부리는 이여송이 중국에
　　　　　서 이곳의 지도에다가 붓으로 표시를 하자 그곳의 땅이 잘렸다는 것이다. '벤
　　　　　목'은 '베인 자리'라는 뜻이다.

거그 가면 벤목이라 갖고 이여송이가 짜른 디가 있단게, 산을. (조사자 : 산을 왜 짤라요?) 아 붓으로 짤랐다고 글잖아, 옛날 이여송이가, 중국서. (조사자 : 그 얘기 대충 좀 해주세요, 어르신.) 그런게 그리서 붓으로 짤라부린게 짤라져 부렸다는 얘기여. 산이 짤라졌어. 그 짜른 자리가 있어. 변목이라고. (조사자 : 변목?) 가보면. (조사자 : 이여송이 붓으로?) 이여송이 중국에.) (조사자 : 붓으로 이렇게 짤랐대요, 산을?) 그런 전설이 있어. 대부분 가면 다 있어, 그런 전설이.

근디 그 짤라버리니까 거기서 인자 뭔 용마가 나와갖고는 피암리로 건네 가서는 피를 흘리갖고 저 쉰재 가서 쉬었다가 저리 삼계로 넘어갔다는

애기가 있는디, 전설의 하나고. 근디 묘허거든, 거그가. 그서 그 짜른 자리가 있어, 확실히 짤랐어. (조사자 : 벤목. 재밌다.) 그러면은 인자 어디가 있느냐면은 거그가 거시기가 되얐어. 절이 그 뒤에 망했어. 절 중들이. 그 특색있는 시방 그 석등은 남아 있단게.

금강산에 속한다 하여 속금산인 마이산

자료코드 : 07_09_FOT_20100708_KEY_SYJ_0003
조사장소 : 전라북도 임실군 운암면 학암리 772번지 학암 마을회관 근처 모정
조사일시 : 2010.7.8
조 사 자 : 권은영
제 보 자 : 손완주, 남, 75세
구연상황 : '금계포란 형국에 자리잡은 관촌초등학교'를 이야기를 한 후에 다음을 구연하
    였다.
줄 거 리 : 진안의 마이산 일대는 원래 늪지였는데 천지개벽 때 산이 솟아나 지금의 마
    이산이 되었다. 마이산은 별칭이 '속금산'이다. 바위산으로서 금강산과 비슷
    하다 하여 '금강산에 속해 있는 산'이라는 뜻에서 속금산(屬金山)이라 부른다
    고 한다.

  거 가서 큰 들이었는디 거 가서 늪지라고 했거든. (조사자 : 거기가 늪
지였대요?) 늪지였다는 그런 말이 있어. 천지개벽 때 솟아나 버렸다는 얘
기여. (조사자 : 그래서 속금산이에요?) 속금산, 일명 속금산은 속할 속(屬)
자, [지명이 후딱 생각이 나지 않는 듯] 금강, 아 저, 금산, 그거 있잖아.
금강산(金剛山). (조사자 : 비단 금자?) 비단 금(錦)자. 그 이야기거든. 근게
속금(屬金)여. 속할 속자. 거기에 속했다. 돌로 되야 있는게. 속금산이라고
그려, 근게 일명 마이산이라고 하고 속금산이라고도 하고 이름이 많잖아.
거 가면. 고것이. (조사자 : 그면은 그게 금강산에 속해 있어서?) 그리서
같으다. (조사자 : 금강산과 같다?) 둘이 비슷하다. 바우로 되얐은게. 속금,

일명 속금산이다, 그렇게 나온 거여. (조사자 : 그런 말이 있구만요.)

상가승무노인탄

자료코드 : 07_09_FOT_20100708_KEY_SYJ_0004
조사장소 : 전라북도 임실군 운암면 학암리 772번지 학암 마을회관 근처 모정
조사일시 : 2010.7.8
조 사 자 : 권은영
제 보 자 : 손완주, 남, 75세
구연상황 : '금강산에 속한다 하여 속금산인 마이산'을 이야기한 후에 다음을 구연하
였다.
줄 거 리 : 성종이 남산골로 잠행을 나갔다가 희한한 장면을 보았다. 어느 집에서 머리를
삭발한 여승은 춤을 추고, 한 남자는 상복을 입은 채 술을 권하고, 술상 앞에
앉은 노인은 울고 있었던 것이다. 성종이 그 사연을 듣고 보니 그날은 노인의
생일이었고, 머리 깎은 여자는 며느리였으며, 상복을 입은 사람은 노인의 아
들이었다. 집이 가난하여 아버지의 생일상을 차릴 수가 없게 되자 며느리는
머리카락을 팔아 술상을 마련하였고, 어머니 상을 당해 상복을 입은 아들은
아버지인 노인에게 술을 권하였으며, 그 상황이 너무 기가 막혀 노인은 통곡
을 하고 있었던 것이다. 성종은 아들 내외의 효성에 감복하여 큰 상을 주고
치하하였다.

성종대왕 때, 숙종이 아니라. (조사자 : 아, 성종대왕 때예요?) 성종대왕
이 성군 아녀? 우리나라 성군 중에 유명헌 양반인데. 성종대왕이 잠행이
라고 그려, 왕이 직접 나가는 거이. 그럼 이제 왕이 신하를 뒤갖고 암행어
사를 두는 건 암행이라고 그러고. 근게 이제 잠행을 나갔던가 부지. 바로
아까 그 얘기여. 어떤 이가 이제, 남산골. (조사자 : 남산골로?) 서울, 서울
서 헌 얘기여. 여까지 온 것이 아니, 나랏님은 여까지 안 오니까. (조사
자 : 못 오지요.) 암행어사만 보내지, 근게. 남산골로 간게 그런 것이 있었
다고 그러잖아.

그런게 그리서 얘기여. 말하자믄 여승은, 여승여. (조사자 : 여승이에요?) 여승, 머리를 깎았은게 여승이지. 여승은 춤을 추고 있고 아까 얘기헐 때 그 노인은 노인은 앉아서 울고 있고 아까 아들은 상복을 입고 뭣을 권했다고, 술상을 권했다고 그러잖아?) (조사자 : 술상을 권했어요.) 그 얘기가 뭔 얘기냐면은 잠행을 나갔더니 밤에 그러고 있어. 그때 백성들이 가난했잖아. (조사자 : 그렇죠.) 거시기에 나온 것인디, 이조 야화에 나온 소린디 이게. (조사자 : 이조 야화에?) 숙종대왕, 아니 성종 땐데. 그 인자 원인을 물어보니까 뭣 땜에 그냐면 하도 가난하니까 그날 영감 생신여. (조사자 : 영감 생신?) 시아바니. 생일날인께 대접할 것이 없인게 옛날에는 그 머리를 깎아갖고 머리를 팔면, 말하자면 그 저 낭자한다고 뭣해갖고는 굉장히 비쌌단게. (조사자 : 머리카락이요?) 머리카락을. 제일 높이서 쓴게 제일 비싸게 팔았다는 얘기여. 그래 근게 그놈을 머리를 깎았은게 중이 됐지. (조사자 : 여승이?) 여승이 되야부려. 원래 여승이 아니라 며느린데. 그래서 인자 이놈을 머리를 깎고 생일상을 마련했어, 밤에. 저그 아부지는 통곡헐 일 아녀? 며느리가 머리를 깎고 생일상을 채려주니 기가 멕힐 일 아니냐고, 시아바니가. 근게 아들은 움서 술상을 권했어.

그런 얘기. 왜 그냐고 근게 그랬어. 듣고 와서는 낭중에 그 신하를 시겨서 먹을 것도 주고 효자상도, 효부상을 내렸지. 그 야화, 그런 거시기가 있어. (조사자 : 그런 야화가 있어요.) 서울 남산골. (조사자 : 남산골 야화 고만요.)

금계포란 형국에 자리잡은 관촌초등학교

자료코드 : 07_09_MPN_20100708_KEY_SYJ_0001
조사장소 : 전라북도 임실군 운암면 학암리 772번지 학암 마을회관 근처 모정
조사일시 : 2010.7.8
조 사 자 : 권은영
제 보 자 : 손완주, 남, 75세
구연상황 : 앞의 '이여송이 붓으로 산을 잘랐다고 전해지는 벤목' 이야기를 한 후에 몇
개의 설화를 예시하였더니 제보자가 다음을 구연하였다.
줄 거 리 : 관촌면 유산리(酉山里)에는 닭산이 있다. 이곳에는 금계포란(金鷄抱卵)의 명당,
즉 금닭이 알을 품고 있는 명당이 있는데 그 자리가 바로 관촌초등학교 자리
이다.

　(조사자 : 옛날에 풍수 관련된 이야기도 있잖아요? 금계포란이라는.) 그
러지. (조사자 : 뭐 그런 얘기들이 있던데요?) 그 이제 명당을 지어서 헌
얘기여. 금계포란 같은 거. 금계포란이 관촌 가면 있잖아. (조사자 : 관촌
어디에?) 관촌 어디에 가 있냐면은 유산리라고 있잖아, 초등핵교. 관촌초
등핵교 자리가 그 자리께 밑에가 묘가 있어요. 관촌 가 물어보면 어른들
안다. 관촌 어른들, 소재지에 가 물어봐. 금계포란여, 거가.

　(조사자 : 거기가? 금계포란이면 뭐 하는 데?) 금계포란이면은 금계가,
말하자믄 금닭이 알을 품고 있는 자리다는 얘기여. 포란. 알을 품고 있는,
그런게 초등핵교. 그래서 초등핵교 자리가 터가 좋다는 얘기여. 중핵교
자리하고. 거 묘가 있어요. 초등핵교 가보면. 관촌 사람들은 다 아는데,
금계포란이 거그여. (조사자 : 아, 거그가 금계포란이에요? 그래서.) 요 근
방서는 거그뺀이여, 금계포란이. (조사자 : 학교를 거그다가 세운 거는 잘
한 거네요?) 그렇지. 그런게 거그다 터를 잡은 거여. 개인이 아까 명당을

잡았어, 누가. 유산리, 거기 유산리라고 하거든. 달구 유(酉)자여. (조사
자 : 닭 유자예요? 유산리가?) 달구 유(酉)자 뫼 산자. 묏 산(山)자. (조사
자 : 닭산이네요?) 그려 닭산. 그 금계포란 자리가 있어 거다 지었는데 지
금 그 명당 묏자리보다는 우리가 판단할 때는 금계포란 왼 자리가 초등핵
교 자리여. (조사자 : 그 자리가 딱 금계포란 자리에요?) 그게 맞아. 그닌
게 아들들 다 사학들이 거그서 배워갖고 다 나와갖고 훌륭한 사람 많이
나오잖아, 거그서. 그런게 나는 거가 기다 그 말여.

10. 임실읍

▌조사마을

전라북도 임실군 임실읍 신안리 정촌(亭村) 마을

조사일시 : 2010.1.7, 2010.1.14, 2010.3.20
조 사 자 : 임철호, 권은영, 이화영

임실읍 소재지에서 남서쪽으로 약 2.8km 떨어진 지점에 위치해 있다. 조선 세조가 단종을 손위시키고 왕위에 오르자, 해남 현감을 하던 귀휴정이 벼슬을 내놓고 백이산에서 은거하다가 지금의 정촌에 터를 잡고 살면서 마을이 시작되었다고 전해진다. 귀휴정(歸休亭)은 오변하(吳變夏)의 호로서, 그는 본관이 함양이고 자는 학중(學中)이다. 문과에 등과하여 해남 현감이 되었으나, 단종의 손위 소식을 듣고는 벼슬을 그만두었다. 스스로 귀휴(歸休)라는 호(號)를 짓고 이 마을에 은거하면서 느티나무를 심고 그 나무 아래에서 후진을 양성하였다고 한다.

정촌 마을은 함양 오씨의 집성촌이었고, 그 다음으로 청주 한씨들이 많이 들어와 살았다. 양씨, 김씨, 이씨 등 현재 여러 성씨가 살고 있으며, 과거에는 130여 호가 살았던 큰 마을이었으나 현재는 30호 정도만 살고 있다.

정촌 마을은 들이 좋고 밭이 넓은 편이다. 다른 마을은 논농사에도 남녀가 함께 했으나 정촌에서는 전에는 여자들은 밭일을 하고 남자들이 논일을 도맡아 했다. 콩, 팥, 보리, 밀, 조, 수수 등 오곡을 골고루 거두었다고 한다.

임실서국민학교가 있었으나 현재 폐교된 상태이고, 마을 내에 정촌 교회가 있다.

전라북도 임실군 임실읍 이도리 운수(雲水) 마을

조사일시 : 2010.7.2, 2010.7.3, 2011.1.29
조 사 자 : 권은영

이도리(二道里)는 이돗말, 이도말, 또는 이도라 불렀는데 두 개의 길이 있기 때문에 붙여진 명칭이라 한다. 이도리는 상동, 중동, 하동, 이도, 향교, 수정 마을로 되어 있었는데, 2009년 운수 마을이 추가되었다.

운수리는 원래 수정 마을이었는데, 주공 아파트가 설립되어 2006년 12월 입주를 시작하면서부터 수정 마을에 인구가 급증하였다. 이에 2009년 수정 마을에서 운수리가 법정리로 나뉘었고, 주공아파트는 운수 마을로 명칭이 정해졌다. '운수'라는 명칭은 '운수봉(雲水峰)'에서 따온 것이다.

곽길순, 여, 1940년생

주 소 지 : 전라북도 임실군 임실읍 이도리 958번지
제보일시 : 2010.7.2, 2010.7.3, 2011.1.29
조 사 자 : 권은영

　임실군 둔남면(현 오수면) 봉산 마을 출신
으로 22세에 성수면 도인리의 양명식과 혼
인하였다. 자녀는 딸 둘, 아들 둘을 두었고
택호는 '봉산댁'이다. 도인리에서 농사를 지
으며 쭉 살다가 2006년에 운수 마을로 이주
하였다. 건강을 해칠 정도로 일을 많이 하
여 노년에 여러 차례 수술을 하게 되자 어
머니를 염려한 아들이 아파트로 이사할 것
을 권했다고 한다.

　친정인 둔남면 봉산 마을에는 이야기를 잘 하는 사람들이 많아서 어릴
때부터 많은 이야기를 듣고 자랐다. 특히 '유동댁'이라는 택호를 가진 할
머니가 얘기를 잘 했다고 한다. 민요 또한 마을 어른들에게서 듣고 자연
스레 배우게 되었다. 시댁의 작은 어머니도 '유식한 분'이라 이야기를 잘
했는데, 우투리 얘기를 해주어서 지금까지 기억하고 있다.

　말솜씨가 뛰어나서 이야기를 재미있게 하고 붙임성도 좋아서 시어머니
와도 사이가 좋았다고 한다. 임실읍의 제보자 양명식은 곽길순의 남편이
며, 성수면 도인리의 제보자 양창식은 곽길순의 시동생이다.

제공 자료 목록
07_09_FOT_20100702_KEY_GGS_0001 이얘기가 뛰얘기를 짊어지고

07_09_FOT_20100702_KEY_GGS_0002 진안 백운면 도림리에서 태어난 장수
07_09_FOT_20100702_KEY_GGS_0003 꾀를 내어 과부 각시를 얻는 사람
07_09_FOT_20100702_KEY_GGS_0004 신혼부부의 약과 술
07_09_FOT_20100702_KEY_GGS_0005 곶감장수에게 딸을 뺏긴 홀어미
07_09_FOT_20100703_KEY_GGS_0001 이성계와 우투리
07_09_FOT_20100703_KEY_GGS_0002 구렁덩덩 새순배기
07_09_FOS_20100703_KEY_GGS_0001 울 어머니 심근 박은
07_09_FOS_20100703_KEY_GGS_0002 한 골 매야 두 골 매야
07_09_FOS_20100703_KEY_GGS_0003 진주낭군
07_09_ETC_20100703_KEY_GGS_0001 놀이 꼬대꼬대 꼬대각시
07_09_ETC_20100703_KEY_GGS_0002 군밤 닷 되 찐밤 닷 되
07_09_ETC_20100703_KEY_GGS_0003 며느리수저풀
07_09_ETC_20100703_KEY_GGS_0004 며느리 찰밥 딸 볶은 콩
07_09_ETC_20110129_KEY_GGS_0001 장구장구 장구씨

양명식, 남, 1937년생

주 소 지 : 전라북도 임실군 임실읍 이도리 958번지
제보일시 : 2011.1.29
조 사 자 : 권은영

성수면 도인리가 고향으로, 5남 1녀 중
둘째로 태어났다. 25세에 혼인 후 부모와는
분가하여 도인리에서 농사를 지으며 살다가
2006년에 운수 마을로 이주하였다. 임실읍
제보자 곽길순이 아내이며, 성수면 제보자
양창식이 친동생이다. 아내 곽길순에 따르
면 양명식은 다정다감한 성격으로 어머니에
게도 자상한 아들이었다고 한다.

제공 자료 목록
07_09_FOS_20110129_KEY_YMS_0001 장타령

한준석, 남, 1923년생

주 소 지 : 전라북도 임실군 임실읍 신안리 477번지 정촌 마을
제보일시 : 2010.1.7, 2010.1.14, 2010.3.20
조 사 자 : 임철호, 권은영, 이화영

한준석(韓準錫)은 신안리 정촌 마을에서
태어나 평생을 이곳에서 살았다. 3남 2녀
중 막내로 태어났다. 집안에서 대대로 글을
읽었는데 아버지 대에서 글이 끊어졌다. 조
상들은 인근에 있는 한씨 집성촌인 금동 마
을에서 살았는데 증조부 대에 정촌 마을에
정착하게 되었다.

간이학교에서 1년 반을 다니고는 월사금
을 내지 못해서 학업을 그만 두었다.

26세에 정월리가 친정인 박정애와 혼인을 했는데, 당시로는 만혼인 셈
이었다. 3남 2녀의 자녀를 두었다. 농사를 지으며 생계를 유지했지만 생
활이 고달팠다.

공부에 뜻이 있어, 붓에 물을 찍어 종이 대신 판자 마루에 글씨를 써가
며 글씨 연습을 했다. 공부 못한 것이 한이 되어 일가 어른댁에 가서 한
문공부를 두어 달 하였고, 동냥글도 배웠다. 책 읽기를 좋아하고 항상 글
을 읽는 사람들과 함께 어울리고자 했다. 책을 보다가 모르는 한자가 나
오면 지금도 자전을 찾아보며 공부를 한다.

현재 임실 향교의 전교를 맡고 있으며, 여러 해 동안 노인회장을 하고
있다.

제공 자료 목록
07_09_FOT_20100107_KEY_HJS_0001 율곡 선생과 화석정
07_09_FOT_20100107_KEY_HJS_0002 이순신에게 승전 비법을 알려준 율곡 선생

07_09_FOT_20100107_KEY_HJS_0003 비첩소생의 기인 송구봉

07_09_FOT_20100107_KEY_HJS_0004 '생거 남원 사거 임실'의 유래

07_09_FOT_20100107_KEY_HJS_0005 애꾸눈 학자 노사 기정진

07_09_FOT_20100114_ICH_HJS_0001 이여송과 임진왜란

07_09_FOT_20100114_ICH_HJS_0002 김덕령의 애첩 혜월과 소서행장

07_09_FOT_20100114_ICH_HJS_0003 산 주령을 끊은 이여송

07_09_FOT_20100114_ICH_HJS_0004 왕건과 이성계가 기도를 올렸던 성수산

07_09_FOT_20100114_ICH_HJS_0005 아지발도를 물리친 이성계

07_09_FOT_20100114_ICH_HJS_0006 결의형제를 맺은 이성계와 퉁두란

07_09_FOT_20100114_ICH_HJS_0007 들짐승의 먹이까지 염려한 황희

07_09_FOT_20100114_ICH_HJS_0008 황희와 계란유골

07_09_FOT_20100114_ICH_HJS_0009 황희의 도시락

07_09_FOT_20100114_ICH_HJS_0010 고려장이 없어지게 된 유래

07_09_FOT_20100114_ICH_HJS_0011 사명당이 승려가 된 내력

07_09_FOT_20100114_ICH_HJS_0012 일본에서 영검을 보인 사명당

07_09_FOT_20100114_ICH_HJS_0013 지혜로운 어린 아이 이상진

07_09_FOT_20100114_ICH_HJS_0014 동서들의 청탁을 거절한 만암 이상진

07_09_FOT_20100114_ICH_HJS_0015 미래를 예견한 이서구

07_09_FOT_20100114_ICH_HJS_0016 어린 천재 매월당 김시습

07_09_FOT_20100320_KEY_HJS_0001 한석봉과 그의 어머니

07_09_FOT_20100320_KEY_HJS_0002 황진이 일화

07_09_FOT_20100320_KEY_HJS_0003 훼절한 여인들을 구제한 선조

07_09_FOT_20100320_KEY_HJS_0004 이인 겸암 유운룡

07_09_FOT_20100320_KEY_HJS_0005 기인이었던 유성룡 어머니

07_09_FOT_20100320_KEY_HJS_0006 달마의 관상 보기와 불교 포교

07_09_FOT_20100320_KEY_HJS_0007 공자 동가구

07_09_FOT_20100320_KEY_HJS_0008 운암강수만경래 표석

07_09_FOT_20100320_KEY_HJS_0009 할아버지 묘를 아홉 번 옮긴 남사고

07_09_FOT_20100320_KEY_HJS_0010 대원군 이하응과 지관 정만인

07_09_FOT_20100320_KEY_HJS_0011 기지 있는 본처

이얘기가 뛰얘기를 짊어지고

자료코드 : 07_09_FOT_20100702_KEY_GGS_0001
조사장소 : 전라북도 임실군 임실읍 이도리 958번지 이도주공아파트 노인정
조사일시 : 2010.7.2
조 사 자 : 권은영
제 보 자 : 곽길순, 여, 71세
구연상황 : 이도주공아파트 노인회에 회원이 많다는 얘기를 듣고 아파트 단지 내에 있는
모정을 찾아갔다. 20여 명 가까이 모여 있는 노인들에게 민요나 설화를 청하
였으나 쉽게 나서는 사람이 없었다. 한쪽에서 조용히 있던 제보자가 조사자에
게 무슨 일을 하느냐고 물었고, 조사자가 본 조사에 대해 설명하자 적극적인
태도로 설화와 민요를 구연해 주었다. 실외에서 조사가 진행되어 잡음이 많이
녹음 되었다. 제보자에게 실외로 옮길 것을 청했더니 노인정 실내로 자리를
옮겼다.
줄 거 리 : 이야기는 거짓말로 꾸며진 것임을 알려주는 말장난으로 되어 있다.

이얘기가 뛰얘기를 짊어지고 진안 안동을 간 게, 발 없는 노루가 뛰어
가드래. 소리 없는 총으로 잡았대. [웃음] (조사자 : 그리갖고?) 그리고 밑
없는 솥에다 삶, 삶았대. 그럼 뭐, 그, 그리갖고 인자 먹었을 테지, 몰라.
[웃음]

진안 백운면 도림리에서 태어난 장수

자료코드 : 07_09_FOT_20100702_KEY_GGS_0002
조사장소 : 전라북도 임실군 임실읍 이도리 958번지 이도주공아파트 노인정
조사일시 : 2010.7.2
조 사 자 : 권은영

제 보 자 : 곽길순, 여, 71세

구연상황 : 제보자가 여러 개의 설화를 이야기 해주었으나 녹음 상태가 좋지 않아서 그 내용은 2차 조사 자료를 사용하였다.

줄 거 리 : 진안 백운면 도림리에서 한 여인이 임신하여 산달이 되었다. 하루는 잠을 자는데 흰옷을 입은 사람들이 아이를 꺼내는 꿈을 꾸었는데 아침에 일어나 보니 뱃속의 아이가 사라졌다. 그렇게 태어난 아이는 장수가 된다고 하였는데, 그 일이 있은 후 몇 해 동안 도림리의 하늘에서 휘파람소리가 나다가 사라졌다고 한다.

그 동네 여자 하나가, 애기를 배갖고 배가 이렇게 부른디, 날 때를 되얐는디, 하룻저녁을 자고 난 게 애가 빼가 버렸드리야. (청중2 : 어떤 놈이 빼가부렸어.) (조사자 : 누가 빼가?) 자기 꿈을, 꿈을 이렇게 꿔보니께 하 멫이 와 가, 하얀 옷을 입고, 입을 다 막고 와서 이렇게 하 히서 막 애기를 내드리야. 근게 꿈 같지. (조사자 : 꿈속에서?) 꿈속에서. 그더니 딱 아침에 본 게 애기를 빼가고 없드리야. (청중1 : 오메 오메.)

(조사자 : 그래가지고?) 그런디 그 애기가 그 옛날에 장수를 내면 그렇게 낳단만. 장수를 낳면 고렇게 난대. 장수를. (청중1 : 세상으.) 그리갖고 거기서 장수 낳다고 동네서 아주 굉장했다고 허드라고. (조사자 : 그게 어디, 어디서 그랬다고요 어머니? 진안 도림이서.) (청중3 : 진안.) (조사자 : 보림?) 도림이. (조사자 : 도림이?) (청중3 : 백운면, 백운면.) (조사자 : 백운면 도림이?) 진안 백운면 도림이.

글서 그렇게 장수 났다고 막 굉장헌디, 몇 년 전만해도 그, 그때 말로 그려, 작은, 작은어매 말로. 몇 년 전만 해도 막 하늘에서 막 와서 막 휘파람 소리 막 사방에서 [청중들의 소리 섞임] 휘파람 소리가 나고, (조사자 : 휘파람 소리?) 응. 막 하늘에서 막 휘파람 소리가 나고 막, 몇 해 와서 그러더니 양 어데로 가버리고 없다고 허드라고. (조사자 : 진안 백운에서 장수 난 소리가 있고만요?) 장수가, 그리서 장수 났다고.

꾀를 내어 과부 각시를 얻는 사람

자료코드 : 07_09_FOT_20100702_KEY_GGS_0003
조사장소 : 전라북도 임실군 임실읍 이도리 958번지 이도주공아파트 노인정
조사일시 : 2010.7.2
조 사 자 : 권은영
제 보 자 : 곽길순, 여, 71세
구연상황 : 앞의 '진안 백운면 도림리에서 태어난 장수' 이야기 후에 노인회 총무인 양명
        식이 자기 남편이라는 얘기를 하였다. 양명식이 다른 일을 보러 가느라 조사
        가 중단되었다. 양명식을 보내고 난 후에 세보자가 다음을 구연히였다.
줄 거 리 : 홀아비가 한 홀어미를 꼬이려고 장사를 하는 척하며 그 집에 들어갔다. 홀어
        미가 바느질을 하고 있는데, 홀아비는 가위를 보고 찍개라고 부르고, 방자리
        보고는 허든석이라고 부르며 자기 이름은 내서방이라고 알려 주었다. 그러고
        는 가위를 방자리 밑에 감춰놓고 나왔다. 바느질을 하던 홀어미는 가위가 안
        보이자 집에서 나와 홀아비를 부르는데 내서방이라 소리쳐 불렀다. 그리고 홀
        아비가 가위의 이름이라고 알려준 찍개 어디 있느냐고 물었다. 홀아비는 허든
        석이 밑에 있다고 알려주었는데 허든석이는 부부 간에 잠자리를 하는 자리를
        말한다. 홀어미가 홀아비에게 한 말을 남이 들으면 부부 사이인 것으로 오해
        할만한 것이었다. 결국 홀아비는 홀어미를 각시로 얻게 되었다.

(조사자 : 홀어머니가?) 옛날에 홀아바니가, 홀어마니가 하나 사는디, 어
뚷게 싸납고 그양 그리갖고는 어뚷게 누가 말 하나, 말 한마디도 걸덜 못
허겄드리야. 그서 어떤 홀애비가 하나가,

'에이 저것을 어뚷게 해서 한번 꼬시꼬.'

허고는 인제 그 집으로 인제 장사를 허로 갔어. 가갖고 예, 그거 쪼깨
인제 갖고 가서 사라고 허니까, 안 산다고 냉갈맞게 막 안 산다고 허드리
야. 그서 기언이 사라고 들어갔디야. 근게 그러믄 사이. 기어이 사라고 막
들으갔드니 방에서 바느질을 허고 있드리야. (청중1 : 홀어미가?) 홀어마니
가 바느질을 허고 있는디 인자 들이다보고 앉어서, 가새를 살쩍이 여 방
밑이다 방짝 밑이다가 인제 감촤버리고는,

"예 여그는 이거 이것보고 뭐 방 자리보고 여그는 뭐라고 허요?"

"아 뭐 초석이 뭐 초석이지라 뭐이라고 허이 허냐."고

초석이지 뭐이라고 허냐고 그르드리야.

"우리는 요거 보고 허든석이라고 허요."

[남자 청중을 보면서 민망해하며] 할아버지 욕허지 마요. (조사자 : 허든석이?) 허든석이라고 여그 우리, 우리게는 요걸 보고 허든색이라고 허드리야. 그서 아 그서 인자, 가새를 인자 거그다 딱 감촤버리고는 나왔어.

그리고 "나는 이름이 내서뱅이요." (조사자 : 내서방?)

응. "나는 이름이 내서방이요."

그리고는 인자 와버렸어. 아 이놈의 가새가 다 찾아도 없네. 가새를 다 찾아도 없는디, 저그 간게는 저 앞에 나간디, 아저씨를 아저씨, 부르도 못 허고,

"예, 내서방" [웃음]

내서방 허고 불른게,

"아, 왜 그르요?"

그런게로, 아, 그 가새를 보고 나는 우리는 이거를 보고 씻개라고. 가새가 아니고 찍 찍개. (조사자 : 찍개?) 찍개. 에. (조사자 : 찍개가 뭐여?) 그으,

"찍개 어딨소?"

허고 그른게,

"아 거 허든석 밑에 들었네."

그런게 영락없이 각시가 되불드리야. 그리갖고 각시를 하나 그 얻었디야. (조사자 : 어머니, 허든석이 뭐를 허든석이라 그래요?) 내우간에 자든 석. 내우간에 자든 석을 허든석이라고 혀. (조사자 : 허든석. 응.) 이놈에 자리보고 자기네는 허든석이다고 자기네는 헌다고 그렇게 그 꾸밌어. 자기가 이름을 지었어, 그릏게. 그리갖고, (조사자 : 각시 얻을라고?) 각시를 얻을라고 그리갖고 기언이 얻어봤디야. 그 넘들이 들으믄 다 그거 허든

얼, 얻은 각시 아니여? 저 가는 내서뱅이라고 불르고, 거그 찍개 어덨냐고 그러고 막 근게로, (조사자 : 찍개는?) 자기는 가새를 보고 찍개라고 헌다고.

신혼부부의 약과 술

자료코드 : 07_09_FOT_20100702_KEY_GGS_0004
조사장소 : 전라북도 임실군 임실읍 이도리 958번지 이도주공아파트 노인정
조사일시 : 2010.7.2
조 사 자 : 권은영
제 보 자 : 곽길순, 여, 71세
구연상황 : 앞의 '꾀를 내어 과부 각시를 얻는 사람' 이야기 후에 바로 다음을 구연하였다.
줄 거 리 : 어린 아들이 장가를 갔는데 아내와 잠자리 할 줄을 몰랐다. 어머니가 하루는 아들 내외에게 밑이 터진 속곳만 입혀서 밭을 매러 내보냈다. 쪼그려 앉아 밭을 매는 아내의 음부가 불그레하게 보이자 남편이 그곳이 왜 그러느냐고 물었고 아내는 아파서 그렸다고 답했다. 무슨 약을 써야 하느냐고 묻자 남자의 음경이 약이 된다고 했고, 두 내외는 그 뒤로 잠자리하는 법을 알았다. 아내와의 잠자리에 재미를 붙인 남편은 툭하면 약 하러 가자고 아내의 손을 끌었다. 민망했던 아내는 남편에게 차라리 술 한 잔 먹으러 가자고 말하라고 시켰다. 하루는 아내의 친정아버지가 집에 왔는데, 그날도 남편은 아내와 잠자리가 생각이 났다. 남편은 술 한 잔 먹자고 하며 아내만 데리고 방으로 들어 가버렸다. 이것을 본 장인은 자신에게는 술대접도 않고 자기들끼리 술을 먹겠다고 방으로 들어간 두 내외에게 화가 나서 집으로 돌아가 버렸다.

한 한 사람은 또 이, 아들을 얻었는디 생전 각시를 모르더리야 아들이. (조사자 : 아, 각시를 안 보듬는고만?) 응. 각시를, 각시를 몰르더리야, 그리서는. 아으 부모가 양 애가 터지갖고 저드락 각시를 몰라갖고 그글 그릏게 아껴주덜 못허고, 하루 하루는, 옛날엔 가, 뭐 가래 속바진가 뭐인 거여? (청중1 : 가, 가래. 단, 단속곳. 단속곳.) (조사자 : 아, 속곳, 단속곳?)

단속곳이 앞이 타졌단 말이여, 이릏게? (청중1 : 그려.) 타진 속곳을 양쪽으 둘을 입히 갖고, 가 밭 매고,

"요짝으서 하나 매고, 저짝으서 하나 매고 그리라."

그드리야. (조사자 : 아, 두 내외를?) 응. 내외를. 그리갖고 인자 밭을 하나 이게 내줘서 양쪽을 맸는디, 떡 벌리고 맨게로 남자가 본게로 삘그래니, [웃음] 이상시럽대. 근게로,

"왜 자기 거그가 그려?" 그드리야. 근게로, [청중 웃음]

"아파서."

아파서, 아파서, 그런게로,

"그러믄 약이 없어?"

"왜 약이 없어, 있제."

그 각시는 조개 이 조개 알어. 조개 알은디, 왜 약이 없, 없지 왜 있, 없, 있다고. 그려. 그런게,

"그먼 약이 뭐이냐."고

헌게로, 애, 애기 자지가 약이다고 그드리야. 애기 자지가 액, 약이다고 그드리야. [웃음] 그른게,

"그믄 내 꺼는 안된가? 내꺼는 안된가?" [웃음]

아 그리다본게

"왜 안되아, 돼지."

아 그리갖고는 아 둘이 들어오더니 작은방으로 쏙 들으가드리야. 시어마니가 이 그 밀가루를 이릏게 좀 수제비를 끓일라고 밀가루를 띠넣다가 그놈을 쥐고는 가 들이다본게 둘이 붙어버렸더리야, 약헌다고 둘이. [웃음] 아 그런 어떻게 좋아, 수제비를 마당에 갖다 냅소나,

[밀가루를 떼어 던지는 시늉을 과장되게 하며] "되았다, 되았다, 되았다, 되았다, 되았다, 되았다, [웃음] 되았다, 되았다, 되았다, 되았다."

마당으다 다 띠어서 내버리고는. [웃음] (청중1 : 호랑이가 물어가게 맨

고런 이얘기만 혀.) [웃음] 그리갖고는 그르고는 근게, 아이 이놈의 남자
가 인제 한번 맛을 본 게, 몇 날 그 허고 잡지. 아 쪼꼼 있으면,

"우리 약 허로 가지."

하고 각시를 데리꼬 가고. 그리서 하도 이제 각시가 거시긴게,

"약 허로 가자고 말고, 차꼬 술 한 잔 먹으러 가자고 그리여."

(조사자 : 술 한 잔 먹으러 가자고?) 응. 아, 근디 술 한 잔, 그믄 ○○
실껏 놀다가

"우리 술 한 잔 먹지."

그리고 데리고 들으가. 근게 꼴을 한 번 본게, 좋아 죽겄그든. 그런게
로, 근데 한번은 친정아버지가 왔는디, 술 먹으자고 각시만 데리꼬 가버
린게 친정아버지는 왔는디, 술도 안 받아주고 저만 술 먹으러 간다고 들
으가 버려. 친정아버지 삐쳐서 가 버렸디아. [웃음] 아이고 근게는 그런
것인디, 어리도 그릏게 한 번 좋아 거시기노먼 그릏게 좋은 것인개벼,
글지.

곶감장수에게 딸을 뺏긴 홀어미

자료코드 : 07_09_FOT_20100702_KEY_GGS_0005
조사장소 : 전라북도 임실군 임실읍 이도리 958번지 이도주공아파트 노인정
조사일시 : 2010.7.2
조 사 자 : 권은영
제 보 자 : 곽길순, 여, 71세
구연상황 : 앞의 '신혼부부의 약과 술' 이야기 후에 바로 다음을 구연하였다.
줄 거 리 : 홀어미가 딸 하나를 데리고 살았는데, 어머니가 하도 억세서 아무도 딸을 넘
보지를 못했다. 한 곶감장수가 그 딸을 얻을 요량으로 홀어미의 집으로 가 하
룻밤 재워달라고 청했다. 그 집 헛간에서 잠을 자게 된 곶감장수는 춥다고 하
며 문구멍으로 곶감 한 줌을 넣어주고는 마루 밑으로 자리를 옮겼다. 또 한번
춥다고 하여 곶감 한줌을 문구멍으로 넣어주고는 방안의 윗목으로 들어갔다.

윗목에 들어가서도 계속 춥다고 하던 곶감장수는 갑자기 얼어 죽은 척을 하였다. 홀어미는 부엌에 나와 곶감장수가 죽었다고 울며 따뜻한 물을 끓였다. 물을 끓여서 방으로 가져와 보니 곶감장수가 아랫목에서 자기 딸을 안고 사랑을 나누고 있었다.

옛날에 젊은 저, 옛날에 홀에미가 딸만 하나 델꼬 산디, 그놈도 어뜯게 강히갖고 누가 붙어먹을 길이 없드랴. 그리갖고는 곶감장은 곶감 인자 동네 사람이 하나 인자 거시기해갖고는 동네 사람은 안 줘. 인제 우리들 같으면 인자 우리 면이면 딴 면에서 왔을 터지. 각시가 그릏게 억세다 소리를 듣고는. 그 집이 가 조깨 자자고 근게 죽어도 못 잔다고 그드리야. 그서 인제 그러믄 허청에라도 재워도라고 근게 허청으서 그믄 자라고 그러드랴. (조사자 : 허청?) 어, 허청. 마굿간에서. (조사자 : 마굿간.) 음.

그서 잠선 그놈 곶감을 한 줌을 문구멍으로 너줌서,

"으그, 추워라."

험선, 곶감을 문, 문 틈새로 너주먼은,

"아이구 야야, 장사가 곶감을 내준다이, 아이고 시상에, 불쌍허다이. 우리 마, 마루 밑으로 오라고 허드랴."고.

그자고 허드리야. (조사자 : 어, 마루 밑으로.)

"마루 밑으로 오라 그끄냐?"

그래갖고는 인제. 마루 밑에 와서 있는디, 또 한참 있다,

"아이고 추워라."

하고 곶감을 준 게, [웃음] 곶감을 이렇게 너준게로, 또 받아 먹고는

"아이고, 불쌍해서 어찌끄나. 추워서 저런디 우리 웃목으 와서 자라고 허드랴."

허자고 허드리야. (조사자 : 웃목에 와서?) 웃목으가 자라고 허드리야, 인자. 그서 인자 웃목을 들으간 거여. 아 들으가 갖고는, 헌디 어띠 윗목에서도 양,

"아이고 추워라."

헌디, 걍 이놈은 그양 춥다 하도 거기서 앓고 죽는게 인제 오메가 인자 추워서 배피탕을 한 그릇 끓이다 줄라고, (조사자 : 배피탕?) 옛날에 물을, 옛날에 물을 배피탱이에 팔팔 끓인 것이 배피탱이여. 옛날에 물을 팔팔 끓이서 달걀 하나 탁 깨서 넌 거, 그게 배삐땡이여. 그서 인자 배삐땅을 끓이다 줄라고 정지 와서, 그리다 인자 꽂감장시, 그 꽂감장시 웃목으 자는디 얼어 죽어부렀어. 얼어서 죽어부러 쭉 뻗어서 인자 지가 인자 숨 보타는 거여. 그린게로 정지로 물을 끓이러 감서,

"아이고, 꽂감장시가 죽었어. 어쩌끄나, 꽂감장시, 꽂감장시."

그러고 막 울고, [웃음] 배피탕을 끓이갖고 와서 본게로, 큰 애기를 딱 보돔아. 딸내미를 보돔고, [웃음] 아랫목, 아랫목에서 그 지랄을 하고 있드라. 아 그리갖고 큰 애기를 뺏기버렸디야. [웃음] (조사자 : 그믄 죽은 척을 한 거예요? 그 얼어 죽은 척을 하고 있는.) 얼어 죽은 척을 혀. 막 추워라 막 허 덜덜 떤다고. 그리서, 뻣뻣헌게로 인제 죽었다고 막, 정지서 물을 끓임서,

"꽂감장시, 꽂감장시." [웃음]

아이고, 옛날에 그 소리 들으면 어뚷게 우순가.

이성계와 우투리

자료코드 : 07_09_FOT_20100703_KEY_GGS_0001
조사장소 : 전라북도 임실군 임실읍 이도리 958번지 곽길순 자택
조사일시 : 2010.7.3
조 사 자 : 권은영
제 보 자 : 곽길순, 여, 71세
구연상황 : 2010년 7월 2일 1차 조사 후 바로 다음날인 7월 3일 제보자의 집으로 방문
　　　　　하겠다고 약속을 하였다. 1차 조사 때 녹음 상태가 좋지 않았던 얘기들을 다

시 한번 해달라고 요청하였더니 다음을 구연하였다.

줄 거 리 : 소금장수가 재를 넘어 가다가 날이 저물어 어느 산소 곁에서 잠이 들었다. 소금장수는 자다가 다른 산소의 귀신이 자기가 묵고 있는 그 산소의 귀신에게 이성계 산제에 음식을 먹으러 가자고 부르는 소리를 들었다. 그 무덤 귀신은 소금장수가 손님으로 와서 산제에 갈 수가 없다고 했다. 한참을 자고 있는데 이웃 무덤의 귀신이 돌아와 이성계가 산제를 잘 모시기는 했는데 우투리 때문에 왕이 안 되겠다고 말하는 것을 들었다. 소금장수는 소금을 팔러 다니면서 귀신들이 주고받은 얘기를 옮겼고 그 말이 이성계의 귀에까지 들어갔다. 이성계는 부하들을 풀어 우투리를 찾게 했다. 부하 하나가 어느 마을을 지나는데 부인네들이 우투리 어미를 부르는 소리를 들었다. 부하는 우투리 어미의 집에 찾아가 신세를 지다가 우투리 어미와 함께 살게 되었다. 함께 산 지 몇 년이 지나고 둘 사이에 아이도 생기자 그 부하는 우투리 어미가 왜 그렇게 불리는지를 물었다. 처음에는 말하지 않았지만 부하가 끈덕지게 묻자 우투리 어미는 우투리에 대해 얘기를 하였다. 그 여자는 상반신만 있는 아이를 낳았는데, 아이가 금세 어디론가 사라져버렸다. 몇 년이 지나 많이 자란 우투리가 찾아와 서숙 한 되를 달라고 하였다. 그리고 자신을 보려면 바다에 와서 새때기 풀로 물을 치면 길이 날 테니 그 길을 따라 오라고 일러주었다. 그러면서 이런 얘기는 아무에게도 하지 말라고 당부했다는 것이다. 우투리 어미에게서 이 이야기를 들은 부하는 우투리가 있다는 바다로 찾아가 새때기 풀로 바닷물을 쳤다. 물이 갈라지면서 길이 났는데 거기에 서숙쌀이 병사와 말로 변하여 일어서고 있다가 물이 갈라지자 다 사라져버렸다. 이렇게 우투리가 사라져버리자 이성계는 무난히 왕이 될 수 있었다.

옛날 옛날, 옛날 옛날에 소금장시가 소금을 옛날에는 이릏게 지 지고 다님서 팔았대요. 지고 대님서 팔았는데 음, 저 동네 대님서 팔다가 인자 재를 넘어가다가 캄캄해져갖고 어느 산소에서 잠 잠이 들어서 잤대요. 그릏더니 옛날에 이 태조가 게 산제를 모신디, 음 저 건네서 그 잔 그 뫼 뫼소에서 잤는디, 저 건네서 그 뫼소에 있는 그 양반을 불르드래요. 뭣이야, 뭣이 뭣이 뭣이 불른게로 왜 그냐고 이냐 대답을 허는디 그 사람이 저 저짝으 산지 모신단디 우리 산지 먹을 모신 데 어 우리 술 얻어먹으러 가자고. (조사자 : 근게 저쪽 무덤 귀신이?) 응, 저짝 무덤 귀신이 술 얻어

먹으러 가자고 헌게로 그 무덤 귀신이 나는 손님이 와서 못 가건게 자네 나 갔다 오소, 그러고 긌는디.

그 인자 그 얼매나 자고 또 인제 있은게 또 갔다와가지고 전화를 허 또 전화가 아니라 친구 또 불르드래여. 부른게로 난 저 갔다 어쩐가 잘 먹고 잘 얻어먹고 왔는가?

"그런디 먹기는 잘 얻어먹고 참 잘 허는디 산제를 잘 모시는디 한 가지 기 뭐 쫌 틀린 것이 있다."고 그더래야.

그서 뭣이 틀리는가 헌게 우투리 때문에 틀렸다고 허드래야. 근게 우투리 땜에 틀렸다고 그리 갖고는 그 소금장시가 참 이상스럽드래야. 어떻게 우투리 니가 뭣이가 우투리 땜에 틀렸다고 그런고 싶어갖고 인게 소금을 인자 골골마다 대님서 파닌게, 골골마다 대님서 판게로 인제 나는 이만저만해서 소금 팔다가 이렇게 산소에서 잤는디 이만저만해가 그러드라고 그렇게. (조사자 : 누구를 찾아갔어요?) 응, 아니 인게 동네 대님선 인제 소금장시 파닌게로 그런 걸 댕임서 인자 그런 소릴 힜어.

그니까 이거 저 이태조가 이태조가 산제를 모싰는디 이태조 그 인자 들어갔어, 그 소리가. 그 소리가 들어간게 이태조가 부하들을 다 겁나게 걍 풀어가지고 그 인제 우투리를 잡으라고 인제 부하들을 풀어놨는데. 근 게 부하들이 몇 날 몇 일을 그 우투리를 찾을라고 다 댕겨야 없드래야. 근디 어디를 가니까 하루는 어디를 어디 동네를 가닌게, 밭을 베를 매는 디 베를 매는디 점심때가 되았는가,

"아이 우투리네 어매 밥 먹고 히여" 그드래.

그서 아 여가 인자 우투리가 있는 우투리가 여가 있구나 그러고는, 인제 거기서 인제 좌정을 히갖고는 점심을 그 집이서 조께 얻어먹고 거그서 인자 어떻게 인자 거시기다 인자 밤이 돌아와갖고 그 집이서 조께 자자고 히갖고 우투리네 집에서 잤어. 우투리네 집에서 자가지고 여자가 우투리 네 엄마가 혼자드라야. 혼자였는디 인자 우투리네 어매를 얻었어. 어떻게

잠 오다가 얻은 거야, 자다가 얻었어.

　그래갖고 인자 한 삼년을 몇 년 살았는디 삼 년째 남서 인자 거서 아기를 애기를 하나 맨들어서 낳았어. 낳고 근디도 우투리가 어째서 우투리 생겼냐고 히도 죽어도 안 알켜주드래야. (조사자 : 엄마가?) 죽어도 안 알켜준디, 우리 둘이 이릏게 자식끄장 낳고 사는디 안 알켜줄 거시기가 뭐 있냐고 알켜도라고 해싸는게 그제 그때야 알켜줌선 우리 아들이 이만조만히서 그릏케 남선 낳는디 웃두리만 낳는디. (조사자 : 웃두리 그니까 위에만 낳는?) 위에만 낳다는 거여. 우에만 우에만 낳는디 어디로 그릏게 어느새 어디로 가버리고 없드리야.

　애기가 어디로 가버리고 없는디 그놈이 인자 몇 년이 되야서 커가지고 한 번 찾아와가지고 서숙쌀 한 되를 도라고 엄마 서숙쌀 한 되만 도라고 금서 줌선 그서 주었는데 내가 만일 나 보러 올라먼 새때기를 하나 끊어가지고 물을 탁 치면은 길이 쭉 나먼은 그때 나를 보러 오라고 험선 (조사자 : 우투리가 어디 있가디?) 그 물속이가 있는 거여. 물속에가 바다 속이가. (조사자 : 바다 속에가.) 바다 속이가 우투리가 있는디 그리 갖고는. (조사자 : 그니까 쇠, 보러 올라믄 새때기가 인제?) 응, 새때기를 끊어가지고 쳐. 물을 치먼은 그 갈라진데 물이 길이 난 게. (조사자 : 이런 데도 새때기가 있어요?) 쌔때기 겁나지, 저 바다에 저런 저 냇물 가에 그 풀. (조사자 : 풀 손 비는 거?) 응, 새때기가 풀, 비는 거여. 손부터 비어. 그리 가지고 그렇게 인제 알켜 줬더니 절대 이런 걸 엄마만 알지 절대 넘은 알켜주지 마라 그러는디 이 놈으 할마니가 알켜줬어.

　그리갖고 한 번 인자 그 아저씨가 우리 한 번 가보자고 자네하고 나하고 둘이 산디 하. (조사자 : 이성계가?) 응, 아 이게 이성계가 그런잖이 그 부하가. (조사자 : 부하가.) 부하가. 자 같이 산디 한 번 같이 가 보자고 보자고. 그리서 인자 대처 둘이 같이 가갖고 물 새때기를 하나 끊어서 물을 탁 친게 길이 쭉 나드리야. (조사자 : 음, 물 속으서?) 응, 물속으로 길이

쿠 나서 가서 본게로 서숙쌀 한 되 갖고 간 놈이 죄다 다 무릎을 꿇었드래야. (조사자 : 뭐가 돼갖고?) 사램이 되고 말이 될라고. 무릎을 다 완전히 살이 다 생기갖고 무릎을 꿇고 있더래. 게 우투리가 그놈 부하를 데리꼬 나올라고, (조사자 : 음, 서숙쌀이?) 그리갖고 음 그래갖고 우투리가 우투리가 인자 왕을 살아먹을라고 그렀는디 그리 가지고 그렇게 질이 나서 들어가니까 걍 사르르 다 사그라 들었드리야. (조사자 : 그 사람 되고 말 됐던 것이?) 말 됐던 것이 전부 다 사그라져 버렸드래야. 그래갖고 이태조가 오백년을 살아먹었다고 그드라고. 오백년을 이태조가 이씨조선 오백년 살아먹었댜, 그서.

구렁덩덩 새순배기

자료코드 : 07_09_FOT_20100703_KEY_GGS_0002
조사장소 : 전라북도 임실군 임실읍 이도리 958번지 곽실순 자택
조사일시 : 2010.7.3
조 사 자 : 권은영
제 보 자 : 곽길순, 여, 71세
구연상황 : 앞의 놀이 '꼬대꼬대 꼬대각시'를 듣고는 조사자가 1차 조사 때 들었던 이야기를 다시 해달라고 청하자 다음을 구연하였다.
줄 거 리 : 한 여인이 아이를 낳았는데 구렁이가 태어났는데 그 아이를 구렁덩덩 새순배기라고 불렀다. 어느덧 자라서 이십 세가 넘은 구렁덩덩 새순배기는 뒷집 처녀에게 장가를 보내달라고 졸랐다. 이 말을 전하여 들은 뒷집의 세 딸 중 두 언니는 기겁을 하였으나 셋째 딸은 혼인을 받아들였다. 혼례일이 가까워져서 구렁덩덩 새순배기가 목욕을 하자 뱀허물이 벗겨지면서 잘생긴 미남자가 되었다. 혼인을 한 구렁덩덩 새순배기는 자신의 뱀허물을 아내의 저고리 동정에 넣어 두면서 그것을 태우게 되면 아내에게 돌아올 수 없으니 절대로 태우지 말라고 당부했다. 그러고는 과거를 보기 위해 집을 떠났다. 이 말을 엿들은 언니들은 셋째 딸을 꼬드겨 몰래 동정을 뜯어낸 뒤 그것을 태워버렸다. 아무리 기다려도 남편이 돌아오지 않자 셋째 딸은 남편을 찾아 길을 떠났다. 길을

가는 도중에 한 처녀를 만났는데 그녀가 자기 오빠 새순배기가 내일 모레 장가를 간다는 소리를 외치며 새를 쫓고 있었다. 그 말을 들은 셋째 딸은 그 집을 찾아가 동냥으로 받은 참깨를 은젓가락으로 집어 담으면서 날이 저물기를 바랐다. 날이 저물어 그 집에서 묵게 된 셋째 딸은 새순배기를 만났고, 그 방 벽장 속에서 숨어 지내게 되었다. 나중에 두 사람은 행복하게 잘 살았다.

옛날에 난 애기를 난 것이 구렝이를 낳았더래야. 구렝이를 낳아가지고 인자 이거 버리도 못 허고 자기가 낳았은게로 어떻게 해도 못 허고 인자 어디 방안이나 구성탱이나 갖다 키웠는가봐.

키우고서 나이가 인자 한 이십 세가 넘었는가, 하루는 어머니 어머니 나 뒷집이로 장개 보내줘 거더래야. 응 뒷집이로 장개 보내줘 근게로 저 그 엄마가, 내가 어떻게 뒷집이 아들 아들이 각 아가씨들이 너헌테로 어떻게 시집을 오겠냐 헌게, 엄마가 또 가서 물어봐 물어봐 해서, 인제 대처 가가지고 차마 말을 못 내고 내 앉았다가는,

"아 우리 구렁덩덩 새순배기가 이 집이로 장개 온다고 헌디 누가 어쯩게 오면 좋겄다"고 그런게로.

그 집이서 아들이 딸네들이 셋 있는디 누가 구렝이한테로 시집 가냐고 구렁이한테 누가 시집 가냐고 헌디, 셋째 딸이 나는 보내주면 간다고 그러드랴. 그래갖고 인자 셋째 딸허고 인제 겔혼을 헌디 날을 받아놓고 날을 받아놓고는 인제 날이 인자 돌아온게로, 구렝이가 모욕을 삭 물도 조께 저그 어매보고 디어 노라고 히서 디어주고(데워주고) 긌더니 물을 가서 모욕을 허고 나온디, 양 이쁜 초립이가 나오더리야. 예쁜 초립이가 나와 가지고, 그래갖고 인자 엄마가 봤어. 보고는 인제 자 결혼 날이 돌아오는디, 엄마 엄마 겔혼날 돌아온게 뒷집이다가 밤에 저 그 집허고 이렇게 인제 줄을 쳐도라고 허디래야. 줄, 응. 줄을 논 디 타고 갈라고. (조사자 : 구렝인게.) 구렝이라고서, 그서 줄을 쳐둬서 그래갖고 인자 그렇게 가서 인제 예를 지냈는디 그날 저녁으 자는디, 아 이놈으 큰애기들이 언니들이

양 전부 문구녁을 뚫어놓고 어떻게 이렇게 엿을 옛날엔 들었었잖아. 엿을 이렇게 들었는디, 인제 모 못 듣게 인자 잘 때나 그랬는가 어쨌는가.

나가 내가 자면은 뭐이냐 저 허물을 벗어서 당신 뭐야 동정에다 너서 꼬매줄 테니까 절대 이것을 누구 알도 못 허게 인자 그렇게 못 알게 허는 거여. (조사자 : 그 각시랑 잘 때는 남자가 됐는갑네요?) 응, 그때 남자가 되아가지고 인자 거 구렁이 그 허물을 여그다 동정에다 너서 꼬매줬어. (조사자 : 각시 동정에다?) 동정으다 너서 꼬매주고는 인자 요는 만일에 어따가 태우기나 하면 노랑내가 자기가 오면은, 내 내가 자기가 인제 겔혼을 허면 과거를 서울로 과거를 보러 가는디, 만일 이걸 태와가지고 남새가 오면은 나는 인자 여그를 못 온다고.

그래가지고 긌는디, 아 이놈으 큰애기들이 양 언니들이 양 어떻게 양 막 이 잡아 준다고 양 막 잡아서 막 막 거시기고 역시로 막 자꾸 그런게로, 에 대처 대주는 것이 시언헌게 여 잼이 들어버렸네. 그런게로 양 동정을 뜯어서 고 놈을 태와버렸어. (조사자 : 언니들이?) 언니들이. 그 심술쟁이들이 언니들이 심술쟁이제. 그리가지고 가들 못 혔어. 서울을 못 가고 생전 이놈으 오덜 안 혀.

구렁덩덩 새순배기가 오덜 안 허고 그리가갖고 인자 구렁덩덩 새순배기를 찾으러 인자 여자가 가는 거여. 보따리를 하나 싸서 인자 걸머메고 서울을 몇 적 몇 날 메칠을 걸어가지고 몇 달을 걸어가 가지고 어디 가서 저 동냥을 조께 도라고 헌게로 동냥을 다 줘도 마다하고 인제 깨만 도라고 허더래야. 참깨만. (조사자 : 누가? 그 저기가, 각시가?) 각시가, 참깨만 한 한 수저 도라고 히서 줬더니 밑 없는 잘구에다 축 받은 게로 밑으로 쏟아져버리잖아. 에 그 놈을 은젓구락을 갖고 다 줏은게로 그건 은제 줍냐고 내버리고 새로 준다고 히도, 그리도 이 아깐 아깐 것을 왜 내버리야고 내가 거시긴다고 줏은다고 고놈을 다 줏고 인자 그 집이 잤어.

그런디 참 가는 도중에 가는 도중에 새를 보는디 아가씨가 새를 보는디 우야어 우야어 아랜 우리 오빠 새순배기 내일모레 장개간디 아랫논에 찰떡 찧고 웃논에 메떡 찔란다, 그러드래. 그서 아가씨 아가씨 아가씨네 집은 어디냔게로 안 아켜주고. 내 호박씨 까먹으고 왔은게로 그놈을 따라 가요. 그드래야. 근게이 (조사자 : 호박씨 까먹고?) 응 호박씨 까먹고 왔인 게 호박씨 껍데기를 까묵고 이제 찾아가라고.

그서 가가지고 그 집이서 동냥을 대처 은어가지고 인제 그렇게 줍고 앉았는디, 그러자니 해가 저물은게로 조금 재워도라고 헌게로 안 재어줘 서 아 마굿간에라도 이렇게 재워도라고 헌게, 그믄 마굿간에 자라고더래 야. 그서 마굿간에 가 자는디, 그저 아래채에서는 사랑채에서는 양 글이 쩌렁쩌렁 글을 읽다가 밤에 한 한밤중에 나와 가지고 오줌을 누고는,

"저 달은 날이 저 해 뭐이냐 눈이 하나라도 우리 님을 보건마는 나는 눈이 둘이라도 우리 님을 못 본다"

고 그러고 한탄을 허고 들어간게로 들어 가더래야. 그더니 인자 또 그 이튿날도 거그서 자는 거여, 인자 돌아대님서 자는 거여, 자는 건디 그 이 튿날 또 그드래야. 저 달은 날이 눈이 하나라도 우리 님을 보건마는. (조 사자 : 글 읽던 남자가?) 응, 그 구렁덩덩 새순배기여. (조사자 : 새순배기 고만?) 나는 눈이 둘이라도 우리 님을 못 본다고 그리서 인자 그 이 사람 이 후딱 나와 가지고 자기도 인자 같이 따라힜어. (조사자 : 그 각시가?) 응, 각시가.

"저 달은 눈이 둘이, 저 하나라도 우리 님을 보건마는 나는 눈이 둘이 라도 우리 님을 못 본다."고 그맀더니

그 새순배기가 사람 같으먼 들오고 짐승 같음 나가라고 그리서 인자 들어갔더니 각시여. 그리갖고 얼매나 거시기 힜겄어. 얼마나 거시기 힜는 가, 인자 그리갖고는 인자 벽장에다 감촤 놓고는 감춰놓고 인자 밥을 주 먼 같이 먹고 또 소세 세숫물도 떠다쥤는디 같이 세수를 헌게 물도 이상 스럽게 꾸정허고 밥도 생전 남아오고 힜는디 밥도 다 먹고 이상허더래야.

그거밲이 몰르겄네. (조사자 : 그래가지고 그 둘이 하여튼 행복허게 살았 겄고만요?) 근게 그거밲이 모르겄어.

율곡 선생과 화석정

자료코드 : 07_09_FOT_20100107_KEY_HJS_0001
조사장소 : 전라북도 임실군 임실읍 신안리 485-1번지 정촌 마을회관
조사일시 : 2010.1.7
조 사 자 : 권은영
제 보 자 : 한준석, 남, 88세
구연상황 : 2009년 10월 22일 임실문화원을 방문하였다가 현재 임실읍 갈마리에 거주하고 있는 임실읍사무소 전 호적계장 이강원으로부터 제보자에 대한 이야기를 들었다. 사전에 전화로 방문을 허락 받고는 2010년 1월 7일 정촌 마을회관에서 제보자를 만났다. 마을의 유래를 묻자 제보자는 자신이 정리해 둔 마을 유래에 대한 문서를 읽어주고 생애에 대해서도 간단히 말해 주었다. 조사자가 이런 저런 설화를 들먹이며 얘기를 청하자 서울의 아차산에 있는 절에 갔다가 거기 안내판에서 봤다며 쌀 나오는 구멍에 대한 얘기를 잠깐 해주었다. 그리고는 율곡 선생과 임진왜란에 관한 얘기를 꺼내고는 다음과 같은 이야기를 구연하였다.
줄 거 리 : 임진왜란이 일어날 것을 미리 알고 있었던 율곡 선생은 임진강변에 화석정이라는 정자를 지었다. 화석정의 정지기에게 편지를 하나 맡기면서 선조가 임진강에서 길을 못 찾고 있을 때 그 편지를 전하라는 말을 남긴 율곡 선생은 임진왜란이 일어나기 전에 타계했다. 얼마 있다가 임진왜란이 일어나자 선조는 대신들을 이끌고 의주로 몽진을 가게 되었다. 몽진 길에 임진강을 건너가려 했으나 날이 저물어 임진강변에서 길을 잃고 말았다. 그때 화석정의 정지기는 율곡 선생이 남긴 편지를 선조에게 전하였다. 그 편지에는 화석정에 불을 지르라는 말이 적혀 있었다. 화석정에 불을 지르자 사방이 훤하게 밝아졌고, 그 불빛 덕에 선조의 몽진 일행은 길을 찾아 무사히 임진강을 건널 수 있었다.

그 율곡은 자퇴를 해가지고 그 몽진이 있은게 선조를 오성허고 인제 그 대감들이 그 선조대왕을 모시고 인제 의주로 갈 적으 임진강을 밤에

만나서 도강을 헐 판인디 그 길을 몰라. 밤이 깜깜한디 어디 가 배 타고 건너넌지를 어떻게 아냐고. 모른다 그 말이여.

근디 그때에 임진란 내기 전에 거그다가 화석정을 지었어. (조사자 : 아 화석정이요?) 응 이 [방바닥에 한자를 적어보이며] 이 화자등만. 화석, 화석정을 거그다 지었는디 화석정을 율곡이 진 거여. 지어놓고 그 정자지기 한티다가 유서를 전횄어. 게 율곡은 임진왜, 왜난 말하자면은 내기 전에 돌아가셨거든. 근게 인제 거그를 그 선조대왕이 인제 그 오성대감 모다 그 대감들이 선조를 모시고 거그를 가고 방황헐 적으 그 말하자면 그 정지기가 그 이들을 보고는 만나서 애기를 헌디 그 그때에 그 임금이 여기를 와서 질을 못 찾거든 이 유서를 내주라. 게 봉투를 이케 내주니까 화석정으다 불 질르라고 히놨단 말이여. 화석정으다 불을 지른 게 화석정 불타는 바람에 근방이 훤헐 것 아니여. 그 놈 한참 탈 적에는 그래갖고 도강을 허게 맨들었다고 인제 그런 그 어디를 쓰여 있는 것을 보고 근게 율곡은 그런 것을 알았어. 알고 글케 히논 거여.

이순신에게 승전 비법을 알려준 율곡 선생

자료코드 : 07_09_FOT_20100107_KEY_HJS_0002
조사장소 : 전라북도 임실군 임실읍 신안리 485-1번지 정촌 마을회관
조사일시 : 2010.1.7
조 사 자 : 권은영
제 보 자 : 한준석, 남, 88세
구연상황 : 앞의 '율곡 선생과 화석정' 이야기를 끝내고 바로 다음의 이야기를 이어서 구연하였다.
줄 거 리 : 임진왜란 때 이순신이 왜군과의 해전에서 크게 승리할 수 있었던 것은 이율곡이 일러준 비책 덕분이다. 이율곡은 이순신에게 "성난 용이 잠겨 있는 곳에는 물이 맑게 보이니, 그런 곳에서는 진을 옮겨라", 그리고 "밤중에 산에서 나무를 하는 도끼 소리가 나면 진을 옮겨라"라는 말을 전했다. 이 말을 명심

하고 있던 이순신이 하루는 진을 치고 바닷물을 굽어보니 물이 유난히 맑았다. 율곡이 전한 말을 떠올린 이순신은 진을 옮겼고, 그 자리에 진을 치고 해전을 하던 왜군은 몰살당하고 말았다. 한 번은 밤중에 산에서 나무를 하는 소리가 들렸다. 이번에도 이순신은 진을 옮겼다. 왜군들이 거북선의 복판에 구멍을 내기 위해 도끼질을 하고 있었는데 이 소리를 감추기 위해 산에서도 도끼질을 하고 있었던 것이다. 이순신은 진을 옮기면서 뱃전을 칼로 치도록 명령하였는데 그 때문에 배를 뒤집으려고 뱃전을 잡고 있던 왜병들의 손가락이 잘려 나갔고 왜군들은 패하고 말았다.

율곡허고 이순신 충무공허고가 당숙질 간이여. (조사자 : 숙질이요?) 당숙질 간. (조사자 : 아, 당숙질 간.) 에 말하자면 율곡이 당숙이고 말하자면은 에 충무공은 (조사자 : 조카.) 당질이라 그 말이여. (조사자 : 당질. 예.) 근게 바로 걍 한 집안이지. 형님 저, 저, 조카 사이니까.

근디 그런 말을 유전(遺傳)을 히놨어. 에, 동룡(動龍)이 잠처(潛處)엔 수편청(水遍淸)이라. (조사자 : 그게 무슨 말씀이세요?) 성난 용이 잠겨있는 디는 물이 가장 맑게 보인 것이다. (조사자 : 아, 그런 말이 있어요?) 음 동룡이 잠처에는 수편청이라. 수리 물이 지극허니 바란다는 것이다. 그럴 적으는 조용허니 진을 옮겨라.(옮겨라.) 게 여그다가 내일 싸울라고 여다 딱 허니 진을 치고 있다가 게 여그서 작전계획 세워갖고 왜놈하고 해전한 양반 아니여 충무공이. 그런디 그럴 적으는 그 진터를 조용히 빠져 나가라. 글 안허면 그 용한티 큰 실패를 볼 수가 있다 이거여. (조사자 : 용왕을, 용을 성내게 해가지고?) 아먼. 왜 이순신 장군 시가 있잖여.

"한산섬 달 밝은 밤에 수루에 혼자 앉아 [제보자 웃음] 큰 칼 옆에 차고 깊은 시름 하는 적에 어디서 일성호가는 남의 애를 끊나니" 그랬거든.

게, 어 말하자면은 경상남북도 전라남북도 통제사거든. 그런디 통제사가 혼자 수루에 앉아서 망을 봤다 그 말이여. 누가 그러겄어. 자기 부하 시키지 거기서 망보고 보게 허지. 소위 통제사가 거그서 망을 봐. 그게 참 충무공은 충무공이여. 자기 부하를 그만큼 애끼고 애낀 거야. 내가 뭣을 도저히 잘 알아야 내일 전법에 이용할 것 아니여.

그런디 항상 그렇게 히서 수루에서 그 물을 봐도 그 물이 그렇게 맑은 일이 없어. 근디 하룻저녁에는 보니까 물이 지극히도 맑아. 근게 아, 여기 자, 동룡이 잠겼구나. (조사자 : 동룡이, 예.) 성낸 용이 여기에 여기에 잠 겼구나. 그러고는 비상소집을 혀갖고는 거그 있는 군인들이 조용허니 빠 져갖곤 엉뚱헌 디로 가서 말하자면은 진을 치고 들어가거던. 아 그런디 왜놈들이 보니까 거그다 진을 치고 있으면 내일 전쟁헌디 아조 적당한 디 다 진을 쳤는디 어떡해서 거그 진을 빠져나가. 그르니까 왜놈들이 거그를 들왔다 그 말이여. 들오닌게 아 이 놈 무엇이 나가자면 그도 막 배가 수 십 척이 이렇게 나간게로 머 헐 턴디 또 들올 적으는 그놈들이 조용히 들 어 왔겄어? 인제 막 우글거리고 들오닌게 거기서 기양 용이 어떻게 혔던 지 그러고 많이 들온 왜군이 다 물에서 몰살혔다는 것이지 그게. (조사 자 : 아, 그 용이 성이 나가지고?) 음 그러지.

그러고 한 번은 인제 그 쪅이 동룡이 잠처에는 수편청. 성낸 용이 잠겨 있는 디는 물이 지극히 맑다. 수편청. 근게 벌목정정삼○○ 그거 또 있어. 나무를 세 번 산에 가서 인제 산에서 옛날에는 그 연쟁이(연장이) 제대로 있들 안 허고 좋은 툅이(톱이) 없는게, 지금은 좋은 툅이 있는게 톱으로 막 베었잖여. 게 옛날에는 그런 툅이 없던가 도끼로만 나무를 벴던개벼. 게 도끼로 나무를 찍으면 떵떵 소리가 나잖여. 게 동룡이 에 아 저 벌목 정정삼개유 산에서 나무 빈다고 뭣이야. 근게 밤에 누가 산에서 나무를 빌 것이여. 낮에 비는 거이지. 이상시런 거 아니여, 밤에 나무 빈다고 도 끼 소리 나는 것은. 그 때에도 진터를 옮겨라. (조사자 : 그건 왜?) 아 이놈 들이 왜놈들이 우리 그 해군하고 싸울 적으 항상 이순신한테 패를 혀. (조 사자 : 그이 왜?) 아 이 거북선 땀시 그른단 말이지. 근게 잠수군을 시키갖 고는 거북선 복판을 가서 이렇게 뚫는디 소리가 안 나게 뚫을 수가 없어, 연장으로 뚜드린 게. 근게 배 밑에서 뚜드린 소리를 산에서 나무 빈 소리로 알고 몰르라고 배 밑이서 일부는 뚫음선 산에서는 나무 빈 것 모냥으로 도치로(도끼로) 나무를 찍었다 그 말이여. 그때에도 진을 옮겨라. (조사자 : 옮겨라.)

근게 인제 그렇게 옮기는디 그냥 옮기는 것이 아니라 거북선이 이렇게 한 척이 떠나가면 거북선 옹위헌 작은 배가 수십 척이 따라. 근게 인제 그때 그 그 거북선 뚫을라고 왜놈 담수군이(잠수군이) 들어가서 도치질을(도끼질을) 허고 연장으로 배 복판을 찍우디 인제 이 배가 인제 옮기라고 했은게 인제 다른 데로 간다 그 말이여. 갈 적으는 군가를 부르면서, 깜깜헌 게 안 뵈이지, 밤이라. 글(그럴) 적으, 칼로 뱃전을 치라고 혔어, 칼로. 그면 왜놈들이 이 작은 선(船)은 [물건 떨어지는 소리가 남] 한쪽으서만 달라들어갔고 잡아댕기면 저 작은 배는 엎어져 버리거든. 그럴 거 아녀. 큰 배는 안 되지마는. 큰 배도 지울러지지만(기울어지지만) 작은 배는 아 그 조롱선 요롷게 쪼그만한 배는 한 쪽으서 수십 명이 잡아댕기면 엎어질 거 아니여. (조사자 : 그렇지요.) 그른게 그 손 잡은 손을 못 잡게 뱃전을 칼로 뚜디리면은 손가락 끊어질 거 아녀, 응. 에 막 그렇게 인제 진터를 옮길 적으는 막 군가를 부르고 그 저짝 적들 그 뭣이냐 기세를 눌르기 위해서 막 큰 괴함을(고함을) 지름서 군가를 부르잖여. 막 군가를 부름선 뱃전을 뚜드린 게 아 뱃전 잡은 놈들 손구락이 다 끊어져 버린 게 어떻게 배를 머시냐 엎을 것이여. 그래갖고 날새갖고 본 게로 [손가락 마디 부분을 다른 손날로 쳐서 손가락이 잘렸다는 시늉을 하며] 손구락이 배 안에 가서 기양 많이 있어. 그니 손구락 없는 것들이 어디 아 손구락 하나만 뿌러져도 뭣이냐 배를 못 붙잡고 아픈게 질색을 헐 챔인디 손구락이 거그 닿는 놈이 밤에 칼로 뱃전을 뚜디리고 간디 어떻게 안 끊어져, 다 끊어져 부리지. 그렇게 히서 성공을 혔다고 헌 그런 말이 있어.

근게 그런 것은 도저히 아는 양반이 그때의 율곡이라 그 말이지. (조사자 : 그면 율곡 선생이 그렇게 이순신 장군한테 알려줬고만요?) 그러지.

게 그 그 때 당시에 동요가, 그때 당시으 동요가 에 있었다는 거여. 송구봉한티 전장을 맽기면 삼일 평정. 정평구한티 전장을 맽기면 삼년, 아 석달 평정. 이순신이 맡으면 삼년 평정이라고 혔는디 정유재란꺼지 칠 년을 싸왔거든, 칠년을.

비첩소생의 기인 송구봉

자료코드 : 07_09_FOT_20100107_KEY_HJS_0003
조사장소 : 전라북도 임실군 임실읍 신안리 485-1번지 정촌 마을회관
조사일시 : 2010.1.7
조 사 자 : 권은영
제 보 자 : 한준석, 남, 88세
구연상황 : 앞의 '이순신에게 승전 비법을 알려준 율곡 선생' 이야기의 끝에 송구봉이 누구냐고 묻자 바로 다음의 이야기를 이어서 구연하였다.

줄 거 리 : 구봉 송익필은 서얼 출신의 대학자이다. 하루는 그의 아버지가 낮잠을 자다가 해가 목구멍으로 넘어가는 꿈을 꾸었다. 그 꿈이 훌륭한 인물을 낳을 태몽임을 안 그는 정실부인을 찾아갔지만 대낮에 망측한 일이라며 거절당하여 하는 수 없이 비첩과의 사이에서 구봉을 낳았다. 구봉은 율곡과 친분을 돈독히 하였는데 율곡의 아들은 이를 못마땅하게 여겼다. 하루는 율곡이 집을 비운 사이 구봉이 율곡의 집을 방문하여 그 아들에게 곡식의 값을 묻고는 돌아갔다. 율곡이 집에 돌아와 아들에게서 구봉이 한 말을 전해 듣고서는 자신의 아들이 곡식 장사나 할 만한 인물임을 알았다. 구봉은 학식과 능력이 출중함에도 불구하고 서얼 출신이기 때문에 벼슬을 하지 못했는데 율곡은 이를 안타깝게 여겨 선조에게 구봉을 천거하였다. 선조를 알현하게 된 구봉은 눈을 절반만 뜨고 있었는데 선조가 그 이유를 물었다. 구봉이 눈을 크게 뜨면 임금이 놀랄까봐 그런다고 대답하자 선조는 괜찮으니 눈을 크게 뜨라고 하였다. 구봉이 눈을 제대로 뜨자 그 모습에 놀란 선조는 용상에서 떨어지고 말았다.

송구봉이라고 헌 양반은, 그 어느 그 송대감, 송 누구누군디, 낮이 낮잠을 자. 낮이 낮잠을 잔디 꿈에 낮잠 잔 꿈에 그, 저, 해가 목구멍으로 넘

어가. (조사자 : 아, 송구봉 어른 목으로?) 아니. 송구봉 아버지. (조사자 : 아버지) 낮잠 잔 [웃음] 꿈에. 근게 꿈에 해가 목구멍으로 넘어가니 막 뜨거서 얼마나 못 전뎠었어. 게 꿈을 깨놓고 보니까 태몽이여.(태몽이여.)

그니 태몽을 꾸고는 마느래 방으를 간 게 마느래가(마누라가),

"이기 저 미쳤간디 나한테 이러냐."

고 받아주들 않여. [조사자 웃음] 그럴 거 아녀. 근게 이제 그때 송대감 그 집에 집안에서 써먹은 옛날에 쇵이(송이) 있어. 에 쇵이 예쁜 아이가 있는디 어떻게 인제 그 송대감 방으로 들왔던가 이를 붙잡고는 말하자면은 태몽을 때왔다는 거이지. 그 이제 그, 그러고 그렇게 히서 난 게 옛날에는 그렇게 인제 몸종을 보고 나서 뭐 헌다든지 허면 집구석 우세시럽다고 허고 모다 그랬거던. 긌는디 아, 그렇게 히서 인제 이게 지금 같으면 빼내버리고 별 짓을 다 허지마는 그전에는 그런 게 없고 생기면 생긴 대로 낳는디 난디 넴이(남이) 부끄런게 몰르게 키우고 힜어도 이게 커게 될 양반이라 고뿔도 안 허고 잘 큰단 말이여, 이게.

또 인물이 나기를 그런 인물이 없어. 근게 율곡이 나라에다 제안을 허기를 구봉을 등장히서 씁시다여. 그런 인물은 써야 헌다고. 그니 인제 항상 율곡허고 구봉허고가 서로 만나면은 나이가 지금 버금 허지만 양존을 허고 컸어. 양존을 허고 상대를 혀. 그니 이제 그 때 말로 율곡 아들이 자기 아버지를 보고 왜 이제 그 구봉을 보고 비첩소생이라고 그랬거든. (조사자 : 비첩소생) 종 비자. (조사자 : 어 어머니가 종이니까.) 어 어머니가 인제 종이니까. (조사자 : 예. 노비니까.) [바닥에 손으로 종 비 자를 써 보이며] 게 종 비자가 이케 계집 녀 변에 이렇게 씨거든. 이게 종 비자여. 비첩소생이라고 남들이 소홀히 알아. (조사자 : 소홀히. 예.) 소홀허게 해. 게 말이 그랬거든. 율곡 아들이 구봉허고 늘 동좌석 히갖고 서로 양존허고 서로 존경을 허니까 그런다고 아버지를 보고 뭐라고 혀. 그게 저는 말하자면 율곡이 율곡 아들도 알아. 자기가 자기 아들이니까. 그서 이놈이

뭐를 몰르고 그러고 그런갑다 허고는,

"너 내일 내가 어디를 가. 근디 구봉이 나를 찾아보러 올 티니까 니가 집에 있음선 구봉 오시거든 니가 구봉을 대접해라."

고, 말을 하곤 출타를 해겠다는 것이여. 그니까 허 대체 그 시간에 구봉이 놀러를 율곡한티로 오시는디 율곡은 출타허고 안 계시고 율곡 아들이 있으닌게

"어 아버지 출타허고 안 계신다."

고 허니까 뭐 자기 친구가 없는디 거 율곡 아들하고 같이 놀 수도 없고 간다 그 말이여. 간디 가면서 뭔 말을 묻는 것이

"요새 곡식 곡가금이 어떻게 가더냐?"

하고 그렇게 물어. 아무 말도 없이. 그 뭐 곡가금 예를 들어서 쌀 한 말에 만원 가면 만원 간다 허고 천원 가면 천원 간다고 허고 갈쳐드렀일 거 아녀. 게 물어보고 갔는디 율곡이 제 집이 와갔고,

"구봉이 왔다감서 뭐라고 허드냐?"

허고 물으니까

"곡가금이 어떻게 가냐고 그것만 묻고 갔습니다" 그려.

"그려. 너는 장사나 헐 헌다는 그런 소리다." [조사자 웃음]

에, 에, 그랬다는 것이여. 근게 알아, 죄다. 그니 인게 그리 놓고 그 율곡이 항상 나라에다가 전허기도 구봉을 등장해서 씁시다여. 그런 인물은 써야 한다고. 그런게 그 또 그 전에는 비첩소생이니 그 반생이(반상이) 고르덜 안혀. 나라에서 등재를 안 했어, 안 써줘. 그니 율곡이 그리싸니까 입각을 시켰다는 것이지, 구봉을.

이 구봉이 그 선조대왕 그 궁궐에 들어가서 눈을 평소에 절반만 뜨고 앉었어. 고개를 숙이고 가만히 앉었으니까 그 선조대왱이 물었다는 것이여.

"경은 어찌 그렇게 눈을 그 밖에 안 뜨냐고?"

헌게 구봉 대갬이

"신이 크게 눈을 뜨면은 전하께서 놀래신다고."

아 그러니 작아도 소국의 군왱인디 어 누가 얼매나 무섭게 생긴 사람이 눈 크게 떴다고 놀랠 것 놀랠 것이여 어떻게.

"근게 괜찮다고 크게 눈을 뜨라고"

헌게 눈을 뚝 뜬게로 머 말이 선조가 용상으서 널어져 버렸다고 헌 그런 말이 있는디. 구봉은 전무후무한 인물이었었다는 거여, 그 때 당시에, 아, 알기도 무척 알고. 근게 율곡이 항상 동석해서 이얘기허고 그랬다는 거여.

'생거 남원 사거 임실'의 유래

자료코드 : 07_09_FOT_20100107_KEY_HJS_0004

조사장소 : 전라북도 임실군 임실읍 신안리 485-1번지 정촌 마을회관

조사일시 : 2010.1.7

조 사 자 : 권은영

제 보 자 : 한준석, 남, 88세

구연상황 : 앞의 '비첩소생의 기인 송구봉' 얘기가 끝나고 그럼 정평구는 어떤 사람이냐고 묻자 그의 일화는 자세히 떠오르지 않는 듯 간단히만 얘기하였다. 마을회관을 방문한 사람이 있어 잠깐 면담이 중단되었다. 사자소학과 예절법 등에 대해 말하면서 얘기가 재개되었다. 화제를 바꾸어 제보자의 생애에 대해 들은 후에 임실에 명당이 많다는 말을 많이 들었다고 하니까 다음과 같은 설화를 구연하였다.

줄 거 리 : 어느 여자가 임실로 시집을 와서는 아들 하나를 낳은 후 남편과 사별하였다. 나이가 젊었던 그 여자는 사별한 남편과의 사이에서 낳은 아들을 시집에 두고 남원의 어느 집으로 재가하여 자식들을 낳고 잘 살았다. 임실에서 장성한 전남편의 아들은 어머니를 그리워하였고, 장성을 한 뒤에는 어머니를 모시고 살고 싶다고 남원부사에게 소(訴)를 청했다. 명철한 남원부사는 남원에 그녀의 남편이 생존해 있는 것을 알고, 그녀 생전에는 남편과 함께 남원에서 살고

사후에 임실의 아들에게 어머니의 백골과 혼백을 임실로 모셔가라고 판결을 내렸다. 이런 유래로 '생거 남원 사거 임실'이란 말이 생겼다.

내가 한 삼십대 돼서 그런가 삼십 쪼끔 넘어서 그랬는가. 인제 철이 알았을 적으 그런 질문을 어떤 그 선비를 보고 물었더니 뭐라고 물었냐 허면 에, 생거 남원 사거 임실이라고 헌 말이 있어. 살아서는 남원서 살고 죽어서는 임실 가서 임실해라, 사거 임실. (조사자 : 사거 임실.) 죽어서 임실로 가그라 헌게 사거 임실이여. 그랬단 얘기를 듣고는 한 식자가 높은 어른보고 임실에 명댕이 있어서 있고 남원은 양반 살고 뭐 허는 고장이어서 살아서는 남원서 살고 죽어서는 임실이 와서 묻히라 소리 묻히라고 헌 그 소리냐고 허닌게, 그 소리도 맞고.

생거 남원 사거 임실이라고 헌 그 원래는 그게 아니고 임실로 어떤 여자가 시집을 왔는데 그런 것은 알아둔 것이 무던해요. 시집을 왔는데 그 시집을 와가지고 자식을 하나 낳고 서방이 사별이 되야. 근게 그 여자가 젊을 거 아니여. 그니까 그 여자가 애기를 띠어서 시집이다 두고 남원으로 후가를 갔어. 후가를 가서 삼선 또 그 후가 가가지고 또 아들딸을 낳고 잘 살아. 그런디 후가를 갔은게 저 짝으는 마느래가 둘이고 이 짝으는 아들만 나놓고 가버렸으니까 아버지만 있고 엄마가 없다 그 말이제. 그니까 이 그 시집 처음번에 와서 살든 집이다가 아들을 나서 줘놓고 갔는디 그 아들이 잘 장성을 혔다 그말이여.

그니 이 아이가 철이가 드니까 어머니를 모시고 갔어, 남원으로. 인제 후가 간 집이 어디여. 그러잖게 알 것 아니여. 임실 살고 남원 가서 산디 그 가서 아들딸 낳고 잘 산다고 허고 알게 되지, 자 자 자연 중. 그 머시마가 외갓집이 가서 허고 허먼은 알 것 아니여. 자연히 알 게 되지. 근게 철이가 들어서 인제 그 아들이 그 후가 간 집이 가서

"어머니를 인제 내가 모실 테니까 어머니 인제 저희 집으로 갑시다."

그런데 어머니가 거기서 아들 날, 아들딸 낳고 사는디 아들이 델러 온 다고 히서 또 얼른 따라나서도 못 허고 또 거그서 난 아들이 어매 놓치기 도 싫고 그니까 아들이 어머니를 모셔야겄는디 내 능력으로는 못 모셔와.

근게 법으로 모셔와야겄어. 그니까 인제 남원부사한티 소를 청힜어. (조 사자 : 아, 소를 청해요.) 지가 지가 어머니를 모실란디 모시게 해주시쇼. 남원부사가 소를 보니까 아 이런 소장이거든. 그니까 에 그 남원부사가 명철허지 그런 게. 판단 내리는 것이. 에. 그 이리 와서 니가 어머니를 모 실라고 왔는디 여기를 와서 보닝게

"그 너그 어머니허고 같이 산 남편이 살았느냐 죽었느냐?" 물었어.

물으닌게 아직 같이 동거를 헌다고. 게 여자고 남자고 음과 양이 게 남 자와 여자가, 여자와 남자가, 남자는 여자 아님 못 살고 여자는 남자 아님 못 사는 것이거든. 그러면은 후가를 올 적으 자식도 낳고 싶지마는 남자 가 필요히서 후가를 온 거야, 원은. 근디 여그 지금 현재 남자가 살아 계 신다고 보믄 너그 어머니가 돌아간 돌아가신 뒤에 백골, 백골을 모시고 혼백을 그 때 모셔라.

근게 사, 생거 살았일 적에는 여그 남편이 살았으니까 여그서 살고 돌 아가신 뒤에는 니가 백골이나 혼백을 니가 모셔라. 그리서 생거 남원 사 거 임실이 그리서 나온 것이지 임실이 명당이 많고 뭐 남원이 양반 사는 곳이어서 생거 남원 사거 임실이 아니다. 이렇게 나한테 일러준 어떤 선 비가 있었어요. (조사자 : 그래갖고 어떤 선비 분한테 들으셨고만요?) 근디 그 말이 맞대요.

애꾸눈 학자 노사 기정진

자료코드 : 07_09_FOT_20100107_KEY_HJS_0005

조사장소 : 전라북도 임실군 임실읍 신안리 485-1번지 정촌 마을회관
조사일시 : 2010.1.7
조 사 자 : 권은영
제 보 자 : 한준석, 남, 88세
구연상황 : 앞의 '생거 남원 사거 임실의 유래' 얘기가 끝나고 조사자가 풍수담에 대한
           말을 꺼내자 자신의 패철을 가지고 와 보여주면서 향교에서 어떤 선비에게
           들은 얘기라며 다음의 설화를 구연하였다.
줄 거 리 : 기정진의 할아버지는 풍수지리를 잘 알았는데, 새가 눈을 쪼는 형국인 탁목조
           혈에 묘를 쓰고 눈 먼 손자가 태어나길 바라고 있었다. 태어난 손자를 보니
           두 눈이 멀쩡했고 기정진의 할아버지는 자신이 풍수를 잘못 보았다고 생각했
           다. 기정진은 성장 과정에서 한쪽 눈이 멀어 애꾸눈이 되었고 그의 할아버지
           는 손자가 큰 학자가 될 것을 알았다. 장성에서 태어나 성장한 기정진은 학자
           가 되어서도 장성에서 살고 있었다. 어느 날 중국은 조선 임금에게 '용단호장'
           이라는 화제를 보내 글을 지어 보내라고 요구했다. 여러 신하를 통해서도 이
           문제를 풀지 못해 전전긍긍하던 임금은 결국 장성의 기정진에게 이 문제를
           맡겼다. 기정진은 '화즉원 서즉방' 즉 '그림으로 그리면 둥글고 글로 쓰면 모
           가 나 있다'고 답하였는데 이것은 곧 태양을 의미하는 것이었다. 태양은 동지
           에 진방에서 떠서 신방으로 지는데 이때는 낮의 길이가 한해 중 가장 짧고,
           하지에는 인방에서 떠서 술방으로 해가 지는데 이때는 낮의 길이가 한해 중
           가장 길다. 따라서 진방을 가리키는 용은 짧고 인방을 가리키는 호랑이는 길
           다 하여 '용단호장'이 되는 것이다. 기정진의 이 답글을 중국으로 보내자 중
           국에서도 조선에 대단한 인재가 있다고 하여 감탄하였다.

[패철의 바늘을 정남북 방향으로 맞추며] 이게 인제 정자오(正子午)란
말이여 잉? 전라남도 장성에 가서 기씐디 성이 기노사라고 헌 양반이 탄
생이 되야 갖고 그 그 때 당시에 기노사를 기노사 할아버지가 그 지사였
어, 말하자믄. 이제 그 이 쇠를 갖고 땅을 잡아서 인제 묘를 씨면은 뭐 어
떤 아들이 낳고 뭐 인제 이런 그 명당서가 있잖여. 그니 이제 그 기노사
할아버지 된 양반이 항상 산에를 가서 다녀와갖고 그 그전에는 주막이라
고 했잖여, 주막 술집이제잉. 주막에서 술을 먹고 가고 가고를 수없이 이
제 그렇게 갔다와갖고 술을 먹고 가고 가고 허닌게 옛날에는 주막 주모

가 그런 그 옷 깨끗허게 입고 행색헌 집 영감들을 보고 샌님이라고 그랬거던.

"그 샌님은 뭣을 그릏게 해기 위해서 꼭 요맘때만 여그 와서 술을 잡수고 가시오?"

허고 물으니까 흠 웃임선

"눈먼 손자 하나 볼라고 그러네."

그렇게 대답을 혀. 눈먼 손자 하나 볼라고. (조사자 : 눈먼 손자.) [제보자 헛기침] 게 하필이면 눈먼 손자를 볼라고 헐 것이여. 근디 그 혈이 그 탁목조라고 헌 말하자면은 그 눈을 쪼아 헌다고 헌 그 혈이 있다는 것이 이게 명당. (조사자 : 탁목도?) 탁목조. (조사자 : 탁목조, 아.) 근게 새가 눈을 쪼은 그 혈, 근게 인제 거그다 묘를 쓰면은 눈먼 아들이 난다는 것이여. 근게 근게 거그를 늘 댕김서 갔다와갖고 술을 먹고 집이를 오고 그랬는디 그 영갬이 거다 묘를 썼다는 거여. (조사자 : 탁목조에다.)

탁목조 혈에다가 묘를 쓰고는 아들을 낳는디 아들을 나면 눈먼 아들을 날 줄 알았더니 아 눈이 안 먼 아들이 난게,

'허이 내가 잘못 봤구나.'

이렇게 인정을 했어, 영갬이. 근게 어른들한테 듣는 얘기여, 이건. 어디가 뭐 그 문헌으로 나타난 소리가 아니고. 근게 인제 애기가 잘 커. 근디 옛날에 [제보자 헛기침] 우리도 그랬지만은 뽕나무나 뭐 대막가지로 활을 맨들어갖고 어깨다 이케 인제 [허공에 활모양을 대충 손으로 그려 보여주며] 활이 이렇게 안 생겼어. 그면 여기 이렇게 끈이 이렇게 되야갖고 요놈을 이렇게 모가지다 걸고 댕김선 겨릅대기로 화살 맨들어갖고 쏘고 그러고 놀았거던. 근데 근데 그 져릅대기 화살 끄터리에다가 대막가지를 이렇게 양쪽을 삐어뿌리면 이렇게 빼쪽허니 이렇게 되야. 고놈을 져릅대기다가 꼽아갖고 이케 쏘면 솔찬히 썩 멀리 나가거든. 끄트리가 대막가지가 있으니까 고놈 대막가지 무게로 이게 나가. 그러고 논디 [제보자가 방바

닥을 손으로 두드리며] 그 손자가 옛날에는 덕석이라고 알아? 멍석. (조사자 : 예 곡식말리고.) 아먼 응 그 멍석을 이렇게 몰아다가 이렇게 놓아노면은 딴딴하게 몰면 속으 몬 자리가 구녁이 작지만 어 허 헐멍허게 몰면은 구먹이 크거든. 근디 인제 한쪽으서 이렇게 덕석 한쪽에서 이렇게 요러고 보고 있는디 저짝으서 고 활로 쏜 것이 눈이 맞아부렸단 말이여. 그니 화살이 눈이가 꼽았는디 그 눈 지금 세상도 못 고쳐. (조사자 : 그렇죠.) 옛날이라 애기가 눈이 멀어부렸어. 근게 가만히 배깥에서 영갬이 들은게 걍 안에서 난리가 발칵 나서,

"왜 이러냐?" 허닌게

"아무개가 눈을 이렇게 혀갖고 눈을 버렸다고"

난리가 나부렀어. 근게 할아부지 말이

"걱정 말아라. 가는 눈이 멀어야 한다."

그런데 그게 뭐 옛날에 어른들 어른 명령으로 집안을 다스리고 나갔은게 그러나저러나 어쩔 수 없는 일이고. 그래서 인제 그렇게 인제 지낸디 아가 참 일남척귀여. 하나를 들으면 열을 알고 말하자면 재주가 있어.

그러닌게 큰 공부를 허고 글는디 옛날에는 자기 몸이 궂이면 벼슬자리를 안 나가부렸어, 글을 잘 해도. 눈 먼 한 쪽 눈을 버렸는디 글이 대가여, 글을 잘 알아. 그 때 당시에 중국서 화제가 왔는디, 써 봐요. 아니 그 종이다 쓰지 말고. (조사자 : 중국에서 화제가 왔어요?) 기양 저 종이가 쎘지 [모아둔 종이 뭉치를 뒤적이며] 내가 이렇게 뭣을 보고 끄적거려싸서. [종이를 챙겨주며] 여그다가 써요. 중국서 화제가 왔는디 용 용 자 써봐요. (조사자 : 용 용 자요. 용 용 자. 이렇게 이렇게 쓰고.) 아먼, 글씨 잘 쓰느만, 잘를 단 자. (조사자 : 잘 단 자요? 끊는다는 뜻? 이렇게.) 아녀 아녀. (조사자 : 아닌가요? 아 기억이 안 나네. 이렇게 이렇게 옆에는 이렇게 쓰던가요?) 아니. (조사자 : 아 왜 생각이 안 나지.) [종이에 한자를 쓰며] 요렇게 허고 멧 산 밑에 말이을 이지? (조사자 : 멧산 밑에 아아 말이을

이가 이렇게 있고.) 변인게 저 이렇게 쓰지? 잘를 단 자를 [조사자가 자전을 찾아보며] (조사자 : 단자가요?) 나온 데도 있고 안 나온 데도 있고 설립 변에 쓰는가 요잔가 요잔가 그럴 거여. (조사자 : 아아 짧을 단 자요? 아 예.) 설립 변에 쓰지? (조사자 : 아니 화살 시에다가.) 화살 시 변에 멧산 밑에 말이을 이. (조사자 : 콩두 이게 이게 잘, 예, 용 용단.) 호장(조사자 : 호장이요? 호.) 범 호 자 써봐. (조사자 : 아 범 호 자요?) 오늘 큰 공부 허노만. (조사자 : 범 호 자가 이렇게 아니, 왜 이렇게 기억이 안 나지. 이렇게 해서.) 어 맞아 맞아. (조사자 : 여기다가.) 일곱 칠자 쓰고 (조사자 : 일곱 칠.) 한문 일곱 칠자. (조사자 : 한문 일곱 칠에다가 이렇게 쓰던가요?) 예, 맞아요. 진 장. (조사자 : 길 장. 이렇게 쓰는 거요.)

용단호장(龍短虎長)이라 허고 화제가 왔어. (조사자 : 아, 화제가 용단호장, 예.) 용단호쟁이. 그니 이제 이 용단호장을 글로 써서 보내라 헌, 중국서 이 화제가 날라왔어요. 잘 써 봐요. 그런 것은 그 저 아낙네들뜰이 어디 가서 저 뭐시여, 강의할 적에도 혹 그 뭐시냐이 이 재미가 있는 소리여, 그게. (조사자 : 예 용단호장이라고 하는 화제가 왔어요.) 화제여. 근데 이것을 글로 써보내라 혀. 글로 글 글로 히서 써보내라 허고 화제가 왔는디, 그냥 이것이 화제가 오면은 뭐 일년 뭐 이렇게 헌 것이 아니라 날짜가 정해갖고 있어. 근게 어느 때까지 보내라.

근게 이 용단호재으 용단호장 화제를 받아놓고 제신들을 불러갖고 이 화제를 알아맞추라고 임금이 허니 이 글을 알아맞춘 사램 누가 있어야지. 몰르고 자꾸 인제 히보내란 날짜가 인제 가까워진다 그 말이야. 그르믄은 지금 같으면 전화로 때려버리면 어저끄 알았다가 오늘 또 헐 거 금방 알았다가 금방 전화라도 때리지만 이것을 가지고 중국을 들어갈라면 몇날 며칠을 걸어가야 혀. (조사자 : 글죠. 예.) 날짜는 가까워진디 이것을 알아맞춘 제신이 없어, 신하가. 그래 인제 걱정을 하고 있는 판인데 어떤 신하가,

"그 장성에 기 아무를 보고 물어보믄은 알을랑가 모른다고"

그니까 그 기정진, 바를 정자 진압헐 진자, 정진이. 기정진(奇正鎭)이라고 헌 분인디 그이를 불러들있어. 불러들이다가 이 용단호장을 글로 써 올리겄냐, 허고 물으니까 가만히 앉아서 생각을 허더니 일주일 말미를 히 달래야. 일주일을 생각해봐서 허겄다고. 헌게 귀가 번쩍 뜨이지, 인제. 아는 사람이 왔는갑다 허고 인제.

헌디 일주일 만에 들어가서 뭐라고 했냐면은 그이가 써갖고 갔어, 기정진이. 용단호장을 화즉원(畵卽圓)이요 그림 화자 써 봐요. (조사자 : 그림 화 자요? 그림 화 자가, 에고 이렇게 해서 이렇게던가요?) 음, 그러지. 그림 화자를 인제 고렇게도 쓰지만 여그 여가 올라가지 양쪽이. (조사자 : 예 그렇게 올려서 쓰, 예.) 화직원 둥글 원자 써요 (조사자 : 둥글 원 자요.) 큰 입 구 안에 인원 원. (조사자 : 큰입 구 안에 인원 원, 이렇게 쓰지요. 예.) 화직원이요. 토여. 화직원이요 써. (조사자 : 이요.) 화직원이요 서 직뱅이라(書卽方이라). 글로 쓰면 모가 진다고 그렸어. 글 서자 써. (조사자 : 서직?) 이 직자. (조사자 : 아 곧 즉자요.) 곧 직자. (조사자 : 이렇게 해서 이렇게 쓰죠?) 아먼 글씨를 예쁘게 잘 쓰네. [조사자 제보자 웃음] 모 방자. (조사자 : 모 방자요. 이렇게 방위할 때.) 아먼 그러지 글씨를 참 예쁘게 쓰느만. 거 한문 뭐시냐 붓글씨 좀 쓰지? (조사자 : 아니 붓글씨는 못 써요) 왜? (조사자 : 붓글씨는 잘 써 본 적이 별로 없어요) 그런게 써야지 그런게 써야지.

근게 이렇게 써갖고 갔어. 에 그림으로 그리믄 둥글고 글로 쓰믄 모지다 이렇게 썼어. 근게 왜 이 패철이 필요허냐 허믄은 [패철을 끌어다 놓으며] (조사자 : 아아.) 그림으로 그리면 둥글고 글로 쓰면 모지다 이게 모 방자 근게 이 패철이 아니믄은 제대로 가르칠 수가 없어. 근게 왜 패철이 필요허냐? [패철을 주의 깊게 바라보며] 요 봐요. 여기 지금 자축인묘진사 오미신유술해. 그러고 자로 이렇게 돌아오잖요. 이 뺑 돌아오면 이게 그 그런디 왜 우리가 생각하거니 용이라는 것은 질고 호라는 건 짤룬 걸로 안디 요게 요 범이 범은 짤룬 걸로 안디, 꺼꿀로 용단호쟁이란 말이여. 근게 이게 뭔 소린고 허니는, 해가 동지 적으는 이 진방(辰方)으서 떠가지고 이짝 신방(申方)으로 넘어가. (조사자 : 신방으로, 예.) 이 진방으서 떠서 이 신방으로 넘어간단 말이여. 요 신 자, 근게 용단이여. 이 진자를 보고 용이라고 허잖여. (조사자 : 아 예 용띠 해를 진.) 근게 용단이여. 동지적으는 이 남쪽에서 해가 떠 갖고 남쪽으로 해가 넘어가버려. 근게 짤루와. (조사자 : 짤롸요.) 근게 용단이란 말이여. 호장은 이 동방 인(寅)자 인자를 범 인자라고 허기도 허거든. 인방(寅方)으서 인방으서 해가 떠갖고 술방 (戌方)으로 해가 넘어가. (조사자 : 아, 북쪽.) 이 근게 하늘의 해라 그 말이여. (조사자 : 예, 하늘의 해.)

이 그런게 이게 참 기가 맥힌 여간해선 못 알아맞춰 이게 이게이. (조사자 : 아아 그렇겠네요.) 근게 용단호장을 진은 용이니까 하늘의 해가 동지 적으는 진방에서 떠서 신방으로 넘어간게로 짤룹고, (조사자 : 짧고.) 하지 적으는 인방으서 해가 떠갖고 술방으로 해가 넘어간게 해가 질다 그 말이여. (조사자 : 길고 아.) 그러니까 용이 단허다. 진방으서 떠갖고 신방으로 넘어간게 이 짤룹고 인방으서 떠갖고 술방으로 넘어갈 때는 하지 적에 해가 질 적의 허닌게 호장이라 그 말이여. 근게 그림으로 그리면은 해를 해가 둥글잖여. (조사자 : 해가 이렇게 생겼으니까.) 화직원이요. 인자 알겠지. 서직뱅이라. (조사자 : 이렇게 생겼으니까.) 글씨로 쓰면은 모가 진다. [제보자 웃음] (조사자 : 아 재밌는 말이네요.)

어 재밌는 소리지, 큰 글 배왔어 오늘 [조사자 웃음] 그러니 참말로 귀신이 탄복할 노릇이제. 이게 문쟁이(문장이) 아니고 그 저 역법을 몰르면은 이건 못 알아맞춰. (조사자 : 아, 역법을 아니까.) 아먼. 그니까 그 때 이것을 이 글이 글씨 그대로. 그니까 그 기정진 씨 기 그서 나라에서 노사라고 헌 벼슬을 준디 나라 선생이여. (조사자 : 아, 노사가 나라 선생이란 뜻이고만요.) 노사가, 아먼. 그리서 용단호쟁이 그 기정진 그 노사 그게 벼실 이름이 노산디 그 글씨가 중국으로 들어간게,

"야 이 조선이라고 헌 디도 이런 인재가 있고 글을 허니까 있구나."

허고 탄복을 했다는 거야. 그 여간히서 이거 맞출 소리여, 이게? 그냥 서울이서 뭐 지금 말하자믄 행정고시 사법이가 저 고시 합격히갖고 가서 높은 벼실 힜다고 히서 이거 못 알아맞춘다고. 대단허지? 그때는 그인게 화직원이여. 그럼으로 그리면 둥글다 그 말이제. 해가 둥근 거 아니여. 해 일자 이게 날 일자가 이게 모지잖여. 이 서직뱅이여. 이 말하자면 글씨로 쓰먼은 모가 진 것이다. 재미지지? [제보자 웃음] (조사자 : 예, 재밌네요) 근디 이런 소리를 글 배운 이들이나 이야기를 히야 알아듣지 무식한 사람은 절대 알아듣도 못 해.

이여송과 임진왜란

자료코드 : 07_09_FOT_20100114_ICH_HJS_0001
조사장소 : 전라북도 임실군 임실읍 이도리 812-1번지 임실향교
조사일시 : 2010.1.14
조 사 자 : 임철호, 권은영, 이화영
제 보 자 : 한준석, 남, 88세
구연상황 : 2010년 1월 7일 1차 조사를 마치고 제보자에게 다시 방문할 것을 약속했다. 2차 조사를 위해 전화로 시간을 정하고 약속장소인 임실향교를 방문하였다. 제보자는 조사자들의 직업이 학생을 가르치는 일이라고 하자 교육에 관해 당부를 하면서 말을 꺼냈다. 생애에 대해 얘기하고는 1차 조사 때에 해주었던 화석정에 관한 얘기를 한 후 바로 다음을 구연하였다.
줄 거 리 : 임진왜란 때 의주로 몽진을 간 선조가 명나라에 원병을 청하느라 신하들을 보냈다. 신하들이 명으로 가는 길에 여자 산신을 만났는데, 산신이 이여송의 화상을 보여주며 꼭 이 장수를 데려오라고 일러주었다. 중국 천자를 만나 이여송을 원병의 장수로 청하였으나 거절당했지만 조선 대신들은 천자에게 간곡히 요청하여 끝내는 이여송이 조선으로 파견되었다. 조선으로 오는 도중에

이여송은 압록강의 다리, 용의 간 반찬, 소상반죽 대젓가락과 같은 무리한 요구를 하였으나 조선 대신들이 이 문제를 모두 해결하였다. 조선에 도착한 뒤에도 이여송이 전장에 나갈 기색이 없자 구봉 송익필이 이여송을 만났다. 송익필의 대단한 위품을 보고 놀란 이여송은 그제야 전쟁에 나가 싸웠다.

게 의주에 가선 선조가 계시면서 [옆방에서 서예 연습을 하던 이들의 말소리와 종이 소리가 섞여서 들림] 군력이 힘이 드니까 그때 중원 원병을 청허로 가. 원병을 청허로 가는디 가면서 욕을 봤어. 그 널룬 평야에 들어서 어디 뭐 질이 이렇게 뭐 중국 간 실이라고 뭐 이징표도 없는 것이고 그런디 그런 디를 가면서 욕을 본 내력을 보면 [옆방에서 서예 연습을 하던 이들의 말소리와 종이 소리가 섞여서 들림] 그 그이들을 인도를 해줄라고 그 산신이 그양 그 언덕배기에 가서 그 불을 켜놓고 그이네들을 거기 들오게 해갖고는 거그서 잠선 그 아까 그 무슨 음, 그 이름을 잊어버려. 그 여자가 이게 국운이라 이렇게 가면 안 되고 그이가 사진을 하나 내줘. 사진을 내주면서,

"이렇게 생긴 장군을 모셔와야 이 조선 평정을 허지 다른 사람은 와서 안 된다고."

헌디 그게 이여송 사진이여. 이여송 사진이여, 사진을 줘. 그서 그 사진을 가지고 거기서 하룻저녁을 자고 인나서 본게 아무것도 없고 언덕배기여. 들어가서 잠잘 적은 집인디. 근게 인제 그런 건 참말인가 거짓말인가 모르지마는 그렇게 되얐고. 그리서 가서 인제 중국 천자를 배알하고

"이런 장수를 내돌라."

고 헌 게 안 된다는 것이여.

"이 장수는 내보낼 수가 없다고."

그런게 인제 한 사램이 양 머리빡을 땅으다가 막 이케 찧고 막 이 이마가 터져갖고 피가 질질 나고 험선 그 뭐시냐 장수가 아니면 우리는 다른 장수랑 모시고 갈 수가 없다고 야단을 떠닌게 그 충성으로 말하자면 이여

송을 데려서 인제 내보내는데. 이여송이 이제 북벌허러 가갖고 공을 세우고 왔는디 또 사지를 들어가라고 헌디 오고 싶은 사람이 어디가 있어. 안 갈라고 꾀를 부리도 어명이닌게 안 나갈 수가 없어. 따라나오는데 외만 꾀를 다 부려. 압록강에 와갖고는 압록강 다리를 인제 압록강을 [휴대 전화 문자 메시지 도착 소리] 배로 그 쩍에는 다리가 없은게 배로 건너와얀디

"배로는 안 간다 다리를 놔라." 그맀어.

그 압록강 다리를 그렇게 얼른 그렇게 하루 이틀에 놓는 것 아녀. 근게 그 근방에 있는 새로 쓰는 묏은(묘는) 다 팠다는 것여. 판때기 판자 구할라고. 아 그 짓을 히갖고 인제 배로 건너왔는서네 배로 건너와갖고는 뒤로 손만 내밀었다는 것이여. (조사자1 : 다, 다리로 건너왔겠죠. 다리를 놔서.) 아먼 인제 임시로 만든 판자다리를 놓겠지, 인제 어떻게 힜든지. 아 그러잖게 그러자면 그 널룬 놈의 압록갱이 뭐 여그서 저그만큼 간 거시가니 그 수백 메탄디. 묏을 돌라고 헌지를 어떻게 알아 뒤로 손만 내밀고 암말도 안 헌디. 근게 한 사람이 갖다가 지도를 딱 쥐어줘. 아 펴본게 지도여. 근게 자기 맘에 드는 것을 쥐어줬는디,

"아 이놈들이 이렇게 잘 아는 놈들이 있는디 왜 해필 나를 끄집어 오냐."

밥을 허는디 용의 간이 아니면 밥을 안 먹은다고 힜어. 용, 용 간을 어이서 구혀. (조사자 : 용 간.) 밥을 히다가 노니까 소상반죽 대저분이(대젓가락이) 아니먼은 밥을 안 먹는다고 힜어. 그이 소상반죽이 어디가 그렇게 쌔아?(많아?) 근디 그것이 몇이서 다 준비를 히갖고 소상반죽 반죽저는 유성룡이 가지고 갔다고 그러고 아까 용은 용 간을 얻는디 근게 아까 곤륜산 사 상류수를 떠다가 밥을 짓고 용의 간을 회를 히서 놔야 밥을 먹는다고 헌게로 그것을 다 해쳤다는 거여.

그런게 이제 헐 수 없이 들와서 진을 치고 앉었는디 쌈을 안 싸와. 밥

만 처먹고 앉아서 놀아. 아이 자기 병 십만 양병 데리꼬 와갖고 전장하먼 군대 상허고 자기 부하 상헌디 전장을 허고 싶은 사람이 어디가 있어. 그 렇게 거창한 군이 있인게 왜군이 얼른 못 달라들어. 아 그럴 거 아녀. 그 러곤 맨 우리나라 대신들 불러다가 호령만 허고 전장을 안 혀.

그런디 그때에 구봉이라고 헌 선생이 보닌게 이여송이 쌈을 안 싸우고 그러고 있어. 게 이여송이 함경도에 가서 아 저 송구봉이 함경도에 함경 도로 보내버렀거든, 선조가. 에 함경도에서 나와 가지고 어 이여송을 인 사를 혀.

"이런 소국에 와서 에 전쟁에 나와서 욕을 본다고."

아 이여송이 구봉을 본게 겁이 나. 이게 내가 여그 와서 전장을 근게 인제 자기 몸땡이만 가서 귀경시킨디,

'나 같은 사람이 여가 있는디 니가 여그 와서 놀아서는 안 그러고 있어 서는 안 된다고.' 허는 위품을 가서 비치는 거여. (조사자2 : 구봉 선생이 요?) 구봉이. 허인게 그 때 뭐시냐 어 그 전쟁 헐 그 전모를 짜서 전장을 했다는 것이고.

김덕령의 애첩 혜월과 소서행장

자료코드 : 07_09_FOT_20100114_ICH_HJS_0002
조사장소 : 전라북도 임실군 임실읍 이도리 812-1번지 임실향교
조사일시 : 2010.1.14
조 사 자 : 임철호, 권은영, 이화영
제 보 자 : 한준석, 남, 88세
구연상황 : 앞의 '이여송과 임진왜란' 이야기에 바로 이어 다음을 구연하였다.
줄 거 리 : 임진왜란에 원병을 온 이여송이 김덕령에게 왜장 소서행장의 목을 베어오라
고 명령했다. 그때 소서행장이 머물러 있던 평양에는 김덕령의 애첩인 혜월이
살고 있었다. 먼저 혜월을 찾아간 김덕령은 혜월이 소서행장과 왕래가 있는

것을 알고 죽이려고 마음먹었으나 그것이 오해인 줄을 알게 되었다. 소서행장은 몸에 철비늘이 돋아 있고 잠을 잘 때는 자신의 모습과 똑같이 생긴 등신들 속에서 잠을 자는 등 경호가 철저하였다. 그를 죽이는 일이 불가능해 보였지만 혜월이 알려준 묘안대로 하여 김덕령은 소서행장의 목을 베었다. 이여송에게 소서행장의 목을 바치러 가는 길에 혜월을 만났는데 혜월은 왜병들의 손에 죽느니 김덕령의 손에 죽기를 원하여 김덕령은 혜월의 목을 베었다.

그전 저 그 한양가라고 헌 책을 볼 적으 그 책을 보니까 우리나라에 각 장을 팔 장을 보냈는디 야덥(여덟) 장 장군 평양성을 점령을 허고 있는 그 왜장 청 아 저, 그것이 뭐시냐, 또 걸 잊어버렸구만. 그게 젤 무선 놈이여. (조사자1 : 가등청정이?) 에? (조사자1 : 가등청정.) 평양 점령하고 있는 게 가등청정인가? (조사자1 : 소 소서?) 소서행정 소서행정이, 가등청정은 저 진주에서 의암이라마 죽었고 소, 그 소서청정인디 이 사람은 아주 거물로 생깄어. 잠을 자먼은 메칠썩을 잠을 자고 잠을 자먼 눈을 뜨고 잠을 자. 그러고 등신을 맨들어서 저와 같 또 똑같은 등신을 맨들어서 뉘여놓고 등신 속에서 잔게 누가 누군지를 몰라.

[옆방에서 서예 연습을 하던 이들의 말소리가 섞여서 들림] 그런디 그 때에 이여송이 광주 출신 김덕령을 불렀어. 김덕령을 불러갖고 소서행장을 가서 모가지를 비어오라고 이제 시겨보냈는디. 김덕령이 열야덟 살 때 소장으로 나가갖고, 그 평양 가서 아까 혜월이라는 기생허고 어 정을 들이다가 인제 거기서 일을 마치고는 그 여자를 작별을 허고 김덕령이 간 뒤에 이여송 명을 받고 거그를 들어가서 소서행장을 잡아야한디, 그니에 처갓집 장모를 찾아갔더니, 아이 그 작별헌지 오래 된디 본게 반갑기도 허고 밉기도 허지. 한번도 뭐 편지 내력이 있으까 어쩌까 종무소식이다가 인제 온디 그날, 어 그 딸이 와. 온디 왜놈 그 병력들이 뭐이냐 교자에다 태와갖고 와갖고 이제 있는디, 태와다 놓고 본게로 그놈들을 술도 주고 이제 먹을 것을 줬는디, 방으로 이렇게 들어온게, 너그 서방님 오셨다고

헌 게 그게 반갑지 않게 대답을 혀. (조사자2 : 그 딸이요?) 음, 그런게 김덕령이 속으로,

"아 이년이 마음이 변했구나. 이것 죽여 부려야겠다."

하고는 맘을 먹고 있는디 들어와서 에 인사를 허면서

"내가 배깥에서 이러저러 헌 소리를 나를 데리꼬 온 군인들 들으라고 헌 소리다. 내가 헌 소리를 노이 생각허지 말라고."

근디 인제 그날 저녁이 자기 아버지 지향이라고(제향이라고) 해갖고 제사를 지내러 와갖고 인제 만나서 이얘기를 헌 소리가 소서행정이 이게 철신이여, 몸이. 근게 인제 그런 것도 거짓말이지. 어떻게 사람 몸땡이가 철을 나왔겄어. [제보자 조사자 웃음] 근데 인제 그 소서행장 겨드랑이에 가서 비늘이 달려갖고 있고, 근게 거창하게 생긴 사람이여. 근데 인제 약속을 해기를

"이 소서행장을 잡을라먼은 나 아니면 당신이 못 잡으오. 근게 잠 짚이 안 잘 적으는 눈을 감고 자고 잼이 짚이 들 적으는 눈을 뚝 부릅뜨고 잔다고 그렸어."

그런게 그런 것을 다 알고 또 이케 집이를 들어가면은 집이다 풍경을 달아갖고는 사램이 이케 허면 막 풍경이 우렁우렁우렁 울고 헌게 자는 사람도 깨게 돼갖고 있는디 그런 그 무사들들은 항상 자기 옆에 칼을 [옆방에서 서예 연습을 하던 이들의 말소리와 종이 소리가 섞여서 들림] 가까운 디다 가지고 있어. 칼허고 멀리 안 혀. 근게 군인은 총이 생명이라고 그 때는 총이 없고 칼뿐이니까 칼을 항상 옆에다 지니고 있는디, 그 등신을 맨들아 놓고 그 등신 속으서 사닌게 으뜧게 생긴 사람인지도 몰른디, 근게 등신은 코를 안 골찮어. [제보자 조사자 웃음] 잼이 짚이 들면은 코를 고닌게 코 골고 잘 적으 말하자먼은 들와서 이만 저만 허라고 전부 짰어.

짜고는 인제 김덕령이 거그를 들어가는디 그 기생이 게 지도를 히주서

들어가서 본 게, 아닌 게 아니라 누워서 잠자는 그 체격이 거창하다 그 말이여. 그 이제 단칼에 목을 비여얀디 목에도 비늘이 달려가지고 근게 비늘이 달린 것이 아니라 비늘이 있는 목두리를 했겄제, 인제. [조사자 웃음] 어떻게 사람이 비늘이 달렸겄어. 그예 비늘 그놈 땀시 칼이 잘 안 받아. 근게 인제 칼로 말하자먼은 그 모가지를 친게 모가지가 떨어져갖고 천장으로 올라갔다고 그려. 올라갖고 내려와갖고 붙어갖고 일어나. 일어나갖고 칼을 내두린 것이 지금도 그 그 평양 그게 뭐시여 저, (조사자1 : 영광정?) 영광정 봇뜰에(들보에) 가서 칼 맞은 자꾸가(자국이) 지금도 있다는 것이여. 근게 우리는 안 가봤은게 모른다. [조사자 웃음] 그런 그런 것을 내가 읽어봤어, 고것은.

그렇게 히서 인제 그 소서행장 목을 인제 그 비단에다 싸가지고 인제 이여송한티다 갖다 비쳐야니까 오 오는디, 그 혜월이라고 헌 기생이 자기 목을 베고 가라는 거여.

"나를 여그다 둬야 저 더러운 놈들이 나를 죽일 거 아니냐, 이 말이여. 더러운 놈들 칼에 죽느니 나는 당신 칼에 깨끗이 죽겄소."

그서 김덕령이 거그서 목을 베었어. 그게 그게 그 무사라는 이들들은 그런 그 참 못 당할 일도 당하는 게 그게 무관들이여 그게.

산 주령을 끊은 이여송

자료코드 : 07_09_FOT_20100114_ICH_HJS_0003
조사장소 : 전라북도 임실군 임실읍 이도리 812-1번지 임실향교
조사일시 : 2010.1.14
조 사 자 : 임철호, 권은영, 이화영
제 보 자 : 한준석, 남, 88세
구연상황 : 제보자가 율곡과 겸암에 대한 이야기를 하였으나 주변이 소란스러워 녹음이
　　　　　잘 되지 않았다. 제보자가 생애에 대해 다시 얘기하였고 그 후 다음을 구연하

였다.

줄 거 리 : 이여송이 조선에 와서 명산이 많은 것을 알고는 산마루에 쇠말뚝을 박아 산
의 주령을 끊었다. 임실의 피암 마을에도 이여송이 산을 끊었다는 곳이 있다.

말이 이여송이 우리나라를 와서 보니까 명산 그 좋은 저기가 썼은게,
명산 힘쓸 그 주령을 끊으먼은 힘이 없어져 부릴 거 아녀, 끊어져버리니
까. 이제 그런 짓을 혔다고 그러거든. 그렇게 인제 어떤 사람들은 보면
은 왜놈들이 그 산날맹이 그 힘주게 이루어온 날 그런 디다가 쇠말뚝을
갖다가 박고 바우도 구먹을 뚫어갖고 쇠말뚝을 박았다고 그런디, 그 짓을
왜놈들이 혔다고 헌 소리도 있고 이여송이 그 짓을 혔다고 헌 소리도 있
고 그리요. 근게 이여송이 여기 와서 산 주령을 여러 군데 끊었어, 이여송
이. (조사자2 : 이여송이 했다는 소리도 있어요, 어르신?) (조사자1 : 끊는
걸 가만히 뒀, 그냥 두고만 있었을까요?) 아 역부족이지, 군인을 갖고 댕
김선 허는디.

이게 뭐 그 산을 끊되 뭐 하루 이틀에 끊는 것이 아니라 수 십 많은 인
구가 그게 어, 그적에는 어떤 공법으로 그 산을 끊었는지는 모르지만은
여그 임실이도 피암이라고 헌 마을에 가면은 피암리 동네 주령을 끊은 디
가 있어. 그래갖고 물이 글로 흘르게 만들어놨다고. 그 인력으로 끊은 자
리여, 거그는. (조사자1 : 이여송이가 끊었다고?) 아 그렸다고 그런 말이
전히여. (조사자2 : 피암을 어떻게 끊었대요, 어르신, 거기?) 아 근게 인력
으로 끊던 것이지. (조사자2 : 인력으로요? 뭐 말뚝 같은 걸 박는 거예요,
어르신?) 아 근게 말뚝 같은 것은 그런 주령으다가 헌 것이 아니라 산날
맹이 산날맹이도 지금도 백혀 갖고 있는 데가 있대요. 우리는 인제 보던
안 했지만. (조사자2 : 네, 피암.)

왕건과 이성계가 기도를 올렸던 성수산

자료코드 : 07_09_FOT_20100114_ICH_HJS_0004

조사장소 : 전라북도 임실군 임실읍 이도리 812-1번지 임실향교

조사일시 : 2010.1.14

조 사 자 : 임철호, 권은영, 이화영

제 보 자 : 한준석, 남, 88세

구연상황 : 임실에 대해 전해지는 얘기에 무엇이 있느냐고 묻자 다음을 구연하였다.

줄 거 리 : 임실군 성수면 소재 성수산은 왕건과 이성계가 산제를 지내고 산신으로부터
임금이 될 것을 허락받은 명산으로 알려져 있다. 성수산에 있는 '환희담'이란
글씨는 왕건의 친필로 알려져 있다. 성수산에 있는 상이암은 이성계가 와서
산제를 지냈던 암자인데 자연석에 '삼청동'이라는 글씨가 새겨져 있고, 이것
이 이성계의 친필로 알려져 있다.

임실에 성수에 가서 상이암이라고 헌 암자가 있어. (조사자2 : 상이암이
요? 상이암. 웃 상자, 귀 이자, 암자 암자. 상이암(上耳庵)이 있어. 근디 인
제 그 상이암에 상이암을 거그서 두 차례나 거그 가서 봤거든요. 거 가서
보면 왕건 태조가 거그를 왔다간 흔적이 있고 [옆방에서 서예 연습을 하
던 이들의 말소리가 섞여서 들림] 왔다간 흔적이 있고 태조 이성계가 거
그를 왔다간 흔적이 있어. (조사자2 : 아, 그래요?)

근디 이제 절은 조그만한 암자여. 깨깟헌 암자고 게 그런 덴디, 거그를
말을 들으면은 왕건 태조도 거그를 들어와서 목욕재계 허고 산제를 올릴
적으 허락을 받고 태조 이성계도 거그를 오서서 목욕재계 허고 제를 올리
는디 산신한티 허락을 받았다고 히서 그게 명산이여. 말하자면은 이 거그
를 가서 보면 왕건이 표적은 옛 천년역사라 죄다 메꿔져 버렸는디, 돌이
여그서 여그서 질이가 [방바닥으로부터 위로 1미터가 못 되게 손을 들어
올리며] 이만한 게 보여. 그런디 인제 시간이 오래 간게 돌이 살아나갖고
우드럭 두드럭 허고 태조 이성계 그 어른이 그건 큰 글씨로 여그 주연 글
씨보단 크게 글씨를 써갖고 삼청동이라고 헌 말하자면은 글씨가 거가 있

는디. 고 고것은 돌치레기가 이만이나 허까. 헌디 내가 인자 자연석 앞에
만 다듬아갖고 삼청동이라고 헌 글씨를 써서 조그만허게 비각 속에 가서
비는 들어있고.

왕건이 거그다가 인제 비 세운 것은 여가 이렇게 짚이 연장으로 파면
들어앉아서 모욕헐(목욕할) 정도로 된 쫍은 강 요롷게 생긴 거여. 내가 가
서 볼 적으는 칡사리 떠갖고 칡사리 거그다가 덮어놨는디, 저 거그를 연
장으로 모래 묻힌 거를 파내야 들어서 들어앉아서 목욕을 허지 목욕을 헐
수 없어. 얄차갖고(얕아갖고) 그 고 바로 옆에다가 요롷게 세워놨어. 근게
왕건이 쓴 것은 질거울 환자, 질거울 희자, 환희담(歡喜潭)여, 못 담자를
써갖고. 고것을 보고. 이 비로 뭐시냐 태조가 삼청동(三淸洞)이라고 헌 말
하자면은 비각을 히죽으면 왕건 흔적도 작든지 크든지 비각을 히서 히놔
야 뽄이(본이) 되지 뵈기가 싫다 그렇게 생각을 혔는디. 그걸 보고 거기
와서 제를 모시고 저녁에 산신한티 다 허락을 받았다는 거여.

그런 그, 상이암이 있어, 근디 별로 크게 물도 안 좋고. 거기 그 상이암
그 암자 물은 별로 명수가 아니등만. 인제 그 절에도 가서 보믄 물 좋은
디가 있잖여. 물 좋은 데가 있거든. 그런디 그 거그는 가서 본게 물도 별
스럽지 않고 장소가 원청 협잡해. 그러지만 그 왕건허고 에 태조 이성계,
에 이성계허고 거그 왔다간 흔적이 분명혀. (조사자2 : 비석에 그럼 글씨
를 새겨논 거네요?) 암 그러지. (조사자2 : 거기가 성수산?) 성수산 그 산
명이 성수산이여. (조사자2 : 성수산이고 암자가 상이암이요?) 상이암.

아지발도를 물리친 이성계

자료코드 : 07_09_FOT_20100114_ICH_HJS_0005
조사장소 : 전라북도 임실군 임실읍 이도리 812-1번지 임실향교
조사일시 : 2010.1.14

조 사 자 : 임철호, 권은영, 이화영
제 보 자 : 한준석, 남, 88세
구연상황 : 앞의 '왕건과 이성계가 기도를 올렸던 성수산' 이야기를 한 후 바로 다음을
　　　　　구연하였다.
줄 거 리 : 이성계가 남원 황산에서 왜병들과 전쟁을 하는데, 하늘의 도움으로 그믐밤에
　　　　　도 달빛이 비쳤다. 왜장 아지발도는 몸이 온통 철로 덮여 있어서 화살을 쏘아
　　　　　도 소용이 없었는데 아지발도의 목구멍으로 화살이 들어가야 잡을 수 있다고
　　　　　했다. 먼저 퉁두란이 화살을 쏘아 투구를 머리 뒤로 벗기자 아지발도의 입이
　　　　　벌어졌고, 이성계가 그 틈에 아지발도의 목구멍에 화살을 쏘아 그를 죽였다.
　　　　　이성계가 아지발도를 물리쳤던 그곳은 그믐달이 떴다고 하여 그믐 인자 달
　　　　　월 자를 써서 인월이라고 부르며, 아지발도가 흘린 피로 붉어진 피바위가 아
　　　　　직도 있다고 한다.

　아 저 운봉에 가면은 대첩비가 있어. 근디 그 대첩비를 왜놈이 그 지난
경술 합병허고 와서 대첩비를 그 이성계가 거그서 아지발도를 죽이고 이
케 큰 비를 히서 세웠는디 말하자먼 우리 조선 그 아첨헌 중신들이 그 비
를 부숴버렸어. (조사자 : 아 중신들이 아첨허니.) 아첨헌 놈들이 에, 왜정
이 여그 와서 정치를 허니까. 그러인게 거그 벌써 들어간서 본 지도 몇
십 년 됭만. 젊었일 적으 거그를 들어가서 봤는디 새로 좋게 인제 비를
히서 세웠지.

　그런디 거기를 아지발도라고 헌 자이 그 대병을 데리고 거그를 오는디
그 대병을 거그서 막을 적으 아 태조허고 헌게 그 여조 말이지. 태조허고
퉁두란이라고 헌 이하고 거기에 들어가서 밤에 아지발도가 거그를 들
어논 놈을 활로 쏴서 잡았어. 그런디 인제 밤이닌게 잘 안 볼 챔, 잘 안
보일 챔인디 그믐에 달빛이 있어갖고 달빛으로 그 놈을 잡는디 이렇게 마
루에 썩 올라오는디 보닌게 아조 참 거창혀. 근디 동두철액(銅頭鐵額)이
그 놈도 철신이여.

　근게 인제 투구를 쓰고 이렇게 올라온디 이 말이 듣는 말이 몸이 철신
이어서 화살을 안 받은디 목구먹으로 인제 화살이 들어가야 그, 아지발도

를 잡는다고 해가지고 그 두란이는 투구에다가 대고 화살을 쐈고 근게 화살이 이케 투구를 벳길라고 이 투구가 뒤로 넘어간게로 투구끈 죄일라고 입을 벌렸어. 여그다 투구끈을 이렇게 쩸매니까. 입을 벌린 게 그 입 벌리는 사이에 이 입에다가 저 화살을 멕여서 목구먹이 뚫어져갖고 거그서 잡았다고 그러거던. 근게 두란이나 아 태조가 아조 명궁이여. 활을 잘 쐈어. 근게 그 그렇게 혔지. 그래갖고 고 아기발도 죽은 피가 지금 흘른 피 묻은 그 피가 지금두 바우가 벌걸허대요 (조사자2 : 거기 남원 운봉 가면요?) 어. 피바우가 있어 거가. (조사자2 : 거기 피바우가 있어요?)

　(조사자2 : 달이 싸우다가 달이 넘어갈라고 그러니깐 다시 또 끌고 왔다는 그런 얘긴 없습니까?) 아니 달이 넘어 갈라고 헌 것이 아니라 그 그 촌명을 인월리라고 힜어. 그믐 인자 달 월자. 그믐이 달뜬 디가 어디가 있어, 그게. 어떻게 그 천지 운수로 거그를 밝게 히서 아지발도를 잡게끔 만들아 줬던 것이지. 어떻게 그믐이 달이 떠. (조사자2 : 그래서 거기 지명이 인월이고만요?) 인월. (조사자1 : 인월이 당길 인자를 쓰지 않습니까? 달이 넘어가니까 달을 끌어당겨가지고 또 싸웠다.) 근게 당길 인자도 되고 그믐 인 자도 되고 그러지, 그믐날 달이 떴은게.

결의형제를 맺은 이성계와 퉁두란

자료코드 : 07_09_FOT_20100114_ICH_HJS_0006
조사장소 : 전라북도 임실군 임실읍 이도리 812-1번지 임실향교
조사일시 : 2010.1.14
조 사 자 : 임철호, 권은영, 이화영
제 보 자 : 한준석, 남, 88세
구연상황 : 앞의 '아지발도를 물리친 이성계' 이야기를 한 후 바로 다음을 구연하였다.
줄 거 리 : 이성계는 함경도에서 퉁두란을 만났는데, 그의 위풍이 마음에 들어 자기 사람을 만들고자 하였다. 퉁두란에게 자신의 왼쪽 눈을 겨눠 다섯 발의 화살을 쏘

게 했는데 이성계가 그 화살 다섯 개를 모두 손으로 받아냈다. 이런 겨루기 이후 친밀해진 이성계와 퉁두란은 결의형제를 맺었다. 퉁두란은 용수가 있었는데 이성계는 퉁두란이 자신을 능가할 것을 두려워하여 퉁두란이 술에 취해 잠든 사이 용수를 뽑아 버렸다. 퉁두란은 용수가 뽑힌 자리에서 피 서 말을 흘렸다고 한다.

[옆방에서 서예 연습을 하던 이들의 말소리가 섞여서 들림] 인제 그 잡지를 봤던가 어디선 또 이런 대목을 한 번 봤어요. 태조가 그렇게 무사로 댕기면서 에 그도 꿈이 임금을 생각을 가졌던 것이지. 근게 태조는 함경도 출신인디 함경도 그 어느 산 산등 가서 떡 허니 전동대를 미고 가갖고는 전동대를 베개 삼아서 전동대를 베고 하늘을 쳐다보고 내가 어느 때 이 나라 주인이 되냐 허고 인제 그런 궁리를 혔다는 거여.

그러고 인제 누워서 있는디 시위 소리가 나. 시위란 소리가 뭔 소린지 알아요? (조사자2 : 활시위요?) 그러지, 근게 인제 철환도 나가면 삐융 소리가 남선 날아간디, 활은 이렇게 살이 진디 활 뒤에 가서 꿩 짓대기를 이렇게 삼각지를 멕여가지고 히놨거던. 활촉 보면 다 알잖여. 근디 이놈이 뒤에서 이케 내뒤림서 세게 간게 소리가 나. 쉐액 소리가 난다 그 말이여. 그 어이서 시위 소리가 난고 허이게 일어나서 보닌게, 어떤 당돌헌 젊은 장군이 큰 사슴을 보고 사슴한티다가 활을 메기는디 사슴이 인제 활을 맞고 궁근게 사슴 쑤시러 가는 것을 보닌게 아 당돌허다 그 말여, 사람이. 그게 누구냐 허면은 두란이여. 생이(성이) 퉁간디 퉁두란이라 그 말이여. 그서 만나가지고는 거기서, 거그서 만났어, 그 산에서.

근게 산에서 거 둘이 그 장담을 히서 아까 몇 미타 바깥에서 내 외약눈을 겨눠서 태조가 두란이를 보고 쏘라고 헌게로 화살 다섯 발을 쏜디 화살 다섯 발을 다 잡았다고 그런 얘기가 있고. 게 인제 두란이를 거그서 만나갖고 인제 자기 집이로 데리와갖고 이게 보닌게 욕심이 나. 이놈을 잘 부리먹어야겠다고 헌. 아 벌쎄 사람이 그 태어날 적으 무사로 생기고 허고 허믄 다른 것은 멍청허지만 그런 디는 머리가 뚫어지는 거여. 근게 사람 좋은 사람 만나면 자기가 부리먹을라고 헌 그런 마음을 가져질 거 아녀. 그서 인제 거기에서 말하자면은 그 결의형제를 맺았어.

근디 태조가 두란이보다 나이가 많어. 에 태조는 형이고 두란이는 동생인디 그 때 두란이를 본 게 용수가 났는디 저놈 용수를 두먼은 저게 자기를 능가를 허게 생긴게 용수를 뽑아부렀다고 헜어. 술, 술 먹고 자는 놈을. 근게 자고 인나서 본게 자기 용수가 없은게 태조를 죽이러 쫓아갔어, 용수 뽑았다고. 뭐, 거 용수 뽑고 화가 나갖고 피를 그 흘린 놈이 피를 서 말 쏟았다고 헌디 사람 몸이 어디가 피가 서 말 들었가디. 그런 얘기도 있고. (조사자2 : 그먼 어르신 용수가 이케 수염을 용수?) 응, 용. (조사자2 : 어뚷게 생긴 수염이 용수래요, 어르신?) 근게 인제 우린 용수를 안 봤은게 모르지만 용수가 어떻게 생겼다자고 헌게 평시에는 이릏게 올라가 붙어갖고 있다가, (조사자2 : 수염이요?) 이, 세수를 헐라고 허먼은 세숫물을 말하자면 수염이 와서 쭉 뻗쳐갖고 세숫물을 때린다고 그리여. [조사자 웃음]

들짐승의 먹이까지 염려한 황희

자료코드 : 07_09_FOT_20100114_ICH_HJS_0007
조사장소 : 전라북도 임실군 임실읍 이도리 812-1번지 임실향교
조사일시 : 2010.1.14
조 사 자 : 임철호, 권은영, 이화영
제 보 자 : 한준석, 남, 88세
구연상황 : 앞의 '결의형제를 맺은 이성계와 퉁두란' 이야기를 한 후 바로 다음을 구연하였다.
줄 거 리 : 황희 정승이 하루는 부적을 써서 들에다 던졌더니 논에 흩어져 있던 이삭들이 마당으로 쏟아져 들어왔다. 그의 부인이 이삭들을 필요한 만큼 퍼다 담자

황희 정승은 논에 떨어진 이삭은 짐승들의 먹이이니 자신이 다 가져오면 짐승들이 굶어죽을 것이라고 하였다. 그래서 남은 곡식 모두를 제자리로 흩어버렸다고 한다.

말이 또 어른들이 그런 얘기도 혀. 하도 배가 고프다고 마느라가 헌 게 그렇게 배가 고픈 것을 못 참냐고. 근디 하루는 뭐 부적을 써서 들에다 던졌더니 가을에 나랙이 자꾸 마당으로 막 쏟아져 들어와. 근게 뭔 그런 재주도 부렸는가 몰라. 근게 인제 그 나랙이 이케 마당으로 와서 있은게 양 수북허니 쌓인게 황정승 마느래가 그놈을 자꾸 퍼쓰다가 인제 ○○안에다가 갖다 담은디 땀을 펄펄 흘리고 퍼다 붓인게 황정승이 그 되지하고 인게 땀난다고 그런 게. 이게 들에 흩어져 있는 곡식이 근게 타작하고 나먼 그 논에 나락 많이 떨어지거든. (조사자2 : 네. 나, 낟알갱이요?) 낟알 저절로 떨어져서 사램이 씰어담을 줄 몰르게 흩어진 놈이 겁나다 그 말이여 그게. 그놈을 줏어들이는디 그렇게 한 바탕 퍼트린 게 땀을 흘리고 그런디 또 비가 와.

그런게 황정승이 허신 말씀이 이게 들에서 흩어진 곡식을 줏어왔는디 이놈을 내가 다 줏어다 먹으먼 들짐승들이 굶어죽어. 들짐승도 살아야거던, 들짐승도 살아야 혀. 그러니까. [한쪽에 앉아 있던 조사자에게] 그러고 오래 못 앉아 있어요 편히 앉어요. (조사자3 : 네.) 괜찮혀? (조사자 : 3 네. 괜찮아요.) 편히 앉어. 그 인제 도로 쏵 퍼내버려. (조사자2 : 들로요?) 하먼 아 들에서 먹는 그 곡식 먹은 놈들들이 새짐성 날짐성 쥐, 뭐 이런 것들이 그거 안 먹으면 뭣 먹고 살아. 그거 먹고 먹어야지. 근게 그 짐승이 다 죽는다고 히서 도로 쏵 퍼내버렸다고 헌 그런 얘기도 있고.

황희와 계란유골

자료코드 : 07_09_FOT_20100114_ICH_HJS_0008
조사장소 : 전라북도 임실군 임실읍 이도리 812-1번지 임실향교
조사일시 : 2010.1.14
조 사 자 : 임철호, 권은영, 이화영
제 보 자 : 한준석, 남, 88세
구연상황 : 앞의 '들짐승의 먹이까지 염려한 황희' 이야기를 한 후 바로 다음을 구연하
였다.
줄 거 리 : 황희 정승이 청백리로서 봉물을 받지 않자 시골의 한 사람이 황정승의 회갑
때에 계란을 몇 짐 마련하여 보냈다. 시골에서 서울로 짊어지고 가는 사이 계
란이 병아리로 변해가느라 계란에 뼈가 생겼다. 가난한 황정승 집에 있는 계
란마저도 뼈가 생겨 먹을 수 없게 되자 '무복자는 계란유골', 복 없는 사람은
계란에도 뼈가 있다는 말이 여기서 나왔다고 한다.

　하도 인제 그 봉물을 안 받고 청백리로 그렇게 삼선 곤란하게 사니까
황방촌 회갑을 지내고 돌아가실 땐가, 회갑 적으는 봉물 들어가면 퇴박을
안 헐 것이다. 그르고는 그 날 장하난이 들온 계란을 사서 계란이 몇 짐
들어갔던개비여. 계란이 몇 짐이 들어갔는디 고 인제 오시는 손님 해 디
릴라고 계란을 깨본게 쏵 생겼어. (조사자2 : 뭐가 생겨요 어르신?) 병아리
를 알 속에서 병아리가 돼갖고 있어. 생겼다고 쏵. [조사자 웃음] 근게 이
놈이 시골서 서울로 짊어지고 올라간디 뜨뜻허니 이렇게 생깄든가, 곯은
놈도 근게 있고 생긴 놈도 있고 허닌게 계란도 유골이 그 황방촌 집이서
나왔다는 거요. 황정승 집이서. (조사자2 : 예, 계란도 유골이.) 계란도 유
골여. 게 무복자는 계란도 유골여, 복 없는 사람은 계란도 뼈가 있다고.
(조사자1 : 그 말이 거기서 나왔다는 얘기고만요?) 응 거그서 나왔어.

황희의 도시락

자료코드 : 07_09_FOT_20100114_ICH_HJS_0009
조사장소 : 전라북도 임실군 임실읍 이도리 812-1번지 임실향교
조사일시 : 2010.1.14
조 사 자 : 임철호, 권은영, 이화영
제 보 자 : 한준석, 남, 88세
구연상황 : 앞의 '황희와 계란유골' 이야기를 한 후 황희 정승에 대한 일화를 다시 요청
하자 다음을 구연하였다.
줄 거 리 : 집안의 종이 황정승에게 궐내로 점심 도시락을 갖다 드리는데, 하루는 어떤
사람이 그 도시락을 한번 보자고 하였다. 도시락에 보잘것없는 반찬만 있는
것을 보고 그 사람은 집에서 잘 담은 고추장 한 숟가락을 퍼 담아 보냈다. 황
정승이 자신의 도시락에 못 보던 고추장이 있는 것을 보고는 크게 노하였고
고추장을 담아 보낸 사람을 불렀다. 황정승은 몹시 화를 내며 그를 죽일 기세
로 꾸짖었다. 그 사람은 황정승에게 용서를 빌며 노부모가 살아계시니 살려
달라며 간청하였고 황정승은 그를 용서하였다.

그런게 인제 종들도 없는 집 정승 종들은 헐벗고 굶주려. 그러기 마련
이지, 내가 잘 먹어야 종도 잘 먹고 내가 잘 입어야 종들도 잘 입히지. 그
헐벗고 굶주린 것은 사실 아녀. 근데 항상 인제 그 점심 도시락을 그 쳉
이 말하자먼 그 궐내로 밥을 날라다 드려, 점심을. 어떤 사람이 그 도시락
좀 보자고, 혀갖고 근게 인자 암도 모르지. 그래갖고 도시락을 보자고 히
갖고 도시락을 갖다가 도시락을 벌려놓고 본 게 새카믄 깻잎에다가 고추
인제 고추 밑고추라고 헌 것 보고 장아찌라고 허잖여. 허고 지허고(김치
하고) 된장허고 도시락 찬이여. 그런게 하이 아 근게 밥 먹고 산다고 헌
이들들은 그 도시락 반찬 아 계란도 이 지트러서 멕기 좋게 맨들아놓고
아이 거 여러 가지 것 고기도 넣고 히서 헌디 고기라고는 생선이나 뭐 이
런 것은 귀경도 못 허고 그 소찬으로 그렇게 되야갖고 있은게

'하 이거 이렇게 히서 자시는구나.' 허고는

자기 집이서 잘 담은 고추장을 한 숟구락을 퍼서 담아줬더라는 것이여.

거 반찬 위에다가. [옆방에서 서예 연습을 하던 이들의 말소리가 섞여서 들림] 헌게 도시락을 딱 떠들러놓고 본게 생전에 안 본 고추쟁이 거가 담아져갖고 있거든. 근게 인제 비복을 보고,

"너 이 고추장 어디서 났냐?" 허닌게

아 그 사람들들은 그 냥반 앞에 거짓말을 못 혀. 거짓말을 헐 수가 있가니, 어떻게.

"아 중도에 오다가 어떤 분이 도시락을 좀 보자고서 가지갔는디 그렇게 담아줬는가 보요."

그러닌게로 그 고추장을 딱 떠내놓고는 안 자셔. 안 자시고는

"이런 죽일 놈이 있는가. [제보자 웃음] 이 지가 뭣이라고 내 도시락을 떠들러 봐, [조사자 웃음] 어. 왜 남으 도시락을 니가 떠들러봐, 이놈 죽인다고."

아 참말로 죽일 작정이어, 그 이를. 아 근게 그 옆에서 귀경헌 분이

"너 큰일났다. 어쩌다가 그랬냐?"

아 그 반찬을 본게 하도 참 이렇게 찬을 이렇게 히서 자신가 허고 안씨런 생각을 가지고 그랬다고 그른게 너 까딱허면 죽으니까, 근게 친구도 친헌 친구먼은 그런 것 아녀, 죽게 생긴 길을 열어주야거던.

"가서 빌 때 다른 소리 다 살려주깁쇼, 뭐 죽이줍쇼. 쓸데없고 늙은 부모가 계신데 늙은 부모 앞에 제가 죽기가 [제보자 웃음] 좀 안 됐다고."
[비행기 지나가는 소리 들림] 그런게 그 소리를 듣고는,

"꼭 주, 죽일 일이로되 네 [제보자 헛기침] 늙은 노모가 산다고 허닌게 살려준다."

그랬다고 그런 말이 있어.

고려장이 없어지게 된 유래

자료코드 : 07_09_FOT_20100114_ICH_HJS_0010
조사장소 : 전라북도 임실군 임실읍 이도리 812-1번지 임실향교
조사일시 : 2010.1.14
조 사 자 : 임철호, 권은영, 이화영
제 보 자 : 한준석, 남, 88세
구연상황 : 조사자가 고려장에 관한 얘기를 묻자 제보자가 고려장에 대한 자신의 의견을
　　　　　얘기한 후 다음을 구연하였다.
줄 거 리 : 한 남자가 제 아들을 시켜 늙은 아버지를 내다 버리도록 했다. 손자가 할아버
　　　　　지를 지게에 짊어지고 가면서 우는 할아버지에게 도로 모셔갈 테니 걱정을
　　　　　말라고 위로했다. 손자가 할아버지를 한 곳에 두고는 지게를 지고 집으로 돌
　　　　　아오자 그의 아버지가 지게마저도 보기 싫다며 뭐 하러 도로 가져왔느냐고
　　　　　하였다. 손자는 자기도 나중에 자기 아들을 시켜 아버지를 지게로 짊어져다가
　　　　　내다 버리려고 한다고 하였다. 그 말을 들은 아버지는 자기 잘못을 깨닫고 노
　　　　　부를 도로 모셔왔다.

　그 뭐 어디그나 그런 얘기가 있지만은, 애비가 늙어서 아무껏도 안 헌
안 허고 있는게, 애비가 지 자식을 시겨서 지 애비를 짊어지다가 내버리
라고 짊어지고 보내야. 그니까 그거 인제 우도 아래도 없는 뭐 누구가 그
렀다고 헌 말도 아니고, 근게 손자놈이 할애비를 지게다 짊어지고 나가니
까 할애비가 정신이 없이믄 모르지만은, 갖다 내부리믄은 굶어죽을 일을
생각허니까 울 꺼 아니여? 우닌게 손자놈이

　"할아버지 우지 마시오. 이따가 할아버지 모시러 오리다." 그런게

　"아 이놈아 니 애비가 나를 짊어져다 내버리라고 했는디 어떻게 니가
나를 데리가냐?"

　거 이제 어디 양지다가 저그 할아버지를 짊어져다 놓고는 지게를 짊어
지고 집이를 들어가니까 애비가 하는 소리가,

　"아 이놈아 그 지게도 뵈기 싫다. 지게 거 뭣허게 짊어지고 왔냐?"

　그러거든. 그게 그 자식놈 말이,

"아 저도 이 지게 됐다가 제 자식 나면 아버지 업어다가 이 지게다 짊어져다 내버려야 안 허요?"

아 그러인게 그 소리를 들은게 자기도 그런 일을 당허게 생겼거든. 그런게,

"가서 할아버지 모셔오니라."

그랬다고 헌 말이 있는디 [제보자 웃음] 그게 참말인지 거짓말인지는 모른 것이고. 어 뭐 그 그러 얘기도 쨌지.

사명당이 승려가 된 내력

자료코드 : 07_09_FOT_20100114_ICH_HJS_0011
조사장소 : 전라북도 임실군 임실읍 이도리 812-1번지 임실향교
조사일시 : 2010.1.14
조 사 자 : 임철호, 권은영, 이화영
제 보 자 : 한준석, 남, 88세
구연상황 : 다시 얘기를 청하자 1차 조사 때에 해주었던 기정진에 관련된 일화를 구연하였다. 그 후에 다음을 구연하였다.
줄 거 리 : 사명당은 첫 부인이 죽자 둘째 부인을 얻어 아들딸을 낳고 살았다. 전처와의 사이에서 아들이 하나 있었는데 그를 장가보내게 되었다. 계모는 재산의 절반 이상이 첫 부인의 아들에게 갈 것을 생각하자 재산 욕심이 났다. 그래서 일을 성사시키면 속량해 줄 것을 약속하고는 하인을 시켜 장가간 첫날밤에 그 아들의 목을 베어오도록 시켰다. 하인이 목을 가져오자 그녀는 그 목을 단지에 넣어 벽장 속에 보관했다. 아들의 부인은 첫날밤에 남편을 잃은 데에다가 그녀의 간부가 남편을 살해했다는 누명까지 쓰게 되었다. 그녀는 남편의 원수를 갚고 자신의 억울함을 풀기 위해 도부 장사를 나섰는데, 우연히 남편을 죽이고 속량을 한 하인의 집에 머물다가 그 집의 수양딸이 되었다. 어느 날 밤 잠을 자는데 양아버지가 잠꼬대하는 소리를 듣고는 수상한 생각이 들었다. 이튿날 날이 밝자 그녀는 자신의 정체를 밝혔고, 양아버지를 칼로 위협하여 남편의 죽음과 관련된 사실을 모두 듣게 되었다. 그녀는 시댁으로 가던 길에 시아버지인 사명당을 만나 자초지종을 얘기하였고 사명당은 그녀를 데리고 집으

로 돌아와 벽장을 뒤져 아들의 목을 발견했다. 이것으로 자신의 억울함을 증명한 그녀는 칼을 물고 엎어져 자결했다. 통곡을 하던 사명당은 재산을 모두 비복들에게 나누어 주고는 후처와 그 소생의 아이들을 집에 앉혀놓고 불을 질러 죽게 했다. 그런 후 자신은 절로 들어가 승려가 되었다.

사명당이라고 한 이가 왜 대사가 되았냐. 참 그 생각하면은 비참한 일이 그 집안에 생겼어. 어 사명당 자신이 그전에는 지금은 장가를 가면은 다 이십 살 먹어서 삼십, 삼십 먹어서 장가를 간디 그전에는 있는 집이서 열댓 살 먹으면 걍 아들을 여웠고, 딸은 열일곱 살 먹으면은 뭐 과년이라고 못 여워서 안달을 부리고 옛날에는 남은 여가(女嫁)를 시켰다 그 말이어.

그런디 인제 사명당이라고 하는 양반이 초추에(초취에) 아들을 난 아들이 있고, 그 초추 아들을 낳아놓고 초실이 죽으니까 재취를 했는데, 재취해서 인제 아들딸 낳고 사는데 초추 아들을 인제 여울라고 어 그전에는 중매쟁이가 오고 가고 오고 가고 아마 이래 여러 차례 이중으 중신애비가. 내가 아들을 하나나 여울라고나 딸을 하나 여울라고나 하믄 중신애비가 몇인 수도 있어. 하나 말 듣고 여울 수도 있지만 그런다 그 말이어. 그러니 그 아들을 여울 판인디 이 후실 계모라고 헌 이가 저 큰 자식을 뒤서 자식을 인제 내우간 제금을 내놀라면 절반 이상 재산을 큰자식이 갖고 가게 생겼으니까 이 재산욕심이 난게 저걸 죽여버려야겠다 그 말이어. 큰 자식, 그 정실아들을. 근게 그게 집구석이 졸헐란게 그런 싸가지 없는 마음을 먹은 계집이 들어왔다 그 말여.

근게 종을 시켜가지고 장개를 간 그 뒤에 따라가가지고 첫날 저녁 아들 데리고 오래 놀다가 잠자는 순간에 가서 그 초랭이 모가지를 비어 오라고 그렸어. 종놈이 인제 그 소리를 듣고

"허이구 저는 죽으면 죽었지 그 짓 못헌다고 허고"

헌게 우협을(위협을) 험선

"니 글안허면 내가 너를 죽인다"고 허고 우협을 험선

"니가 그 말만 들으면은 어디 한 모지기 띠어서 뭐시냐 속량 해줄 테니가 가서 잘 살면 될 거 아니냐 말이여."

속량이라는 거이 종을 벗어져 나가서 저 자유로 사는 것인디 그렇게 해준다고 헌게, 아 이놈이 그 소리를 듣고는 그런게 인제 장모가 그전에 그 아들딸 여워놓고 밤새드락까지 엿을 보는 것은 그런 건 막기 위해서 엿을 봐줬다는 거이여, 그게 이? 아 그런디 인제 오래 놀고 잠을 자는디, 그 집 어디 가서 숨어 있다가 그 집 초랭이 말허자믄 지 상전 모가지를 비어다가 줬어. 그 목을 여편네가 비단으로 싸고 싸고 혀갖고는 단지 속에다 너갖고 벽장 속에다 넣어 놓더라. 그 어쩔라고 벽장 속에 넣어놨는지 모르지만 벽장 속에 넣어논 것을 봤는디 그 종놈은 인제 약속 그대로 속량을 해갖고 그 근방 어디 가서 산다.

그렇게 인제 첫날 저녁으 난리가 나니까 그 며느리 됐던 규수는 그게 어떻게 되야? 모든 부정은 여편네가 간부 있어갖고 간부가 그랬다고 말하자믄 누명을 둘러쓰는 것 아니여. 그런게 그 규수가

'내가 이렇게 서럽게 죽을 수 없다'

허는 생각을 가지고는 말하자면은, 가장을 하고 도부(到付) 장사를 나섰어. 도부 장사를 나가갖고는 어떻게 그 말하자믄 그 종놈 집이로 수양딸로 들어가. 들어가갖고 인제 아버지 어머니로 모시, 그 산디, 근게 인제 우아랫방이여 인제. 수양딸로 들어갔으니까 그 수양딸은 웃방으서 거처를 허고 수양아버지 어머니는 아랫방으서 거처를 헌디,

'어떻게 히서 이놈 근거를 알아가지고 내가 이 원수를 갚으올꼬'

허고, 그서 날이 날마다 노심초사가 그거인데, 하루 저녁에는 자다가 들은게, 그 남자 놈이 꿈을 꾸고, 꿈 서몽을 허는 게,

"어이구, 제가 그런 일을 한 거 아닙니다."

허고 뭐라고 꿈을 꿈선 하는 소리를 들으니까 그게 이상시럽거든. 그리

서 인제 그 이튿날 아침에 자기가 채워갖고 간 칼을 가지고 들어가서,

"너 어제 저녁으 그 꿈 꿘 내력을 다 얘기를 해라. 내가 아무집 딸이다 말이여. 내가 너를 찾니라고 애를 써갖고 네 집에 들어와서 네 수양딸이 되았는디 만약으 니가 바른대로 얘기 안 하면 이 칼에 죽으니까 솔직히 얘기해라."

하고 무섭게 허니까 그 사실 얘기를 혀.

"그러믄 그 머리를 베어다가 어쩌드냐?" 허닝게

"머리를 베어다가 마님을 드렸더니 그 비단으로 여러 꺼풀로 싸가지고 단지에다 넣어갖고 벽장 안에다 너놨다고."

그런게 인제 그 길로 자기가 인제 행장 챙겨갖고 나신 것이 시집으로 찾아가. 찾아가가지고 그 동네 앞이를 가닌게 시아버지가 전실 마누라 묘 똥 가서 하루 내 울고 정신이 없어갖고 석양에 비틀비틀 허고 오는 디를 본게 자기 시아버지여. 그런게 시아버지 앞에 가서 인제 절을 헌게로 거들떠 보도 않고 돌아가지고 가고 가고 또 앞에 가서 그런게로 또 그러고 이게 여러 차례 그러닌게 허다 못혀 시애비가 말을 던져.

"뭣 허러 왔냐?"

아 할 말이 그거밖이 더 있어, 뭣 허러 왔냐 말이여.

"지가 지 웬수를 갚기 위해서 왔소."

"웬수를 갚다니 무슨 어떻게 웬수를 갚는단 말이냐?"

헌게 그 얘기를 했어, 노상으서.

"이러이러 히서 아무한테 가서 내가 작년 겨울에 들어가서 거기서 살다가 어제 저녁으 이러저러헌 그 꿈을 꾸면서 서몽헌 소리를 듣고 사실을 캐갖고 왔으니 지가 지애비 머리만 보고 죽어도 한이 없소."

아 근게 자기 때는 벗고 죽어야겄거던, 이? 그런게 자기 집으로 안 데리고 올 수가 없지. 이제 데리고 가가지고는 벽장을 뒷장을 허닌게 벽장 안에 가서 단지가 있어서 단지를 내놓고 본게로 그 속에다 싸놨어. 근게

지집도 지긋지긋헌 년이 어떻게 그 짓을 했냐 그 말이여. 근게 인제 둘이 앉어서 방성통곡을 허고 있는 판인데 그 후처가 자식을 업고 또 걸은 놈 있인게 걷고 들어와. 그런게 양 사명당이 쫓아내려가서 그 후실을 막 비 네채를 잡고 막 내동댕이를 친게,

"이 영갬이 날마동 뭐시냐 본 할망구한티 갔다오더니 오늘은 환장했냐 고 왜 그러냐고" 헌게

"환장을 허가니 이녀아, 내가 환장 혔냐고, 니년이 환장한 년이 아니냐 고?"

인제 그렸는디 아 본게로 방으선 난리가 났는디 어떤 젊은 여자는 칼 을 꽂고 엎어져서 죽고. 근게 그 여자는 자기가 칼 갖고 온 놈을 갖고 자 기가 거그서 자살을 했부린 거이란 말이여. 그러지, 정실 아들 모가지가 방바닥에서 궁굴고 헌게 힐 말이 있어, 응? 그런게로 하도 인제 기가 맥 히니까 그 사명당이 전부 자기 비복을 불러서 전부 열 마지기 줄 놈 닷 마지기 줄 놈 스무 마지기 줄 놈 속량을 싹 히서 줌선

"너이 이놈 갖고 살아라 말여."

그러고는 그 후실이 아들형제를 났는디 하나는 앞에다 보듬끼고 하나 는 뒤에다 바로 묶어갖고는 집에다 앉히놓고 불을, 집에다 불을 질러버렸 다고 혔어. 근게 자기 식구를 싹 죽이버린 것이지. 그러고는 어디로 갈 거 여, 절로 간 거여. 그래서 절로 간 것이여.

일본에서 영검을 보인 사명당

자료코드 : 07_09_FOT_20100114_ICH_HJS_0012
조사장소 : 전라북도 임실군 임실읍 이도리 812-1번지 임실향교
조사일시 : 2010.1.14
조 사 자 : 임철호, 권은영, 이화영

제 보 자 : 한준석, 남, 88세

구연상황 : 앞의 '사명당이 승려가 된 내력' 얘기에 이어 다음을 구연하였다.

줄 거 리 : 사명당이 통신사로서 일본에 가게 되었는데 일본인들은 조선의 생불이 온다
고 하자 그를 시험하려고 했다. 사명당이 지나갈 길 양편에 팔만대장경이 적
힌 병풍을 세워 두었는데 사명당이 말을 타고 그곳을 지나갔다. 나중에 그 병
풍에 무엇이 적혔는지를 묻자 사명당은 그 내용을 줄줄이 읊었다. 일본인들은
또한 움막을 쇠로 지은 후 그 주위에 숯을 묻어 움막이 벌겋게 되도록 불을
땠다. 사명당이 타 죽었을 것이라 생각하고 문을 열어보니 방에 얼음이 얼어
있었다. 철마를 불에 달군 후 그 위에 사명당을 태웠어도 사명당은 아무렇지
않았다. 일본인들을 괘씸하게 여긴 사명당이 일본인들의 인피를 조공으로 바
치게 했다는 말도 있다.

왜 이거 뭐 부산, 뭐 지사라고 헌가 그 뭐. (조사자1 : 동래부사.) 응 부
사라고 하는가 있잖여. 그이를 사명당이 죽였어. 나는 어명으로써 내가
간디 니가 무슨 잔소리냐고. (조사자1 : 왜, 왜 죽였?) 아, 소홀히 대접을
힜어. (조사자2 : 아 소홀히 했어요, 통신사로 가는데, 그거 때문에?)

그런게 이제 그 화제가 일본 가서 화제가 대단허지. 챔인가 거짓인가는
모르지만은 일본서 조선에서 생불이 들어온다 허니까 지가 생불이면 지
가 살아나갈 것이냐 말이여. 근게 인제 바다에서 육지로 올라서서 사명당
사치를(사처를) 들어가는디 바닥에다 조판을 깔고 조판 양쪽에다가 저, 팔
만대장경 불서를 병풍에다 써가지고 그 병풍 사이로 말을 타고 들어갖고
그 처사로 들어갔는디, 말을 타고 들어갔으니까 뭐 인제 뭐 달려 들어가
던 안 했지만 뚜벅뚜벅 걸어갔지만 그 안에 그 사치방에다 앉히놓고 그
양쪽의 병풍서를 읽으라고 혀. [밖에서 한 사람이 옆방에 들어서며 말을
거는 소리가 섞임] 근디 무슨 재주로 그 병풍서를 읽겄냐고. 근데 다 읽
어. 근게 이제 팔만대장경을 다 썼을 것이 아냐. 아니면은 뭐 반야경을 썼
다든가 금강경을 썼다던가 뭐 무슨 그 좋은 글을 빼서 썼을 티지. 근디
그 글을 다 읽는디 두 구절을 빼먹고 읽은게

"왜 그 글은 빼먹고 있냐?"고 헌게,

"없는 글을 어떻게 읽느냐 말이여."

그서 가서 떠들러 본게 병풍이 접쳐져 갖고 있다고 그랬거든. 어 그런 얘기가 전해 나오고.

'사명당이 지가 아무리 생불인들 지가 어 이렇게 해도 살아?'

허고는 사명당 처소를 이런 집으로 짓는 것이 아니라 쇠로 지, 그 움막을 맨들어갖고는 그 움막 전체를 숯으로 묻고는 불무로 불어서 숯을 벌겋게 했다 그 말이여. 그 인제 '지가 이렇게 해도 안 죽어.' 허고 문을 열고 들어가서 본게로 뭣이냐 사명당 방에 얼음이 깡깡 얼어갖고 있는디,

"야 이놈들아 불 좀 지펴라. 일본이 따숩다더니 왜 이렇게 춥냐?"

허고 있다고, 그런 말도 있고. 또 인제 말을, 말하자면은 그 철마를 만들어가지고 그놈을 태워서 끌었는디 그려도 안 죽었고 헀다고 헌 그런 말이 있고.

또 인제 그 사명댕이 뭐셔, 일본놈들들 씨를 말리기 위해서 조공을 인피 삼백 장, 인피 삼백 장을 바치라고, 말하자면은 받아왔다 허거든. (조사자2 : 사람 가죽요?) 사람가죽, 인피. 그리놓고 일본다가 비를 마련해노니까 인피 가죽을 벗겨가지고 말릴라고 하면은 늘 장마가 지니 썩어. 그런 또 낭설인가 참설인가 그런 말이 있고. 또 인제 그 뒤로 가만히 생각한게 그 너무나 그렇게 히서 못쓰게 생겨서 동래 부사를 와서 동래 부사에 가서 수자리로 살렸다고 허는 것까지 끄트리가 나와. 그것은 내가 읽어본 일이 있어. 근데 그 뒤로 일본은 국교가 지금까지 불교여, 불교만 믿어 가네들은.

지혜로운 어린 아이 이상진

자료코드 : 07_09_FOT_20100114_ICH_HJS_0013

조사장소 : 전라북도 임실군 임실읍 이도리 812-1번지 임실향교
조사일시 : 2010.1.14
조 사 자 : 임철호, 권은영, 이화영
제 보 자 : 한준석, 남, 88세
구연상황 : 책에서 본 내용보다 어른들께 들은 얘기를 해 주시라고 요청하자 다음을 구
　　　　　연하였다.
줄 거 리 : 만암 이상진은 전주에서 공부를 했던 인물이다. 어렸을 적 집안이 가난하여
　　　　　공부를 할 수가 없었다. 감사의 아들과 친하게 지냈는데, 감사 아들이 공부를
　　　　　하면 이상진은 매번 그 주변에서 놀면서 배운 내용을 모두 다 익혔다. 이상진
　　　　　의 총명함을 알게 된 선생이 감사에게 그에 관해 얘기하자 감사는 이상진을
　　　　　불렀다. 어린 이상진에게 쌀 한 섬을 주며 가져 갈 수 있겠느냐고 하자 이상
　　　　　진은 지혜를 발휘하여 그 쌀 한 섬을 집으로 가져갔다.

　(조사자2 : 그 어디?) 전주에, 전주에서 공부힜던 만암 이선생이라고 있
어요. 들어뵜겠어요, 만암? (조사자2 : 아뇨.) 이상진이. (조사자2 : 만암요?)
만암, 호가 시호가 만암인디, 전통생이라고 진안 출신이 있고. 그러니까
인제 전통상 진안 출신은 사람이 크게 구관도 크고 장군감으로 나고 우락
부락허게 생겼고 이상진이는 없는 집 꼬마로 태겨갖고 쬐간허게 생겼던
개벼. 얼굴에는 걍 털이 둥실하니 사람이 잠삭허게 [제보자의 휴대전화
문자메시지 도착하는 소리] 태였는디 사람이 천재여, 뭣을 듣고 보면 안
잊어버려.

　근데 해필이면 어떻게 돼서 그렇게 될라고 감사 아들하고 근게 그 감
사 집 부근에서 이상진이 태었던개비지. 그런게 감사 아들허고 항상 뛰어
대님선 노는디, 감사는 이 근방으서 덕 있고 글자나 한다고 헌 선생님을
모셔다 놓고 독선생 밑에서 감사 아들을 공부를 시킨디 거 공부시킨 디
와서 항상 보고 놀아. 근디 다 알아부려. 감사 아들은 글을 읽고 뭐 글씨
를 쓰고 히도 모르는디 이상진이는 싹 알아. 근게 그 선생님이 생긴 몰골
을 보믄은 별시럽진 않은디 애기가 재주가 있은게 마음적으로 예뻐했다
그 말이여.

근게 그 감사하고 선생님허고는 앉아서 이얘기 헌 시간이 많을 거 아니여. 근디 얘기를 험선 상진이 지혜라든가 그 재주력을 이얘기를 허니까 그 상진이를 보고 인제 오라고 해갖고는 쌀을 한 섬 주면서 근게 물어봤어.

"어떻게 너그는 사냐" 한게로,

아 없이 산게 옷도 주살나게 입고 먹는 것도 주살나게 먹은게 애가 삐쩍 말르고 그렇겄지. 없는 자식이 부들부들하게 컸겄어, 그게? 근게 자기 아버지가 베, 인제 삼베 미영베 모수베(모시베), 뭐 인제 명지베 같은 거 이런 거 통한 디서 나갖고 오면 그놈 사가지고 댕김선 장사를 하는 그런 아버지는 장사꾼이여. 근데 인제 그런 얘기를 헌게

"너그 집이 그믄 쌀이랑 많이 있냐?" 헌게

항상 쌀이 바닥 긁히지, 쌀을 많이 팔아다 놓고 먹겄어? 없다고 그런게 쌀을 한 섬 주면서,

"너 이놈 갖고 가겄냐?"

그런게로 아 이거 많은 쌀을 한 섬을 주닌게 아 많, 안혀? 저그 집은 쌀 섬을 귀경을 못했는디. 헌게 다짐을 받어.

"참말로 이 쌀을 저를 줄라요?" 헌게

"하 어른이 거짓말 허냐 말이여. 갖고 가라고."

근게 "저를 이 쌀을 줄라먼은 요만한 그륵을 하나 주시오."

근게 그 그륵을 준게로 여기서 저 대문 앞으만큼 그륵을 갖다놓고는 이놈을 퍼다가 그리 날라. 이놈이 다 떨어지믄 고놈 갖다가 또 저만큼 갖다 놓고는 [제보자 웃음] 고렇게 날른다 그 말이여. 근게 인제 애기 지혜를 뵈기 위해서 그 짓을 했는디 그렇게 쌀을 가져가라고 시겼겄어? 사람 시기믄 얼른 갖다주는디, [조사자 웃음] 그렀다고 헌 이야기도 있고.

동서들의 청탁을 거절한 만암 이상진

자료코드 : 07_09_FOT_20100114_ICH_HJS_0014
조사장소 : 전라북도 임실군 임실읍 이도리 812-1번지 임실향교
조사일시 : 2010.1.14
조 사 자 : 임철호, 권은영, 이화영
제 보 자 : 한준석, 남, 88세
구연상황 : 앞의 '지혜로운 어린 아이 이상진' 얘기에 이어 만암 이상진에 대한 일화를
구연하던 중 전화기가 울려서 얘기가 중단되었다. 전화통화 후에 제보자가 다
음을 구연하였다.
줄 거 리 : 이상진에게는 세 명의 동서가 있었는데, 이상진은 가난하고 볼품이 없어 동서
들의 박대를 받았다. 하지만 벼슬길에 오른 후 정승이 되자 동서들이 벼슬을
부탁하기 위해 이상진을 찾아왔다. 이상진이 동서들의 청탁을 거부하며 면박
을 주니 동서들이 삐쳐서 돌아갔다.

　동서들이 상진이를 이제 ○○○○ 취급을 헌 것이 상진이 마누라 되는
사람은 아조 안 좋게 봤어. (조사자2 : 음 아 그 남편 될 사람을 안 좋게
봤어요?) 아니 형부들을. 그럴 거 아녀. 이 편 서방님 된 이를 그리도 어
떤 체면이 됐든지 좀 애끼주고 말을 조심을 하면 좋을틴디 그냥 ○○○○
헌 것을 보고 속으로 아주 안 좋게 말하자면은 갖고 있었다 그말이여.

　그런데 상진이가 인제 참 과거를 본게 대과에 통과혀갖고 일인지하에
만인지상이 되야. 말하자면 그런게 정승이 되었다 그 말이여. 근게 인제
우에 동서들은 저그 부모덕으로 어떻게 됐던지 잘 먹고 잘 살다가 살림이
가고 헌게로 자기 막내 동서가 참 일인지하에 만인지생이 되닌게 어디 고
을 하나나 트고 나가면 밥 먹고 살게 된게 어디 찍어달라고 허고 그러는
거 아녀? 그것이사 그전이나 지금이나 다 똑같여. 그니 이제 이대감이 사
랑으 앉어서 상진이 있는디, 등이(덩이) 세 개가 들어와. 근게 동서들이
서이든개벼(셋이던가봐) 그 동서들이. 등이라고 헌 것은 사인교가 아니고
둘이 띠미고 댕긴 가마가 있어. (조사자2 : 예, 덩.) 그 이제 그놈을 타고
들오는디 들어올 적에는 웃음을 웃고 들어오는디 나갈 적으는 울고 나가.

(조사자2 : 왜요?) [조사자 웃음] 그러서 안에 들어와서 아까 여그 들어온, 근게 발로 걸어 들어온 손님하고 등 타고 들어온 손님허고 그런 것 타고 들어온 이들들은 다 돈냥이나 있고 세력가들들이 그런 것 타고 당기는 것 아니여? 그런디 들어올 적으는 웃음소리가 나는디 나갈 적에는 울고 나가니까 이게 어쩐 일인고 하고 안 물어볼 수 없지. 그런게 형님들 두 분이 다녀갔다 아이 그러거든. 그래 왜 들어올 적에는 웃음 웃고 들어온 이들이 왜 니갈 적에는 울고 [제보자 웃음] 나가냐고 물은게,

"아, 어디 고을 하나썩 어떻게 마련히 돌라고 히서 내가 쏘아버렸다고. 찰방이나 되야 뭐 감찰이나 되야 헌디 찰방도 뭐 고을살이냐고. 뭐 이방도 고을살이 내드냐고 해부렀더니 삐쳐갖고 [제보자 웃음] 삐쳐갖고 갔다고." 그러더라는 것이여. 그런게 상진이 대답이,

"암만 그렇지만 형님들을 그렇게 대접혀서 보냈냐고." [제보자 웃음]

그러더라는 것이여. [제보자 웃음] 그런게 사람이 내가 잘 됐다고 헐 적으 덕을 베푸는 것이 그게 원칙이여. 못난 사람을 거둬주고 헌 것이건디 거게 보믄은 자기가 권력기관에 있으면서 권력을 나쁘게 써먹거던. 그 놈을 좋게 써먹으먼은 오래 간디 어 잘못 써먹으면 몇 발도막도 못가. 그리서 어 부귀는 부자로 살고 귀하게 된 것은 진애와 같다고 했어, 진애. 티끌 진자 알지? 티끌 애자가 있어, 티끌과 같어. 여진애(如塵埃)여. 공명은 부운이라, 공명을 헌다고 허는 것은 하나의 뜬구름이여. 항상 구름이 그 자리에 떠갖고 있는 디 봤어?

구름이 생겼다가 그 자리에서 언제 없어진지 모르게 없어져버리거든. 부귀공명도 진애와 같고 어 부운과 같다. 근게 세력이 있을 적에 애끼고 자기 살림이 넉넉할 적에 애껴야제, 있을 적으 헹펜뎅펜허게 써버리믄 그 가둬져갖고 있는 거 아니거든. 근게 주자 10회훈에 다 있어, 그게.

미래를 예견한 이서구

자료코드 : 07_09_FOT_20100114_ICH_HJS_0015

조사장소 : 전라북도 임실군 임실읍 이도리 812-1번지 임실향교

조사일시 : 2010.1.14

조 사 자 : 임철호, 권은영, 이화영

제 보 자 : 한준석, 남, 88세

구연상황 : 앞의 '동서들의 청탁을 거절한 만암 이상진' 얘기 후에 향교에서 준비한 점
심 식사를 하고 잠깐 향교 경내를 구경하였다. 그런 후에 조사자가 이서구에
대한 얘기를 꺼내자 제보자가 다음을 구연하였다.

줄 거 리 : 전라감사를 했던 이서구는 미래의 일을 훤히 잘 아는 사람이었다. 이서구가
죽기 직전 자손들에게 '현고학생'이라 적은 명정을 주어 자신을 장사지내게
하였다. 사후에 이서구가 역률으로 몰려 부관참시를 당하게 되었는데, 묘를
파보니 '현고학생'이란 명정이 나오자 묘를 잘못 판 줄 알고 도로 봉하여 이
서구는 부관참시의 화를 피할 수 있었다. 이서구의 집에는 큰 배나무가 있었
는데 하루는 한 아이가 배나무에 올라갔다가 떨어져 죽고 말았다. 이서구가
괘를 빼보고는 이 일로 말미암아 오대손이 흉한 일을 겪게 될 것을 알았다.
이서구는 유서를 쓰고는 '오대손개탁'이라 겉표지에 적어 오대손에게 위급한
일이 생기면 그 유서를 펴보라고 자손들에게 전했다. 오대손이 살인을 저질러
위급하게 되자 이서구의 유서를 펴보았는데, 감사에게 전해주라는 편지가 들
어있었다. 이서구의 편지를 받기 전 예를 갖추기 위해 감사가 잠깐 자리를 옮
긴 사이 원래 앉아 있던 곳에 상량이 무너져 내렸다. 편지에는 '나는 너를 살
리니 너는 내 오대손을 살려라'하는 글이 적혀 있었고 이서구의 편지 덕에 감
사는 목숨을 구할 수 있었다.

이서구라고 헌 분이 전라감사로 도임이 되았을 때, 그 이서구도 추세를
해갖고 미래사를 안 양반이여. 그 지금 시청자리가 그전에 임실, 아 저 전
주역 자린디 거기에 올라서서 이리 철로가 난다는 소리를 했고 또 그 북
중핵교 터에 올라가서는 이 자리가 이 자리에서 에 장관이 수없이 날 자
리라고 그랬다거든. (조사자2 : 아 북중학교 자리에서요?) 북중학교 자리에
가서, 근게 그 북중핵교 터가 좋은개벼.

그런 얘기가 있고, 그 서구가 인자 감사에서 내직으로 발탁돼서 들어가

심선 음 숲쟁이, 전주 그 숲쟁이에 가서

"여기 질 쉬어라."

하닌게, 질을 쉬고 있은게

"내가 여그서 잃, 잃어버리고 간 것이 있다."

그러닌게 아까 김뭣이 이뱅이(이방이), 여그 있습니다 허고 사인교 안에다가 문을 열고 살쩨기 디리 넣어줘. 그것을 이렇게 펴보니까 명전을 (명정을) 썼는디 현고학생이여, 현고학생부군 명전이 들어와. 그른게,

"어 그럼 이릏게 가자."

그러고 인제 전을 떠서 갔는디, 이서구 선생이 근게, 어, 서거허실 때 돌아가실 때 자손들한티 부탁을 혀, 그 비단보를 내줌선

"이거 피어봐라."

허닌게 그걸 피어보닌게 현고학생부군이거든. 이서구가 역륜으로 몰려서 부관참시를 당혀. 부관참시라고 허면은 갖다 묻었던 널을 빼내갖고 널을 쪼개야. 톱으로 썰어버려. 그런 그 형벌을 보고 부관참시라고려, 에, 그 부관참시를 당혀. 그니 묘를 써놓고는 명정을 그놈을 인제 널 우에다 이렇게 딱 허니 이케 혀놨는디 역륜으로 몰려서 그이 묘를 파갖고 본게 아 벼슬 이름이 있는 것이 아니라 현관부군이라고 써놨은게,

"이게 이서구묘가 아니다."

그러고 합봉을 히서 묻었다 그 말이여. 근게 그거 그런 것까지 면헌, 면했다고 헌 그런 얘기가 있고, 근게 미래사를 모르면 어떻게 그 짓을 허겄어. 그런 그 흉악한 것을 내가 안 당할라고 그런 이야기가 있고. (조사자2 : 그믄 어르신, 그 이방을 시켜가지고 명정을 그렇게 현고학생으로 써갖고 오라고 그렇게 시킨 거예요?) 시킨 것이 아니지. (조사자2 : 그럼요?) 그 이뱅이 알아, 또 그 이방도 이인이여. (조사자2 : 이인이구만요.)

그런 이야기가 있고 또 인제 한번은 이렇게 인제 외당으 앉었는디, 그 이서구 집에 가서 청실리배라고 배나무가 큰 나무가 있는디 그전에 청실

리배라고 히야 요만 허까? (조사자2 : 청실리배?) 배가 인제 그 지금모냥 이렇게 좋은 배가 있는 것이 아니라 그전에는 그 배나무가 막 이렇게 아 람드리 되게 크, 배가 좋은게 그렇게 무겁그든. 오래된 배나문디 어떤 꼬 마가 배를 따러 올라간디 사랑문 이케 열어놓고 이렇게 본게로 어떤 아이 가 배를 따러 올라간게

"게 누구냐?"

헌게 이놈이 놀래갖고 넣어져버렸어. (떨어져버렸어.) 근게 인제 배나무 에 올라가다 넣어진게로 쪼끔 올라가다 넣어졌으믄 모르지만은 높이 올 라가다 넣어졌으면 그 죽기 아니면 병신되기 마련이지. 아, 근게 애기가 인제 넣어져서 죽어버렸는디. 아, 이게 그것이 뭐다, 그 악사(惡事) 아녀, 그게. 나쁜 일이거든. 그 인제 서구 씨가 쾌를 빼보니까 오대 손에 가서 걸려, 그게. (조사자2 : 그 악사가요?) 그 인제 그 악사가 오대손에 가서 걸린디, 그 오대손.

그 그전에는 살인자사여. 사람을 죽이면은 말하자면은 사람 죽인 사람, 죽인 사람을 죽였어. 살인자 사람문자를 썼어. 근데 그 오대손을 죽여서 는 안 될 것 아녀. 그런게 이서구 그분이 여 뭔 나무를 심궜더니 나무를 하나 딱 심궈놓고는, 나무 밑에다가 표석 하나를 딱 허니 써놓고는 그 표 석 속으다가 유서를 써놔. 인제 그 표석 세워논 디다가 오대손개택이여 (오대손개탁이여). 오대손이 그 위급헌 일이 있으면 이거 열어보라 하고 떡 허니 써놨어. 근디 오대손이 가서 살인을 쳤어. 근게 인제 그 배나무 올라가서 죽은 뇜이 말허자면은 웬수 갚을라고 그 오대손 손에서 죽었던 가 게 오대손 손이 잡혀가서 옥중살이를 할 것 아니여. 그니까 인제 오대 손에 그 일을 당하니까 그 생객이 나잖여. 오대손가택, 개택인게 그것을 떠들러 봐야겄다 그 말여.

떠들러 떠들러 보닝게 감사한티다가 갖다가 주라는 글이여. 근게 그 알 랑구는(알맹이는) 까니게 까볼 것 없이 감사한티 갖다가 주라고 했은게

감사한테다가 갖다가 그 글을 올리는디. 이서구 씨 글이 들어온다고 한게 그 글을 앉은 자리에서 안 받고 예절 갖추니라고 그 자리를 잠깐 비켜서 그 유서를 벌려놓고 보닌게,

"나는 너를 살리니 너는 내 오대손을 살려라."

그 글이여. 근디 그 자리를 잠깐 비킨 순간에 감사 앉았던 우에 상량이 팍 짜그러져갖고 의자를 바짝 부서부린다 그 말이여. 아, 거가 앉았으면 죽을 거 아녀 (조사자2 : 죽었을 텐데, 세상에.) 그렇게 알았다 그런 얘기여, 이서구가. (조사자2 : 신기하다.)

어린 천재 매월당 김시습

자료코드 : 07_09_FOT_20100114_ICH_HJS_0016
조사장소 : 전라북도 임실군 임실읍 이도리 812-1번지 임실향교
조사일시 : 2010.1.14
조 사 자 : 임철호, 권은영, 이화영
제 보 자 : 한준석, 남, 88세
구연상황 : 앞의 '미래를 예견한 이서구' 얘기 후 재미있는 얘기가 많다며 바로 다음을 구연하였다.
줄 거 리 : 김시습은 어릴 때부터 천재성이 돋보였다. 어머니가 김시습을 등에 업고 마루 위 맷돌에 콩을 갈고 있었다. 어머니 등에 업혀 그 광경을 보던 김시습은 "무우뇌성 하처동 황금편편 사방분", 즉 "비가 오지 않는데 우레 소리는 어디에서 나며 황금은 조각조각 사방으로 흩어진다."는 글을 지었다. 김시습이 천재라는 소리가 대궐에까지 전해져서 세종이 김시습을 어전으로 불러 들였다. 세종이 선창으로 "동자지학 백학무청공지미" 즉, "동자의 배움은 백학이 푸른 허공에서 춤을 춘다"고 읊었다. 그러자 그에 대응하여 김시습은 "성주지덕 황룡번벽공지중", 즉 "성주의 덕은 누런 용이 허공 중에서 번득인다"고 읊었다. 김시습의 글재주에 감탄한 세종은 비단 열 필을 내렸는데 어린 김시습은 너무 무거워 들고 갈 수가 없었다. 김시습은 비단을 다 풀어 그 끝과 끝을 묶어 이은 후 그 끝자락 하나만을 끌고 가서 비단 열 필을 다 옮겼다고 한다.

김시습이 어머니도 인자 글을 했어. 그런게 김시습이가 글 지은 것을 알지. (조사자2 : 그러겠죠, 예.) 근게 여름에 그전에는 왜 여 티비 지금 나오지만은, 맷돌 있잖여, 맷돌. 맷돌이 큰놈은 혼차 못 돌리고 작은 놈은 혼자 돌려서, 이것은 여러 가지거든. 칠월 달에 인제 그 매월당 어머니가 콩을 볶아갖고 마루위에다가 이렇게 자리 피우고이? 자리 우에다가 유지를 깔고 유지 우에다 맷돌 놓고 콩도 갈고 밀도 갈고 혀가지고 음식을 해 먹었어. 그때 매월당이 네 살 먹었는디 그전에 삼베 띠로 해서 애기 업은 거 몰르죠, 당신네들은? (조사자2 : 포대기?) 포대기가 아니라 삼베띠, 삼베가 넓이가 이만 안 혀. 그믄 요놈을 애기 하나 업을 만큼 끊어갖고 고 놈으로 띠를 히서, 더울 때라. 애기 궁둥이만 해서 이렇게 허리다 해갖고 업고 댕깄거든. 그 인제 그 애기를 그렇게 업고 헌디 김시습이는 어머니가 맷돌 탄 어깨 너머로 고 그 콩 간 것을 보고 있어. [조사자 웃음] (조사자2 : 애기가요?) 애기가. (조사자2 : 등에 업힌 애기가.)

그래 이제 맷돌을 돌려갖고 콩을 타는디 이 방으서 맷돌을 돌려도 소리가 나지만 마루 위에서 맷돌을 놓고 소리를 내면은 마루 울리는 소리가 나, 우루루 소리가 커. 또 맷돌 돌아가는 소리가 나. 그런게 그것을 보고는 김시습이가 어머니 뒤에서 무우뇌성 하처동 그러거든. 무우, 써 봐요. (조사자2 : 무?) 무우, 비는 없는디, (조사자2 : 아 무우, 없을 무에, 비 우.) 없을 무자, 비 우자, 뇌성. (조사자2 : 뇌성.) (청중 : 그 우레 뇌자.) (조사자2 : 그 우레 뢰자요?) 우레 뇌자, 소리 성자. (조사자2 : 우레 뢰자가 밑에 가.) 무우뇌성 하처동, 어디서 나냐 그 말여. 어찌 하자, 곳 처자. (조사자2 : 무우뇌성 하?) 어찌 하자. (조사자2 : 어찌, 하처동.) 움직일 동자, 무뇌성(無雨雷聲) 하처동(何處動) 그러거든? 황금편편(黃金片片) 사방분(四方分)이라. 황금이 편편 사방으로 흩어져. 게 맷돌에다가 갈면 이늠이 다 갈아진 것이 아녀. 그럼 인제 두 번 세 번 갈아야 혀. 근게 첫 먼에 가넌 게로 콩조각 큰 놈이 사방간 디로 떨어진 게 그놈을 황금으로 비유를 해서 글을 지었단 그 말이여. 황금편편 사방분이여, 황금이 쪼각쪼각이 사방간 디로 흐트러져. (조사자2 : 사방?) 사방분. (조사자2 : 분, 이렇게 나뉘어진다고?) 어 나뉘어질 분 자. (조사자2 : 아, 사방분.) 어, 황금편편 사방분이여.

(조사자2 : 음 참 애기가 등에 업혀가지고 그런 글을 지었대요?) 그런게 인제 이 소리가 시습이 어머니가 이 소리를 듣고는 자기 아들이 그런 글을 지었디고 이제 동네사람 보고 얘기를 허는 것이 한집 건너 두 집 세 집 이렇게 걸어대님선 장안 안에 소문이 나버렸어. 시습이가 천재다. 그러면 인제 글로 하나만 헌 것이 아니라 애기가 돌아다님서 놈선 뭐 허면은 어른들이 뒤에가 앉아서 얘기도 허고 별짓 다 할 거 아니여. 선생님도 그러고.

그런게 이제 소문이 말하자면은 대궐까지 들어갔어. 근게 이제 그때 세종 땐디, 세종 때 김시습이를 그 저 세종대왕이 불러들였어, 일곱 살 때 그때는. 에 불러들인디 이제 애기를 단장을 시킬 적으 왜 그제 그전에 애기들 입으믄 남바우 예쁘게 맨든 거 있잖여. (조사자2 : 예, 모자.) 고놈 씌이고 이릏게 인제 고까옷 입히고 저 두루매기도 예쁘게 혀서 입혀갖고 이제 그릏게 인제 아 근게 임금님 앞에 애기를 보낸게 단장을 잘해서 보냈을 거 아니여. 근게 인제 그 임금님이 그 시습이가 들어가니까 신동이 들어온다고 막 박수도 쳐주고 그랬을 티제. 그러게 들어와갖고는 시습이를 보고,

"내가 너를 니가 글을 잘 헌다고 해서 너를 불렀는데, [제보자 웃음] 내가 글을 불를 테니 니가 대답을 허겠느냐?"

헌게 "예." 하고 대답을 혀. 그니까 시습이를 보고 세종대왕이 선창을 읊을 때에 동자지학은, 그랬단 말여. 써봐요, 동자지학. (조사자2 : 동자지학이요?) 아이 동자, 동자, 동자지학. (조사자2 : 음, 지자가 갈 지자?) 하믄, 그 어조산게. (조사자2 : 예, 동자지학은.) 에 배울 학 자이, 동자지학

(童子之學)은 백학무(白鶴舞). (조사자2 : 백학?) 흰 백자. (조사자2 : 흰 백자요?) 학 학자. (조사자2 : 아, 새 할 때 학이요?) 학자. (조사자2 : 기억이 안 나네, 예.) 춤출 무. (조사자2 : 백학무, 춤출 무.) 청공지미(靑空之味). (조사자2 : 청공지미요?) 푸를 청자, 빌 공자. (조사자2 : 푸를 청에, 빌 공, 예 청공지?) 지미. (조사자2 : 아름다울 미자예요?) 어, 아니지, 맛 미자지. (조사자2 : 만미요?) 맛 미. 입 구 변. 입 구 변에다 못 헐 미 헌 자. (조사자2 : 아 입맛 할 때 맛 미자요?) 미원이라고 혀서. 미원이랄 미자. (조사자2 : 아, 맛 미.)

그렇게 인제 세종이 선창을 허니까, 시습이 답서가 나오기를 성주지덕은. (조사자2 : 성주의 덕은.) 성, 성은 성인 성자여, 임금 주자 허고. (조사자2 : 예, 성인 성자에다가.) 임금 주자에다가, 덕. (조사자2 : 덕, 큰 덕 자요?) 어. 갈 지자 속으 들어가야지, 성주지덕(聖主之德)은 황룡번벽공지중(黃龍飜碧空之中)이여. (조사자2 : 황룡?) 황룡, 누렁 용, 누루 황자, 용 용자. (조사자2 : 번벽, 번벽은 뭐예요 어르신?) 번득일 번자가. (조사자2 : 번득일 번 자?) 번지라고 헌 번자 쓰잖여, [바닥에 손으로 써 주며] 이렇게 혀가 써갖고는 여기다가 날 비자를 써야 혀. (조사자2 : 이게 번득일 번자, 번벽?) 푸를 벽자. (조사자2 : 성주지덕은 황룡?) 번벽. (조사자2 : 번벽?) 공지중이라. (조사자2 : 공지중이라.) 공지중. (조사자2 : 공지중이 뭐예요, 어르신?) 공중에서 공중 가운데에서 말하자면은 누렁 용이 번덕거린다 그 소리여. (조사자2 : 아, 그니까 허공 가운데서 누런 용이 번덕거린다, 예.)

근게 용이 그런다고 허잖여, 춘분에는 등천허고, 춘분에서 추분까지는 등천을 허고 이제 추분에서 또 겨울 추분까지 잠연헌다고. 못에 얕은 물에 와서 잠겨. 그런 글을 진 게 아, 그, 생각혀봐. 일곱 살 먹은 애기가 그런 임금님하고 글을 지으니까 그 천재 아니여, 그게? (조사자2 : 천재구만요) 그러제이, 천재여. 그런게 참 과히, 과연 천재다 허고, 그날 인제 대신들이 임금님하고 하루 시습이를 데리고 놀고 석양에 인제 집이 갈 적으 비단을 열 필을 줬다고 혔어.

근게 비단 열 필을 애기 일곱 살 먹은 애가 못 갖고 나오잖여. 그 무게가 부피가 있으니까. 게 줌선

"너 이놈 갖고 가겠냐?" 허니까

"아이 저를 다 줄라요?" 헌게,

하이 준다고 그런게 전부 비단을 풀어. 싹 풀어갖고는 끄터리허고 끄터리하고만 있어. 잇고는 한 가닥만 딱 허니 이렇게 어깨에다 메고 끌고나간다 그 말이여. [제보자 웃음] (조사자2 : 머리가 좋네요.) 근게 그 지혜 볼라고 인자 그러는 것이지. 비단을 그렇게 히갖고 땅에다 끌코 가게 두었어, 그런 얘기가 있어.

한석봉과 그의 어머니

자료코드 : 07_09_FOT_20100320_KEY_HJS_0001
조사장소 : 전라북도 임실군 임실읍 신안리 485-1번지 정촌 마을회관
조사일시 : 2010.3.20
조 사 자 : 권은영
제 보 자 : 한준석, 남, 88세
구연상황 : 3차 조사를 위해 제보자에게 전화를 하고 정촌 마을회관을 방문했다. 제보자는 율곡이 지은 한시를 일러 주고 사람의 도리에 대해 긴 말씀을 하였다. 교육과 관련된 말씀을 하다 다음을 구연하였다.
줄 거 리 : 한석봉은 십년을 기약하고 어머니를 떠나 공부를 하고 있었는데 십년을 채우지 못하고 몇 년 만에 집에 돌아왔다. 한석봉이 공부에 자신감을 보이자 석봉의 어머니는 불을 끈 채로 자신은 떡을 썰고 석봉에게는 글씨를 쓰게 하였다. 다시 불을 켜보니 어머니가 썬 떡은 고른데 석봉의 글씨는 삐뚤삐뚤 고르지 못했다. 그것을 본 한석봉은 다시 돌아가 공부에 매진하였다.

옛날에 그 우리 일가 어른 한석봉이라고 있잖여, 그 양반도 임진 때 양반이여, 그 냥반도. 근디 홀어머니 아들이여. 근게 인자 어머니가 집안이

가난허니까 석봉이 그 글을 갈치기 위해서 선생님이한티로 보내 보내면서 이 선생님한티 가서 10년을 공부를 허라 하고 보냈어.

아 이래서, [마을 아주머니가 커피를 방으로 들여 주심] 그런게 그 십년을 보냈는디 아 그 자식이라는 것은 에려서 부모한티 의지하고 그것이 그든, 남녀간에. 근게 그 에미를 떨어져갖고 객지에 가서 있은게 공부를 허면서도 얼마나 어머니가 그립겄어. 집에 오고 싶은 생각이 불한당같이 떠올르지. 그 이 한석봉도 인제 그 소문 없이, 지금은 전화가 있고 허지만 옛날에는 편지 헐라면은 돈이 들어. 사램이 편지 한 장을 갖고 거그를 가야 허니까, 엔간해서 편지도 못해. [커피를 마시고] 그런데 한석봉이 쑥 들어와. 소문 없이. 그런게 아 속으로는 반갑지만,

'저 놈이 십년을 약속을 허고 간 놈이 왜 저러고 온고.'

또 걱정도 돼. 글 안 허겄어? 근데 들어오니까 인제

"왜 이러고, 십년을 공부허기로 에미하고 약속을 했는데 그새 왔냐."

아 이렇게 물어봤을 거 아녀? 근게

"제 실력 가지면 사회생활 넉넉허니 헐 자신 있어서 왔습니다여."

"어 그러냐."

근게 인제 저녁으 거 참 반찬 한 가지라도 더 장만해서 인제 저녁밥을 먹고 근게 뭐 누구 있으까. 단 둘이 모자이 불을 키어 놓고는 석봉 보고 지필묵을 준비허라고 해갖고는 먹을 갈려. 당신은 인제 떡을 썰라고 도매 위에다가 떡가래를 놔 놓고 인제 준비가 된 뒤에, 불을 딱 꺼 버렸단 말여. 깜깜허잖여?

"나는 떡을 썰 테니, 너는 글씨를 써봐라."

이게 붓글씨라는 것은 붓 끄트리와 내 정신과 이 통일이 돼야 글씨를 빤듯이 쓰는 것인디, 깜깜한 방에서 글씨를 써 갖고 어뜿게 제자리 우다 글씨를 제대로 맞춰서 쓰겄어. 아 불을 켜놓고 보니까 어머니가 썰어 놓은 떡가래 그 떡사실은 첫머리서부터 끝까지 쪽 고르게 떡이 썰렸는디,

아 석봉이가 써 논 글씨는 삐뚤삐뚤 굵었다 가늘었다 이렇게 글씨를 써 놨거든. 근게 불 켜놓고 본 소리가,

"이렇게 글씨를 써가지고야 어뜯게 사회적으로 어 장담을 하고 니가 들어왔느냐. [제보자 웃음] 다시 가서 십년을 공부하고 들어 오니라."

해서 가서 다시 십년을 공부를 허게 헌디 석봉 어머니는 매 하나 안 때리고 석봉을 가르쳤다 그 말이여. 그게 훌륭헌 양반이여. 꼭 매를 때려서만 감치란 법은 없어.

황진이 일화

자료코드 : 07_09_FOT_20100320_KEY_HJS_0002
조사장소 : 전라북도 임실군 임실읍 신안리 485-1번지 정촌 마을회관
조사일시 : 2010.3.20
조 사 자 : 권은영
제 보 자 : 한준석, 남, 88세
구연상황 : 역사 속의 훌륭한 인물들을 두루 언급하다가 화담 서경덕과 관련된 다음을 구연하였다.
줄 거 리 : 송도 기생 황진이는 재주가 출중하여 송도에 부임한 군수들이 황진이에게 마음을 뺏겨 정사를 제대로 살피지 못했다. 이를 알고는 벽계수가 송도의 정사를 바로잡겠다고 장담을 하며 부임을 자청하였다. 벽계수가 도임하는 날 황진이는 벽계수가 지나는 길에 삼현육각을 잡혀놓고 시조를 부르면서 벽계수를 유혹하였고 벽계수는 이 유혹에 넘어가고 말았다. 황진이는 승려를 파계시키기도 하였다. 송도 근방에는 면벽수행을 하는 선사가 있었는데 황진이는 그 선사를 찾아갔다. 처음에는 황진이를 쳐다보지도 않았던 선사는 황진이가 불경을 금방 외워내자 그녀가 어떤 사람인지 궁금하여 돌아다보았고 그녀의 재주와 미모에 반해버려 그만 파계하고 말았다. 황진이는 또 화담 서경덕이 도도하다는 말을 듣고 그를 시험하기 위해 제자로 들어갔다. 갖은 방법으로 서화담을 유혹하였으나 화담은 황진이의 유혹에 넘어가지 않았다. 서화담은 거문고를 즐겨 탔는데, 그가 거문고를 타고 있으면 학이 날아들어 춤을 추곤 했다. 이는 서화담의 마음공부가 그만큼 깊었기 때문인데 거문고를 잘 타기로

자부했던 황진이도 그 경지에는 이르지 못했다.

근게 서화담이라고 헌 양반은 그 군자심이 도도해서 그 마음공부를 널리 헌 양반인데, 그때 당시에 황진이라고 헌 기생이 있어. 황진이 황진이 노래도 있고, 그 그러지? 그런디 아가 그때 당시에 아조 천하일색이여. (조사자 : 황진이가요?) 어 황진이가. 근게 거문고 잘 타지, 춤 잘 추지, 노래 잘 불지, 글씨 잘 쓰지, 글 잘 허지, 어디 나무랄 데가 없어. 그런디 이 놈의 뭇사내들들이 계집이 이쁜게 그냥 환장을 허고 걍 이 춤을(침을) 생키고 댕기고 헌게.

자기 아버지는 진사여. (조사자 : 황진이 아버지가요?) 아먼, 황진산디, 황 황진이가 인제 그 첩의 아들로, 아 첩의 딸로 태였어, 인제 황진이가. 그니까 그 양반의 집이서 났어도 서손이니까 한 팔 꺾인단 말여. 암만 자기가 인물이 잘나고 글 잘 짓고, 글씨 잘 쓰고, 거문고 잘 타고, 가야금 잘 타도 한 팔 꺾여. 근게 자기가 기생이 된다고 그렸어, 아버지 보고. 근게 아버지가 허라고 헌 거여, 그양.

인제 기생 노릇을 허는디, 이 사램이 글을 잘 허고, 허고 허니까 소문이 난다다가 그 송도 출신인데. 뭣이냐, 송도 고을 군수를 가면은 황진이한테 쫓기와. [제보자 웃음] (조사자 : 군수가 황진이를 찾아가면요?) 아니, 황진이를 찾아간 것이 아니라 송도 군수로 가믄 황진이한티 밀려갖고 쫓기나, 에? [조사자 웃음] 그러니까 나라이서 걱정을 혔어. 이 송도를 가서 황진이를 업어오고 거그 가서 고을살이를 허고, 헐 사람이 누구냐고 허고 헌게 벽계수라고 헌 사람이 장담을 허고 나와, 내가 가겠다고. 소위 남아로 태였다가 계집한티 말려가지고 정사를 못헌다고 해야 말이 되겠느냐고. 자기가 말허잠 자칭 가겠다고 나와. 근디 이 소문을 인제 황진이가 들었어. 벽계수라고 헌 사람이 아조 장담을 허고 가갖고 황진이를 누르고 정사를 밝힌다고 허고 장담을 허고 간단다. 이 소리를 듣고는 황진이가,

"아, 그려."

그러고는 인제 그 지금도 그러지만은 도임 시간이 있잖여, 이? 그 군수로 가먼 너 몇 시까지 임실 나가거라른 그 시간 내에 가야 헌다 그 말이지. 글 안 혀? 근게 그 법을 따라서 인제 그 도임을 히서 인제 송도를 가는데, 어 어느 때 거그를 지내 갈지를 알아. (조사자 : 아, 황진이가요?) 황진이가, 알고는 거그다가 설석을 좋게 인제 경치 좋고 헌 디다가 설석(設席)을 인제 좋게 꾸며 놓고는, 벽계수 거그 지낸 것을 지켜, 지키고 있어. 이는 인제 그 벽계수가 거그를 인제 지낸다고 허니까 황진이가 부른 노래가, '청산리 벽계수야' 인제 그 사램 이름이 성이 벽가고, 이림이 계순디, 우리 글로 히서는 푸를 벽, 아니 저 청산이 푸를 청(靑)자, 뫼 산(山)자 청산이고, 벽계수는 푸를 벽(碧)자, 시내 계(溪)자, 벽계수(碧溪水)거든. 근디 그 노래를 그 산꼴짝으 물, 청산리(靑山裏) 푸를 산 속, 그 소리그든. 그 벽계수야, 푸른 물아, 수이 감을 자랑마라. 일도창해(一到蒼海) 하먼은 다시 오기 어려워라. 한 번 부 푸른 바다로 이 벽계수가 흘러가버리면, 창해로 건너 가버리먼은 다시 오기 어렵니라. [바닥을 두드리며] 이런 글이고, 끄트리 인제 그 말장에 가서는 에, [생각이 안 나는 듯 앞 구절을 쭉 읊은 후] 명월(明月)이 만공산(滿空山) 허니, 밝은 달이 하늘에 그득 찼으니, 쉬어 간들 어떠리. 이놈은 인제 그 시조 율려 맞촤서 시조를 부르고 거그다가 인제 삼인, 삼현육각을 잽혀서 그놈을 탐선 노래를 부른디, 그 소리를 듣고 그냥 갈 수가 없어, 벽계수가. 그리서,

"저가 뭣이 있는디 저 저런가 가봐라."

허고 헌게로 예쁜 그 여자가 그릏게, 삼현육객이래는 것은 인제 거문고, 가야금, 저 이, (조사자 : 해금.) 해금 이것이 삼현이여. 줄 현자. 이거 육각이라는 것은 인제 저 퉁소 분 놈, 먼저 이것을 또 서이 부는 뇜이 여섯 사램이 헐 일인게 삼현육각이 그것이란 말이지. 하 근게 재미가 있잖여. 그런게 벽계수는 거그 가다 잽혔다는 것여, 이? [제보자 조사자 웃음]

(조사자 : 갖고 도임시간에 못 맞춰 갔대요?) 그런게, 그런게 사람의 정신이란 것이 그렇게 조속 변한 것이 사람 맘이거든, 이?

그 그랬는데, 그 황진이가 여러 사람한티 장난을 했어. 인제 글로 갖고 황진이를 누를 사람이 없는디, 그때에 들으인게 그 근방에 어떤 선사가 도를 트기 위해서 벽으다가 얼굴을 두르고 불도만 읽고 있어. 그러고 인제 그 마음공부를 무섭게 헌다 소리를 듣고는, 그 선사한티로 찾아가, 황진이가. 가가지고는 인제 뒤에다 대가,

"선사님 뵈입시다."

허고 절을 허고는 선생님 제자가 되겠다고 허도 돌아도 안 보고 말허자면은 반야경을 읽는다든가 금강경을 읽는다든가 불서만 외우고 있어. 근게 첫날은 가서 기양 돌아오고, 또 그 이튿날 가서 또 그리도 그양 그대로 그 짓만 허고 있거든. 사흘째 가서 또 그 짓을 허닌게로 돌아도 돌아보도 않고 미리서 인자 준비해놨을 적에 반야심경을 이렇게 [손으로 미는 흉내를 내며] 밀어줘. 가 외아갖고 오라고. 그이 반야심경을 그 이튿날 와갖고는 아 족 외아버리그든.

'아, 요것 봐라.'

근게 면벽선사 말이,

"요년이 재주가 있는 년이로구나."

허고는 인제 금강경을 내줬어. 금강경을 내주는디 금강경은 반야심경 몇 배여, 글이. 글자 그 거시기가 확실히 많단 말여. 아 근디 그 이튿날 와서 싹 외아버려. 그런게 어뚷게 생긴 것이 와서 그러는고 허고 이렇게 돌아다본게 세상에 처음 본 일색이여, 이? [제보자 조사자 웃음] 그런디서 인제 선생님 제자가 되겠다고 허고 그런게로 되라고 허락을 시켰어. 그리 인제 공부를 허자닌게 물론 불서를 읽었겠지요. 근게 불서를 읽었는데 아 이러다 쟁이 들어갖고는 이제 몸까지 섞었다 그 말이지. 근데 그릏게 히서 정을 들이놓고는 거그서 황진이가 면벽선사하고 함께 거그서 승려 생

활을 히야 한단 것이, 헌단 것이 아니고 [방바닥을 두드리며] 면벽선사를 말허자먼은 니가 불공부를 나한티 안 반허고 불공부를 제대로 히어 허고, 면벽선사 훼절시킬라고 들어간 사람인디, 훼절시키버렸은게 자기는 면벽선사가 소용이 없어. 근게 자기 집으로 와버려.

아 그러니 [방바닥을 두드리며] 이 면벽선사가 황진이 보고 싶어서 못 살아. [제보자 조사자 웃음] 이 아 글 안 허겄어? (조사자 : 그러겠네요.)아 근게 황지이를 찾아 간 거여, 인제. 여 염주, 목에 건 염주도 다 띠어 집어 내버리고, 인제 저 황진이를 찾아 가닌게, 아 황진이 집을 찾아가서 본게 그 집을 고루거각으로 짓고 대문도 떡 벌어지게 짓고, 집을 참 잘 짓고 잘 살아. 그 인제 중이 들으가서 찾으닌게, 그 황진이 그 뭐 쥉이라고 허까, 인제 손아랫사람이 나와서 보닌게 뭐 낯모를 중이 와서 찾거든. 그 인제 황진이는 와갖고 '니가 날 안 찾아 온가 봐라' 하고 지금 기다리고 있어. 그러고 있는디 자기 마음으로 이게 인제 면벽선사가 왔는갑다 하고 문 열고 나서서 보닌게 과연 면벽선사가 찾아 왔거든. 근게 찾아 온게로 본게로 면벽선사여.

"아, 중이 산에서 불도나 지킬 일이지, 기생집이 뭣허러 왔냐고 당장으가라"고 쫓아버려.

게 그 뭣여, 나무아미타불, 하루아침에 천리다 소리가 그게 면벽선사에서 나온 소리여. (조사자 : 나무아미타불, 하루아침에 천리다.) [제보자 웃음] 그게 아 그릏게 불공부 불가공부 열심히 헐라고 맘먹고 있다가 기생한티 팔려서 기양 훼절되야버린게 인자는 뭐 불공부도 뭐 소용도 없고, 정신이 허트러져 버렸단 말이여. 근게 정신일도가 되야야 도를 트는 벱인디, 에 정신일도가 안 된디 어떻게 도 공부를 허겄냐고.

근게 말을 들으니까 서화, 저 서화댐이 그 서경덕이가 도도허다 소리를 듣고는 또 인제 서화담을 훼절시키기 위해서 서화담을 찾아가. (조사자 : 황진이가요?) 황진이가 찾아가서,

"선생님한티로 지금 공부를 허로 왔습니다. 그러니 받아 주십쇼."

그랴 그냥 허라 그려. 근게 속으로 '너도 이 놈 불알달린 놈이' 허고는 이제 거그서 공부를 혀. 근디 첫날 저녁부터서 한 방으서 자, 서화담허고 황진이허고. 그런디 서화담은 여의부동이여. 하루 가고 이틀 가고, 한 달 가고 두 달 가고, 와서 자기 몸이다 손을 안대야. 그니까 그렇지만 나이 차이는 있다 허드래도 이성인데 이럴 수가 있냐. 허고는 인제 잠뜻 헌듯기 허고 가서 서화담을 보듬어 보기도 허고, 그러믄 서화담이 가만히 있어. 어 이제 잠뜻인 줄 알고는 가만히 손을 이렇게 거둬서 이불 있는 디로 잘 뉘어서 원위치로 잘 뉘어 놓고 이불 딱 덮어 놓고, 자기는 자기 자리에 가서 단정허니 누워서 잠을 자고는 그려. [헛기침을 하고 바닥을 두드리며] 그 서화담은 말허자면은 훼절을 못 시켜.

인제 서화담도 거문고를 잘 타고, 어 황진이도 거문고를 잘 탄디, 황진이는 서화담보담 황진이 지가 거문고를 더 잘 탄 걸로 자부를 허는데, 황진이는 그 거문고를 타도 핵이(학이) 안 날라 온디, 서화담은 거문고를 내놓고 거문고를 튕기고 있으면 핵이 따(떼)로 와갖고, 그 서화담 별당 공중으서 맴을 돌다 간다 그 말이여. (조사자 : 아, 학이요?) 응, 그런게 물었어.

"선생님이 거문고를 타시면 핵이 와서 맴을 돌고, 이?"

아, 학춤이라고 안 혀, 춤 잘 추는 학춤이라고.

"그런디 제가 거문고를 타면은 안 오는 것은 왜 그럽니까?"

근게 서화담 대답이,

"너는 아직 공부심이 부족해서, 학허고 마음이 통해지들 않어서 그런다."

이렇게 대답을 혔어. 근게 공부심이 그 도덕심이 충분허면 짐승하고도 맘이 통한다는 거여, 어. 짐승하고도 마음이 통혀. 그리서 마음공부라는 것이 그렇게 무서운 것이여. 마음공부를 충실히 히노먼은, 범도 뭣도 무서운 것이 없어. 나를 해를 안 혀. 근게 무서운 것이 없지. 다른 사람은 이룋게 산골짝 질을 갈라고 허먼 혼자 갈라믄 무섭고, 밤에 밤길을 걸으먼 무서운 것도 있잖여. 그런 이들들은 무선 것이 없어.

훼절한 여인들을 구제한 선조

자료코드 : 07_09_FOT_20100320_KEY_HJS_0003
조사장소 : 전라북도 임실군 임실읍 신안리 485-1번지 정촌 마을회관
조사일시 : 2010.3.20
조 사 자 : 권은영
제 보 자 : 한준석, 남, 88세
구연상황 : 서얼 출신의 송구봉에 대해 얘기하다가 임진왜란에 관한 다음을 구연하였다.
줄 거 리 : 선조가 대신들을 데리고 몽진을 간 사이에 남아있던 대신들의 부인은 왜병에 의해 정조를 잃게 되었다. 선조가 다시 궁으로 돌아온 뒤에 훼절한 부인들을 구제할 생각으로 부인들에게 치마만 입고 한강을 건너라고 명하였다. 이것은 더럽혀진 정조를 회복하는 행위인 것이었다. 이에 대신들과 부인들은 선조의 명에 따랐다.

　근게 어 선조가 의주로 몽진히서 그 대신들만 데리고 의주로 가 버리고 서울을 비워노니까 왜놈들들이 서울을 점령히갖고 각 큰 베실(벼슬) 헌 부인들부텀 잡아다 상대를 했다는 거여, 어? 근게 그 이 이여송 청병장 그 십만 대병 중국서 데리나오고 우리나라 군인들하고 합세히서 왜놈 몰아 내놓고 의주에서 뭣여, 한양으로 들어와가지고 각 대신들 아내 아내들들이 전 전부 일본놈 계집 되아버린 것 아녀. 계집들만 냄가 놓고 가버렸으니. 근게 이것을 어뚷게 해야혀. 일본놈이 상대했다고 히서 쫓아내고 베리야여, 기양 두고 살아야혀. 어찌 하겄소? 대답 한 번 히보쇼. (조사자 : 근게요, 요즘도 그냥 데꼬는 안 살 것 같은데요.) [조사자 웃음]

　그러닌게 그때 선조가 그랬다는 것이여. 지금 현재 서울 가서 보면 한강에 배가 떠 댕기고 그 사람이 보이덜 않지, 모래 바탕에. 우리가 젊어서

댕길 적에는 걍 저 물 빠지먼 사램이여 전부. (조사자 : 아 거기 사람이.) 모래 바탱이, 그래 인제 이 사람이 이릏게 저 근게 섶다리를 놓고 댕겼지, 그때는. 그래가 섶다리 떠내려가불먼 또 놓고 오고 그릏게 댕기고, 글안 허믄 인자 배로 건네고 이맀는디. (조사자 : 한강을, 예.)

그 선조가 명령을 힜어. 각 대신들 부인이 그 상당한, 저 삼년 정유재란까지 7년을 살았으니 시간이 오래 걸렸잖여. 근게 지금 이 나라 민족이 단일민족이라고 허지만은 병자호란 때, 저 호국 그 병자호란 때 게 거시기는 만주에서 치고 들어왔거든. 근게 그게 호국이라고 해서 되 호(胡)자를 놔갖고. 그게 인제 그 사람들덜이 들어와서 [바닥을 치며] 전쟁을 이겨갖고 서울을 점령허고 살았고 저 임진왜난은 칠년을 싸윘는디 그 일본놈 종자가 얼마나 퍼졌겄어 그게, 이? 안 퍼 안 퍼진다고 누가 보장 허고. (조사자 : 장담 못 하죠.) 장담일 것이 아니고 있을 수가 없지.

근게 선조가 들어와가지고 각 대신들 그 서울 장안 안에 인제 저 그 야단을 하니까 자결한 이가 둘이 있어. 왜놈한티 인제 몸을, 아 어쩔 수 없은게 역부족으로 당혔는디 그러고 죽은 이가 둘뺑이는 없었어. 그러곤 다 못 죽었어. 근게 명령을 힜어. 저 치매만 입고 한강 저짝으 가서 저짝까지 가갖고 이짝으로 건너오라고, 싹 저 한강물이다 씻어 버릯은게 괜찮다고. 그러고 살았다는 거여. (조사자 : 아, 그렇게 해서 그러믄 몸이 깨끗해졌다고 생각하고.) 음, 아먼 그릏게 살아라. 아 인제 국명이닌게 그럴 수밖이 없고, 어쩔 수가 없어.

내가 잘 아 도망을 가면 내가 내 여편네도 허고 같이 도망갔어야지. 나만 빠져 도망가 불고 내 여편네는 서울다 두는디 그 서울 저 그그 일본군이 꽉 결진을 허고 있는디 거그 남아 있는 계집들이 일본놈 계집 다 돼부리지. 어떤 놈이 병신이고 못 씨게 생긴 거 외에는 젊은 여자들들은 늙고 젊고 그놈들한티 안 전딘(견딘) 사람들이 어디 있겄어. 죄다 그렇게 됐지.

이인 겸암 유운룡

자료코드 : 07_09_FOT_20100320_KEY_HJS_0004
조사장소 : 전라북도 임실군 임실읍 신안리 485-1번지 정촌 마을회관
조사일시 : 2010.3.20
조 사 자 : 권은영
제 보 자 : 한준석, 남, 88세

구연상황 : 앞의 '훼절한 여인들을 구제한 선조' 이야기가 끝나고 지난 번 조사 때에 제대로 녹음되지 않았던 겸암의 이야기를 청하였더니 다음을 구연하였다.

줄 거 리 : 유성룡의 형님인 겸암 유운룡은 평상시에 말을 하지 않아서 모두늘 벙어리인 줄로 알고 있었다. 어느 날 갑자기 겸암이 입을 열고는 유성룡에게 바둑 두기를 청했다. 유성룡은 나라 안에서 바둑을 가장 잘 두는 사람이었는데, 몇 수 두지 않아서 그만 형님에게 지고 말았다. 평상시에 치숙이란 소리를 듣던 겸암에게 연거푸 바둑을 지고나자 유성룡은 형님이 이인인 것을 알게 되었다. 하루는 겸암이 유성룡에게 "낯선 중이 와서 자고 가겠다고 하거든 자신의 집으로 보내라"고 일렀다. 겸암의 말대로 낯선 중이 유성룡을 찾아와 잠자리를 청하자 유성룡은 그 중을 형님의 집으로 보냈다. 그 중은 변장을 한 풍신수길로 우리나라 곳곳을 염탐하다가 유성룡을 죽이기 위해서 안동에 들렀던 것이다. 이를 미리 알았던 겸암은 풍신수길을 자신의 집으로 들인 후 혼을 내서 돌려보냈다. 겸암은 풍신수길이 안동으로 다시 들어오지 못하도록 하기 위해 아이들에게 바랑 맨 중이 보이면 "풍신수길아 여기가 어딘 줄 알고 들어오느냐"고 야단을 쳐서 쫓으라고 시켰다. 겸암의 이런 방비 덕분에 안동 고을은 임진왜란 때에 왜병이 못 들어갔으며, 나라에서는 겸암의 비범함을 알고는 백의정승 가좌를 내렸다.

유성룡 형님이, 게 유서애라고 (조사자 : 유서애.) 저 형제분인디 형님 하나가 있었어. 근디 인제 그 어른은 에 집에서, 집에서나 동중에서 동네서 치숙이라고 했다 그래 치숙. (조사자 : 아, 치숙.) 어리석을 치(痴)자, 아재비 숙(叔)자 치숙이여. 보통 평소에 이제 치숙이 어쩠다 그러고 문중에서도 그러고 동네서도 그랬는디, 근게 인제 왜 치숙이다 소리를 들었냐먼은, 좋은 것을 봐도 웃도 않고, 나쁜 것을 봐도 홰도 안 내고, 말을 안 해버려 통. (조사자 : 말을.) 근게 글안으믄 인제 치쉭이라고 안 하면은 유병

어리, 말은 안 한게 벙어리지. 근디 이 이 이릏게 성장해서 커.

그런디 한번은 유성룡 대감 그 동생을 불러. 가서 여 불른디 어뜧게 불르냐, 종들을 시키갖고,

"가서 작은 서방님 내 방으로 오시라고 해라."

인제 그런 말을 헌게, 깜짝 놀랬어. 아 평소에 말을 안 헌 양반이 느닷없이 말을 허는게 아 치숙이 말을 헌다고 그래 집안이 양 깜짝 놀랬다 그 말이여. 근게 그 얘기를 헌게 종이 가서 인제 그 유성룡 대감한티 가서 얘기를 헌게로 형님이 오라 근게 또 말도 헌다 근게 얼매나 반갑었어. 말을 안 하던 형님이 말을 허고, 당신 방으로 오라고 허는게. 가는게 그 유대감을 보고,

"우리 바둑 한 수 허세."

그릏게 말을 허거든. 근디 평소에 바둑 된 두어 본 일도 없고 유대감은 유성룡 대감은 담시 국기라는 거여. 나라에서 제일 첫째가는 바둑을 쳤는디, 아 어뜧게 바둑을 놓자고 헌가 허고는 인제 바둑판을 챙기 놓고 바둑을 멫 수 놓드니 형이,

"동생 졌네."

그러그든. 근게 그릏게 인제 벼실을 허먼은 큰 벼실을 허먼은 형제간이라도 동생인게 그리라 저래라 허들 않고, 허소를 했든개벼. 그리고 인제 거 큰 벼실을 허게 되면 부자간에서도 공석에서는 해라를 못해. 그 인자 사석에서야 어뜧게 부자간에 해라를 안 허겄어. 인제 그런디 에,

"동생 졌네."

그러그든. 하 근게,

"왜 바둑을 놓다가 졌다고 허요?" 그란게

"아, 보라."고

어 잘 훑어 본게 졌어. 그런게 인제 마음으로도 참 이상시럽지, 그러글 안 허겄소? 그러인게 한 수 더 히야지. 이? 한번 졌다고 기양 말아버릴

수 없고, 인제 한 수 한 수 더 허세 헌게 한 수 더 혀. 게 또 몇 점 놓
더니,

"동생 졌네."

그려. 아 근게 대처 보니까 졌어.

'아 근게 우리 형님이 이인이로구나'를 깨달았어.

그더니 인제 언제는 한번 어 동생을 불르더니,

"아무 때는, 아무 때 몇 시 경에는 그 남 모르는 중이 와서 동생한티
와서 자고 갈, 자고 가자고 허믄 그 사람은 동생 집에서 재우지 말고 나
한테로 보내소." 그래.

그러니까 대답은 히놨는디, 그 시간이 됐는데 대처 와서 중이 찾은디
자고 가자고 그려. 그서 인제 그 형님이 그런 얘기를 해서

"에 나는 집에 유고해서 내 집이서는 못 자고, 어 형님 댁으로 가셔야
한다."고

아들을 시기서 이제 형님 집으로 인제 인도해서 보냈다 그 말이여. 보
내놓고 가만히 생각할 적으,

'어떤 사람이길래, 어떤 중이길래 내 집이다가 재우면은 못 쓰고, 형님
한테로 보내라고 힜는고' 의심이 나잖어.

그서 인제 그 사경쯤이 되야서 인제 큰 집이를 가서 배깥이서 들은게
살려달라고 방으서 애걸복걸혀. 그 어떤 얘긴고 허고 이렇게 문구멍을 뚫
고 보닌게, 병풍을 이렇게 쳐 버려놔서 보이들 안 헌디 어디 높은 디를
어디를 뚫고 보닌게 그 중을 배를 걸터타고는 중놈이 가지고 온 칼로 이
목으다가 이렇게 견주면서,

"네 이놈 여그가 어디라고 들어왔느냐."고

이걸 잡지 그. 아 그런게 이놈이 양 살리달라고 애걸복걸을 혀. 그 이
그 이튿날 인제 중을 보내버린 뒤에,

"그기 그기 어떤 중이냐."고

허닌게, 그 일본에 풍신수길이라고 왜말로 도요토미 히데요시라고 그 놈이 임진왜난을 일으킨 그기 장본인이그든. 이놈이 우리말을 배와가지고 우리나라 지도를 가지고 방방곡곡이 탐지를 허고 들어온 놈이란 말여. 그이 안동을 들어갈 적으 유 유성룡, 유대감 죽이러 들어간 거여.

근게 그 서애가 그것을 알고는 그렇게 히놓고는, 어채피 국운으로 전쟁이 일어난디 안동 땅이나 못 들으게, 못 들어오게 헐라고 그 짓을 했다 그런 얘기여. 왜놈이 들어오드래도 안동 그 고을에는 못 들어오게 헐라고 그렇게 히놓고, 아이들들한티 곶감 같은 거 과자 같은 거 사갖고 대님선 아들(아이들) 만나는 아들 보고, 노 노는 디 가서 그 곶감이랑 과자랑 줌선, 중이 와서 돌아댕기면 큰 소리로

"네 이놈 풍신수길이란 이 놈 여그가 어디라고 여그 네 이놈 여그를 들어왔느냐."고 이리라.

이렇게 시기냈어. 아 근게 중이란 것은 머리 깎아불고 바랑 짊어지고 그러고 다닌게 표가 나잖여. 아 이 골짝 저 동네를 가도 그러고 그 지경이그든.

근게 '아 여그는 들어와서는 큰일 나겄구나' 허고는 임진왜난 때에 안동고을은 못 들어갔다는 거여, 그게. (조사자 : 미리 그렇게 방비를 했고만요?) 암먼, 근게 인제 미리 방비를 허는디 그렇게 해서 이 이인이 나니까 그 서애를 가만히 앉히놓고 백의정승 가좌를 줬어, 나라에서. 근게 유성룡은 홍띠 띠고 뭐서 나라에서 주는 도복을 입고, 인제 유 유성룡 형님은 백의정승이여. 근게 인제 흰옷을 입고 나라에서 정승 가좌를 줬어. (조사자 : 아, 정승 가좌?) 응 정싱, 정승 가좌라고 헌 것은 그 뭣여 임명장, 요새는 이 이것을 내렸다 해.

기인이었던 유성룡 어머니

자료코드 : 07_09_FOT_20100320_KEY_HJS_0005
조사장소 : 전라북도 임실군 임실읍 신안리 485-1번지 정촌 마을회관
조사일시 : 2010.3.20
조 사 자 : 권은영
제 보 자 : 한준석, 남, 88세
구연상황 : 앞의 '이인 겸암 유운룡' 이야기에 이어 바로 다음을 구연하였다.
줄 거 리 : 유운룡과 유성룡 형제의 어머니는 기인이었다. 서울 출신인 그녀가 안동으로
　　　　　시집을 가는데 가마를 타고 여러 날을 가던 중에 산마루에서 쉬게 되었다. 가
　　　　　마에서 나온 그녀는 사람들이 다 볼 수 있는 데에서 소변을 보더니 여자로서
　　　　　는 입에 담기 어려운 음담을 하여 아랫사람들 사이에서 웃음이 터져 나왔다.
　　　　　시집에 도착해서는 국수를 먹게 되었는데 빡빡하게 말아진 국수를 휘저으며
　　　　　또 음담을 하자 시집에 소요가 일어났다. 그때 관상을 볼 줄 알았던 시할아버
　　　　　지가 훌륭한 자식을 낳을 사람은 그런 것이라고 하면서 소요를 잠재웠다. 시
　　　　　댁에 오기 전에 친정에서 첫날밤을 치르는데 사람들이 문구멍을 뚫고 엿보는
　　　　　데 신부가 문구멍을 막아버렸다. 신부가 잠을 자려고 눈을 감을 때마다 방안
　　　　　에 용이 꿈틀거리는 것이 보였는데, 사람들이 뚫어놓은 문구멍으로 그 용이
　　　　　나갈까 두려워 문구멍을 막았던 것이다. 이처럼 기인이었던 어머니에게서 유
　　　　　운룡과 유성룡 두 정승이 나왔다.

　유서애 그 어마니는 아들 형제만 딱 낳는데, 그게 또 괴짜여 어머니가.
(조사자 : 어머니가 또 괴짜예요?) [제보자 조사자 웃음] 그게 괴짜라고,
아들 딸 형제만 낳아놓고는 서방님보고,

　"당신은 외업을 허든지 뭣을 허든지 나한테 오지 말라고."

　이렸단 말이 있어. 근게 여자고 남자고 난색을 많이 허면 사람을 버려.
그런 말도 있고, 근게 그 그 유성룡 그 어마니가 서울 출신인데, 안동으로
시집을 가. 근게 서울서 안동이 몇 백리여. (조사자 : 그쵸. 멀지요.) 이?
멀잖여. 그러니 몇 날 메칠을 걸어서 거그를 가니 시집이를 시집을 간다
고. 인제 예는 서울서 와서 지냈지만 사인교를 타고 그 그렇게 가니 그
사람 죽을 일 아녀. 그 가마 타기도 그 하루 이틀이지, 그 준더기(진저리)

날 것 아녀?

근게 인제 그 최고봉 높은 산에 가서 인제 저 하인들 술 멕이고 새참 믹일라고 인제 쉰디, [방바닥을 두드리며] 이 큰애기가 나와 갖고, 아 큰애기가 아니라 인제, 인제 서방 맞았은게 인제 성인이 되야서 인제 그 유성룡 어머니 말이 괴짜지. 그 산날맹이서 인제 쉰디, 산날맹이로 올라 자고 헌게 모다 하인들이 옷이 땀도 차고 인제 모다 헌게 거리거리 감선 술도 주야 허고 샛거리를 주야혀. 그이 그 산날맹이서 이렇게 인제 산천을 돌아보고 오니, 그 산에서 또 안동을 갈라면 아직도 멀게 한참을 남았는디 거기서 뭐라고 헌 질 알아?

인제 그 가마라고 헌 거 봤소? (조사자 : 그냥 그 텔레비전에서만 봤어요.) 봤지? (조사자 : 예.) 근디 가마라고 헌 것이 인제 [바닥을 두드리며] 이게 네모진 것이거든? 이게 인제 [네모난 책을 가져와 보이며] 네모가 이렇게 이렇게 빤듯혀 이렇게, 요놈 없이 이렇게 네모가 빤듯헌디, 이 밑이다가 채를 두 개를 이렇게 (조사자 : 나무 막대.) 양쪽에 이렇게 넣어갖고는 에 사인교라고 허면은 여그 둘, 앞에 둘, 둘씩 히서 메고 간게, 가매는 틀이 좀 무겁고 사람 태우고 근게 무겁단 말여. 근게 사인교는 게 그릏게 히서 허고, 인제 둘이 띠미고 간 가매가 있어. 앞이 하나, 둘, 뒤에 뒤에 하나, 그리서 둘이 띠미고 간.

근게 인제 그 [바닥을 두드리며] 규수가 인제 그 저 메느리가 탄 가매가 둘이 띠민 가매가 아니라 너이 띠미고 간 가매란 말여. 그건 그 가다가 인제 쉴 적으 소변이 매라면은 그 밑이다가 짚을 이렇게 두툼허게 짚방석을 만들어서 그 사인교 안에다 딱 맞촤서 넣고 그 우에다가 요대기 깔아놓고 요대기 우에서 이렇기 앉아서 가거든. 그러고 인자 소변이 매라면은 여자가 배깥이 나와서 소변 보기 뭐 허니까 요대기 걷고, 그 짚방석 이렇게 걷어놓고 거기서 쉬야 히버리면은 몰르고 그양 가는 것여. 그릏게 히놨어, 그러란 것이고. 근디 인제 사인교 안에서 소변을 본 것이 아니라 여러이 종들 있는디 나와서 오줌을 눠서 철철철철 싸고는 [제보자 조사자 웃음] 에 인제 거그서 헌 소리가 인제 배꼽을 빼는 소리여.

"원 세상에 참 좆이 좋기는 좋구나. 내가 좆 하나를 보고 이 고상을 하고 가다니." [제보자 조사자 웃음]

아 이 소리를 히노니 거기 있는 이편 집 죙이지만은 배꼽을 빼고 우 웃을 것 아녀. 그 사실은 사실이지만 우 웃는 소리거든 그게. 여자 입으로 얼른 못 허는 소리라 그 말이여, 에? 그랬단 소리가 있다 그 말이여. 그런 게 인제 가만히 들은게 틀림없이 그 요객 가는, 그 아버지가 갔든지, 할아버지가 갔든지 요, 그 딸 여운 편에서 간 것을 보고 요객. (조사자 : 아. 요객.) 그 신랑 편에서 온 그 어른은 상객. (조사자 : 상객.) 이르거든 이름이. 근게 인자 어른들이 인제 그 어른이 거가 계신디 웃음보따리가 터져갖고는 창시가 나오게 막 이짝으 가서도 웃고 저짝으 가서도 웃고 야단을 떠니까,

"왜 이러냐?"

근게로 저 새샥시가 이런 얘기를 했다고 그,

"어라, 그 큰 자식 낳을 사람은 그런 소리 헌 것이다." [제보자 웃음]

그랬단 것여. (조사자 : 그 어른들이, 큰 자식 낳을 사람이라고.)

그런게 인제 그러고 갔는디, 인제 지금은 그런 것을 당신네들은 몰라, 안 치뤄서, 우린 다 안디. 근게 신랑, 신부가, 신랑이 장개를 가는디 시간 안에 그 저 처갓집이를 가먼은 그 처갓집이서 준비를 히놔. 들오면은 뭐 인제 초요구를(초요기를) 시킬라고 거개 국수를 인제 잘 만들어서 진수성찬이다 그렇게 딱 히갖고는 그 상각 대관이 그 문중으서 상각을 맞은 주인이 있으얄 것 아녀. 이릏게 히서 히놓고 인제 술도 허고 국수도 허게끔 그릏게 인제 히준디, 인제 여그는 인제 안사돈이 여서 인제 요객으로 아버지가 인제 거그를 따라가시든지, 아니먼은 할아버지가 따라가시든지 요객을 가, 이? 그양 딸만 시집 못 보내는 거 아녀, 인제. 가서 인제 맽기고

올란게 인제 가는디, 시집을 간 게 어찌 인제 그 대관청에서 인제 국수를 인제 말아다가는 이렇게 히놓고 진수성찬인디 에 아 목도 마르고, 그런게 인제 물도 먹고 근디. 아 인제 국수를 말아다 줬는디, 국수가 그렇게 인제 국수 몇 가닥 안 되고 물만 홍덩하게 안 주고 국수가 빽빽허게 말아다 줬을 거 아녀. 근게 저분으로 국수 그릇을 휘휘 젓어본게 국수가 빽빽허그든. 빽빽허니 그렇게 말아다가 이렇게 놓인게로, 그른게 그 시집 간 색시가,

"원 세상에 젊은 년 보지허고 국 그릇은 홍덩히야 맛있는 것이지, 빽빽히갖고 어떻게 먹으라고 갖다 줬냐고."

요 소리를 히 났단 말여.[제보자 방바닥을 두드리며 웃음] (조사자 : 아이고 개궂으네요, 짓궂어요.) 여간 댓구진 것이 아니지. 아 그런게 양 그 시집에서 난리가 나버렸어 걍. 아 가만히 그 그런데 그 큰애기를 그리 인제 이 편, 이 손부로 맞아들인 그 집 주인 대주가 상을 볼 줄 알았어. (조사자 : 아, 얼굴을.) 응 얼굴을 보고 상을 볼 줄 알았는디,

"그 아무 정싱 딸이 그렇게 대궂으고 구잡시럽고 욕 잘헌단다."

허고는 인제 그 집이를 상을 보러 갔어, 큰애기를. 게 큰애기를 이렇게 보러 갔고도 얼른은 못 보는 거 아녀. 그 전에는 규중처녀라고 계집애들은 저 나이 열칠, 팔살 먹으면 배깥에를 안 내으고, 글자 그대로 규중, 방으서만 컸어. 그게 뭔 규잔 줄 알아요? (조사자 : 안방.) 안방 규(閨)자고도 허지만은 도장 규자여. 이게 이 저 문 문(門)안이다가 쌍토 규(圭)헌 자. 아 근게 그 규중처년디, 아 소위 대간집 딸 대갓집 딸이라고 허고 헌 이가 시집 와갖고 대반상 받아갖고 그런 소리를 힜다고 헌게 그냥 듣는 사람치고는 그냥 막 그냥 창시가 빠지게 막 웃어제낀다 그 말이여. 여그 가서도 쑥덕 저그 가서도 쑥덕, 난리가 나닌게, 이 이상시럽거든.

"그 왜 이러냐?"

그닌게 아 한 년이 와서

"이만저만해서 새악시가 이런 소리를 히갖고는 웃음보가 터졌다."

고 헌게, [제보자 웃음] 웃기는 소리지. 그런게 그이가

"그 역시 이도 큰 자식 날 사람은 그런 것이다. 시끄럽다. 조용히 해라."

아 근게 그냥 조용해져 버렸단 말여. 그렸는디 여자는 걸작은 걸작이여. 근게 정성을 둘이나 났지. 정싱 하나 낳기도 어려운 거 아녀. (조사자 : 그렇죠. 한 집안에.) 일인지하에 만인지생인디. 근게 인제 홍띠 띠고, 직접 가서 임금 밑에 가서 무릎 꿇고 거 신하 노릇을 헌 것이 아니라 사회에 나와서 뒤 그 모든 처리 허는 것이 그렇게 넉넉허니까 정싱 가좌를 준 거여. 근게 그 유겸암 그 분 그 호가 겸암인데, 나라서 겸암이라는 호를 줬어, 그 시호여. (조사자 : 시호.)

근디 그 근게, 그 친정서 첫날 저녁을 이렇게 식 헌디, 그 첫날 저녁으 그 신랑 신부 그 허는 소리를 엿들을라고 문구먹이 성허들 않거든. 수실 수십이 가서 여러 사람이 여자들들이 남자들이 문구멍 뚫고 들여다 보고 그런 장난을 했어. 그런디 문구멍만 뚫리기만 뚫리면 문구먹을 막아 버려. (조사자 : 신부, 신부가요?) 신부가. [조사자 웃음] 근게 왜 그랬냐고 헌게, 눈만 감으면은 방안에 가서 막 욍[용]이 게 움덕거려서 그 용 나갈까 무서서 문구멍을 막았다고. 또 그런 소리도 있다고. (조사자 : 첫날밤에요?) 첫날밤에. (조사자 : 눈만 감으면 용이 막 웅크리고 있어서?) 음.

달마의 관상 보기와 불교 포교

자료코드 : 07_09_FOT_20100320_KEY_HJS_0006
조사장소 : 전라북도 임실군 임실읍 신안리 485-1번지 정촌 마을회관
조사일시 : 2010.3.20
조 사 자 : 권은영

제 보 자 : 한준석, 남, 88세
구연상황 : 앞의 '기인이었던 유성룡 어머니' 이야기와 관련하여 관상 보기에 대해 말을
꺼냈더니 다음을 구연하였다.
줄 거 리 : 달마대사가 중국에 와서 불교를 포교하는데, 중국 사람들이 모두 관상 보는
책에 열중해 있었다. 이를 보고 달마는 중국의 관상서를 가지고 인도에 가서
공부를 한 뒤에 도로 중국으로 돌아왔다. 달마는 포교를 할 때 관상 보는 법
을 이용하여 불교를 중국에 퍼뜨렸다고 한다.

인제 그 상 본다고 헌 것도 어 상서가 있어요, 상을 보는 책이 있어, 상
서가. 근디 인제 그 상서가 당초에 우리나라에 건너올 적으는 마의상서라
고 마의상서가 중국서 인제 우리나라로 건네온 게 있어요. 근

디 그 저 달마, (조사자 : 아, 달마.) 달마 그 부처가 중국으로 와서 으
불교 어 포교를 헌디 그때 달마 부처가 와서 포교 할 적으 중국에 상서가
발달이 돼갖고, 그 상서 공부에 열중을 혀, 백성들이 모다. 근게 포교를
허로 왔다가 중국서 상서를 가지고 불국으로 다시 갔어, 인도로. 가갖고
상서 공부를 잘 해가지고, 달마 부처가 해갖고는 와서 인제 중국에 와서
포교를 할 적으 불교를 인제 널릴라면은 불서가 세계 각국으로 번쳐야할
것 아니겠어요. 근게 인제 불교를 크게 확장시키기 위해서 인제 달마 부
처가 중국으로 들어오셨는데, 중국 와서 보니까 아 상서에 모다 미쳐가지
고 거 글자나 읽었다고 헌 이들들은 그 상서에 대한 관심을 가지고 있는
데 상서를 가지고 본국으로 가서 상서공부를 해가지고 중국으로 들어와
서 이 사람을 만나면 상을 봐줘, 달마가. 그런디서 인심이 끌릴 거 아녀
인제. 상을 어설피 보먼 안 맞는디. 사람이 그 얼굴에다가 자기 일생을
갖고 나온가하믄, 장중에 갖고 나와, 손바닥만 봐도 알아. [손바닥을 두
드리며] (조사자 : 아. 손바닥에다가요?) 손바닥 장(掌)자. (조사자 : 예, 일
생이요?)

응 근게 얼굴도 보면은 알고, 근게 아는 이들은 알고, 손바닥만 봐도
알아. 근디 인제 이렇게 인제 상을, 근게 인제 상서에 손금 본 것까지 다

나와. 이 상을 봐주는디 이기 다 맞으니까 거기에 혹헐 거 아니여 누구든지? (조사자 : 그렇죠.) 에 그리갖고 인제 중국다가 불교를 인제 퍼트리고 그 다음 인제 우리나라로 인자 불교가 들어온 것이요.

공자 동가구

자료코드 : 07_09_FOT_20100320_KEY_HJS_0007
조사장소 : 전라북도 임실군 임실읍 신안리 485-1번지 정촌 마을회관
조사일시 : 2010.3.20
조 사 자 : 권은영
제 보 자 : 한준석, 남, 88세
구연상황 : 앞의 '달마의 관상 보기와 불교 포교' 이야기에 이어 다음을 구연하였다.
줄 거 리 : 공자를 만나기 위해 수천 리 밖에서 사람이 찾아 왔는데 정작 그 마을 사람들은 공자가 누구인지를 모르고 다만 '동쪽에 사는 구'라는 뜻에서 그를 동가구라 불렀다. 공자는 원래 성씨가 숙씨였는데 관상을 볼 줄 아는 선생님이 공자 머리에 움푹 파인 구멍을 보고는 '공구'라고 부르게 하여 공씨 성을 갖게 되었다.

그 공자가 여그서 났다면은, 이 부락으서 낳는디 이 부락에서는 공자가 누군지를 몰라. (조사자 : 어, 왜요?) 수천리 바깥에서 이 말하자면은 이 공자를 찾아 와서 물은게로 동가구라 그랬어. (조사자 : 동가구?) 구, 공자 이름이 구그든, 동쪽에 사는 구다 그런 말이여. (조사자 : 구멍 구잔가 쓰지요.)

[바닥을 두드리며] 공은 왜 공이냐, 그 달마가 그 저 뭣여, 상을 볼적으 공자 머리 가서 구멕이 뚫어졌는디 움푹 짚으게 패였어. (조사자 : 아, 여기 머리에요?) 머리에 가서. 근게 공자를 보고 그 공자가 그게 당초에 성이 공가가 아니여, 숙가여 숙가. (조사자 : 숙가요? 에, 숙양을이 아들인디 공자를 보고 그 상 본 선생님이 구멩이 뚫어졌은게 공구. 이 두상에 가서

어덕 모냥으로 툭 꿰진 **뺙다구**가 있어. 어덕, 어덕 구자여. (조사자 : 아 그래요? 언덕 구, 아 어덕 구.) 응, 그러니까 너는 공구다 헌게 공구여. 근게 숙가가 공가가 되야버렸지, 구멍 공자, 공구여..

그 옛날에 지금은 교통이 좋은게 차를 타고 댕기고 비행기를 타고 댕기지만은 먼디서 중국 그 널른 먼디서 공자를 찾아갖고 와서 공자를 물은게 몰라, 동네 사람들은. 모르고 그 인제 이야기를 해싼게로 저 동쪽 집에 사는 그양 구라고, 그 동녘 동자, 공구라고, 동네 사람들이 그릏게 얘기를 혀. 게 등하불명이지, 어, 등잔 밑이 어둡다 소리가 그리서 나온 것여. 멀리서는 소문이 나갖고 선생님 선생님 하는디, 직접 공자가 나서 크고 헌 자리를 가서 공자를 물은게 몰라. [제보자 조사자 웃음]

운암강수만경래 표석

자료코드 : 07_09_FOT_20100320_KEY_HJS_0008
조사장소 : 전라북도 임실군 임실읍 신안리 485-1번지 정촌 마을회관
조사일시 : 2010.3.20
조 사 자 : 권은영
제 보 자 : 한준석, 남, 88세
구연상황 : 제보자는 훌륭한 인물들은 특히 그 어머니의 역할이 크다는 얘기를 하였다. 조사자가 혹시 정여립과 관련된 이야기를 아느냐고 묻자 유자광, 이율곡, 송구봉에 대해 얘기해 주었는데 지난 조사 때에 들었던 얘기와 겹치는 내용이 많았다. 다시 풍수지리와 관련된 인물들에 관해 묻자 다음을 구연하였다.
줄 거 리 : 정읍 칠보에서 땅을 파니까 '운암강수만경래'라고 적힌 표석이 나왔다. 이 표석은 이서구가 그곳에 댐이 생길 것을 미리 예견하여 묻어놓은 것이라는 말이 전해진다.

이 저 운암 옥정땜을 가갖고 그 저 저쪽 묏여, 진주로 물 넘어간디 거그가 옛날부터서 보 막기 전에 거가 운앰이여. (조사자 : 아, 원래?) 원래

원래 이름이, 그리 물이 넘어갔잖여. 인제 저리, 이? (조사자 : 그랬고만
요.) 근게 인제 에 저쪽 그 칠보에 가서 거그 그 구멍을 뚫으니까 운암강
수와 만경래라고 표식이 나와. [바닥을 두드리며] (조사자 : 으, 운암강수
만경래?) 에, 여그 여 운암 운암이그든, 그 저 댐이 댐이. (조사자 : 예 운
암댐요?) 이 옥정호라고 해기도 허고, 말하자믄은 섬진강댐이라고 해기도
허지만 섬진강은 이 여그 운암강이 지금 상류고, 섬진강은 전라남도 가서
있잖여. 게 경상도, 경상남도에 가서, 근게 큰 강은. 그른디 거그 구먹을
뚫은디 그 땅을 파니까 운암강수만경래(雲巖江水萬頃來)라고 [바닥을 두드
리며] 표식이 나왔다는 거여. (조사자 : 예, 그 누가 그렇게 해 놓은 것이
래요?) 근게 말이 이서구 선생이 그리 났다고 허는디 그 말이 참말인가.

할아버지 묘를 아홉 번 옮긴 남사고

자료코드 : 07_09_FOT_20100320_KEY_HJS_0009
조사장소 : 전라북도 임실군 임실읍 신안리 485-1번지 정촌 마을회관
조사일시 : 2010.3.20
조 사 자 : 권은영
제 보 자 : 한준석, 남, 88세
구연상황: 앞의 '운암강수만경래 표석' 이야기 후에 조사자가 혹시 남사고에 관한 얘기
　　　　　는 모르느냐고 묻자 다음을 구술하였다.
줄 거 리 : 남사고는 천문지리에 도득한 사람인데, 좋은 명당자리에 묘를 쓰고자 하는 욕
　　　　　심 때문에 할아버지의 묘를 아홉 번 옮기고 열 번 매장, 즉 구전십장 하였다.
　　　　　마지막으로 좋은 자리를 골라 할아버지의 묘를 쓰고 흙을 다듬고 있는데 한
　　　　　동자가 나타나 죽은 뱀이 나무에 걸려있는 혈인 사사괘수에 묘를 썼다고 일
　　　　　러주고는 사라져 버렸다. 그 동자는 산신이 모습을 변해 나타난 것이었다.

　　남사고라고 헌 이가 자기 할아버지를 파서 짊어지고 [바닥을 치며] 에
아홉 번을 옮겼어, 명당을 쓸라고. (조사자 : 아, 자기 할아버지 묘를요?)

어. 묘를 쓸라고. (조사자 : 아이고, 왜 그랬을까요?) 근게 구전십장(九轉十葬) [바닥을 치며] 아홉 번을 파서 열 번 장사를 헌 이가 남사고여.

게 유명헌 그게 저 명사지. 근디 인제 이 이이는 벼실은 하나의 참봉이고, 나도 그 남사고 원문 책이 있어. 하나의 그 인제 참봉이고, 천문지리를 이 분이 도득(圖得)을 했어. (조사자 : 아, 벼슬은 안 높은데 천문지리를 잘 하셨고만요?) 응, 그리갖고 그 천문지리에 대한은 그 강의를 많이 허고 그 인제 좀 학자층, 그 아는 이들한테는 그 천문지리를 가르쳤어.

(조사자 : 예, 근데 왜 할아버지 묘를 그릏게, 그렇게 자꾸 바꿔도 되는 거예요, 어르신?) 그런게 그게 인력으로 못 헌 짓이고, 여우한티 홀려서 그랬다고 그러그든. 아 근게 왜 해필 할아버지만 글케 자꼬 파서 옮기고 옮기고 혀. 아버지도 그러고 증조하나지도(증조할아버지도) 그코 그럴 일이지, 할아버지를 구전십장을 힜어. 아홉 번을 옮기고 열 번 장사를 혀, 근게 구전십장 안 되야. 아홉 번 파갖고 났다 한게. [제보자 웃음] (조사자 : 예, 그릏게 그먼 그 그 좋은 자리 쓸라고 그랬다고?) 그러지.

근디 인제 마지막 지금 현재 쓴 자리는 죽은 배암 혈에다가 써 났다그든. 근기 인제 외표(外表)를 보먼은 그 지금 그 지관들이 들어가서 보먼은 참 좋대요. (조사자 : 아, 그냥 보기에는요?) 어 근디 인제 구전십장을 허닌게 에 그것이 욕심이라고 허까. 그게 요새 생각허먼 멍청하다고 허까 인자 그런디, 그 여우가 방해를 붙이가지고 갖다 쓸 적으는 명당인디 나중으 가서 보면 명당이 아닌게 파 옮기고 옮기고 헌디, 아 저 아까 연안 김씨들인가가 그 파낸 자리에다가 쓰고 쓰고 히갖고 넘의 묘만 써줬다 그러그든.

근게 명사는 대 명산디, 말하자먼은 그것도 인제 자기 운이 아닌게 명당 못 쓰는 거이지. 이 구전십장 남사고라고 헌디, 그 묘를 쓰고 묘를 인제 그 흙을 다듬음선, 그 묘를 다듬은게로 그 어떤 동자가 그,

"남사고야, 남사고야, 구전십장 남사고야, 구룡동천 어데, 어데 두고 사

사괘수(死蛇掛樹) 예 왔느냐고."

도망을 가버려. 아 그래서 그 소리를 듣고는 이릏게 못을 다 썼는디 둘러본게로 사 죽은 배암을, 옛날에 저 보면은 아들이 배암을 죽이갖고 이릏게 나무에다가 걸어논 놈이 있그든. 근게 죽은 배암을 나무에다가 걸어논 놈이여, 그런, 그런 자리데요. 근게 남사고 같은 명사도 명당을 못 썼다. 아 죽은 배암 대갈빡으다가 못을 썼다고 보면은 무슨 힘을 얻었어, [제보자 웃음] 이,죽었는디. (조사자 : 그면 그 사사괘수라고 할 때 괘자가 무슨 괘자예요 어르신?) 걸 괘(掛)자. (조사자 : 아, 근게 사사면 죽은 뱀을 나무 위에다 이릏게 걸어, 그 동자가 나타나서 그렇게 얘기했다고?)

근기 이기 산신이 그랬다 그리그든. (조사자 : 아, 산신이 동자 모습으로?) 동자로 비쳐갖고. 근게 명당을 안다고 히서, 내가 명당을 안디 내 자리가 아니면 가서 손을 안 대야, 내 것이 아니면. 그리야지 그게 너 임자가 정해져갖고 있는디 넘의 것을 내가 손을 대면 내가 해를 보지. 근게 임자 그 땅 이름도 전허는디 그게 큰 명당이라고 헌 명당은 명사가 아니고는 못 봐.

대원군 이하응과 지관 정만인

자료코드 : 07_09_FOT_20100320_KEY_HJS_0010
조사장소 : 전라북도 임실군 임실읍 신안리 485-1번지 정촌 마을회관
조사일시 : 2010.3.20
조 사 자 : 권은영
제 보 자 : 한준석, 남, 88세
구연상황 : 앞의 '할아버지 묘를 아홉 번 옮긴 남사고' 이야기 후에 바로 다음을 구술하였다.
줄 거 리 : 대원군 때의 승려인 정만인은 풍수지리를 잘 아는 사람이었다. 고종이 날 묏자리를 찾아준 정만인이 대사인줄을 알게 된 대원군은 정만인을 찾아가 자미

원 명당을 찾아내라고 명령했다. 정만인이 아직 때가 안 되어 자미원에 손을 대면 벼락을 맞는다고 하며 그 명을 거부하자 대원군은 죽일 기세로 위협을 했다. 찾는 시늉이라도 해야 살 수 있겠다고 생각한 정만인은 벼락을 막을 수 있는 해인을 찾으러 간다는 핑계로 해인사로 들어가려 했다. 대원군은 정만인을 감시할 병사 백 명을 함께 해인사로 보냈다. 정만인은 재미있는 이야기를 해가며 병사들과 친분을 쌓으면서 도망칠 기회를 호시탐탐 노렸다. 팔월 추석이 되어 정만인은 술과 음식을 장만하였고 이를 병사들에게 나누어 먹여 취하게 한 다음 도망을 쳐서 자취를 감춰 버렸다.

아 지금 저 그런 말이 나오그든, 이하응 대원군이 이하응인데, 이름이, 하 이하응인데, 이하응이 에 정만인이를 데리고 그때 당시에 정만인이라고 헌 중이 대사였어. 지사를 잘 알아, 지리를. 정만인이를 데리고 고종황제 날 자리를 충청도 아까 어따가 썼는디, 정만인이가 인제 대사인 줄을 알고는 어 자미원, 충청도 지금 홍성 근방으 가서 그 자미원이 있다고 그러는디, (조사자 : 자미원요?) 하늘에 있는 자미원이여, 그 글자가 똑같애. 자미원인디, 자미원을 갈쳐 달라 그렀어, 정만인이 그 중을 보고. 근게 그 정만인이가 그때 대답을 허기를,

"지금은 그 자리를 가서 손 댈 때가 아닙니다."

허고 대답을 혀.

"그 손을 대면 어쩐단 말이냐?" 고 헌게

"벼락을 맞아 죽습니다."

그러그든. 그런게 대원군이 만인이를 보고 헌 소리가

"네 이놈, 벼락을 맞아도 내가 벼락을 맞는디 니가 무슨 잔소리냐, 갈치 내라면 갈치 내야지."

아 이렇게 무선 소리를 헌디, 어뚷게 가서 그 그 자리를 갈치 내겠어, 갈치 주겠어. 아 그런디 가만히 생각헌게 이거 못 헌다고 허면 잽히 죽게 생기고, 근게,

"해인을 가지고 들어가면 그걸 베락을 막을 수가 있소."

그렇게 대답을 힜어. (조사자 : 해인이 뭐예요, 어르신?) 바다 해(海)자 도장 인(印)잔디, 근게 해인이 그게 하나의 무기여, 이 진 신무기, 이? 근디 이제 글자는 그대로 바다 해자 도장 인자여, 해인이여. 그런데,

"해인은 어디가 있냐?"

또 이걸 물른단 말이여. 근게

"해인사에 가서 있습니다."

그맀단 말여.

"그먼 가 거그 가 찾아라."

근게 해인사에다가 저 그 정만인이를 보낼 적으 군대 백 명을 쩸매서 줘. 군대들 보고는 정만인이 어디 도망가면 도망 못 가게 수비병이여. 그러고는 인제 정만인이 인제 그 해인사에 들으가서 해인이 어디가 있가니 해인을 찾아, 무슨 재주로.

이 시간이 지났는데 정만인이가 꾀를 냈어. 도저히 이 자리를 빠져 나가야 살지, 글 안 허먼은 잽혀 죽게 생깄으니까 절 중들하고 짜고는 팔월 보름이 돌아오는디, 군대 생활 헌 이들이 명절 돌아오믄 집이 가고 싶으고, [제보자 웃음] 엄마 아빠 보고 싶고, 다 그런 거 아녀? 인제 그 놈을 이용을 히갖고는 중들허고 앉어서 이얘기를 험선 인제 재미시런 이얘기를 히주고 시간을 넹군디, 팔월 보름을 기리(機利) 히서 빠져 나갈라고, 절에다가 인제 술을 말하자먼 백 명이 먹고 남을 술을, 술을 히놓고, 돝 잡고 히갖고는 저녁마둥 그 인제 보초 보는 사람들 외에 남은 사람들들이 또 있을 거 아녀. 그러믄은 그이들들이 재미시런 이얘기 히주고 정 들이서 이렇게 히놓고는 팔월 보름에 집이도 가고 싶고 허고 헌다다가 돝 잡고 술 맛있게 히서 줘서 술을 주니, 이 넘이고 저 넘이고 술을 뒈지게 처먹고 보초는 고만 냅두, 때리 치워 버리고 여그 떨어져서 자고, 저그 떨어져서 자고 다 허트러져 버렸다는 말이지. 근게 그때 빠져 나가갖고 자취를 감춰버렸지.

(조사자 : 아, 그래갖고 그 결국은 명당을 안 알려줬구만요?) 아 안 알려 줬지. 근게 인제 자미원이라고 여그 저 사전에 나와요. 그 [방바닥을 두드 리며] 자미원이 그 하늘에 있는 별 이름인데, [또 두드리며] 그 자미원 그 저 명댕이 있다는 거여, 충청도에 가서. (조사자 : 충청도에 가서요, 참.) 에 그 자미원을 갈치 내라고 헌게로 손 댈 때가 아닌디 손을 대면은 벼락 맞아 죽는다고 그런게 갖다가 대원군이 그릏게 히, 내가 그 책을 보고 아 는 소린디 그런 짓을 히갖고는 정만인이 도망 가갖고 자취를 감춰버렸어.

기지 있는 본처

자료코드 : 07_09_FOT_20100320_KEY_HJS_0011
조사장소 : 전라북도 임실군 임실읍 신안리 485-1번지 정촌 마을회관
조사일시 : 2010.3.20
조 사 자 : 권은영
제 보 자 : 한준석, 남, 88세
구연상황 : 앞의 '대원군 이하응과 지관 정만인' 이야기 후에 제보자가 집안이 평화로우 려면 여성의 역할이 중요하다는 말을 강조하다가 다음을 구술하였다.
줄 거 리 : 한 남자가 첩을 얻었는데, 본처가 질투를 하기는커녕 첩에게 다정하게 대해주 었다. 그러자 남편과 첩 둘 다 본처를 신뢰하고 그녀의 말을 잘 들었다. 어느 날 본처는 첩에게, 남편이 첩의 코가 보기 싫다고 했다고 말했다. 그리고는 남편에게는 첩이 남편에게서 안 좋은 냄새가 난다는 말을 했다고 전했다. 남 편은 이 말을 듣고 속이 꽁해 있는데, 하루는 외출을 하고 돌아와서 첩을 보 러 가니까 첩이 코를 가리고 있는 것이었다. 자신에게서 냄새가 나서 그러는 줄로 오해한 남편은 그 모습을 괘씸하게 여겨 첩을 내쫓아 버렸다.

아 그런디 서방님이 작은 사람을 얻어갖고 왔는디 보니까, 아 작은 사 램이 참 예뻐. 몸매가 쏙 빠지고 참 예쁘다 그 말이여. 근게 이 자기 남편 이 참 데리고 왔는데, 점잖허게 거그다가 질투를 헐 수도 없고 거 참 진 퇴양난이거든. 그러니 이게 참 사램이 그러기 허기가 썩 어려워. 그런디

그 작은 사람을 양 동생이라고 허고, 서방님 듣는디, 서방님한티 이 만큼도 그 전허고 달라 달라진 것이 없이 똑같여. 근게 작은 사람도 마음이 송구시럽고, 큰어마니 앞에는 고개를 안 숙일 수가 없고, 남편도 다른 사람이, 다른 사람들들은 작은 사람을 얻어갖고 들으가면은 함박 독 독배기 요절이 나고 난리가 난단디 그 티가 하나도 없그든. 그런게 큰 마느래를 무섭게 봤다 그 말이여.

근게 최종적으로 남편도 작은 사램이 뭣을 어뜿게 잘못허고 잘 헌 것을 본처한티 묻고, 또 작은 사람 역시 서방님이 자기에 대한 불평불만이 뭣이 있는가를 묻고 그러그든. 그니까 항상 서방님한티 말 할 적으는 그 서방님 듣기 좋은 소리로 히주고, 작은 사람 뭔 말을 헐, 물을 적이는 작은 사람 귀에 엥기게끔 항상 말을 해준다 그 말이여. 그런게 집안이 조용헌디, 한번은 또 뭔 말을 인제, 행여나 인제 그 작은 년은 그 집이서 쫓기날까미 조심을 헐 판이라 그 말이지. 근게 한번은 그릏게 인제 묻기를 몇 번 인제 되짚어 인제 여러 해 살자고 허닌게로 그릏게 될 거 아녀. 그니까 한번은 작은 사람보고 근게 그 보통으로 허는 소리 겉이,

"자네 코가 쪼깨 뵈기 싫다고 하대?"

그렸단 말여, 코가.

근게 깜짝 놀래서 '내 코가 어뜿게 히서 뵈기 싫으까?'

그러믄 인제 또 남편이 인제 뭐라고 하면 인제 물은게로 남편보고는,

"당신한테서는 뭔 남새가 난다고 헙디다."

이래놨단 말여.

참 그 무서운, 인제 귀신도 몰라. 근게 남편이 생각할 적에

'아 이거 남새 무신 남새가 난다고 허까?'

허고 속이 꽁해갖고 있는디, 한편로 어디로 갔다가 와서 보닌게 여자가 요새로 말하자면 마스끄를 헌 거 모냥 이릏게 코를 개리고 댕기그든. 게 남자 마음으로,

'저 년이 나한테서 남새가 난다고 허드니, 내 남새가 맡기가 싫은게 저 년이 저러는구나.'

허고는 쫓아내 버렸어. (조사자 : 아 작은?) 어 작은 이를. 근게 기 사람의 수단 방식이라는 것이 이만저만이 아녀. [제보자 웃음] 누가 그러겠어, 누가 시기서도 그 그 짓 못 허고. 그러니 인제 자기는 말허자면은 여자 쫓아내릴라고 뭐 아등아등 헌 일도 없고, 아 그 서방님 마음에,

'저 간사한 년이로구나.'

허고는 쫓아내 버렸다고 그 옛날 말.

울 어머니 심근 박은

자료코드 : 07_09_FOS_20100703_KEY_GGS_0001
조사장소 : 전라북도 임실군 임실읍 이도리 958번지 곽길순 자택
조사일시 : 2010.7.3
조 사 자 : 권은영
제 보 자 : 곽길순, 여, 71세
구연상황 : 제보자의 신상 정보에 대한 얘기를 듣고는 민요를 하나 불러달라고 청하자
　　　　　다음을 구연하였다. 이 민요는 어느 때 부르는 것이냐고 묻자 제보자는 모른
　　　　　다고 하면서 아무 때나 부르는 것이라고 하였다.

　　　울어머니 심근박은
　　　세다죽담 넘어다본데
　　　겉잎같은 울어머니
　　　속잎같은 나를두고
　　　어느골로 잦아지고
　　　날찾을줄 모르는가

한 골 매야 두 골 매야

자료코드 : 07_09_FOS_20100703_KEY_GGS_0002
조사장소 : 전라북도 임실군 임실읍 이도리 958번지 곽길순 자택
조사일시 : 2010.7.3
조 사 자 : 권은영
제 보 자 : 곽길순, 여, 71세
구연상황 : 제보자의 신상정보에 대해 얘기를 듣다가 1차 조사 때 부르다 말았던 노래를
　　　　　불러달라고 요청했다. 제보자는 가사를 쭉 읊으면서 그 내용을 설명해 주고는

다음을 구연하였다.

한골매야 두골매야
삼시세골 다매간게
부고왔네 부고왔네
어멈죽은 부고왔네
오른손으로 받아서
양손으로 펴보니
어멈죽은 부고로구나
천방지방 뛰어가서
큰방문을 쏙들어섬서
시금시금 시어머니
어멈죽은 부고왔소
에라요년 망칙헌년
밥이나먹고 밭이나매라

[노래를 중단하며] 이렇게 노래 부른 거여.
(조사자 : 그 마저 해 주세요 어머니.)

찬방문앞으 썩들어심선
곰배팔이 서방님아
어멈죽은 부고왔소
나는모르니 어머님한테
허락받아 가옵소서
정제문앞으 썩들어심선
시금시금 시누애기
어멈죽은 부고왔소

나는모르니 어머님한테
허락받아 가옵소서
물동이를 옆에끼고
우물가에 물동우놓고
한모랭이 돌아가서
댕기풀어 나무걸고
한모랭이 돌아가서
비네빼서 땅에꽂고
한모랭이 돌아가니
까막까치 진동하데
한모랭이 돌아가니
곡소리가 진동하데
한모랭이 돌아가니
문짝소리 진동하네
오빠오빠 두째오빠
대문쪼깨 끌러주소
에라요년 어머님을볼라거든
엊그저께오제 인제오냐
사흘나흘 오는길에
하루만에 도착힜오
오빠오빠 두째오빠
대문조깨 끌러주시오
에라요년 망칙헌년
어머니를 볼라그든
엊그저께오제 인제오냐
오빠오빠 셋째오빠

대문 깨 끌러주시오
셋째오빠 보손발로
뛰어나와 대문끌른 소리
삼천천곡이 울려가네

[노래를 중단하며] 그런, 아이고 인자 고만해.
(조사자 : 마저 해주셔야죠, 어머니. 여까지 했는디, 그 다음에. 삼천천
곡이 울려가네.)

대문끌른소리, 삼천천곡이.

[다시 노래를 이어가려고 하며]

대문 끌른 소리
삼천천곡이 울려가네
어머님은.

[잘 기억이 나지 않는 듯] 그르고 인자 들어가서 아이고야 울었을 테지
이. (조사자 : 울었을 테지.) 아이고야 울었을 테지. (조사자 : 그 다음 문,
뭐 운짝 문 열어주라고.)

오빠오빠 큰오빠
은짝문좀 열어주시오

[중간이 잘 기억이 나지 않아서 가사를 건너 뛰며] 을매나 배가, 그 대
처 하루 만에 도착횄으니 배가 을매나 고프겄어.
[노래를 다시 이어가며]

올케올케 쌀한되만 제줬으면

성도먹고 나도먹고

구정물이 나오면

성네소주지 우리소주요

누룽지가 나오면은

성네개주제 우리개주요

만일어머니 나갈때

흰나비가 따라가면

나죽어 내혼가는줄 알읍시오

[노래를 마치며] 그러고 죽어 버렸는가봐. 그르고 죽어 뿠는가봐.

진주낭군

자료코드 : 07_09_FOS_20100703_KEY_GGS_0003

조사장소 : 전라북도 임실군 임실읍 이도리 958번지 곽길순 자택

조사일시 : 2010.7.3

조 사 자 : 권은영

제 보 자 : 곽길순, 여, 71세

구연상황 : 옛날에는 여자들이 불쌍하게 살았다는 이야기를 하다가 진주낭군 민요를 아
시느냐고 조사자가 말을 꺼내자 제보자가 다음을 구연하였다.

(조사자 : 진주낭군도 보면 동네마다) [조사자의 말 중에 제보자가 노래
를 시작하면서]

울도담도 없는집에

시집삼년 살고나니

시어마니 하신말씀

애야아가 메느리아가

진주낭군이 오신댔으니
진주낭군에 빨래가라
진주낭군 빨래가니
물도좋고 돌도나좋아
도도락창창 뚜드러빠니
난데없는 발자국소리
절커덕절커덩 나는구나
옆눈으로 슬쩍보니
하늘같은 갓을 쓰고
용마같은 말을 타고
못본듯이 지내가네

[외출했던 남편 양명식이 들어와 있다가] (청중1 : 잘 허네.)
(조사자 : 그 다음에 어떻게 하죠? 못 본 듯이.)

거멍빨래 검게빨고
흰빨래는 희게빨아
집이라고 돌아오니
시어마니 하시는 말씀
애야아가 메느리아가
진주낭군이 오셨으니
싸랫방에 내려가라
아랫방에 내려가니
길상첩을 옆에다끼고
권주개를 권한다

[노래를 중단하고는] 권주개는 계상 첩을 옆에다 끼고 권주개를 권하드

리야.

　[다시 노래를 하며] 권주개를 권하는구나.

　[다시 노래를 중단하고는] 그리갖고 도로 그댐에 뭐라 그려. 이거 녹음 안 틀었제? 웃방으로 돌아 올라와서 아홉장에 펜지를 쓰고 펜지를 아홉장을 썼어.

　[다시 노래를 하며]

　　　아홉장에 편지쓰고
　　　명지수건 석자에다
　　　목을잘라 죽었구나

　[노래를 중단하고는] 목을 잘라 죽어브렀어, 근게 그랬드니
　[다시 노래를 하며]

　　　진주낭군 이말듣고
　　　보손발로 뛰어나와
　　　아이고사랑아 내사랑아
　　　화루계정은 석달이고
　　　본댁정은 백년인데
　　　어이그리 죽었는가.

　[노래를 마치며] 그러드리야.

장타령

자료코드 : 07_09_FOS_20110129_KEY_YMS_0001
조사장소 : 전라북도 임실군 임실읍 이도리 958번지 양명식 자택
조사일시 : 2011.1.29

조 사 자 : 권은영
제 보 자 : 양명식, 남, 74세
구연상황 : 2010년 7월 2일 임실이도주공아파트 노인정에서 제보자를 만나 장타령을
들고 녹음을 하였다. 하지만 제보자가 기억이 잘 나지 않는다고 하여 장타령
을 부르다가 그만두었다. 이때 녹음한 장타령을 전사하여 다시 제보자를 만났
다. 제보자는 한동안 기억을 더듬더니 잊었던 부분을 기억해 내고는 다음을
구연하였다.

너그부모는 너를낳고

우리부모는 나를나니

천냥주고 배운공부

한푼벌기가 땀이난다

얼씨구씨구 잘헌다

일자한자나 들고나보니

일월이 송송 해송송

밤중새별이 완연하구나

두이자나 들고나보니

두비나통통 좁은길

각고을기생이 춤을춘다

석삼자나 들고나보니

삼월의신령은 조신령

신령중에는 어른일세

넉사자를 들고나보니

사시사철 바쁜길

조반참예가 늦어간다

오자한자나 들고나보니

오관이관운 관운장

적두마를(적토마를) 빌려타고

제갈이선생을 찾아간다
육자한자나 들고나보니
육공육재 성진이(육관대사 성진이)
바늘같은 빛줄기
칠자한자나 들고나보니
칠년대한 가문날에
소내기 한둠금오면
어느백성이 춤안출까
팔자한자나 들고나보니
파라파라 짚이파라
얕이파면 너죽는다
구자나한자나 들고나보니
귀크고 늙은중
팔때기잡고 희롱한다
장자한자나 들고나보니
장안의 광대는 곽광대
광대중에는 어른일세

놀이 꼬대꼬대 꼬대각시

자료코드 : 07_09_ETC_20100703_KEY_GGS_0001
조사장소 : 전라북도 임실군 임실읍 이도리 958번지 곽길순 자택
조사일시 : 2010.7.3
조 사 자 : 권은영
제 보 자 : 곽길순, 여, 71세
구연상황 : 앞의 민요 '울 어머니 심근 박은'을 부른 후에 가사에 대해 자세히 설명해 주
었다. 1차 조사 때 들었던 꼬대각시를 해달라고 청하자 다음을 구연하였다.
이것은 명절 때 여자들이 하던 놀이이다. 대나무를 잡고 있던 손이 다 올라가
면 모두들 일어서서 춤을 추고 놀았다고 한다.

옛날에 대나무를 끊어가지고 이게 딱 그 잘 내린 사램이 있어, 손대 잘
내린 사램이. (조사자 : 아, 손대 잘 내린 사람이 있구만.) 안 내린 사램이,
응. 안 내린 사램은 안 내려, 죽어도. 근디 잘 내린 사람을 인자 딱 이릏
게 잡고 [손에 대나무를 쥔 흉내를 내며] 이릏게 혀. 또 이게 놔두고 이러
고 있으면,

　　[말로 구송을 하며]
　　꼬대꼬대 꼬대각시
　　한살먹어 어멈죽고
　　두살먹어 아범죽고
　　세살먹어 말배와
　　네살먹어 걸음마배와
　　논틀로밭틀로 외갓집이를 가겠더니
　　담밑이다 세워놓고
　　밥이라고 주는것이

삼년먹은 찐밥뎅이
사발가에 묻혀주데.
반찬이라도 주는것이
삼년먹은 된장찌끄리
접시가에 묻혀주데.

[설명을 덧붙이며] 그럭저럭 크는 것이 십 오 세가 되았어. 인자 징그랍게 복도 없어.

그럭저럭 크는것이
십오세가 되았는디
중신애비 들랑날랑
시집잘간 샘일만에
시아바니 죽어버렸어 또.
시아바지 죽은샘일만에
시어마니 죽은샘일만에
서방님이 죽어갖고
한번가서 못빠지고
두번가서 다홍치매 무릎씨고(무릅쓰고)
물로빠져 죽어버렸어.
그리갖고는 원통허고 불통허다.(분통하다.)

또 대나무에 올리도라고 막 허먼은 대나무 발발발발 떨고 요롷게 올라가. (조사자 : 그먼 그건 말로 하는 거예요? 노래로?) 말로. (조사자 : 말로.) 응. 아이 말로 그롷게 혀 그양.

[노래로 부르면서]
꼬대꼬대 꼬댓각시
한살먹어 어멈죽고
두살먹어 아범죽고

세살먹어 말배와서

네살먹어 걸음마바와

논틀로밭틀로 가는것이

[머뭇거리며] 외갓집이 가는데, 가는것이

[설명을 덧붙이며] 외갓집이로 인제 찾아 갔는데,

담밑에다 세워놓고

뱁이라고 주는것이

엊지녁먹던 식은밥뎅이

사발가에 묻혀주데.

반찬이라고 주는것이

삼년먹은 된장찌거리

접시가에 묻혀주데.

그럭저럭 크는것이

십오세가 되얐구나.

중신애비 들랑날랑

시집잘간 샘일만에

시아버니 죽었구나

시아버니죽은 샘일만에

시어머니 죽었구나

시어머니죽은 샘일만에

서방님이 죽었구나

한번가서 못빠지고

두번가서 다홍치마

무릎씨고 죽었다네

원통허고 절통허니

대나무나 올려주소

[노래를 마치며] 그려. 그럼 대나무가 막 발발발 떨고 올라가. 여럿이 막 그릏게.

군밤 닷 되 찐밤 닷 되

자료코드 : 07_09_ETC_20100703_KEY_GGS_0002
조사장소 : 전라북도 임실군 임실읍 이도리 958번지 곽길순 자택
조사일시 : 2010.7.3
조 사 자 : 권은영
제 보 자 : 곽길순, 여, 71세
구연상황 : 앞의 민요 '한골 매야 두골 매야' 후에 바로 다음을 구연하였다. 원래는 줄거리가 있는 민요인데 제보자가 곡조를 잃어버려서 그 가사 내용을 이야기처럼 구연하였다.

또 또 이얘기 하나 해주께이. 옛날 사램이 그것도 이것도 노래여, 이릏게 홍글타령이여. 옛날에 홍글타령도 많이 했어. 이것이 홍글타령인디, 인제 애기를 둘을 낳는디, 애기를 날 애기를 둘을 낳는디, [제보자 혼자 중얼거리다가] 아팠어, 여자가 애기 엄마가. 아파가지고 죽게 생겼는디 하룻저녁으 꿈을 뀐게로 사자 세 마리가 왔어. (조사자 : 저승사자?) 응. 저승사자가. 저승사자 세 마리가 왔어. 근께 인자 저승사자를 따라감선,
어머니 어머니,
찐밤 닷 되 끈밤, 군밤 닷 되
[앞의 가사를 다시 확인시키며] 찐밤 닷 되 군밤 닷 되.
문턱 밑에 묻어놨으니
그놈 움싹 나면
아들보고 나 온다고 허라고
엄마 온다고 허라고

뒷동산에 고목나무

우리 아들이 엄마 찾고 울걸랑,

뒷동나무 고, 뒷동산에 고목나무

움싹 나먼 나 온다고 허씨요.

어머니, 어머니,

우리 자슥들이 날 찾으면,

군밤 닷 되 찐밤 닷 되

문턱 밑에 묻어놨으니

그 놈 움싹 나면

날 온다고 허라고 그러고는 그 (조사자 : 따라갔디야?) 이. 사자, 저승사
자 따라감서 그러고 막, 그러고 따라간 그런 것도 흥글타령으로 그렇게
힜어. 옛날엔. (조사자 : 아이고, 눈이 안 감겼겄고만.)

며느리수저풀

자료코드 : 07_09_ETC_20100703_KEY_GGS_0003
조사장소 : 전라북도 임실군 임실읍 이도리 958번지 곽길순 자택
조사일시 : 2010.7.3
조 사 자 : 권은영
제 보 자 : 곽길순, 여, 71세
구연상황 : 앞의 민요 '진주낭군' 후에 옛날 여성들의 시집살이에 대해 이야기 하다가 다
음을 구연하였다.

수저가, 저 논에 논이가 풀 있어. 그 메느리수저라고 끄트리가 꼭 지댄
혀, 목구녁 쑤셔 죽으라고. (조사자 : 아 그 뭔 소리여?) 밥 먹다가 수저
그, 메느리수저라고, 풀이 잎삭이 끄트리가 지댄히갖고, 여가 요만하게 옹
당시암같이 뭣이 하나 있어. (조사자 : 아, 풀이?) 풀이, 잎이. (조사자 : 잎

이?) 이, 그것이 메느리수저댜. (조사자 : 왜 그것이 메느리수저?) 그 목에 목고녁 쑤셔 죽으라고. [웃음] (조사자 : 풀이름이 그서 메느리수저여?) 메느리수제.

그러고 저 딸감나무 있고, 메느리감나무 있는디, 메느리감나무는 가쟁이 찢어 죽으라고 쭉 가지가 요롷게 올라가서 가지가 있고, 메느리, 딸감나무는 쫙 깔렸어. (조사자 : 딸감나무?) 응. 딸감나무라고 인자 저 풀이, 풀이 잎이. (조사자 : 풀잎이?) 응. 풀잎이 그 짝 깔렸어. 그리갖고 씨가 주렁주렁 인자 맺었어, 그거는 딸 감, 딸감나무고. 메느리감나무는 이기 쭉 올라가. (조사자 : 우로?) 응. 우로. 가랭이 찢어 올라가다 죽으라고 그런댜. [웃음] 옛날에, 옛날에는 메느리가 그릏게 미웠는가봐. (조사자 : 근게.)

며느리 찰밥 딸 볶은 콩

자료코드 : 07_09_ETC_20100703_KEY_GGS_0004
조사장소 : 전라북도 임실군 임실읍 이도리 958번지 곽길순 자택
조사일시 : 2010.7.3
조 사 자 : 권은영
제 보 자 : 곽길순, 여, 71세
구연상황 : 앞의 이야기 '며느리수저풀' 후에 바로 다음을 구연하였다.

메느리는 그리고 저 베 짠 디도 메느리는 끈끈히서 못, 못 짜라고 찰밥을 히주고, 딸은 삼, 삼을 삼는디, 콩을 콩을 볶아주고. 볶아줌선 먹으라 근게 그런게로 걍 메느리는 걍 찰밥을 걍 한 덤뱅이씩을, 거시기를 착착 기양 붙여서 양 잘 짜드랴. 근데 딸은 그래 콩 깨물아 먹니라고 삼을 못 삼드랴. 근게 그런 것은 못쓸 잘못 생각해 그리잖아. [웃음]

끌끌히서, 끈끈히서 베 못 짜라고 인제 찰밥 히준 거여. (조사자 : 근디 찰밥 먹으면서?) 응. 찰밥 먹으니 배도 부르고, 또 이릏게 떨어지먼은 새,

옛날에는 거시기로 풀솜으로 이룽게 잇었거든. (조사자 : 실 끈을, 실을?) 실이 이룽게 베를 짜다가 끈이 떨어지면, 실이 떨어지면, 올이 떨어지면, 저, 거 뭐여, 멩지, 꼬추. 고추 알지, 누에꼬추? 누에꼬치를 재 내 잿물에 삶고 삶고 해서 말리먼은, 그것이 부히져. 고놈을 이룽게 떼 가지고, 거그다 한 티다 [무릎 위에다 실을 대고 비비는 시늉을 하면서] 이룽게 대가지고 이거 싹 비벼. (조사자 : 그럼 실이 하나가 착 돼서 잇어지는구만?)이, 그러믄 인자 잇어져. 그리갖고 베 짜는 거여. 그긋이 떨어지먼. (조사자 : 그걸 찰밥으로 이렇게 잇어?) 그런디 찰밥, 그른 놈 먹고 푹 쉬머리 이것이 싹 된게 잘 비비지드리야. 잘 비비져. [웃음]

(조사자 : 글고 딸은 콩을?) 콩을 삼 삼은디, 콩을 볶아준게 콩 깨미니라고 언제 그거 삼 물어띧어야 삼는디, 어떻게 삼겄어? (조사자 : 아, 삼 이룽게 할 때, 이빨로 이룽게 짜개서 하는 것이죠?) 하, 이빠지로 다 요리 뜯어서 되잖아. (조사자 : 그래갖고 딸은 콩 볶아준게.) 근게 콩, 콩 깨미니라고 삼을 못 삼드리야. [웃음]

장구장구 장구씨

자료코드 : 07_09_ETC_20110129_KEY_GGS_0001
조사장소 : 전라북도 임실군 임실읍 이도리 958번지 곽길순 자택
조사일시 : 2011.1.29
조 사 자 : 권은영
제 보 자 : 곽길순, 여, 71세
구연상황 : 양명식의 장타령을 재녹음하러 갔다가 아내인 제보자를 다시 만났다. 양명식을 기다리는 중에 제보자와 얘기를 나누었는데, 제보자가 다음을 구연하였다.
줄 거 리 : '장구장구 장구씨'는 여성들이 집단으로 하는 놀이 중에 외는 일종의 주문이다. 나물을 캐러 가서 주로 놀았던 놀이로, 신이 잘 내리는 사람이 두 손을 모아 나물 캐는 칼을 쥐고 있으면 나머지 사람들이 빙 둘러서서 주문을 왼다. 그러면 칼을 쥐고 있는 손이 덜덜 떨리면서 신이 내린다. 그 사람은 칼을 내

던지고 사람들을 때리려고 쫓아다닌다. 신이 내린 사람을 잡아 눕히면 한참 누워 있다가 제 정신으로 돌아온다. 모든 사람이 신이 내리지는 않고 유독 신이 잘 내리는 사람이 있다.

(조사자 : 아니 그믄 이렇게 나물을 캐러 가서 누가, 그냥 칼을 이렇게 꽂아요?) 나물을 캐로 가믄은 인자 놀라고 우리가 노는 거여, 게 놈선. (조사자 : 그믄 그냥 식칼을 갖고 가서 하는 거예요?) 이케 칼 갖고 너물을 캐로 가잖아 나물, 그늠 칼로 갖고 이러고 있어. (조사자 : 땅에다 꽂아?)

[두 손을 모아 합장하는 모습을 취하며] 아니 내가 손으로 갖고 이러고 있으믄, (조사자 : 쥐고 있어?) 그랬으믄, 풀어열으믄 이늠 발발발발 떨어 갖고 막 이러고 올라가. [합장한 손을 떨면서 위로 올리며] 그러믄 탁 집어내쏘고 뚜드러 패러 대니는 거여. (조사자 : 뭐라고 해야 그게 막 손이 발발발발 떨어져?)

[주문을 외듯이] 장구장구 장구씨

이드름 밑에 이드름

하우복성 하우성

설설 내리시오

설설 내리시오 막 그려.

[다시 얘기를 해주며] 그러고 뚜드러 패. 그러면 양 그러고 내버려 뚜드러 패러 대녀 갖고는, 그러더니 그 사람이 점쟁이가 되아부리드만. (조사자 : 아 그 잘 내리는 사람이?) 이, 점쟁이가 되아 부리드라고, 시집 가갖고 점쟁이 되아부렸어. (조사자 : 그믄 아무나 그릏게 내리는 게 아니에요?) 아무나 안 내려, 그 사람은 그렇게 내리드라고. (조사자 : 그믄 장구장구 장구씨는 사람들이 다 하는 건디?) 우리덜이 인자 몇이 몇이 앉어서 그렇게 같이 똑같이. (조사자 : 다 손을 다 모으고?) 아니 그 사람 하나만 이렇게 허믄 우리들은 여러인게

[주문을 외듯이] 장구장구 장구씨

이드름 밑에 이드름

하우복성 하우성

설설 내리시오

설설 내리시오

[다시 얘기를 해주며] 허먼 막 이놈이 막 이렇게 내려, 이게 막. 그러고 인자 뚜드러 팰라고 일어나면 막 도망가 버려. 근디 우리 동생 거그서 못 도망가 갖고는 디지게 뚜드러 맞으면 막 뒈진다고 울고 그러믄은 가서 잡아 눕히 버리믄. (조사자 : 그믄 그 사람이 제 정신이 돌아와요?) 인자 그리고 누웠다가 한참 누웠다가 일어나면 내 정신이 돌아와, 안 뚜드려.

11. 지사면

증편 한국구비문학대계 ● 전라북도 임실군

▌조사마을

전라북도 임실군 지사면 계산리 계산(溪山) 마을

조사일시 : 2010.2.20

조 사 자 : 권은영

현계(玄溪) 마을, 독족골, 서원뜸, 바우거리, 신흥 마을, 안터 등의 여섯 뜸이 모여 계산 마을을 이룬다. 예전에는 현계 마을을 '큰동네'라고 불렀고, 계산이라는 명칭은 일제강점기에 붙여졌다고 한다.

마을 앞을 흐르는 냇물이 모래톱을 이루어 현주(玄州)라 하였는데, 이성계가 성수산에 기도를 하러 가면서 현주천의 물이 적은 것을 보고 현계(玄溪)라고 부르라고 한 이래로 현계로 불렸다고 한다.

서원뜸에는 숙종 대에 세워진 현주서원(玄州書院)이 있으며, 마을의 뒷산에는 고인돌군이 있다.

전해지는 말에 의하면 목천 마(馬)씨가 살다가, 그 다음에는 정(丁)씨가 살았으며 이후에는 진주 강씨가 번성하였다고 한다. 일제강점기에는 '순창할아버지'로 불렸던 강부자가 살았다는 말도 전해진다.

2007년 현재 65가구가 살고 있다. 생업으로는 논농사를 주로 하며 토마토, 고추, 감자 등을 비닐하우스로 재배하기도 한다.

▌제보자

김기순, 여, 1927년생

주 소 지 : 전라북도 임실군 지사면 계산리 계산 마을
제보일시 : 2010.2.20

택호는 '운봉댁'이다. 알고 있는 설화들은
어렸을 때 친정 마을의 할머니들에게서 들
은 것이라고 하였다.

제공 자료 목록

07_09_FOT_20100220_KEY_KKS_0001
태백산 주걱 장수
07_09_FOT_20100220_KEY_KKS_0002 달봉이

박세철, 남, 1938년생

주 소 지 : 전라북도 임실군 지사면 계산리 계산 마을
제보일시 : 2010.2.20

박세철은 임실군 관촌면 사선대에서 태어
났다. 부모를 따라 임실읍 신안리로 이주하
였다가 분가하면서 계산 마을에서 살게 되
었다. 계산 마을에서 산 지는 55년 정도 되
었다. 마을 주민들 사이에서는 '신안 양반'
으로 불린다.

제공 자료 목록

07_09_FOT_20100220_KEY_BSC_0001 갓바우
07_09_FOT_20100220_KEY_BSC_0002 동방삭

07_09_MPN_20100220_KEY_BSC_0001 용혈의 허리를 잘라 집안이 망한 진주 강씨
07_09_MPN_20100220_KEY_BSC_0002 호식 자리
07_09_MPN_20100220_KEY_BSC_0003 여우에게 홀린 사람

태백산 주걱 장수

자료코드 : 07_09_FOT_20100220_KEY_KKS_0001
조사장소 : 전라북도 임실군 지사면 계산리 190-1번지 현계 마을회관
조사일시 : 2010.2.20
조 사 자 : 권은영
제 보 자 : 김기순, 여, 84세
구연상황 : 마을 할머니들에게 이런 저런 설화를 예를 들어 주자 할머니들이 짤막한 애기들을 한 마디씩 했다. 조용히 듣고 있던 제보자가 "내가 한마디 해보께, 옛날 얘기"라고 말하며 나서서 다음을 얘기해 주었다.
줄 거 리 : 태백산 주걱 장수가 주걱을 팔러 마을로 들어왔다가 날이 저물었다. 물레질을 하며 무명실을 잣고 있던 어느 할머니의 집에서 하룻밤을 묵게 되었는데, 정이 들었다. 태백산 주걱 장수는 낮에는 주걱을 팔러 돌아다니다가 밤에는 할머니의 집으로 돌아와 함께 지냈다. 그러다 주걱 장수는 할머니의 집을 떠나면서 "꽃 피고 잎 피면 다시 돌아올 테니, 나를 기다리라"는 말을 남기고 할머니를 떠났다. 주걱 장수는 돌아오지 않았고, 할머니는 물레질을 하면서 태백산 주걱 장수가 왜 돌아오지 않느냐며 노래를 불렀다.

물레를 잣고 험선 이야기가 나와. 할머니가 옛날 이얘기를 혀. 옛날 얘기를 헌디, 인자 미영을 잣고 있는디 태백산 주벅(주걱) 장시가

"주벅 사시오. 주벅 사시오."

허고 인자 동네로 웨고 댕긴게 그러다 인제 저물었어. 그러다 저문게로 할머니 하나가 혼차 산디 인자 "주벅 사시오"허고 들어와갖고, 주벅 장시가 태백산 주벅, 인자 태백산인디, 태백산서 왔대, 주벅 장시가.

"어디서 온 주벅장시냐고?" 그런게

"태백산에서 온 주벅 장신게로 조께 자고 갔이믄 어쩌꺼냐고, 밤은 어뒤지고" 긍게로

자고 가라고 했디야. 자고 가라고 해갖고 인자 거그서 잤어. 그집 할마
니한테서 잤어. 잠서는 인자 미영을 잣고 영감은 아랫방에서 자고 했는디
인자 아침에 밥을 히서 멕이고, 인자 정이 들었어. 정이 들어갖고 인자 또
인자 그날 어디를 돌아댕기다가 와갖고 또 인자 그날 저녁에

"주벅 사시오. 주벅 사시오."

태백산 주벅 장시가 왔드리야. 와서 또 그 할마니하고 잤대. 인자 아랫
방에서 자다가 또 인자 큰방으로 들어와서 인자 이야기를 그렇게 도란도
란 허고 해갖고 정이 붙었어. 정이 붙어서 살다가 영깸이 감선 인자

"내가 꽃 피고 잎 피믄 또 올 터니까 인자 나를 기다리고 있으라고."
인자 그럼선

"태백 주벅 장시가 인자 꽃 피고 잎 피믄은 온다더니 왜 태백 주벅 장
시가 안 오냐."

그러고 허고 막 노래를 불른 거여, 그 할마니가. 노래를 불러, 막. "태
백산 주벅 장시가, (조사자 : 노래를 불르면서?) 물레로 미영을 이렇게 잣
임선,

"꽃 피고 잎 피믄 온다더니 태백 장시가 왜 안 오냐고"

그러고 혼차 그렇게 노래를 불르고 그랬디야. 그분은 진짜 잘 했네.

달봉이

자료코드 : 07_09_FOT_20100220_KEY_KKS_0002
조사장소 : 전라북도 임실군 지사면 계산리 190-1번지 현계 마을회관
조사일시 : 2010.2.20
조 사 자 : 권은영
제 보 자 : 김기순, 여, 84세
구연상황 : 제보자에 대한 정보를 잠깐 듣고 난 후에 제보자가 다음을 구연하였다.
줄 거 리 : 한 처녀가 친엄마가 죽어 새엄마를 맞게 되었다. 어느 한겨울에 새엄마는 처

녀에게 상추를 뜯어오라고 했다. 엄동설한에 상추를 구할 길이 없었던 처녀는 산길을 돌아다니다가 어느 기와집에 다다랐다. 대문간에서 울고 있는데, 기와 집에서 한 총각이 나와 사연을 물었다. 사연을 들은 총각은 처녀를 집안으로 데리고 들어갔는데, 방안에 채소를 가꾸어 두고 있었다. 총각은 처녀에게 상추를 뜯어주었고, 아무 날 다시 오라고 하며 자신의 이름이 달봉이라고 알려 주었다. 처녀가 집으로 돌아가 계모에게 상추를 건네자 계모는 처녀를 다시 밖으로 내쫓으며 상추를 한 번 더 구해오라고 했다. 하는 수 없이 처녀는 총각의 집을 다시 찾아갔는데, 계모가 그 뒤를 따라갔다. 총각의 집에 먼저 도착한 계모가 총각을 죽이려고 하자 총각은 어느 절로 피신하였다. 처녀가 총각의 집에 도착해 보니 집은 비어 있고 채소는 모두 죽어 있었다. 그 길로 처녀는 총각을 찾아 나섰고 어느 절에 이르게 되었다. 절의 스님에게 달봉이란 사람을 찾는다고 하자 스님은 그 사람은 찾지 말라고 하며 처녀가 절에서 지낼 수 있게 방을 내어 주었다. 달 밝은 어느 밤에 처녀가 잠을 자는데, 밖에서 "달봉이가 여기 와 있는데 나와 언약한 처녀는 어디 가고 내가 여기 있는 줄 모르느냐."는 말소리가 들렸다. 그 다음 날도 한밤중에 똑같은 말을 들은 처녀는 스님한테 그런 말소리를 들었다고 이야기를 하자, 스님은 그럴 리가 없다고 부인했다. 세 번째 밤에도 같은 말을 들은 처녀는 문을 열고 나가 그 말소리의 주인공이 달봉이임을 확인했고, 두 사람은 함께 하기로 언약을 했다. 처녀와 달봉이가 만났다는 사실을 안 계모는 절로 쫓아와 칼로 찔러 달봉이를 죽였다. 목에서 피가 쏟아져 달봉이가 머무르던 공부방에 흥건하게 흘렀다. 그 모습을 본 처녀는 칼에 찔린 목에 달봉이의 피를 다시 모아 담으며 울면서 달봉이를 살려달라고 하였다. 그러자 피가 모두 다시 달봉이의 몸으로 들어갔고 달봉이는 되살아났다. 그리하여 처녀와 달봉이는 함께 행복하게 잘 살았다.

죽었는디, 엄마가 죽었는디 인자 새, 아빠가 새엄마를 얻었어. 새엄마를 얻었는디 그 서모가 인자 서모가 애기를 슨디 입덧이 났어. 입덧이 났는디, 그때는 지금은 눈도 안 오지만은 옛날에는 막 눈이 많이 왔잖아, 옛날 옛날에는. 눈이 막 이렇게 질과 같이 왔는데 서모가 상추를 가서 뜯어오라 그드리야. 어디서 상추를 오라고 해갖고 오라고 그드리야. 상추를 해갖고 오라고 해서

"아무리 애기도 좋고 허지만 이 엄동설한에 눈이 저렇게 참 몇 자나 쌩

이게 눈이 왔는데 어디 가서 엄동설한에 가서 눈을 상추를 뜯어오라냐고 해오라냐고 나는 그 짓을 못 한다고"

인자 그 딸이 그릏게

"글 안허믄은 너를 못 보고 엄동설한이라도 너를 떨어내야겄다."

그럭헌게 안 죽을란게 안 떨어져, 안 떨어져나가고 안 죽을란게

"가서 얻어오겄다고"

(청중1 : 벽장 안에 심궈논 상추를 뭐 뜯어갖고 왔네 어쩌네.) 그리갖고 인자 얻어오겠다고 인자 그러고 인자 나가는 나갔디야. 나가서 질도 없고 인자 헌디 산질로 산질로 질을 올라간게 기와집이 덩실허이 하나 있드리야. 기와집이 덩실히 하나 있어서 그 문간 옆에 가서 인자 그 처녀가 움선,

"이 엄동설한에 이릏게 상추를 해오라니 어디 가서 해오라고 헐 길이 없다고"

그리고 인자 울고 있은게 그 지와집 속에서 선, 저 총객이 나오드리야. 나와서 대문을 인자 찌르르 엶선,

"왜 이릏게 엄동설한에 처녀가 와서 이릏게 울고 있냐고?"

그른게 인제 그 얘기를 힜어.

"계모가 이러저러 해서 이렇게 상추를 해오라고 근디 어디 가서 해 올 길이 없어 갈 발 없이 내가 지금 시방 인자 이릏게 오고 있다고. 와서 보고 있은게 지와집이, 집이 기어서 문앞에 와서 내가 의지를 허고 울고 앉았는 것이다고." 그런게로

"그러냐고."

그럼선 따라 들어오라고 그더래. 그 처녀가 인자 따라 들어간게 방문을 문마다 열어 비드래, 방을. 열어빈디, 한 방에는 배추를 가꽈놓고 한 방에는 상추를 갖차놓고 채소를 갖차놔서 막 상추가 이릏게 좋더래야. 좋은게 상추 그놈을 인자 뜯어줌선,

"이놈을 갖다 주고 인자 아무날 또 와서 내가 왔다고 허라고."

그서 근게 그 처녀가,

"오면은 꼭 여가 계시고 있을라냐고?"

그런게로 이름을 갈키도라고 했디야. 처녀가 이름을 갈키도라고 헌게로 그 남자가 뭐라고, 저 총객이 뭐라고 헌고이는 달벵이라고, 달벵이라고 허라고. (조사자 : 달동이?) 잉, 달벵이라고 허라고 그러드리야. 그서 인자 상추 그 놈을 갖다준게로 계모, 계모가 깜짝 놀램서,

"어디서 이년이 이렇게 상추를 엄동설한에 어디 가서 상추를 이렇게 해 갖고 오리야고." 험선,

반갑게 받 받아서 딜이고 도로 쫓아버리드래. 도로 쫓아버리서 인자 고 놈을 들고는 한번 해왔는디, 어디로 또 가서 해오라냐고 못 가졌다고 그런게로,

"글 안허믄 내가 너를 그대로 안 두고 쥑이겄다고."

근게 안 죽을란게 또 인자 그 사람하고 언약을 한 것이라 인자 그 집을 또 찾아간 거여. 그 질을 찾아서 들어 간게 없드래. (조사자 : 어, 없어요?) 인자 간게로, 인자 달벵이라는 사람이 가서 인자 문간에 가서 달봉이라는 사람 험선, 제 이름을 인자 또 갈쳐줌선 내가 왔다고 그 처녀가 인자 내가 왔은게로 달봉이라는 사람 문 조께 열어도라고, 그렇게 인자 헌게로 아무 소리가 없더래.

없어서 본게로 문턱을 이렇게 떨고 몰리 들어가서 그 총각을 인자 해 꼬지 한게로, 이 총객이 뛰어서 달아나갖고, 딴 디, 딴 디로 또 갔더래. 그 시, 절로, 딴 절로 또 가갖고는 거그를 가서 총객이 거가 있인게로 인자 들어가 본게로 텡텡 비어갖고 있제. 인자 들어간게. 채소문은 다 열어본 게로 인자 다 불을 넣고 인자 해서 따숩다가 인자 그 사람이 다 가분게 채소는 다 얼어갖고 인자 떵떵 얼어갖고 있고 다 죽어갖고 있는디.

그리서 인자 또 거치없이 나서서 눈물을 흘리고 달봉이란 사람이 또

왔는데 없다고 인자 그러고 인자 또 그 간게 또 절이 가니라고 또 눈새를 치고 가니라고 간게로 또 간게 절이 하나 나오더라, 있든 비드라네. 그리서 인제 그 사람을 인자,

"어찌서 이렇게 와서 이렇게 문앞에서 처녀가 이렇게 이러 울고 있냐고?" 근게,

"이만 이만 해서 달봉이라는 청년이 그릏게 해서 찾어오라고 해서 거그를 찾아간게 없다고."

그른게로 그 인자 스님이 나와서,

"달봉이란 사람은 찾을 찾지 말고 인자 들어오라고" 그러드래.

그래 들어갔었대. 들어가갖고 거그서 인자 자고 메칠을 거기서 자고 또 모 인자 거그서 인자 그 스님허고, 방을 하나 줘서 인자 거그서 살고 있는디 달이 막 하나낭창겉이 곱고 헌디 하나낭창같이 곱고 헌디 인자 거 처녀는 인자 거 방에서 자고 있는디 그 달봉이란 사람이 나와갖고 인자 그 처녀 이름을 부르, 처녀를 생각을 험선,

"달봉이란 사람이 여그 와서 있는디 우리 나하고 언약헌 처녀는 어디를 가고 나를 보로 안 오냐고."

그러드리야. 그리서 인자 또 하룻저녁에 인자 그리고 또 잤드래. 인자 잔게 또 달이 밝은디 또 나오드래. 또 그 인자 공부를 허다가 또 나와갖고는 또 고 소리를 허더래. 마당에서,

"달봉이란 사람을 내가 적어줬는데 달봉을 왜 못 찾고 왜 못 찾고 어디로 가고 나를 못 찾는가 모르겄다고."

인자 그러고 있은게로 인자 이 처녀가 그제는 한번 봐야겄다 싶어서 인자 문을 열고 나가서,

"여그 달봉이란 보고 언약을 헌 사람이 여그 와서 있은게로 한번 나를 볼라믄 이 방으로 들어오라고."

그러드리야. 그런게로 들어가 인자 들어가갖고,

"누가 나를, 달봉이란 사람이 누가 달봉이란 사람 찾을 사람이 누가 어디가 있으리야고."

어디가 있으리야고 험선 반대를 허드래. 그리서 인자 그 사람은 또 딴 디로 제 방으로 잘 공부허로 들어가고 이 처녀는 또 인자 제 방으로 인자 가서 잠을 자고 있는디 그 이튿날 저녁에 달이 밝는디 또 인자 나와서 달을 보고 그릏게 또 그런 소리를 허드랴.

"달봉이란 사람 여그 와서 있는디 달봉이란 사람을 왜 못 찾고 그러고 있는가 모르겄다고."

어디로 가는가 모르겄다고서 인제 그제 나가갖고 인자 진짜 내가 상추 옛날에 이러저러해서 상추를 얻으러 간게 상추를 줘서 또 다시 얻어오라고 혀서 상추를 갖다 또 오라고 혀서 상추를 가질러 간게 문간을 뚫고 들어가갖고 들어와서 쥑일라고 허더래, 그 사람을. 근게 계모가 가서. 쥑일라고 해서 인제 쥑일라고 해서 안 죽을라닌게 거그 절로 또 인자 갔던 거서, 그 사램이.

가갖고 인제 사흘만에, 세 번 사흘 저녁만에 인자 그 이애기를 해서 그 사람하고 만나갖고 언약을 했는디 계모가 따라가갖고 그 놈을 보고는 인자 그 남자를 그 총각을 그냥 목을 찔러서 죽였어. 목을 찔러서 죽인게로 피가 인자 공부헌 방에 가서 피가 강이 될 것 아녀. 근게로 그 처녀가 인제 그릏게 가갖고는 피를 모임선 피를 모음선 달봉이란 사람을 내가 찾아왔으니까, [주민 중에 회관에서 나가는 사람과 인사를 나누며]

"달봉이란 사람을 내가 찾아왔는디 왜 이렇게 되야갖고 있느 있느냐고"

그럼선 막 울고 험선 그 피를 모아서 목에다 넣대, 피를. 피를 담아서 인자 달봉이란 사람을 또 왔인게로 인자 모여 피가 모여서 들어서 달봉이란 사람을 살리도라고 인자, 막 인자 그릏게 움선 인자 그런게로 그 피가 달, 모가지로 그 칼질헌 모가지로 쏙 들어가 싹 다 들어가드라네. 피가 하나도 없이. 싹 들어가더니 인자 신사가 되았어. 그 사람이 인자 신사가 되

어갖고 이 사람허고 둘이 만나갖고 거그서 절에서 잘 살았디야. 잘 허고
잘 살았디야.

갓바우

자료코드 : 07_09_FOT_20100220_KEY_BSC_0001
조사장소 : 전라북도 임실군 지사면 계산리 190-1번지 현계 마을회관
조사일시 : 2010.2.20
조 사 자 : 권은영
제 보 자 : 박세철, 남, 73세
구연상황 : 앞의 '용혈의 허리를 잘라 집안이 망한 진주 강씨' 이야기 후 마을 근방의 고
　　　　　인돌 유적에 대해 말하다가 다음을 구술하였다.
줄 거 리 : 지사면에 절두산이라는 산이 있는데 거기에는 바위 위에 갓모양의 바위가 씌
　　　　　워진 갓바위가 있었다. 그리고 옥산리 앞에는 옛날에 술집이 있었다. 어느 중
　　　　　이 그 술집으로 시주를 받으러 갔는데 그 집의 여자 하인들이 술을 거르고
　　　　　일을 해대느라 손 사이가 다 짓무른 걸 보았다. 시주를 받은 중은 안쓰러운
　　　　　마음이 들어서 갓바위의 갓모양을 밀어놓으면 손이 다 나을 것이라고 알려
　　　　　주었다. 그 하인들은 중의 말대로 했고 그 이후로 술집이 망해버렸다.

　여그 저 옥산리 앞에라고, (조사자 : 옥산리 앞?) 어, 거가 큰 그전 옛날
에 술집이 있었어. 술집이서 언 게 나도 어른들한테 들은 소린디, 근디 여
그 절두산이라고 바로 여 우에 절두산이라고 헌디 가서 [청중의 말이 섞
임] 갓바우가 있어. 갓바우. (조사자 : 갓바우?) 어. (청중 : 절이 있어서 절
터산.) 바우가 있는데 꼭 이 갓바우매로 바 바우에다 딱 씌워놨어. 그 인
자 중이나 중이나 이 사람들이 인자 시주를 허고 거기를 가먼은,

　거그 인자 그전에 그 하인들이 그 여자들이 술을 걸러쌌고, 일 히갖고
는 손새가 다 물러버렸어. 그래서 왜 그냔게 술 걸러싸서 이릏다고 근게
시주를 주, 주 받으면서 이릏다고 근게로 하도 안씨러서,

　"저 앞에 저 바우를 그 우에 뚜껑을 밀어놓으면 이 손이 다 낫을 것

이요."

(조사자 : 갓바우 갓을?) 어. [조사자 웃음] 그리갖고 고놈 밀어놓고 그 거 술집이 완전히 망해 버렸어. 망해 버렸는디 또 어칳게 또 엎어났드라 고. 근게 우리가 나무를 댕기면서, 나무를 대니면서 고걸 또 둥글여 내리 내리 났어. [제보자 조사자 웃음] 밑에로. 그런 그 전설이 있드라고 그게. (조사자 : 아, 그래서 갓바위의 갓을 내려났더니 술집이 망했더라.) 어 그 렇지 어. (조사자 : 아 그래요.)

동방삭

자료코드 : 07_09_FOT_20100220_KEY_BSC_0002
조사장소 : 전라북도 임실군 지사면 계산리 190-1번지 현계 마을회관
조사일시 : 2010.2.20
조 사 자 : 권은영
제 보 자 : 박세철, 남, 73세
구연상황 : 제보자에 대한 신상정보와 현계 마을에 대한 정보를 듣다가 제보자가 문득 생각난 듯 다음을 구술하였다.
줄 거 리 : 삼천갑자 동방삭이는 키가 작아도 힘이 아주 셌다. 저승사자들이 여러 차례 동방삭을 잡으러 집으로 찾아갔지만 그때마다 동방삭이가 문지방에 버티고 서서 끌려나오지 않는 바람에 매번 허탕을 치고 말았다. 저승사자들의 왕은 저승사자들에게 동방삭이 지나게 될 장소와 시간을 알려 주고는 그곳에서 숯 을 씻고 있으라고 일러 주었다. 그 말을 따라서 저승사자가 그 시간 그 장소 에서 숯을 씻고 있었더니 동방삭이 지나가면서 삼천갑자 만에 숯 씻는 꼴은 처음 본다는 말을 하였다. 그 말을 듣고 저승사자들은 그 이가 동방삭인 줄을 알고 저승으로 잡아갈 수 있었다.

어른들한테 잠깐잠깐 들은 얘긴 거 같으면은, 옛날 삼천갑자 동방성이, 삼천갑자 동방이가 동방석이가 작아도 작게 동방삭이라 그랬겠지. (조 사자 : 몸이 작아요?) 어, 작아도 그렇게 힘이 셌디야. (조사자 : 아, 그래

요?) 아, 그리가지고 이 저승에서 잡아가야겠는데, (조사자 : 동방삭이를?) 어, 이 사자들을 보내야 도저히 문지방을 딱 버트리고는 새삼차 끄집어 내들 못 혀. 근게 도로 가 버리고, 도로 가 버리고 헌게로 저승사자 욍이 하는 소리가,

"그러믄은 아무저께 어디로 삼천갑자 동방삭이가 지낼 것이다. 근게 그 냇가에서 너그들이 가서 숯을 씻거봐라."

(조사자 : 아, 저승사자한테?) 어, 숯을 씻거봐라, 근게 사자들이 가서 인제 숯을 냇가에 가서 숯을 싹 씻그니깐 삼천갑자 동박삭이가 고리 지내면서 뭐라고 하는고는,

"허, 삼천갑자, 삼천갑자년을 살아도 내가 참 숯 씻는 꼴 처음 봤다."고

그 넓은 디서 잡아가드리야. [제보자 조사자 웃음] (조사자 : 아, 집으로 집에서는 문을 잡고 못 나가니까.) 아 그렇지. (조사자 : 그래갖고 동방삭이를 잡아갔고만요?) 잡아갔디야.

용혈의 허리를 잘라 집안이 망한 진주 강씨

자료코드 : 07_09_MPN_20100220_KEY_BSC_0001
조사장소 : 전라북도 임실군 지사면 계산리 190-1번지 현계 마을회관
조사일시 : 2010.2.20
조 사 자 : 권은영
제 보 자 : 박세철, 남, 73세
구연상황 : 지사면의 각 마을회관에 전화를 하여 제보자를 섭외하던 중 연락이 닿아 마을회관에 방문하였다. 본 조사의 취지에 대해 설명하고 현계 마을의 유래와 역사에 대해 조사하던 중 제보자가 다음을 구술하였다.
줄 거 리 : 일제강점기 지사면에는 순창 귀미 출신이어서 순창할아버지 혹은 귀미할아버지라 불렸던 강부자가 살고 있었는데, 그 일대의 땅이 모두 순창할아버지의 것이었다. 일본인들이 냇가를 따라 지금의 오수면에서 산서면 쪽으로 길을 내려고 했는데 그 예정지에 순창할아버지의 전답이 많이 포함되어 있었다. 순창할아버지는 전답을 잃지 않으려고 일본인들에게 압력을 가하여 도로 계획을 변경시켰다. 변경된 계획대로 도로를 내자 용의 형국으로 있던 산의 허리가 끊겨 버렸다. 용혈이 끊어진 뒤로 순창할아버지의 집안은 완전히 망하여 현재는 자손도 끊겼다고 한다.

　근게 왜정 때, 왜정 때 아까 그 저 순창한아버지라고 있잖아요. 그때 이 여그서 굉장히 부자고, 이 들판이 다 그 집 땡있었어.(땅이었어.) (청중 1 : 그 집 땅이었어, 전부.) 근디 왜놈들이 여그 와서 삼십 년간 짓밟을 때, 저 오수서 저 냇가로 직접 히서 산서, 산서로 냇가로 해서 질을 낼라 낼라고 했었그든. 그 낼라로 본게로 이 강씨 할아버지가 자기 전댑이(전답이) 다 들어가. (청중1 : 도로를 낼라고는디.) 근게 세, 세력으로 눌러 버린 거여 일본놈을. 안된다. (조사자 : 아, 못 내게?) 어. 안 된다. 그리갖고 이 산을 끊어서 이룧게 내라.

그리가지고 참 산을 주로 이기 여기 여 혈이, 저 산에 가면은, (청중1 : 용혈이여. 용혈, 용혈.) 용혈. (조사자 : 용혈? 사두혈?) 어. 용, 용. (청중 1 : 용. 끝에가 용머리라 그려, 용머리.) 용, 용머리라고 혀, 어뜨간이, 그 여 허리를 끊어 버렸어. 허리를 끊어가지고 그 양반네 그 거시기가, (조사 자 : 쫌 안 좋아졌다?) 완전히 망했어. (청중2 : 손도 없어.) 땅 한 토맥이 없어. (청중1 : 싹 싹 망해버렸어.) (조사자 : 그럼 무슨 강씨예요? 본관이 어디예요?) (청중2 : 진주 강가지.) (청중1 : 진주. 진주.) (조사자 : 진주?) 진주 강씨. 그래갖고 지금은 뭐 이 이만한 땅덩어리 하나도 없어. (조사 자 : 아, 그래가지고 망했고만요.) (청중2 : 손도 없다니까.) (조사자 : 손도 없고.).

호식(虎食) 자리

자료코드 : 07_09_MPN_20100220_KEY_BSC_0002
조사장소 : 전라북도 임실군 지사면 계산리 190-1번지 현계 마을회관
조사일시 : 2010.2.20
조 사 자 : 권은영
제 보 자 : 박세철, 남, 73세
구연상황 : 조사자가 풍수에 관해 얘기하다가 호랑이 얘기를 꺼내자 제보자가 다음을 구 술하였다.
줄 거 리 : 임실읍 지산리에는 산속 깊은 곳에 방죽이 하나 있는데, 그 근처에 호랑이가 호식한 자리가 있다는 말이 전해진다.

거그 아마 임실 가서 저 두마이 두만리 가서 물어보면 알 거야. (조사 자 : 두만리요?) 거 고산들이라고 지산, 지산리 꼴짝 고산들. (조사자 : 고 산들.) 어 고산들 넘어서 삼계 여리 넘어오는 길이 있어요. 근디 거가 저 아래 산 속 깊은 산속으가 방죽이 쪼그만한 놈이 하나 있어. 근디 산날이 그 통 내려와 갖고 뭉쳤단 말여. 거그서 그 전에 사람을 호랭이가 물어다

호식혔다 뜯어먹었다는 그 전설도 거기 있어.

여우에게 홀린 사람

자료코드 : 07_09_MPN_20100220_KEY_BSC_0003
조사장소 : 전라북도 임실군 지사면 계산리 190-1번지 현계 마을회관
조사일시 : 2010.2.20
조 사 자 : 권은영
제 보 자 : 박세철, 남, 73세
구연상황 : 앞의 '호식 자리' 이야기 후 제보자는 자신이 직접 호랑이를 만났던 경험을
　　　　　 얘기해 주고 나서 다음을 구술하였다.
줄 거 리 : 임실의 한 사람이 임실장을 다녀오다가 술에 취해 정자나무 아래에서 잠이
　　　　　 들었다. 잠자는 사이에 해가 졌는데, 돌아가신 형님이 나타나 얼굴에 자꾸 물
　　　　　 을 축이는 것이었다. 그 사람은 일어나서 형을 따라 갔는데 길이 훤하였다.
　　　　　 한참을 따라가다 보니까 닭 우는 소리가 들렸고 형의 모습은 그냥 사라져 버
　　　　　 렸다. 그 사람이 간신히 집에 돌아와 보니 옷은 다 찢겨 있었고, 그런 일이
　　　　　 있은 지 석 달 만에 죽고 말았다. 이런 경우 여우한테 홀려 혼이 빠져서 죽은
　　　　　 것이라고들 한다.

　임실 그 ○○○라는 사람 아버지가 장에를, 임실 장에를 갔다 왔어. 그
공갯재라고 재가 있어, 거가. (조사자 : 공갯재.) 어, 정촌 넘어가는 데. 거
그 와서 정자나무 큰 넘이 있거든. (조사자 : 정자?) 거 인자 어, 그 인자
거그서 술을 먹고 인자 어찌 왔는가 거가 뜨건게 잠을 잤던개비라.

　근게 인제 해가 설풋허고 인제 해가 넘어 가버렸는데, 자꼬 거 그 사람,
낭중에 인자 듣고 본게로, 그 사람 형님이 돌아가싰는디, 형님이 자꼬 물
을 축이다가 얼굴에다 자꼬 칠히고 칠히고 허드래야. (조사자 : 꿈속에서?)
음, 아니 실지로. (조사자 : 실제로?) 어, 그리서 인자 그리다본게 수 여 술
이 깨 깨서 본게, 뱀이여. (조사자 : 뱀이요?) 밤. (조사자 : 밤.)

　응, 밤인디 분명히 자기 생(형)이여. 그 날 따라오라고 함선 질이 훤허

드래. (조사자 : 자기 형이 따라오라고?) 어, 따라오라고 따라간디, 근디 순 까시밭으로 가는디도 까시도 긁힌지도 모르고 하이튼 질이 훤혀. (조사자 : 따라갔어요.) 어, 근게 저녁내 거기, 장재리 뒤에 임실 그 신안 팔리 장재리 뒤에 거글 서성대다 보니깐 닭이 꾀끼오 하고 울드리야. 그런게로 앞에서,

"아차차차"

함서, 아차차, 아처처 함서 그양 사라져 버리드리야. (청중1 : 도, 도깨비한테 홀렸고만.) 근게 여시지 여시. (청중2 : 여시지 여시.) (조사자 : 여시.) (청중2 : 여시가 그릏게 홀게. 여름날에 많이 홀게.) (조사자 : 그럼 진짜로 있었던 일이네요?) 어 그렇대요. 그래갖고, (청중2 : 아 여시한테 홀린 사람 많아요.)

그리갖고 그 그 사램이 인자 수렁밭이고, 논이고 그양 어찌 헐어서 집이를 왔는데, 그양 옷이고 뭐고 다 찢어져버렸어, 까시에 그양. 막 어 막 갈지갈기 되아버렸어. 그리갖고 뭐 말이 석 달 만에 죽었다고. (조사자 : 그러면 진짜로 죽는대요?) 어 죽는 죽는, 혼이 빼인게. (조사자 : 혼이 빼여 갖고.)

12. 청웅면

증편 한국구비문학대계 · 전라북도 임실군

▌조사마을

전라북도 임실군 청웅면 구고리 양지(陽地) 마을

조사일시 : 2010.2.17
조 사 자 : 권은영

　청웅면은 청주 한씨, 전주 이씨, 함양 박씨가 제일 먼저 터를 잡은 것
으로 알려져 있다. 이를 줄여서 '한이박'이 터를 잡았다고 일컫는데, 한편
으로는 '홍이박'이라는 말도 전해진다. 구고리는 청웅면의 소재지로서 구
고, 양지, 평지의 세 마을로 되어있다.

　양지 마을은 양지(陽地) 쪽에 있는 마을이라는 뜻에서 마을 이름이 붙
여졌다. 양지 마을은 집성촌이 아니며 여러 성씨가 함께 산다. 2006년에
100세대 237명의 인구가 살고 있었다. 벼농사, 비닐하우스, 복분자 재배

등 농업이 주요 산업이다. 비닐하우스로는 오이, 토마토, 가지 등의 작물을 재배하고 있다.

▌제보자

권봉옥, 남, 1934년생

주 소 지 : 전라북도 임실군 청웅면 구고리 834번지 양지 마을
제보일시 : 2010.2.17
조 사 자 : 권은영

청웅면 두복리에서 출생하였다. 학교를
졸업한 뒤 서울, 전주, 부산 등에서 직장에
다니기도 했고, 사업을 하기도 했다. 20여
년 전에 청웅면으로 다시 돌아오면서 양지
마을에 정착하였다. 2명의 자녀가 있으며,
양지 마을의 노인회장을 맡은 바 있다.

제공 자료 목록
07_09_FOT_20100217_KEY_KBO_0001 절을 몰아내고 두복리 명당을 차지한 권씨들
07_09_FOT_20100217_KEY_KBO_0002 정읍의 평사낙안혈
07_09_MPN_20100217_KEY_KBO_0001 김성수 일가가 부자된 내력

이시권, 남, 1942년생

주 소 지 : 전라북도 임실군 청웅면 구고리 746번지
　　　　　 양지 마을
제보일시 : 2010.2.17
조 사 자 : 권은영

청웅면 석두리에서 출생하였다. 14세에
일자리를 찾아 고향을 떠났다가 다시 청웅
면으로 돌아와 양지 마을에 정착하여 살고

있다.

제공 자료 목록

07_09_FOT_20100217_KEY_LSG_0001 우렁혈에 묘를 써서 부자된 사람

07_09_MPN_20100217_KEY_LSG_0001 청양의 구봉광업소 도난 사건

한병권, 남, 1934년생

주 소 지 : 전라북도 임실군 청웅면 구고리 715-1번지 양지 마을

제보일시 : 2010.2.17

조 사 자 : 권은영

청웅면 구고리 양지 마을에서 태어나서 자랐다. 청웅에서 결혼을 한 후에 일거리를 찾아 고향을 떠나 살면서 서울, 경상남도 양산 등 이사를 11번 다녔다. 5남매를 두었고 고향으로 돌아온 지가 30여 년 되었다. 양지 마을의 현 노인회장이다.

제공 자료 목록

07_09_FOT_20100217_KEY_HBG_0001 지푸라기를 처방해준 의원

07_09_FOT_20100217_KEY_HBG_0002 회문산에서 세월을 잃은 사람

절을 몰아내고 두복리 명당을 차지한 권씨들

자료코드 : 07_09_FOT_20100217_KEY_KBO_0001
조사장소 : 전라북도 임실군 청웅면 구고리 598-3번지 양지 마을회관
조사일시 : 2010.2.17
조 사 자 : 권은영
제 보 자 : 권봉옥, 남, 77세
구연상황 : 청웅면의 마을회관 여러 곳에 전화를 걸었다가 양지 마을회관의 어른들과
　　　　　통화가 되었다. 약속을 잡고 마을회관에 방문하였다. 권봉옥과 한병권을 중심
　　　　　으로 주민들이 마을에 관해 여러 얘기를 들려주었고 그러던 중 제보자가 다
　　　　　음을 구술하였다.
줄 거 리 : 청웅면 두복리에는 원래 절이 있었는데 불에 타서 없어졌다. 어느 시기인지
　　　　　정확하지 않지만 불교가 탄압받던 때였다. 두복리의 절 위쪽에 대 명당이 있
　　　　　다는 풍문이 떠돌자 권씨 문중에서 그곳에 묘를 쓸 욕심을 내었다. 권씨들이
　　　　　헛상여를 만들어서 절 근처로 지나게 하여 중들과 싸움이 벌어졌다. 그렇게
　　　　　눈속임을 하는 사이 진짜 시신을 산속으로 옮겨와 두복리 절 위의 땅에 매장
　　　　　하였다. 그런 후 절에 불을 질렀고 두복리에서 더 이상 중들이 살 수가 없게
　　　　　되었다. 당시에는 불교가 탄압 받던 때라 절에 불을 지른 사람들도 큰 죄가
　　　　　되지 않았다.

　사원들을 불 처질르고 그런 것이 있었어. 근디 그걸 잽혀갔어도 조삼모
사하게 불교 말허자면 탄압이고 사원을 불 질렀대서 큰 죄가 안 되야. 그
래갖고 풀려나왔다는데 어 두복리 그 권씨 그 산소 쓸 때에 애초에 권씨
가 없었는디, (청중 : 절 있었는디.) 어, 거 인자 명당자리가 하나 있다 그
것여. (조사자 : 아 절 자리가요?) 어, 절 우에가 명당자리가 있는디 여러
풍수를 붙여서 거기가 대, 말허자면 명당이다. 그런 걸 갖다가 풍문이 떠
도니까 것다 인자써야겠다는 욕심을 불렀던 모양이여. (청중 : 권씨가, 권
씨가?)

응, 그래가지고 정읍에서 인제 그때 인제 좀 진사깨나 허고 말허자면 상당히 아조 있었디야, 권위가 있었디야. 근디 이제 진짜 말허자믄 송장은 뒤에서 산속으로 인부들이 말허자면 떼미고 오고 밑에서는 인제 그 절 중들이 헛상여가 가니까 거그서 인제 격투가 벌어졌다 이것여. 격투가 벌어져서 인제 싸우다 싸우다 하닌게 인제 그동안 인제 불을 어떻게 질러 버릴 거야 하는 얘기가 있어, 사원을. 그래갖고 다 타버렸거든.

근디 그때 말허자면 다 인제 주모자들이 잽혀 갔을 거 아닌가. 그때가 마침 불교가 탄압, 탄압헌 그 시대고 사원을 불을 지를려면, 나라가. (조사자 : 그래도 죄가 안 돼요?) 어 그러니까 별 죄가 안 되고.

정읍의 평사낙안혈

자료코드 : 07_09_FOT_20100217_KEY_KBO_0002
조사장소 : 전라북도 임실군 청웅면 구고리 598-3번지 양지 마을회관
조사일시 : 2010.2.17
조 사 자 : 권은영
제 보 자 : 권봉옥, 남, 77세
구연상황 : 마을 회관의 조용한 방으로 자리를 옮겨 주요 제보자 몇 분들과 따로 만났다. 한병권이 설화를 얘기해 주고 자신의 생애에 대한 얘기를 하던 끝에 제보자가 다음을 구술하였다.
줄 거 리 : 정읍 태인에는 평사낙안이라는 명당이 있다고 전해지는데 찾은 사람이 없다. 평사낙안은 기러기가 살풋이 않는 형국의 명당이라고 한다.

[청중의 말소리가 섞임] 저 태인면에 가면은 평사낙안, 평사낙안이라는 그 명당이 있디야. (조사자 : 평사낙안.) 음, 근디 아 팔도에 있는 지 그 지관 풍수들이 싹 모여서 거길 이 잡듯기 잡았는디 평사낙안을 못 찾았다 그려. 내 국어선생한테, 고등핵교 국어선생한티 들은 얘긴디, 그래갖고 거 그만 찾았다 허면은 팔대 굿을 헌단 말이여. [제보자 웃음] (청중 : 평산

학?) 평사낙안(平沙落雁), 어 기러기가 살풋이 앉이는 그 명당이라네. (조사자 : 근데 그 자리를 못 찾았구만요?) 어 못 찾았대.

우렁혈에 묘를 써서 부자된 사람

자료코드 : 07_09_FOT_20100217_KEY_LSG_0001

조사장소 : 전라북도 임실군 청웅면 구고리 598-3번지 양지 마을회관

조사일시 : 2010.2.17

조 사 자 : 권은영

제 보 자 : 이시권, 남, 69세

구연상황 : 양지 마을의 어른들과 통화가 되어 마을회관을 방문하였다. 마을에 대한 여러 얘기를 들었으나 설화를 구술하겠다고 나서는 사람이 별로 없자 제보자가 나서서 설화를 얘기해 주었다. 얘기 도중 여러 사람들이 끼어들고 잡음이 많이 섞여서 녹음 상태가 좋지 않았다. 제보자에게 조용한 곳에서 따로 녹음을 했으면 좋겠다고 청하여 다른 방으로 옮겨 녹음을 하였다. 다음은 청중들이 많이 있던 자리에서 얘기 했던 내용을 조사자의 요청에 의해 재녹음한 것이다.

줄 거 리 : 부모를 모시고 살던 한 사람이 있었다. 어머니가 아파서 약을 지으러 갔는데, 약방 의원이 상을 당해서 상복을 입고 있었다. 그 모습을 본 그 사람은 의원이 약을 잘 지었으면 자기 부모를 잃었을 리가 없다고 생각하고 약을 짓지 않고 집으로 그냥 돌아왔다. 그러다 눈이 많이 쌓인 겨울에 어머니가 돌아가셨다. 장례를 치르려고 시신을 짊어지고 가는데 그만 눈길에 미끄러져 넘어지고 말았다. 시신은 땅에 떨어져 뒹굴러 가다가 바위 사이에 머리 쪽부터 거꾸로 처박혀 버렸다. 시신을 빼내려고 아무리 애를 써도 소용이 없자 그 남자는 흙으로 덮어 그 자리에 그냥 묘를 썼다. 어머니의 묘를 쓴 뒤로 집안 재산이 점차 늘어 그는 부자가 되었다. 부자가 된 사람은 어머니의 묘가 마음에 걸렸으나 그 자리가 좋은지 나쁜지 알 수가 없었다. 그래서 묏자리에 대해 얘기해 줄 만한 사람을 만날 수 있을까 하는 기대로 매일 같이 밭에 나가 일을 하였다. 하루는 한 도사가 지나갔는데, 그는 어머니의 묏자리는 우렁혈로서 시체가 거꾸로 들어가야 발복할 수 있는 명당이라고 말했다. 그의 어머니 시신은 눈길에 미끄러져 거꾸로 들어가 묻혔기 때문에 발복할 수가 있었다.

인자 할아버지하고 아버지 하고 사는디, 아이 아버지 아버지하고 엄마

하고 산디, 저 자기 아버지가 인자 가서 자기 어머니가 아픈게 가서 약을 사오라고 힜어. 약을 사로 가서 약을 사로 갔는디 약을 사로 가서 보니까 저 그 약 진 의사가 이 거시기를 쓰고 있다고. 건이라고 복을 입고 있어. (조사자 : 복, 상 나가지고?) 어, 그서 그 사람이 가서 본게 그렇게 생겼다고. 그서 인자 다시 집에 와부렀어, 약을 안 짓고. (조사자 : 왜 복을 쓰고 있으믄, 자기 부모를 못 살려서 그런 것이에요?)

근게 와서 저그 아버지보고 그맀어.

"약을 사갖고 왔냐?" 그린게

"그렇게 약을 잘 지먼 자기 어머니가 죽었겠냐고? 그서 그냥 왔다고."

그러다 인자 자기 어머니가 죽었어, 인자, 그냥 헐 수 없이 죽은게 [이야기 잠깐 끊김] 죽은 죽은게 이제 죽었는디 눈이 많이 와서 막 눈이 쌓였다고. 눈이 쌓였는디 이거 어쩔 수가 없은게 인자 그때 옛날에는 사람이 없어갖고 이제 그 거시기를 못 허지. 동네 사람들이 와서 인자 치상을 못 허고 그 지게에다가 그 거시기를 인자 꺼적에다 싸서, (조사자 : 어머니 시신을?) 시신 싸서 짊어지고 인자 따뜻한 양지에다가 인자 묘를 쓸라고 지고 가다가 발이 쭉 미끄러져 버렸다고.

미끄러졌는디 이게 막 뚱글뚱글뚱글뚱글 둥 둥굴어 간다고, 둥굴어 가갖고 처백혀 버렸어, 그서. 돌 돌 사이로 들어가 버렸다고, 들어가부린게 인제 빼서 양대기다 쓸라고 아무리 빼야 안 빠져. 근게 거그다가 양 흙으로 이렇게 묘를 써부렸다고. 묘를 썼는디 묘를 쓰고 나서 보니까 자꾸 집안이 부자가 돼. 그서 부자가 되야 부렀다고 인자.

'인자 언제든이 내가 부자만 되면 내가 우리 어머니 묏을 좋은 디다가 옮기야겄다.'

그랬는디, 부자가 되닌게 누구보고 물어볼 수도 없고 그 내가 좋은지 나쁜지도 모르고 그런게, 거그서 그 부자라도 밭을 파서 날마동 밥만 먹으먼 가서 밭을 파. 파서 뭐 곡식을 갈아, 머심도 있고 그런디도. (조사

자 : 일을 열심히 했고만요?) 일을 했다고, 근디 거 왜 그냐면 거그 지나가다가 누구 하나라도 만나서 뭔 소리가 들랴나 하고이. 근게 그러고 있으니까 어떤 사람이 도사가 지내감서 세를 뜩 참선(혀를 쯧 차면서) 거기 서를 차고 간단 말여. 근게 그 사람이 그 사람을 붙잡았어, 도산게.

"그 시체가 제대로, 암만 좋아도 들으가얀디 제대로 못 들으가먼은 그 명당이 아니다고, 발복을 못 헌다."고 힜어.

"근게 어칳게 들어가믄 좋냐고?" 헌게,

"이 꺼꿀로 이릏게 딱 들으가야 한다고"

(조사자 : 음, 꺼꿀로.) 응, 근게 우렁혈은 꺼꿀로 들어가야 한대. 그리갖고 그 이제 자기가 가만히 생각해 본게 이제 둥굴어서 거꾸로 처백혀 버렸거든, 이 막 산에서 굴러와갖고. 그리서 이제 그 소리를 듣고 있는디 인자 그맀다고 글드만.

지푸라기를 처방해준 의원

자료코드 : 07_09_FOT_20100217_KEY_HBG_0001
조사장소 : 전라북도 임실군 청웅면 구고리 598-3번지 양지 마을회관
조사일시 : 2010.2.17
조 사 자 : 권은영
제 보 자 : 한병권, 남, 77세
구연상황 : 양지 마을의 어른들과 통화가 되어 마을회관을 방문하였다. 노인회장 권봉옥과 함께 제보자가 많은 얘기를 하였다. 이시권이 우렁혈에 묘를 써서 부자가 된 사람의 이야기를 하자 제보자가 그것을 듣고 바로 다음을 구술하였다.
줄 거 리 : 어느 사람이 부모가 병환으로 곧 죽게 생겨서 약을 지으러 갔는데 의원이 뒷간에서 일을 보고 있었다. 의원은 짚수세미 한 뭉치를 약으로 쓰라며 내주었다. 그 환자는 짚을 삶아 먹으면 낫는 병에 걸렸었기 때문에 그 의원이 처방해준 짚을 다려먹고 병이 나았다.

한 사람이 부모가 말여, 금명간이여. 곧 죽을라고 히서 약방을 갔더니 약방 양반이 뭐이 약을 좀 지어달라고 힜더니 화장실에 있드라네. 똘똘 몰아갖고 저 뭐셔, 이 밑 닦는 여 수세미 그걸 그양 밖으로 쑥 내밀더리야.

"이거 갖고 가라고."

그 어쩌서 그런고 히서 아 근게 그것도 약이 되던가 말여. 그러니 저러니 해도 그 저 약을 조제허는 말여 그저 한약 짓는 그 약방 주인이 그래도 알기는 알았던가 보제. 짚을 삶아 먹으믄 여아튼 낫는 병이었디야. 요새 같으면은 뭐 쥐병이단가 여아튼 그런 적으로, 그래서 그놈을 먹고 낫기는 낫았다네, 그런 식이네.

회문산에서 세월을 잃은 사람

자료코드 : 07_09_FOT_20100217_KEY_HBG_0002
조사장소 : 전라북도 임실군 청웅면 구고리 598-3번지 양지 마을회관
조사일시 : 2010.2.17
조 사 자 : 권은영
제 보 자 : 한병권, 남, 77세
구연상황 : 양지 마을 어른 중에 국악에 심취해서 집안을 돌보지 않고 방랑하다가 작고 하신 분의 얘기를 하던 끝에 이 설화를 구술하였다. 녹음 상태가 좋지 않아서 제보자를 따로 만나 다음을 녹음하였다.
줄 거 리 : 지금 강진면 백여 마을은 예전에 희엿터라 불렀다. 옛날에 거기에 살던 한 사람이 퇴비를 만들 풀을 베러 나갔다가 회문산 중턱까지 올라가게 되었다. 그는 회문산 어느 중턱에서 다섯 신선이 바둑 두는 모습을 보았다. 그 모습을 잠깐 보다가 자기 마을로 돌아왔는데, 그 잠깐 사이에 오륙십 년이 지나 마을의 동년배들은 모두 죽고 마을에는 자기의 손자뻘들이 장성하여 살고 있었다. 자기 집을 찾아가보니 다 장성한 손자가 살고 있었고, 자기가 오륙십 년 전에 풀을 베러 갔다가 행방불명 되었다는 얘기를 들었다. 회문산의 다섯 신선들이 바둑을 두던 자리를 풍수지리로는 오선위기(五仙圍碁)라고 부른다.

근게 옛날에 지금 근게 내가 생각하기에는 그려, 그 지역이 옛날에는 정읍 산내 쪽이었었다는디, 지금은 강진면으로 히서 그저 뭐라고 희여테를 말여 지금 행정상으로 해서는 뭐라고 뭐 백여리라고 허던가 어쩌고 그러더라고, 지금. 근디 옛날에 거기에서 사신 분이 뭐 저 칠팔 월이 되야지고 그때는 인제 비료가 귀했거든, 옛날에라. 그래서 일 년 쟁, 그 저 일년 뭐라 혀, 그 풀. 한 마디로 해서 나무에서 인자 그 나온 놈이나 땅에서 올라온 놈이나 풀을 가지고 퇴비로 해서 논밭을 가꿀 때야.

그래서 인제 풀을 허로 차츰차츰 해서 지게를 짊어지고 올라간 것이 회문산 어느 중턱까지 올라갔던지 말여. 그 다섯 신선들이 여아튼 바둑을 뒤고 놀더라. 그리서 그 울 너메로 바둑 뒤는 울 너메로 해서 잠깐 들이다 보다가,

'아차 내가 여아튼 그러니 저러니 해도 풀이라도 한 짐 히서 집이로 가야지.'

그렇게 생각을 허는 그 순간에 신년으로 해서 한 오륙십 년이 지냈드라. 그래서 자기 고향에 와서 보니까 자기하고 연갑들은 기, 야튼 옛 어른들이 다 되셔도 오래전에 돌아가셔 버리고, 자기로 말허자면은 손자빨이 되는 이들이 장성해가지고 그 동네에 야튼 살고 있드라 그런 얘기여. 그리갖고 인자 그 자기 집안을 찾아 찾아 갔드니 그 손자빨이 되는 이가 그러드리야.

"아이 우리 할아버지 되신 양반이 옛날에 말여. 뭐 회문산으로 풀을 나가셔가지고 그때 그 뒤에 행방불명이 되어 가지고 지금까지 안 오셨니라고."

아 그러니 그 연배가 따지고 본게 말여 오륙십 년이 지냈드라 그런 얘기여. 근게 그게 바로 [청중 말소리 섞임] 아니 저 그 뭣여, 회문산에 오선옥이라는 명당에서 결국 야튼 다섯 신선이 바둑을 뒤는 그것을 잠깐 야튼 보는 순간에 오륙십 년, 오륙십 년이라는 세월이 지내 버리고 자기가

돌아와서 고향에 와서 보니까 오다가 참 자기를 이렇게 보니까 지게는 기어이 야튼 썩어서 참 결국에 야튼 뭐 흙이 되다시피 헌 그런 위치고 자기가 났던 그 자리는 집에 와서 야튼 보니까 성손들이 기어이 야튼 말여 기양 인자 손자빨이들이 장성히서 야튼 있드라. 그런 얘기를 어려서 들었다고.

(조사자 : 회문산 뭐 거기가 무슨 혈요, 어르신?) 저 오순옥이라는. (조사자 : 오순옥?) 이, 다섯 신이, 다섯 저 뭐라고 혀, (조사자 : 신선이?) 신선이 노는 자리다. (조사자 : 오선?) 오선옥. (조사자 : 오선옥?) 이. (조사자 : 옥은 무슨 뜻이에요 그믄? 오선은 다섯 신선.) 다섯 뜻허고 인제 신선이 저 놀던 야튼 오선옥이(五仙圍碁)라고 혀, 오선옥. (조사자 : 오선옥, 그냥 아.) (청중 : 아 집 집 옥일티제.)

김성수 일가가 부자된 내력

자료코드 : 07_09_MPN_20100217_KEY_KBO_0001

조사장소 : 전라북도 임실군 청웅면 구고리 598-3번지 양지 마을회관

조사일시 : 2010.2.17

조 사 자 : 권은영

제 보 자 : 권봉옥, 남, 77세

구연상황 : 설화를 요청하자 제보자가 가장 먼저 이 이야기를 해 주었으나 여러 사람들이 자유롭게 얘기를 나누는 상황이라 녹음상태가 좋지 않았다. 그 자리가 파하고 제보자만을 따로 만나 다시 들을 수 있었다.

줄 거 리 : 동아일보의 창업주인 인촌 김성수의 아버지가 고창에 살고 있었다. 하루는 꿈을 꾸었는데 꿈속에서 할아버지가 나타나서 바닷가에 수많은 조기들이 떠 내려와 있다고 일러 주었다. 꿈을 깨서 바닷가를 가보니 할아버지가 일러준 대로였고, 인촌의 아버지는 일손을 사서 조기를 모두 간조기로 만들어 저장했다. 조기가 떼죽음을 하자 조기 어획량이 줄어 조기값이 몇 배로 뛰어 올랐다. 이때 높은 값에 조기를 팔아 인촌의 아버지는 부자가 되었다고 한다.

저 고창 근방에 가면은 김성수 아버님께서 그 부자 됐다는 그 전설적인 얘기가 떠돌드라 이거여. 그서 인제 그 내막은 김성수 아버지께서 꿈을 꾸었더니 꿈에,

"서해바다 조기가 몽땅 떠낼러 왔으니 다 니가 갖다가 차지를 히라."

(조사자 : 꿈이 그런 꿈이 있대요?) 어, 그래서 이상허다 허고 새복에 날도 새기 전에 서해바다를, 고창 옆에 바다 있잖아. 가보니까 대체 조기가 뭐 한도 끝도 없이 싹 그냥 사장으로 와갖고 다 죽었드리야. 그리서,

"야, 이거 웬 거 우리 할아버지가 선몽을 갖다가 [문소리가 남] 해놓고 갔다."

그래갖고는 그냥 동네 사람들보고 그 소문을 내면은 안 되잖아. 너도

나도 다 가져가니까. 그리서 동네 사람을 전부 불렀어. 불러가지고 오늘 일당은 후허게 줄 터니까 보통 삯이 만 원이먼은 만 오천 원 줄 터니까 오늘 전부 우리 일들 히라. 그 돈을 더 준다고 헌게로 다른 이들이 다 좋아라 글지. 그리고 가마니에 가마니가 집에 있는 사람들은 한 장에, 예를 들어서 오천 원이라믄 칠천 원씩 줄 테니까 가마니도 있는 대로 싹 갖고 니라. 근게 또 돈을 더 준다고 허니까 가마니들 다 싹 가져왔어. 그러고 인제 또 일부는 갔다가 그러믄은 소금 염전에 가서 소금 있는 대로 싹 사 갖고 오니라, 염전에 가서. 그러니까 인제 그도 아조 빈털터리는 아니었 던 모양이제, 김성수 아버지가. 그잉게 소금을 있는 대로 싹 사부렀어.

그래갖고 인제 가져왔어. 가져와서 인제 고놈을 가마니 속에 전부 잡아 넣어라 이거여, 조기를, 저기서부텀 싹 이. 이제 틈틈이 나눠 갖고 너그는 여기까지, 너그는 여그까지 이렇게 해가지고 인자 조기를 싹 집어넣고 넣 을 때 전부 다 소금을 얼매씩 넣어라. 그런게 간조기가 되는 거지. 그래갖 고 딱 딱 인제 몇 척분을 해가지고 처쟁여. 처쟁여서 인제 먼저 창고를 어찌 운반했을 거 아닌가. 그래갖고는 아 인제 조기가 인제 떼죽음을 싹 히버렸어, 조기가 인제 없어. 조기금이 그냥 막, (조사자 : 올라요?) 몇 배 그냥 막 솟아올라 부린 거이라. 그리가지고 부자 되았다는 설이 있다 이 것이여.

그건 그건 있을 수 있을 만한 일이지. 나 이게 헌게 아주 부황한 얘기 는 아니고. 그서 김성수가 대한민국 조선의 갑부고, 일정 때도 갑부 노릇 힜잖아. 갖고 매국노로 막 그냥 일본놈 보고 조지니까 그 당허기도 했잖 아. 그래갖고 김성수가 또 부통령도 됐고 일정 때 다 감투 쓴 놈들이 다 자유당 때 감투 다 썼잖아.

청양의 구봉광업소 도난 사건

자료코드 : 07_09_MPN_20100217_KEY_LSG_0001
조사장소 : 전라북도 임실군 청웅면 구고리 598-3번지 양지 마을회관
조사일시 : 2010.2.17
조 사 자 : 권은영
제 보 자 : 이시권, 남, 69세
구연상황 : 앞의 '우렁혈에 묘를 써서 부자된 사람' 이야기 후에 얘기 하나를 더 하겠다
　　　　　며 다음을 구술하였다.
줄 거 리 : 이시권이 열너덧 살에 청양에 살고 있을 때 보고 들은 얘기다. 이시권의 아버
　　　　　지가 다녔던 구봉광업소는 직원이 수천 명이 되는 큰 광산이었는데 월급을
　　　　　줄 때는 돈을 트럭으로 한 차씩 싣고 오는 정도로 규모가 컸다. 청양의 한 유
　　　　　지가 그 돈을 훔칠 마음을 품고는 광업소 사무실에 자주 놀러 다니다가 금고
　　　　　열쇠를 인주에 찍어 본을 떠 가지고 왔다. 그 본을 공주의 열쇠 공장에 맡겨
　　　　　열쇠를 만들고, 집 앞 뜰에 커다란 항아리를 몇 개 묻은 후 잔디로 덮어 훔친
　　　　　돈을 보관할 장소도 만들었다. 청양의 유지가 드디어 돈을 훔쳐서 그 항아리
　　　　　에 묻었는데, 도난사건이 일어나자 그 일대에 권총을 찬 형사들이 몽땅 투입
　　　　　되었다. 몇 달이 지나도록 범인이 잡히지 않다가, 공주의 열쇠 공장에서 열쇠
　　　　　를 만든 사람이 있다는 사실이 알려져서 범인이 잡히고 말았다. 범인은 돈을
　　　　　써보지도 못하고 면도 못한 초췌한 모습으로 붙잡혔다. 범행 동기를 묻자
　　　　　돈으로 국회의원이 된 구봉광업소의 사장처럼 돈이 많으면 국회의원이 될 수
　　　　　있을 거라고 생각해서 국회의원이 되고 싶어서 도둑질을 했다는 것이었다.

　저 실화여 그건. (조사자 : 실화에요?) 어, 근디 내가 충청남도 가서 살
았었거든. 충청남도 가서 인자 고향이 그 본래 아버지 고향은 충청남도여,
그 부여라곤디. 그 근디 청양이라고 한 디가 있거든. 청양이라고 헌 디가
있거든. 그 청양에가 구봉광산이라고 하는 디, 광 광업소. (조사자 : 구봉
광산이요?) 구봉광업소. (조사자 : 광업소) 어. 구봉광업소가 있는디, 그
광업소 대명광업소라고 아주 큰 광업산이여. 그 그자 큰 광업소가 있는디
거그서 돈이 하루에 들어온 돈이 저 한 달 만에 한번 씩 인자 노임을 준
다고. 준디, 그 노임 줄라고 헌 돈이 약간 저 거시기로 저 트럭으로 한 차

씩 실어와. (조사자 : 돈을요?) 어, 한 몇 천 명 된게. 그리갖고 노나 준단 말여, 근게.

한 부자 그 집 그 동네에서 유지급 된 사람이 그걸 한번 훔쳐 와야겠어. 근디 걸 훔칠 수가 없어. 그런게 그걸 크 궁리를 허다가 가마히 생각해본게 그저 훔치는 거시기를 저 털라고 그 그 금고를 지키는 사람이 있잖아. 그것이 인자 여자가 그 열쇠를 갖고 있다고, 지금 같으믄 그 경리가. 근데 이제 그 헐 수 없는게 그 그 사람이 그 말하자면 인자 지금 말하자면 군의원 머 그 면의원이라고 그 인제 그런 사람, 멘의원이라고 그 전에 그랬어. 부락에서. 그 사람허고 그 경리 헌디 가서 저 헌디 가서 늘 놀아. 놈서 이야기도 허고 어쩌고 험선디, 그 사람 그 돈을 훔친디 저 뭣이 필요허냐면 저 열쇠를 끌러안디 이런 열쇠로 허서도 안 끌러져. 그래서 그 열쇠를 갖고 인제 고놈을 맞춰갖 아이 저 헐란디 헐 수가 없은게 그 열쇠를 여자가 갖고 있다고. 그 놈을 갖고 있어, 근디. 그 열쇠가 어칭게 생긴 열쇠여. 고 물어봤다고 물은게 열쇠를 비춰준게 그 인주에다 찍어뒀다고. (조사자 : 인주에다가?) 어, 인주에다 딱 찍어갖고 그 놈을 재 갖고 왔어. 갖고 완디 공주란 디가 있어. 그걸 열쇠 맨드는 공장이 우리나라에서 한 간데뿐이 없어. 그 놈을 딱 만들었다고. 열쇠를. 만들어서 일주일을 갖과서 이렇게 히보면 안 돼.

실패를 허고 허고 몇 번을 실패를 힜있는디, 저 그 자 실패를 허기 전에 그 놈으 돈을 훔쳐서 갖다 보관헐 디를 맨들었어. 그 자기 집이서 이렇게 논을 갈먼 자기 문앞에서부터 논이여. 그 뜰이 다 자기 거여, 부자여. 게 황 큰 그, 황 알아? (조사자 : 황이 뭐예요?) 그 도간지라곤 그. (조사자 : 아, 항아리?) 항아리를 막 몇 개를 묻었다고. 묻어놓고는 뚜껑을 덮고는 거다 인자 잔디를 입혔어. 그러고 인제 요렇게 인제 낫으로 그리 칼로 이렇게 그리갖고 고놈만 딱 하면 들어 들어가게. 그리갖고 고 놈을 갖고 제 저 훔치믄 늘라고. 그리갖고 가져오먼 가서 히보면 안 맞고, 안 맞으면 또 줄로 씰고 씰고 몇 번을 히갖고 그 놈을 성공을 힜어.

그 놈을 갖다가 인자 딱 가서 훔쳤어. 훔쳐갖고 온디 훔쳐갖고 오다 흘린 디도 많이 흘렸다고. (조사자 : 돈을요?) 돈을. 인자 그 가서 그 돈 훔친 저 그 그 말하자면 금궤(금고), 금궤에서 이제 따갖고 그리갖고 그서 저 일꾼들이 저 그 놈 줏어다가 쓴 사람도 있어. 그리갖고 참 잘 먹고 살고 그런 사람도 있는디. 이자 고 놈을 갖다가 자기다 됐어. 자기다 딱 됐는디, 넣다고. 딱 너놓고 본디. 이걸 하여튼 거 그때가 난리가 났었어. 우리도 알아. 그 인부들이 많이 생서, 형사들이 양 한 삼분의 일이 형사여. 그걸 잡을라고. 하여튼 몇 달이 가도 못 잡았어. 못 잡았는디 일꾼들 술먹은 디 가서 같이 술도 먹고 이야기도 허고 근다고. (조사자 : 형사들이?) 형사들이 꽉 차고, 이렇게 꼬부린디 보면 여가 권총을 찼어. 이 권총을 찼는디 그래도 하나도 안 보있어.

그리갖고 그 나중에 저 그 사람이 공주 인자 그 생각을 힜어. 열쇠 맨든 디 그 갔었더니, 한 삼사 년 전에 이 사람이 거 가서 찍어갖괐다고. 그걸 그걸 찍어 갖고 와서 만 저 만들어간 적 있다고. 그리갖고 잡았는디 돈 하나도 쓰도 못 허고 면도도 못 허고 형사들이 꽉 차갖고 면을 면을 꽉 차버려. 그리갖고 막 끄벙허니 막 그러고 있어. 그리갖고 돈도 못 쓴다만. 훔쳐 훔쳐. (조사자 : 훔쳐온 돈은?) 근디 너 뭘라고 이렇게 돈을 훔쳐왔냐 근게 저 국회의원 그 한 번 출마헌다고. 근디 그 구봉광업소 그 그 사장이 국회의원이여. 근데 그 그 사램이 국민핵교도 졸업을 못 헌 사람이여. 근디 큰 광업소를 허고 있는디 돈으로 되았다고, 근게 나도 국회의원 한 번 될라고 그랬다고.

(조사자 : 그믄 그래서 직접 보신 거에요, 아니면 얘기를 들으신 거에요?) 내가 거그서 커서 보다 본 거나 똑같지. 거그 살았은게. 거기가 하여튼 꽉 찼고 형사가 걍. 근디 그 때는 난 어려서 그 광업소 댕기든 않고 우리 아버지가 거그 댕긴디 거그 그 사람이 뭣을 하나 사도 돈만 많이 쓰

먼은 따라댕겨, 형사가. (조사자 : 형사가. 어르신 몇 살 때나 그런 걸 보신 거에요?) 그게 한 열 너댓 살 먹었을 때 긌지. 그기 살다 이리 이사 왔은게.

■엮은이 소개

임철호 연세대학교 국어국문학과를 졸업하고 동 대학원에서 문학박사 학위를 받았다. 현재 전주대학교 인문대학 한국어문학과 교수로 재직 중이다. 인문대학장, 인문과학연구소장을 역임하였다. 주요 저서와 논문으로 『임진록 연구』(정음사, 1986), 『설화와 민중의 역사의식』(집문당, 1989), 『임진록 이본 연구』(전주대학교 출판부, 1996), 『설화와 민중』(전주대학교 출판부, 1999), 「<운봉전> 연구」(2013), 「적지전설의 전승과 변이 연구」(2014), 「조선족 주몽설화의 변이와 의미」(2015), 「조선족 발해전설 연구」(2016) 등이 있다.

권은영 전북대학교 국어국문학과를 졸업하고 동 대학원에서 문학박사 학위를 받았다. 현재 전북대 강의전담교수, 전주대 시간강사로 출강하고 있다. 주요 저서로 「현지조사 시 설화 구술상황에서의 '몰입(flow)'」(2011), 「마을 지배담론의 재생산과 이야기판」(2012), 「1980년대 이후 고창농악 연행주체에 관한 연구」(2013), 「여성농악의 발생과 남원의 권번 문화」(2015) 등이 있다.

이화영 전주대학교 한국언어문학과를 졸업하고 동 대학원에서 박사과정을 수료하였다. 현재 전주대학교에 시간강사로 출강하고 있다. 주요 논문으로 「이성계설화의 전승과 의미 연구」(2010), 「'정보 전달형' 이야기꾼 연구-전라북도 고창군 조용구 화자를 중심으로」(2013)가 있다.

증편 한국구비문학대계 5-11
전라북도 임실군

초판 인쇄 2016년 12월 21일
초판 발행 2016년 12월 28일

엮 은 이 임철호 권은영 이화영
엮 은 곳 한국학중앙연구원 어문생활사연구소
출판기획 유진아

펴 낸 이 이대현
펴 낸 곳 도서출판 역락
편   집 권분옥
디 자 인 이홍주

주   소 서울시 서초구 동광로46길 6-6(반포4동 577-25) 문창빌딩 2층
등   록 1999년 4월 19일 제303-2002-000014호
전   화 02-3409-2058, 2060
팩   스 02-3409-2059
이 메 일 youkrack@hanmail.net

값 39,000원

ISBN 979-11-5686-706-7 94810
      978-89-5556-084-8(세트)

이 도서의 국립중앙도서관 출판예정도서목록(CIP)은 서지정보유통지원시스템 홈페이지(http://seoji.nl.go.kr)와 국
가자료공동목록시스템(http://www.nl.go.kr/kolisnet)에서 이용하실 수 있습니다.(CIP제어번호: CIP2016030415)